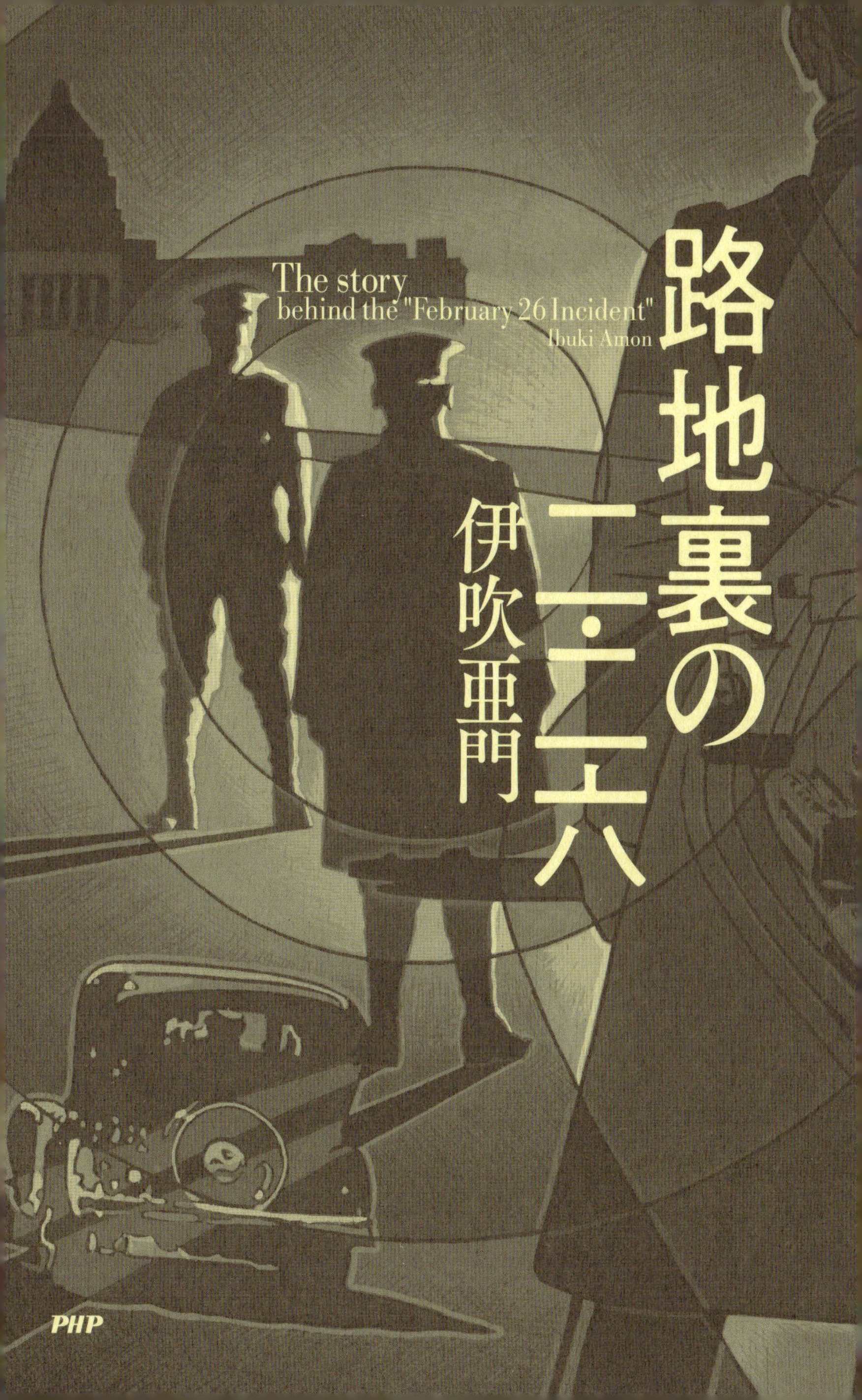
路地裏の二・二六
伊吹亜門
The story
behind the "February 26 Incident"
Ibuki Amon
PHP

路地裏の二・二六

わたしは不幸にも知つてゐる。時には譃《うそ》に依《よ》る外は語られぬ真実もあることを。

芥川龍之介《あくたがわりゅうのすけ》『侏儒《しゅじゅ》の言葉《ことば》』

登場人物

浪越破六《なみこしばろく》……憲兵大尉、憲兵司令部第二課員
麦島義人《むぎしまよしと》……陸軍歩兵大尉、歩兵第三連隊第五中隊長
妙子《たえこ》……その妻
ユキ……その娘
六角紀彦《ろつかくのりひこ》……憲兵大佐、東京憲兵隊長、妙子の父
峯子《みねこ》……その妻、故人
六角秀彦《ろつかくひでひこ》……元陸軍砲兵少佐、故人
綾《あや》……その妻、故人
槌井源一郎《つちいげんいちろう》……六角家の元主治医
古鍛治兼行《こかじかねゆき》……陸軍歩兵大佐、参謀本部庶務課長
米徳平四郎《よねとくへいしろう》……陸軍歩兵少佐、陸軍兵器本廠附
青山正治《あおやままさはる》……元陸軍砲兵大尉、陸軍戸山学校教官、故人
瑠璃《るり》……その妹
狩埜《かのう》……陸軍歩兵中佐、教育総監部副官

鈴木《すずき》……陸軍歩兵大佐、陸軍戸山学校幹事
鯉城《りじょう》……探偵
四辻《よつつじ》……椿日報、編集長
根来川《ねごろがわ》……警視庁特高課係長
笈松《おいまつ》……荻窪警察署司法主任
二村《ふたむら》……淀橋警察署捜査課不良少年係
大淀《おおよど》……笹島警察署刑事課長
月森《つきもり》……名古屋地方裁判所検事局検事
碓氷東華《うすいとうか》……国家主義者
菊之助《きくのすけ》……碓氷の護衛
渡辺錠太郎《わたなべじょうたろう》……陸軍大将、教育総監
梅津美治郎《うめづよしじろう》……陸軍中将、第二師団長
山岡重厚《やまおかしげあつ》……陸軍中将、陸軍省整備局長
永田鉄山《ながたてつざん》……陸軍少将、陸軍省軍務局長
相沢三郎《あいざわさぶろう》……陸軍歩兵中佐、歩兵第四十一連隊附

0

真夏の白日に炙《あぶ》られる三宅坂《みやけざか》を、一台の円タクがのろのろと上《のぼ》っていた。車は桜田濠《さくらだぼり》を右手に、参謀本部《さんぼうほんぶ》と陸軍省《りくぐんしょう》を通り過ぎて、三叉路《さんさろ》を赤坂《あかさか》方面に曲がった。一本目の路《みち》で直《す》ぐにもう一度左に折れ、瀟洒《しょうしゃ》なドイツ大使館を少し過ぎた先の路傍――陸軍省の裏門近くで駐《と》まった。未《ま》だ午前中の早い時刻にも拘《かか》わらず、辺《あた》りは鍋の底で煎《い》られているような暑さだった。

間もなく車扉が開き、一人の軍人がトランクを携《たずさ》えて姿を現わした。

背が高く、頑強な身体《からだ》つきの男だった。頬骨《ほおぼね》の張ったその面貌《めんぼう》から察するに、歳《とし》の程は四十半ば頃か。カーキ色の将校服では、陸軍中佐の証《あかし》として三つ筋に星二つの肩章《けんしょう》が輝いている。歩兵科を示す緋色《ひいろ》の襟章《えりしょう》には、アラビア数字で「４１」とあった。

腰から下げた軍刀は余程重量があるのか、男が動く度《たび》に重々しく揺れていた。どうやら指揮刀のような装飾品ではなく真剣のようだった。息をするだけで汗が滴《したた》るようなこの炎暑にも拘わらず、男は左手に将校用のマントを提《さ》げていた。

マントを左腕に掛け直し、男は軍帽の縁《ふち》を上げた。堅牢《けんろう》な煉瓦《れんが》造りの門越しに、陸軍省の偉容を望む。男は円タクが走り去った後も、暫《しばら》くの間、地面に突き刺さった棒のようにその場で佇《たたず》んでいた。止めどなく湧き出る汗が、男の軍衣を忽《たちま》ち黒く濡《ぬ》らした。

どれほどそうしていただろう。男は深く軍帽を被《かぶ》り直し、俯《うつむ》きがちに門を潜《くぐ》った――昭和十年八月十二日午前九時三十分。歩兵第四十一連隊附《づき》の相沢三郎《あいざわさぶろう》歩兵中佐は、こうして陸軍省に足を踏み入れた。

行き来する職員たちと擦《す》れ違いながら、相沢は先《ま》ず別館二階にある整備局長室に向かった。

腰の軍刀を揺さぶって進む相沢に、職員たちは敬礼を示しつつも幾許《いくばく》か醒《さ》めた眼差《まなざ》しを寄越《よこ》していた。将校が佩用《はいよう》する軍刀は薄刃のサーベルが主流なのだが、昨今何かと話題に上る一部の過激な若手将校には、常在戦場の意識を誇示するために敢《あ》えて真剣を吊るす者も多かった。尉官《いかん》階級ならまだしも、中佐たる者が左様《さよう》な熱に浮かされる始末では品位に欠けるという訳だ。尤《もっと》も、相沢はそんな職員たちの冷ややかな視線を気に掛けることもなく、ひとりひとり立ち止まって折り目正しい答礼を返していた。

陸軍省の建屋《たてや》は、大正年間の増改築以来、非常に複雑な造りとなっていた。裏門沿いに建つ二棟の別館はそれぞれ一階部分が本館と繋がっているだけで、別館同士を行き来するには一度本館を経由しなければならない。

「相沢中佐、お早うございます」

相沢が階段に足を掛けた矢先、背後から声が掛かった。振り返ると、廊下の端《はし》から色の白い給仕の青年が笑顔を見せていた。

陸軍省や隣の参謀本部では、常に数名の給仕が働いている。来客時のお茶汲《く》みから職員の使い走り等《など》業務の幅は広い。軍属《ぐんぞく》扱いのため相場より高い給与は支払われるものの、高い品格や礼儀作法が求められるのは当然のこと、帝国陸軍の心臓部が職場となるため採用基準は極めて厳格で、応募には佐官《さかん》階級以上の推薦状が必須となっていた。

こんな場所に縁《ゆかり》のない相沢にとっては初めて見る顔だった。それでも相沢は律儀《りちぎ》に振り返り、ふた廻り以上歳下であろうこの給仕にも丁寧な敬礼を示した。

「台湾へ御出立《ごしゅったつ》と伺いました。大変おめでとうございます」

「うん、有難う」

そう返しながらも、相沢は奇異の念に打たれた。何故《なぜ》この給仕は、未《いま》だ公《おおやけ》にはなっていない筈《はず》の転任人事を知っているのか。しかし、直ぐにどうでもよいことだと思い直し、それよりも直近の問題について尋《たず》ねることにした。

「一寸訊《ちょっとき》きたいのだが、永田《ながた》閣下は御在室だろうか」

「軍務局長殿ですか？　……はい、先ほどお客様がお見えになり、お部屋にお通ししたところです」

「客か。それは誰だか教えて貰《もら》えるかね」

「東京憲兵隊長の六角紀彦《ろっかくのりひこ》大佐です。併《あわ》せて、兵務《へいむ》課長の山田長三郎《ちょうざぶろう》大佐も軍務局長室に入られました」

「そうか。君、済まないけれどその二人が帰ったら私に教えてくれないか。私は二階の山岡《やまおか》閣下の部屋にいるから」

「整備局長室ですね。畏《かしこ》まりました、お帰りになられましたら直ぐにお報《しら》せします」

給仕は莞爾《にっこり》と微笑《ほほえ》み、足早に本館の方角へ消えた。相沢は遠ざかるその背を見送って、ゆっくりと階段を上った。

陸軍省整備局は動員課と統制課の二つに分かれ、動員課は動員・召集・徴発・軍需工業の指導を、また統制課は軍需品の調達・整備・補給・交通の統制を掌《つかさど》っていた。その局長を務める山岡重厚中将《しげあつちゅうじょう》と相沢は、予《かね》てより昵懇《じっこん》の仲だった。相沢が陸軍士官学校で剣術教官をしていた時分、山岡は上官の生徒隊長を務めていたのである。

相沢は整備局長室の前に立ち、帽子を取ってから扉を叩いた。

「失礼します。相沢中佐、入ります」

室内から返答があるのを待って、相沢はノブを手に扉を開けた。

「おう相沢、久しぶりだな」

執務卓の向こうで腰を上げる山岡に、相沢は深く頭《こうべ》を垂《た》れた。

「閣下、お早うございます。また大変御無沙汰をしておりました。お仕事中に申し訳ありませんが、少々お時間をよろしいでしょうか」

「勿論《もちろん》だ。まあ座れ。どうした、こんな朝っぱらから」

相沢は執務卓に近い椅子《いす》へ寄り、再度頭を下げてから腰を落ち着けた。卓上では大振りな扇風機《せんぷうき》が山岡に風を送っていた。相沢はそれを一瞥《いちべつ》したが、山岡が首振り機能のスイッチを押すことはなかった。相沢も特に求めることはしなかった。

「実はこのたび台湾歩兵第一連隊への配属と台北《たいほく》高等商業学校服務が決まりまして、今日はその御挨拶に参りました」

「えっ、貴様《きさま》が台湾に」

卓上の書類を横に退《ど》かそうとしていた山岡が顔を上げた。

「そりゃあ本当か。随分《ずいぶん》と急な話じゃないか」

「そうでしょうか。八月の定期異動とのことです。ああ、そう云《い》えば閣下は中将に進級されたのでしたね。誠におめでとうございます」

相沢は、その後も型通りの転任挨拶から当たり障りのない四方山話《よもやまばなし》を続けていた。山岡は適当に相槌《あいづち》を打ちながらも、いつになく穏やかな笑《え》みを浮かべるその姿を密《ひそ》かに訝《いぶか》しんでいた。

山岡は、かつての部下であるこの男が狂信的な尊皇主義者であり、同時に幼児も斯《か》くやとばかりに純朴《じゅんぼく》で直情径行な性格であることをよく理解していた。上官は勿論、部下に対しても極めて礼儀正しいが、社交性や近代的素養に欠け、その胸中には常に忠君愛国の焔《ほむら》が燃えている。人を疑うということを知らず、部下から耳打ちされた過激な風説を尽《ことごと》く鵜呑《うの》みにして独《ひと》り悲憤慷《こう》慨《がい》する男、それが相沢三郎だった。

数週間前には、相沢が勝手に福山《ふくやま》の連隊を抜け出して上京し、乗り込んだ陸軍省で上官に当たる永田鉄山《てつざん》軍務局長に面と向かって自決を求めるという騒動が起こった。その際は逆に永田から諭《さと》されてすごすごと連隊に復帰したのだが、これも元を辿《たど》れば部下たちから「軍中央腐敗ノ元凶ハ永田ナリ」と吹き込まれたことが原因だったらしい。その他にも、自らの失態で中耳炎《ちゅうじえん》を拗《こじ》らせた時には自戒として治療を拒否するなど、兎角《とかく》相沢には常軌を逸《いっ》した行動が目立った。左様な次第ゆえに憲兵隊でも要監視人物に認定されている相沢の口から台湾への転任が告げられた際、山岡の脳裏を先ず過《よぎ》ったのは国外追放という文言《もんごん》だった。ややこしい奴は、四の五の云わさずに国の外へ追い出してしまえという訳だ。

しかし、当の本人はそんなことを思いもしないのか、台湾赴任《ふにん》の抱負をくどくどと述べるばかりだった。いつものように顔を紅潮させて国家改造の必要性を訴えることもなく、山岡にはその静けさが却《かえ》って不気味《ぶきみ》だった。

延々と続く空疎《くうそ》な抱負に山岡が辟易《へきえき》し始めた矢先、小さなノックの音と共に失礼しますという声が聞こえた。入れと山岡が応《こた》えるのに併せて、色白な給仕が扉口から顔を覗《のぞ》かせた。

「お話中に失礼いたします。相沢中佐、軍務局長殿のお客様がお帰りになられました」

給仕は凜《りん》とした声で相沢にそう告げた。相沢は首だけで振り返り、有難うと顎を引いた。

山岡は、胸の裡《うち》を逆撫《さかな》でされたような気持ちになった。

「相沢。貴様、永田の所にも行くつもりか」

「はい。台湾赴任の御挨拶は永田閣下にもせねばなりませんので」

相沢は山岡の目を見詰めたまま、打って変わって淡白な口吻《くちぶり》でそう答えた。

山岡の胸中では、得体《えたい》の知れぬ不安が急激に膨《ふく》らみ始めた。

「本当に挨拶だけだろうな」

「閣下、それはどういう意味です」

相沢は眉間《みけん》に皺《しわ》を寄せて、即座に身を乗り出してきた。山岡はその剣幕《けんまく》にたじろぎ、もういいと手を振った。興味はあったが、これ以上関わり合いを持たない方が良いという咄嗟《とっさ》の判断だった。

「それじゃあ向こうでも元気で。しっかりやれよ」

山岡は腰を浮かし、相沢に向けて手を差し出した。相沢は素早く立ち上がり、その手を強く握り返した。

「立派に勤めてまいります。閣下も軍中央において純真なる革新運動をお願いします」

「分かった分かった、俺に任せておけ」

「それでは失礼します」

折り目正しい敬礼を示して相沢は整備局長室を退出した。その大きな背を見送って、山岡は小さく息を吐《は》いた。

永田の許《もと》を訪れた相沢が果たして転任の挨拶だけで引き下がるのか、山岡は極めて懐疑的だった。しかし、真逆《まさか》あんなことになるとは思いもしなかった。せめて前回同様、面と向かって自決を迫り衛兵に連れ出されるぐらいだろうと考えていた。

相沢を呼びに来た給仕は、いつの間にか姿を消していた。


整備局長室の扉を閉めた相沢は、目深《まぶか》に軍帽を被り直して階段を下りた。

熱気のせいか、矢鱈《やたら》と喉《のど》が渇いた。山岡の許へ戻り水を所望することも考えたが、今後を考えて止《や》めておいた。長く座っていたからか、腰に下げた軍刀がやけに重たく感じられた。

渡り廊下を抜けて本館一階に戻り、そこからもう一つの別館を目指す。軍務局長室はその二階にあった。

本館廊下の扉を開けて外に出る。苛烈《かれつ》な夏の陽《ひ》が、地面を白く焼いていた。立っているだけで汗も滴るような暑さは依然として変わらないが、風がある分、屋外の方が過ごし易《やす》いようにも感じられた。

相沢は渡り廊下のなかほどで足を止めて、軍帽の縁から空を仰いだ。雲一つない、透き通るような蒼天《そうてん》だった。大丈夫だという呟《つぶや》きが、自《おの》ずと漏れた。

「――おい、相沢」

別館に足を踏み入れた矢先、頭上から野太《のぶと》い声が響いた。

顔を上げると、口髭《くちひげ》を短く刈り込んだ大柄な男が階段を下りてくるところだった。

「古鍛治《こかじ》大佐、御無沙汰しております」

相沢はその場にトランクを置き、背筋を伸ばして敬礼した。参謀本部庶務《しょむ》課長、古鍛治兼行《かねゆき》大佐は大きな足音を立てて相沢の許へ寄った。

「貴様がこんな所に来るなんて珍しいな。何かまたやらかしたのか」

「いえ、この度台湾歩兵第一連隊に配属となりましたので、その御挨拶に伺った次第です。参謀本部にはこの後で伺う予定でした」

へえと呟きながら、古鍛治はにやにやと笑った。

「貴様、今は福山だったか」

「はい、歩兵第四十一連隊です。いい所です」

「永田さんに喧嘩を売ったと聞いたが、本当か？」

相沢は眉根を寄せ、強い口調で違いますと返した。

「それは正しい説明ではありません。自分は昨今の情勢を御説明し、その上で永田閣下は軍務局長を辞任為《な》さるべきであると申し上げたのです」

「でも、腹を切れと云ったんだろ？」

「はい。昨今の軍中央部の混乱は、全て真崎《まさき》閣下が教育総監《きょういくそうかん》をお辞《や》めになったことに端《たん》を発します。そしてそれは、永田閣下の画策に因《よ》るものであると自分は聞き及んでおります。畏れ多くも大元帥陛下《だいげんすいへいか》の宸襟《しんきん》を悩ませ奉《たてまつ》った責任は、自決なさるより他に贖《あがな》いようもありません」

相沢が云い終わるより先に、古鍛治は笑声を爆発させた。廊下を行く他の職員たちが、驚いたように古鍛治を振り返った。

「だから腹を切れと？　貴様は昔から変わらんなあ」

古鍛治はひとしきり笑い続けたのち、その太い腕を相沢の肩に廻して壁際《かべぎわ》に引き寄せた。

「そんなことしてるから、貴様は飛ばされるんだよ」

「それは、どういう意味ですか」

「そんなことも分からんのか。ああだこうだと五月蠅《うるさ》い相沢三郎が目障《めざわ》りだったから、遠くへ追い払ったに決まっているだろう」

「では、今回の台湾赴任も永田閣下が」

「他に誰がいる。軍務局長は陸相《りくしょう》の筆頭補佐官、林《はやし》の爺さんは疾《と》うの昔に永田の操り人形だ。貴様を台湾に飛ばすぐらい屁《へ》でもない」

「こ、古鍛治大佐！　そんな、林銑十郎《せんじゅうろう》陸軍大臣を爺さんだなどと」

「煩《うるさ》いな。貴様、軍務局長室に乗り込んだんだろう？　どうしてその時にブスッとやらなかったんだ、こんな風によ」

古鍛治に脇を小突《こづ》かれた相沢は、それはと呟いたきり言葉が続かなかった。

「相沢、貴様生まれは東北だったたか」

「……はい、仙台《せんだい》であります」

「仙台ね。仙台、仙台、ああそうか。貴様、臆したんだな？　仙台と云えばドン五里《ごり》だからなあ」

古鍛治の腕を振り解き、相沢は猛然と向き直った。

「古鍛治さん、貴方《あなた》は」

「仙台の男だったら、貴様にもドン五里の血が流れてるのかと訊いてるんだよ」

相沢は自分でも血の気が引いていくのが分かった。ドン五里とは、戊辰《ぼしん》戦争の折、官軍が放った一発の大砲の音だけで恐慌を来《きた》し、五里も逃げた仙台藩兵を嘲《あざけ》る蔑称《べっしょう》だった。

「あ、相沢は臆したりしておりませんっ」

相沢は青筋を立て、廊下中に響き渡る声で云い返した。古鍛治は冷ややかに笑っていた。

「大声を出すな莫迦《ばか》が。まあいいじゃないか。台湾は良い所だと聞く。南国の風に吹かれたら、貴様の凝《こ》り固まった頭だって少しは柔らかくなるだろうよ。精々《せいぜい》頑張れ」

「古鍛治さん、待って下さい！」

「執拗《しつこ》いぞ。俺は明日から満洲出張だ。貴様ほど暇《ひま》じゃない。退《ど》け」

古鍛治は相沢の肩を強く押してから、来た時と同じような大股《おおまた》で立ち去った。その姿が見えなくなっても、相沢は棒のようにその場に突き立っていた。

廊下を行き来する職員は、壁際で立ち尽くす相沢を怪訝《けげん》そうに一瞥して通り過ぎていく。通行の妨《さまた》げとなっていることに気が付いた相沢は、トランクを持ち直して急ぎ階段を上った。

顔だけでなく、吐く息も熱い。頭のなかでは、ドン五里という古鍛治の声だけが響き続けていた。

軍務局長室は二階の奥にあった。

扉脇の名札を確認し、気を静めるために深呼吸を繰り返した。風を通すためか、軍務局長室の扉は開け放たれて簾《す》の衝立《ついたて》が立ててあるだけだった。

室内には、衝立越しに三つの人影が窺えた。一人は奥の執務卓に着き、二人がその前に立っている。給仕の話では、客は帰っている筈だった。古鍛治と言葉を交《か》わしている内に、新しい客が訪ねて来たのだろうか。

これでは間が悪い。万全を期した方が良いだろう。未だふわふわとした頭で相沢がそう判断した刹那《せつな》、耳の奥で粘《ねば》つくような古鍛治の声が甦《よみがえ》った――ドン五里。

顔中が熱くなった。床にトランクを落とし、そのままの勢いでマントを羽織《はお》る。

衝立を避けて室内に足を踏み入れると、手前の一人が丁度《ちょうど》こちらに向かって来るところだった。相沢も顔を知っている、兵務課長の山田長三郎大佐だ。給仕が帰ったと告げた筈の一人だが、今の相沢にそこまで考えを巡らせている余裕はなかった。

制止されるのではないかと、相沢は咄嗟に身構えた。しかし、山田は相沢の姿など眼中にない様子で傍《そば》を通り過ぎ、さっさと廊下へ出て行った。

相沢がひと息に軍刀を抜き放つのと、執務卓に着いた軍務局長、永田鉄山少将が顔を上げるのはほぼ同時だった。

永田の顔が如実に強張《こわば》った。その変化に気が付いたもう一人が振り返る。それが東京憲兵隊長の六角紀彦大佐だと知った時、相沢は既《すで》に軍刀を構えて執務卓に迫っていた。

腰を浮かした永田が、相沢を避けるように右に動いた。逃げられると思った相沢は、上段に構えた軍刀で勢いよく斬《き》り掛かった。

斬った――が浅い。

切っ先は永田の肩を掠《かす》っただけだった。横の六角が甲高《かんだか》い怒声を上げた。制止されると直感した相沢は、返す刀で六角に軍刀を振るった。その勢いで頭から軍帽が落ちる。切っ先が六角の左腕を裂いた。鮮血が迸《ほとばし》り、六角は頽《くずお》れた。

振り返ると、永田は血の溢《あふ》れる肩口を押さえて、隣の軍事課長室に繋がる扉へ向かっていた。真逆と思った。逃げているのだ。栄《は》えある帝国陸軍の将官たる者が、襲撃に遭《あ》って反撃も試みず、敵に背を向けて逃げ出そうとしているのだ。網膜《もうまく》に焼き付いた六角の鮮血と目の前の永田の怯懦《きょうだ》が、相沢の血を更に滾《たぎ》らせた。

永田は扉に凭《もた》れ掛かるようにして、必死にノブを摑《つか》んでいた。しかし、向こうから鍵でも掛っているのか扉は一向《いっこう》に開かない。がちゃがちゃという耳障りな音だけが続いている。

相沢は大股で永田の許に寄り、左手で刀身を支えてひと息に突き刺した。研《と》ぎ澄まされた切っ先は背後から容易《たやす》く永田の身体を貫き、硬い扉にまで達した。

刀を抜く。疵口《きずぐち》からは、忽ち鮮やかな血が噴き出した。獣《けもの》のような唸《うな》り声を上げて、永田はその場に倒れた。

左手が焼けたように熱かった。目を落とすと、手首から先が真っ赤に濡れていた。どうやら刃に手を添えた際、親指以外の四本を深く傷つけたようだ。止めどなく血は溢れ出てくるが、不思議と痛みは感じなかった。

どうやって止血すべきか考え始めた矢先、床の永田が身動《みじろ》ぎした。緩慢《かんまん》な動作で立ち上がり、踉《よ》蹌《ろ》めきながら入口の方へ向かおうとしている。

相沢は軍刀を握り直し、ゆっくりと永田を追った。その胸中からは、先ほどまでのような憎悪はすっかり消えていた。残るのはただ、早くこの事態を収拾しなければならないという義務感だけだった。

泳ぐような恰好《かっこう》で足を進めていた永田は、応接用と思《おぼ》しき円卓の手前で遂《つい》に力尽きた。頭から転倒し、仰向けに倒れる。相沢はその脇に立ち、止《とど》めを刺すために永田の喉《のど》を狙った。

不意に左手の疵が痛んだ。刀身が揺れ、逸れた切っ先は永田の左顳顬《こめかみ》を深く抉《えぐ》った。未だこれだけ残っていたのかというほどの鮮血が、一気に噴き上がった。恰《あたか》もそれは詰まりが取れた水道管のようで、相沢には、無益な陸軍内部の派閥闘争に漸《ようや》く終止符が打たれた証のようにも感じられた。大の字に倒れた永田は、最早《もはやごう》毫も動かなかった。

不意に、廊下の方が騒がしくなった。それが契機となって、相沢の耳は窓の外で湧き起こる蟬《せみ》時雨《しぐれ》を拾い始めた。

マントの裾《すそ》で軍刀の血を拭い、鞘《さや》に納める。左手の疵からは、依然として大量の血が零《こぼ》れ落ちていた。剣道四段でありながらこんな様《ざま》かと、相沢は自分が情けなかった。

このままでは、廊下を汚してしまうかも知れない。後で医務室には寄るとして、相沢は一先《ひとま》ずハンカチを取り出し、苦労をしながら左手を縛《しば》った。

じんわりと紅に染まっていく手巾《しゅきん》を見詰めながら、ふと己《おのれ》の血が黒ずんで見えることに気が付いた。傍《かたわ》らに広がりつつある永田の血は目が覚《さ》めるように赤い。その対比は、相沢を酷《ひど》く厭《いや》な気持ちにさせた。

頭を強く振り、脳裏に浮かんだ雑念を払う。改めて室内を見廻した相沢は、六角の姿が見当たらないことに初めて気が付いた。尤も、そんなことはもうどうでも良かった。

左手は握り締めたまま、相沢はきびきびと廊下に出た。あれだけ騒がしかったのにも拘わらず、そこには何人《なんぴと》の姿もなかった。

廊下を進みながら、相沢は古鍛治と山岡に報告をせねばと思った。特に古鍛治には、自分が決して臆した訳ではなかったことを分からせなければいけない。再度目を落とした左手では、疵口を縛ったハンカチが隅々まで深紅《しんく》に染まっていた。

階段を下り、本館へ続く渡り廊下へ出ても、相沢は誰とも擦れ違わなかった。

蟬の声が一気に大きくなった。暑さは更に増したようだった。

緩やかな風が吹く。相沢は立ち止まり、再び空を仰いだ。

雲一つない、透き通るような蒼天が不意に歪《ゆが》んだ。鼻が痛くなり、あっと思った時には熱い涙が溢れ出ていた。

漸く革新が始まったのだ。自分はその口火を切ることが出来た。相沢は、その事実に震えるような悦《よろこ》びを感じていた。

思いが込み上げるまま万歳と叫びそうになって、相沢は自分が帽子を被っていないことに気が付いた。

六角を斬り付けた際に落としたのだ。このような偉業を成し遂げた自分が、無帽という品位に欠けた姿で出歩くことなどあってはならない。相沢が急ぎ別館に戻ろうとした、その時だった。

勢いよく渡り廊下の扉が開き、二人の憲兵がこちらに向かって来た。

構わずに足を進めた相沢の行く手を阻むように、憲兵は並んで立ち止まった。仕方なく脇を通り抜けようとしたが、憲兵は横に動いて相沢を遮った。

どうしてこの憲兵は、国家改造の魁《さきがけ》となった自分を邪魔するのだろう。困惑と苛立ちが綯《な》い交《ま》ぜになって膨らみ始めた矢先、憲兵が固い声で相沢の名を呼んだ――。


私が後から聞き知った永田軍務局長惨殺事件の顚末《てんまつ》は、凡《およ》そ以上のような次第だった。

1

三納中尉《みのうちゆうい》の頰を殴打《おうだ》した時、私が真っ先に思ったのは、今の一発で手套《てとう》が汚れなかったかということだった。

壁際に吹き飛んだ三納の鼻からは、鮮やかな血がだらだらと溢れていた。咄嗟に手元を検《あらた》める。幸い白い甲には何の汚れも見られない。

右手の手套を丁寧に脱いでから、私は横に立つ曽根《そね》中尉の横面《よこつら》も思い切り殴り飛ばした。

早稲田《わせだ》警察署から東京憲兵隊本部に連絡が入ったのは、十九時五十分のことだった。

その凡《およ》そ三十分前、弁天町《べんてんちょう》の割烹《かっぽう》料亭「鶴来《つるぎ》」から早稲田署に「酔った客が店で暴《あば》れている」と通報があった。早稲田署は駐在の警官を現地に派遣したが、奥の座敷で殴り合いの大喧嘩を繰り広げていたのは若い尉官《いかん》たちらしく、報告を受けた係員は速《すみ》やかに東京憲兵隊にその旨を通達した。二年前の六月に大阪で起きた歩兵第八連隊と大阪府警察部の対立事件、所謂《いわゆる》「天六《てんろく》ゴーストップ事件」以来、警察は軍人の絡《から》む案件に極力首を突っ込まないようにしていた。

軍人が起こした事件を処理するのは、軍隊の警察官たる憲兵の仕事だった。

憲兵は軍事警察を掌《つかさど》り、軍機の保護や社会情勢の視察と警防、更には軍人等の非違犯罪《ひいはんざい》の警保と処置を主な任務とする。尤も、軍事警察の目的を達成するため所轄の警察官庁から要請があった場合などはその限りではなく、巷《ちまた》の制服警官同様、一般大衆に対しても司法警察権と行政警察権を行使することが出来た。即《すなわ》ち、憲兵とは軍事警察権のみならず普通警察権をも執行し得る強力な資格を有した軍人という訳だ。

東京憲兵隊は直《す》ぐに最寄りの牛込《うしごめ》憲兵分隊へ出動を命じた。その際、若宮町《わかみやちょう》の官舎に偶々《たまたま》居合わせていたのが、分隊長の森木《もりき》少佐を訪れていた私――憲兵大尉の浪越破六《なみこしばろく》だった。

出動要請を受けた森木は、暫く考えてから私に同行を求めてきた。本来ならば手隙《てすき》の憲兵下士《かし》官《かん》を派遣して終《しま》いなのだろうが、相手が血気盛んな将校クラスでしかも酩酊《めいてい》状態にあるとなっては、下士官の注意などに耳は貸さないかも知れない。

「弁天町だったら、おおかた騒いでいるのは軍学校の若い教官だろう。こんなことでいちいち学校と遣《や》り合いたくはないんだ」

斯様《かよう》な些事《さじ》を大事《おおごと》にしたくない森木は肩を竦《すく》めて見せた。

現場近くとなる市ケ谷《いちがや》から戸山《とやま》界隈には、士官学校を始めとした軍の学校が多い。そこの教官を務める若い少尉や中尉には、昨今の穏やかならざる風説を盲信する者も多いと聞く。そんな連中を相手にするのならば、確かに下士官だけで赴《おもむ》くより憲兵大尉の肩書を持つ私が同行をした方が早く片付くだろう。筋は通っている。

憲兵司令部第二課に所属する私の主な任務は、巷で「青年将校」やら「革新将校」やらと呼ばれている一部将校の偵察だった。それ故にこれが業務の範囲に属するのかは些《いささ》か怪しかったが、上官の命令とあっては断る路《みち》もない。そもそも、酒の席で醜態《しゅうたい》を晒《さら》し剰《あまつさ》え店の備品を破壊するなど帝国軍人として言語道断である。糺《ただ》さなければならない。

黒見《くろみ》という顔馴染みの憲兵曹長《そうちょう》が運転するサイドカーに乗り込み、私は早速鶴来に向かった。来週で十一月も最終週になろうかという夜の空気は、骨身に染みて既に冬のそれだった。角筈線《つのはずせん》の線路に沿って牛込柳町《うしごめやなぎちょう》の角で曲がり、緩やかな坂を上って多聞院《たもんいん》の向かいにある狭い路地に入る。同じような佇まいの店が何軒か続いた突き当たりが鶴来だった。往来の喧騒《けんそう》は、幕でも下ろしたようにすっかり遠ざかっていた。

店の前には女将《おかみ》らしき年増《としま》の女と、眠たそうな顔をした制服警官が立っていた。私は直ぐに側《そく》車《しゃ》から下りて、自らの所属を告げた。

「折角《せっかく》お越し頂いて何ですが、どうやらもう終わったようですよ」

飛鳥井《あすかい》と名乗った初老の巡査部長が、皮肉っぽい口吻《くちぶり》で云った。

「傍から聞いた限り、お互いに思いの丈《たけ》をすっかりぶつけ終わって、今は楽しくお酒を召し上がっているようですな。まあ結構なことです」

「御迷惑をお掛けして申し訳ありません」

私は飛鳥井の顔を真正面から見て、深く頭を下げた。

「後は我々で処置しますので、もうお引き取り頂いて結構です。二度とこのようなことがないよう、きつく云い聞かせておきますので。大変失礼をしました」

背後で黒見がほうと呟くのが聞こえた。飛鳥井は宛《あ》てが外《はず》れたような顔をしていたが、それ以上は何も云わず、脇に駐《と》めていた自転車に跨《また》がってさっさと立ち去った。

遠ざかる背を見送って、私は女将に向き直った。

「女将ですね？　全く申し訳がありません。損害は全て補償いたしますので」

「いえそんな、とんでもないことでございます」

女将は困惑し切った顔で大きく頭を振った。

「士官学校の方にはいつもお越し頂いてお世話にもなっておりますのに、入ったばかりの子が、未だ慣れておりませんもので警察なんかに電話をしてしまって……。こちらこそ申し訳ありません」

「とんでもない、どうぞ顔を上げて下さい。奴らは未だなかにおりますね？　所属と名前は分かりますか」

女将は躊躇《ためら》う素振りを見せたが、隠し立てしても仕方がないと観念したのか、伏し目勝《が》ちに小さく頷いた。

「歩兵第三連隊の三納中尉さんと、士官学校で教官をされている曽根中尉さんです」

「黒見曹長、聞いたことのある名前か」

「曽根中尉どのでしたら、これまでにもお目に掛かっております。ことあるごとに過激な論をお吐きになりますもので、再三御注意は申し上げているのですが、なかなかお耳には届かない御様子で」

黒見はのんびりとした口調で答えた。私は軍帽を深く被り直し、女将に案内を頼んだ。女将は観念した顔で、杉の引き戸を開けた。

店舗《みせ》の奥からは、男同士の笑い声が微《かす》かに伝わって来た。坪庭に沿って曲がると、突き当たりに座敷が見えた。片方の襖《ふすま》は取り外され、片側の壁に凭《もた》せ掛けてある。大きな物がぶつかったのか、中央付近が大きく凹《へこ》んでいた。

その手前で、女将がおどおどと振り返った。私は脇を通り抜け、残っている襖を思い切り開け放った。

八畳ほどの座敷には、黒塗りの膳を挟んで軍服姿の若者が向かい合っていた。

二人は挑《いど》むような目線をこちらに寄越したが、直ぐに相手が憲兵将校だと気付いたようで、慌《あわ》てて立ち上がった。

両名とも、肩章は中尉のそれだった。所属部隊を示す襟部徽章《えりぶきしょう》は共に歩兵の緋色だが、片方は「3」でもう片方が無地だった。「3」となっているのが歩三《ほさん》の三納であり、無地の方が学校所属の曽根なのだろう。既に大分《だいぶ》と酒杯を重ねているのか、両名共に顔はすっかり朱《あか》く染まっていた。

私は素早く室内を見廻した。

庭に面した障子は閉じられているが、障子紙だけでなく組子《くみこ》の一部も破損して、冷たい夜風が吹き込んでいた。壁際に据えられた平安朝風の屛風《びょうぶ》にも大きな穴が開いている。

喉元を抉られたような瓜実顔《うりざねがお》の女房から、私は目線を二人に戻した。

「憲兵司令部の浪越大尉である。所属と名を述べろ」

「はいっ、歩兵第三連隊第五中隊の三納中尉であります」

「士官学校附の曽根中尉であります」

三納と曽根は背筋を伸ばして敬礼を示した。

「よし、三納中尉。先ほど東京憲兵隊本部に早稲田署を経由して酔っ払った客が暴れているという通報が入った。それは貴様らのことで間違いないな」

「いいえ、それは」

「違うのか」

「違いませんが、自分と曽根は酔って暴れた訳ではありません。来《きた》るべき昭和維新に関して意見を戦わせていたのであります」

「ほう、昭和維新」

三納はひと際大きな声で、はいと答えた。

「今の政治は腐敗しております。民衆が生活苦に呻吟《しんぎん》をしている一方で、財閥や一部の政党政治家はどんどんと私腹を肥やしている。我らは何としてもこれを糺さねばなりません」

「我らというのは、貴様のような隊附将校のことか」

私の反応を見て理解があると判断したのか、三納は左様でありますと力強く頷いた。折角なので、少しだけ付き合ってやることにした。

「横断的団結は軍を分裂させる恐れがあり厳に慎むべきとの意見もある。それに関してはどう考える」

「軍として組織の力で革新が遂行《すいこう》されるのならば、仰《おつしや》る通りそれに越したことはありません。

ですが、畏れ多くも天皇機関説如きに靡《なび》く今の軍上層部に、革新を断行する意思や気力があるとは到底思えません」

「もうひとつ訊く。貴様が述べたことは軍内部に派閥を作り、政党を結成するに等しい。政党政治を攻撃しながら自ら政党化するのは矛盾ではないのか」

「我らは決して政党化するのではありません。志を同じくする者同士が同じ方向を向き、歩みを同じくするだけであります」

「成る程、よく分かった」

私は一先《ひとま》ずそう区切り、今度は曽根に顔を向けた。

「曽根中尉。三納中尉はこう述べているが、貴様は意見を異《こと》にするのか」

「いえ、違いませんっ」

曽根も、三納に劣らない大声で答えた。

「国家及び軍上層部の革新が必要であることは、自分も常々思っていたことでありました。しかし、三納の案は急進的すぎるため、自分はもっと漸進《ぜんしん》的にことを運ぶべきだと考えております」

「成る程な」

私は一歩踏み出し、笑顔で三納と曽根を交互に見た。

「貴様らの云いたいことはよく分かった。それで、終わりか？」

二人は上気した顔で、力強くはいと答えた。

「そうか」

私は小さく顎を引き、次の瞬間には固めた拳《こぶし》で三納を殴り飛ばしていた。

手套を外し、間を措かずに曽根も殴る。二人とも壁際まで吹き飛び、何が起きたのか分からない顔のまま、それでも反射的に立ち上がった。

「貴様らの空疎《くうそ》な議論など知ったことではないが、それで地方人《ちほうじん》に迷惑を掛けるなど論外。この座敷の様《ざま》はなんだ。帝国軍人として恥を知れ」

しかしと叫んだ曽根を、私は再び殴り飛ばす。三納は顔を歪め、敢えて私からは目線を外した中空を睨むような顔で立った。

「この件はそれぞれの上官に報告する。店の損害についてはきちんと金額を弾《はじ》き出して憲兵隊で請求書を作成する。それで少しは懲《こ》りろ、この莫迦《ばか》共が」

三納も曽根も、憤懣《ふんまん》遣《や》る方《かた》ない心情を声に込めてはいと怒鳴った。

手套を嵌《は》め直して座敷を出る。廊下では、一部始終を見ていたのであろう女将が、蒼褪《あおざ》めた顔で壁際に控えていた。

「そういう訳ですから、店の修繕に掛かった請求書は全て憲兵隊に送って下さい。憲兵司令部の浪越破六宛で結構です。浪を越すに破れ六方《ろっぽう》と書きます」

「そんな、請求だなんて」

「女将、ここでなあなあに済ませては奴らの教育にも宜《よろ》しくない。是非ともお願いをします」

「しかし」

「お願いします」

私は笑顔で歩み寄る。女将は顔を歪めて、漸《よう》く顎を引いた。

「相変わらず大尉どのは苛烈ですなあ」

店の外に出たところで、黙って従っていた黒見が口を開いた。

「あの程度でぼこすか殴っておりましたら、この早稲田界隈だけで大尉どのの手が保《も》ちませんぞ」

「そういうものか」

「学校も多いですから。この辺りの飲み屋じゃあ、毎晩どこかしらの店で青年将校どのが過激な論を戦わせておいでです」

叩き上げの黒見からすれば、酒の席での不始末如きで鉄拳《てっけん》を振るう私が青臭くて仕方ないのだろう。揶揄《やゆ》されていることは分かったが、私は構わずに側車に乗り込んだ。

「そんなことよりも、憲兵曹長がそんな言葉を使うな」

「何がです？」

「青年将校とかいう単語だ。特別な名称を与えれば余計につけ上がる」

「成る程、心得ておきます。それにしても助かりました。革新派の将校サマは、自分のような下士官の話になぞまるで耳を貸しちゃくれませんので。曽根中尉どのなぞは余程憲兵がお嫌いなのか、この間は面と向かって掃《は》き溜《だ》め漁《あさ》りの犬がと云われましたよ」

「云い得て妙じゃないか」

「何ですと？」

「私が今日牛込分隊を訪ねたのは、士官学校から回収された塵《ごみ》を漁って、過激な思想を奉じる教官や学生が認《したた》めた手紙の書き損じを捜すためだった。掃き溜め漁りの犬、何も間違ってはいない」

私が激昂することを望んでいたのであろう黒見は、肩透かしを喰らった顔でオートバイに跨《また》がった。

「帰りはどこまでお送りしましょう。司令部で宜しいですか?」

「いや、二一〇〇《ニーヒトマルマル》に用事がある」

私は時刻を確認した。夜光塗料が塗られた腕時計の針は、二十時二十三分を指していた。約束は二十一時なので、これから向かえば丁度良い頃合いだろう。

「少し遠いが、荻窪《おぎくぼ》まで頼めるか」

「勿論構いません。荻窪のどこです」

「上荻窪《かみおぎくぼ》三百十二の渡辺《わたなべ》教育総監私邸だ。断じて遅れる訳にはいかないから飛ばしてくれ」

黒見は物問いたげな様子を見せたが、結局口を開くことはなく、そのままサイドカーのエンジンを吹かした。

2

成宗《なりむね》界隈を抜けて住所が荻窪となり始める頃から、急に風が強くなった。

荻窪駅の北口からは、帰宅途中と思しき人影が大勢吐き出されたところだった。黒見が警笛を鳴らして人々を退かせ、サイドカーはそのまま閑静《かんせい》な住宅街に入った。

「この辺りだと思いますが」

黒見が速度を落とす。行く手に古びた寺院が見えた。あれが光明院《こうみょういん》だろう。事前に調べた限りでは、あそこから坂を上る筈だった。私は黒見に停めるよう命じた。

「御用事が終わるまでお待ちしましょうか」

「いや、自分で帰るから構わない。手間を掛けたな。森木少佐に何か云われたら、浪越を送っていたと答えてくれ」

黒見は簡素な敬礼を示し、車体を巡《めぐ》らせて夜道を走り去った。

時刻は二十時四十八分。古びた板塀に沿って北西へ進み、その裏手から続く急峻《きゅうしゅん》な坂に足を踏み入れた。

相変わらず風は強かった。武蔵野《むさしの》の名残《なごり》を留める雑木林の森影が、その都度騒々《つどざわざわ》と鳴っていた。

夜闇に慣れた目が、坂の上に聳《そび》えるバンガロー風の屋敷を捉えた。急ぎ足に坂を上り、石造りの門に臨む。軽く押すと、門扉《もんぴ》は難なく開いた。

正面玄関の前で、自らの装《よそお》いを今一度検《あらた》めた。

皺や汚れは見当たらない。腕に巻いた憲兵の腕章を引き上げてみる。本来腕章を着けるのは下士官までだが、私は、公務に際して必ず着用を心掛けている。この二文字は、何物にも代え難い私の誇りだった。

流石《さすが》に動悸が速まるのを感じた。吹き荒《すさ》ぶ風のなかにあっても一向に肌寒さは感じない。緊張で口のなかはからからに乾き、私は苦労して粘つくような唾《つば》を呑み込んだ。

丁度五分前になった。私は腹を括《くく》って、ひと息にブザーを押した。

直《す》ぐに年増の女中が現われ、来訪の意を告げる間もなく玄関脇の応接室に通された。最後まで拭い切れなかった担《かつ》がれているのではないかという疑念は、これで消滅した。

十畳ばかりの室内には、小卓を挟んで革張りの椅子が並んでいた。少々お待ち下さいと云って下がる女中に礼を述べ、私は入口に近い壁際まで移動した。

主《あるじ》が現われたのは、それから一分もしない内だった。

「やあ済まんね。こんな夜分に」

私は右手で軍帽の庇《ひさし》を持ち、素早く腿《もも》に腕を着ける。そんな不動の姿勢のまま、目の前で温和な笑みを浮かべる和装の男――教育総監、渡辺錠《じょう》太《た》郎《ろう》大将に注目して上体を十五度ばかり傾けた。

「憲兵司令部第二課の浪越破六大尉であります」

渡辺は答礼を終えてから、私に対して椅子を勧めた。

「いえ、このままで結構であります」

「それでは話し難《にく》いだろう。気にせず掛けなさい」

私は少なからず戸惑った。相手は最高位の陸軍大将であるのみならず、三官衙《さんかんが》――陸軍省や参謀本部と並ぶ教育総監部のトップなのだ。遥《はる》か雲上の人間であり、幾ら勧められたからと云っておいそれと応じる訳にもいかなかった。

「まあそう緊張せんでもよろしい。今日のことは飽《あ》くまで私用みたいなものなのだから」

渡辺は腰を下ろし、再度目の前の椅子を手で示した。これ以上固辞するのはむしろ失礼に当たるかも知れない。失礼しますと断って、私は渡辺の正面に浅く腰掛けた。

扉が開き、先ほどの女中がコーヒーを運んで来た。こちらも渡辺から勧められたので、カップを摘まみ口を付ける仕草だけしてみせた。

「急に仕事を頼んだりして済まなかったね。驚いただろう」

「いえ、左様なことは」

「詳しい話は狩埜《かのう》中佐から聞いていると思うけれど、今日で丁度一週間かな、急かすつもりはないんだが、調査の方はどれぐらい進んだかね」

「はい、それでは申し上げます。山田長三郎大佐が相沢と共謀しているような事実は見当たりませんでした」

一応は上位に当たる相沢に敬称を付けるべきか迷ったが、上官に刃《やいば》を向けるような輩《やから》にそんな配慮は無用だと直ぐに思い直した。

カップに手を伸ばしていた渡辺は顔を上げ、ほうと目を丸くした。

「驚いたな、もう調べたのか」

「小官《しょうかん》はそう確信しております」

失礼しますと断ってから、私は懐《ふところ》の手帖を取り出した。

教育総監部からの使者が私の前に現われたのは、今から七日前、十一月十五日のことだった。立て込んでいた仕事が漸く片付き、珍しく二十一時台に帰宅の途につけた私は、九段上《くだんうえ》の停留所で背広姿の男に呼び止められた。教育総監部の狩埜中佐と名乗った目付きの悪いその男は、辺りの様子を窺ってから二枚の名刺を差し出した。片方は教育総監部副官《ふくかん》たる自身の名刺であり、もう片方には教育総監の肩書と共に、陸軍大将渡辺錠太郎の名が刷られていた。

面喰《めんくら》う私に狩埜は顔を近付け、先達《せんだつ》ての永田軍務局長斬殺事件で醜態を演じ、事件から凡《およ》そ二ヶ月後の先月五日に自決した山田元兵務課長の身辺調査を渡辺が私に望んでいる旨を告げた。

私は咄嗟の返答に窮した。教育総監部はその名の通り陸軍の教育を掌《つかさど》る官衙であり、そこのトップが直接憲兵に命令を下す等《など》というのは聞いたことがない。そもそも憲兵は陸軍大臣の管轄下にあるため——狩埜の話が嘘でないのだとしたら——渡辺は陸相《りくしょう》の権限を侵《おか》していることになる。

そんな私の疑念を汲み取ったのか、狩埜は生真面目な口吻《くちぶり》でこう付け足した。

「貴様の懸念は理解している。ただ、これは教育総監としてではなく、飽くまでいち陸軍大将としての依頼であると閣下は仰せだ」

それは詭弁《きべん》だろうと思ったが、口に出すことはしなかった。むしろ私は、狩埜が再度口を開く前から早々に受諾する肚《はら》を決めていた。

理由は三つある。先《ま》ず、どうして渡辺が相沢の事件に関心を持っているのか気になった、これが一つ目だ。そして二つ目は、渡辺から名指しで選ばれた理由に心当たりがなかったからである。そして三つ目は、これが最も重要なのだが、渡辺の行為が軍令に反すると確定した場合、私は自らの権限で以《もっ》てこの陸軍大将を提曳《しょっぴ》けると判断したからだった。

多少は躊躇《ためら》う素振りでも見せた方が良いかと思ったが、結局時間の無駄でしかない。私は直ぐに、謹んで命に服する旨を述べた。狩埜は流石に怪訝《けげん》そうな表情を覗かせていたが、特に真意を質《ただ》そうとすることもなく、これが極秘事項である由と調査期限、そして報告は直接上荻窪の渡辺総監邸で行うようにと私に告げた——そして今に至るのだ。

「それならば、早速詳しい話を聞かせて貰おうか」

後ろに凭《もた》れ掛かる渡辺に対し、私は再び背筋を伸ばして、開いたページに目を落とした。

「山田大佐は明治二十年宮城《みやぎ》のお生まれで、陸士《りくし》は二十期、陸大《りくだい》は二十八期で卒業されていま す。近衛野砲兵《このえやほうへい》連隊大隊長や野砲兵第二十二連隊長もお務めですが、御経歴を見る限り、参謀本部員や軍務局課員、兵務課高級課員など中央での省庁勤めの方が多いように思われます」

「それはつまり」

「専《もっぱ》ら地方の連隊を廻っていた相沢との接点が見られないのです。仙台の幼年学校では相沢が二期後輩でしたので流石に顔ぐらいは見知っていたかも知れませんが、それだけです。兵科も砲兵と歩兵で異なります。また大佐殿が、相沢に与《くみ》する一部将校共《ども》の思想に共鳴していたという証言も得られませんでした」

「しかし、それだけで彼をシロと見ることは出来ないだろう。現に山田大佐は、事件の際に相沢を見逃しているじゃないか」

山田が糾弾《きゅうだん》されているのはまさにその点だった。

相沢の凶行に際して、同席していた東京憲兵隊長の六角大佐が制止を試みて重傷を負ったのに対し、山田は相沢を止めるどころか早々に現場から立ち去っていた。後になって、「応戦するため軍刀を取りに戻ったのだ」と抗弁したそうだが、山田が戻って来たのは相沢が現場から立ち去り騒ぎが大きくなってからであり、見苦しい云い訳であることは傍目《はため》にも明らかだった。事件直後の山田は丸腰で、惨状に酷く驚いている様子だったという証言は幾つも集まっていた。

命惜しさに上官を見棄《みす》てた帝国軍人にあるまじき振る舞いという誹《そし》りは、次第に、そもそも山田は相沢と通じており永田暗殺を幇助《ほうじょ》すべく敢《あ》えて見逃したのだという風聞に移り変わっていった。山田は頑《かたく》なに否定を続けたが、軍上層部も流石に見過ごすことは出来なかったようで、同月付で兵器本廠附《へいきほんしょうづき》という閑職へ左遷され、新しい職場へは殆《ほとん》ど登庁もしないまま、十月五日、遂《つい》に自宅で腹を切った。重ねて相沢との関係を否定していたその遺書は、「疑惑をうくるものありしは、全く不徳の致すところにして、ここにその責を負うて自決す」と結ばれていたそうである。

「陸軍省を訪れた相沢は先ず山岡重厚整備局長を訪れ、その後、途中の廊下で偶々《たまたま》同省を訪れていた参謀本部の古鍛治兼行庶務課長と立ち話をしてから、軍務局長室を訪れています。六角大佐の証言では、山田大佐は軍刀を携《たずさ》えて入室した相沢の横を通り過ぎ、そのまま廊下へ出て行ったとのことでした」

「風を通すために扉は開いていたんだったね。部屋に入った時点で相沢は抜刀寸前だったのだから、様子が可怪《おか》しいことはひと目で分かった筈だ。それを注意しなかったということは、矢張《やは》り山田大佐は――」

「見えていいなかったのだと思います」

「何だって?」

「軍刀を手にした相沢の姿が、山田大佐には見えていなかったのです」

渡辺は眉を顰《ひそ》め、何を云うのだと繰り返した。

「見えていなかったたって、君、相沢は目の前にいたんだぞ? 遮《さえぎ》る物なぞ何もない場所で擦《す》れ違って、それで気付かなかったなんてそんな莫迦なことがあるかね」

「それがあったのです。御本人は頑《かたく》なに秘しておられましたが、どうやら山田大佐は著しく目を患《わずら》っておいでのようでした。御自宅近くの眼科医には頻繁《ひんぱん》に通われておりまして、担当の医師に質しましたところ、大佐殿は緑内障《りょくないしょう》の病状が大分進行していたとのことでした」

緑内障と渡辺は呟く。

「公にしてよいか判断しかねましたので医師には敢えて求めませんでしたが、御用命あれば明日にでも診断書を用意いたします。従いまして、緑内障の進行に伴う周辺視野欠損が祟り、山田大佐は脇を通った相沢の姿を視認出来なかったのではないかと推察いたします」

「し、しかし、若《も》しそれが事実ならば、どうして正直にそう答えなかったんだ」

「閣下、山田大佐は砲兵科の御出身なのです」

渡辺は目を瞠《みは》り、やがてああと唸った。

山田は何も知らずに自室へ戻り、騒ぎを聞きつけて戻ってみるとあのような凶事が起きていた。それは驚いたことだろう。しかし、何故相沢を見逃したのかと迫られた彼に返すべき言葉はなかった。目測が命となる砲兵将校の山田にとって、視力に異常を来《きた》しているなどというのは断じて他者へ明かし得ない事実だった。その結果が、あの苦しい云い訳に繋がるのである。

渡辺はコーヒーを含み、同じ手で卓上の煙草《たばこ》入れを開いた。

「君もどうだね」

「いえ、自分は結構です」

今度は強《し》いて奨《すす》めることもせず、渡辺は白い紙巻を咥《くわ》えて燐寸《マッチ》を擦った。

「よく分かったよ。そういう話だったんだね。うん、御苦労だった。思ってもみない内容だったけれど、確かに筋は通っている。君に頼んでよかった」

「勿体《もったい》ないお言葉です」

「今の話は、上官にも報告してあるのかね」

「狩埜中佐より極秘事項と伺いましたので、未《ま》だ報告はしておりません」

「そうか、それは助かるよ」

二十秒ばかりの沈黙ののち、渡辺は立ち昇る紫煙を見詰めたまま私の名を呼んだ。

「君は憲兵司令部の第二課所属だったね。二課は、一部将校の活動を重点的に調査しているんだったかな」

「仰せの通りであります」

「単刀直入に云おう。君には暫くの間、私の下で働いて貰いたいと思っている」

「憲兵が教育総監部に出向した前例は寡聞《かぶん》にして存じ上げません。それは即ち、今の籍のまま閣下の間諜《かんちょう》を務めよという意味でありましょうか」

「随分と露骨《ろこつ》に云うんだな。だが、まあ云ってしまえばそういうことだ。君には、或る二人の人物について詳しく調べて貰いたい。若し君が指揮命令系統の逸脱を危惧《きぐ》するのならば、これは教育総監ではなく、いち陸軍大将の渡辺錠太郎が頼んでいると思ってくれ」

「畏まりました、謹んでお引き受けいたします」

私はその場で立ち上がり、最敬礼を示した。渡辺は濃い眉を歪め、私の顔を睨んだ。

「……やけにあっさりと受け容れるんだな。理由を訊こうとは思わないのかね？」

「狩埜中佐より此度《こたび》のお話を頂戴しました時点で、凡《おおよ》その予想はしておりました。既に山田大佐の件をお引き受けしている訳ですから、ここに至ってお断りするという選択肢はございません。

それにこの浪越、渡辺閣下のお考えはよく存じ上げております。閣下の御命令で働くことが叶《かな》いましたら、これに勝《まさ》る栄誉はございません」

渡辺は何も答えず、目線は合わせたまま煙草を咥え直した。その顔は、あまりにも簡単に私が承諾したことを明らかに怪《あや》しんでいた。

矢張り、もう少し躊躇ってみせるべきだった。しかし今更悔やんでも遅い。咄嗟に考えを巡らし、本来は秘しておくべき手札《てふだ》を一枚だけ切ることにした。

「勿論それだけではございません。これは申し上げるべきか迷いましたが、大変お恥ずかしい話ながら、一部将校共の思想は各地の憲兵隊は疎《おろ》か、東京憲兵隊本部、延《ひ》いては憲兵司令部までも伝播《でんぱ》しております。連中に極めて同情的な憲兵将校もおり、本来の業務を全《まっと》う出来ていない現状を小官は大変憂《うれ》えております。渡辺閣下が軍の中正化に努めておられることはよく存じ上げております。艱難辛苦《かんなんしんく》の路《みち》であることは百も承知でありますが、是非とも閣下には全うをして頂きたく、その一端をお任せ頂けるのでありましたら、この身を擲《なげう》つ覚悟は出来ております」

拳を握り締め、血の迸《ほとばし》るような声を作ってみせた私の訴えは、それでも半分は本心だった。

当初は、軍令違反の証拠を押さえて本当に提曳くつもりだった。しかし、調査の期限が近付くに連れて、そんな気持ちは少しずつ変化していった。渡辺の近くにいた方が、軍の綱紀粛正という私の目的のためには却《かえ》って都合が良いのではないかと思えてきたのだ。

嘆かわしいことに、今の陸軍内部では明治四年の創立以来でも類を見ないほど苛烈な派閥間闘争が繰り広げられていた。そのなかでも特に顕著《けんちょ》であるのが、所謂《いわゆる》、皇道派《こうどう》と統制派《とうせい》の争いだった。

皇道派は、かつて陸軍の主流だった長州閥《ちょうしゅうばつ》、具体的には長閥《ちょうばつ》最後の雄とも云える宇垣一成《うがきかずしげ》に対抗する目的で形成された一派である。その仰々《ぎょうぎょう》しい名称は、頭目《とうもく》格である軍事参議官の荒木《あらき》貞夫《さだお》や真崎甚三郎《まさきじんざぶろう》が皇軍《こうぐん》や皇道という類《たぐ》いの言葉を愛用したことに拠《よ》るらしい。

憚《はばか》ることなく国家改造を訴える荒木や真崎の勇ましい口吻《くちぶり》は、若手将校からの人気が高かった。荒木に至っては遥か格下の尉官《いかん》クラスを自邸に招き、自ら酒を振る舞うまでしてその支持を盛んに集めた。若く純粋な、即ち思慮の足りない彼らはそれだけですっかり感激してしまい、直属の上官の意向など関係なしに、荒木・真崎体制下での昭和維新実現を夢見て、所属部隊をも越えた横断的結合を図るようになった。

一方、こうした下剋上《げこくじょう》の風潮を憂えた中堅の幕僚将校たちは、そのような若手将校らの運動を封殺すると共に、一元的統制の下に国家改造を図る計画を独自に進めようとした。その中心にいたのが、当時陸軍省軍事課長の職にあった永田鉄山であり、彼らはやがて統制派と呼ばれるようになった。

共に軍部主導の挙国一致内閣を樹立して国家改造を図らなければならないという最終目標は同じだったが、武力変革をも辞さない皇道派に対し統制派は飽くまで合法的手段に則《のっと》ろうとするなど、その手段は大きく異なっていた。またそれ以外でも、統帥《とうすい》権と総力戦体制の問題など意見の相違は多岐《たき》に亘《わた》り、対立は激化の一途を辿っていた。

そして八月十二日、真崎を崇敬する相沢三郎の手に拠って永田が惨殺されたことにより、その敵対は決定的なものとなった。

渡辺はそのなかにあって、少なくとも私が見る限り常に中立であろうと努めていた。皇道派の過激な論調を諭し、統制派の陰険な策謀も諫《いさ》めて、陸相を補佐することで派閥の解消に尽力していた。

しかし、右からすれば左寄りに、左から見れば右寄りと映るのが中道の辛《つら》いところである。渡辺は努力も虚《むな》しく、否《いな》、その努力ゆえ次第に皇道派・統制派の双方から疎《うと》まれるようになった。抗議文や辞職勧告、殺害予告の数は日に日に増える一方で、正直者が莫迦を見るのは矢張り世の常であるようだった。

「君の考えはどうなんだね」

短くなった煙草を灰皿に棄《す》て、渡辺は新しい一本を咥えた。私はこれ以上ないほどに背筋を伸ばし、軍人勅諭《ちよくゆ》の一節を暗唱した。

「『世論《せいろん》に惑《まど》はす政治に拘らす只々一途《ただただいちず》に己《おのれ》か本分《ほんぶん》の忠節を守り義は山嶽《さんがく》よりも重く死は鴻毛《こうもう》よりも輕《かろ》しと覺悟《かくご》せよ』であります」

「その通りだ。政治は軍人の本分ではない。徒党を組んで相争うなど論外で、軍は飽くまでも軍令、軍政の定まった権限内でその力を行使すればいい。軍の権限を侵すような外からの干渉は排除しなければならないが、それ以外では他の国政機関に口を出すべきじゃない。軍秩序の厳正は、それによって初めて保たれるんだ。若い者たちはどうしてそれが分からんのかな。しかし、そうだね、君の気持ちはよく分かった。まあ座り給え」

渡辺は燐寸の燃え殻を灰皿に放り、煙を吹き上げた。

「君のことは、梅津《うめづ》中将に薦《すす》められたんだよ。彼が第二師団長として仙台に赴任する前に少しだけ話す機会があったんだ。誰かいないだろうかと相談したら、君の名前が挙がった。優秀な憲兵だと褒《ほ》めていた」

「身に余る光栄であります」

「梅津君は、君が歩兵第一連隊に所属していた時の旅団長《りよだんちよう》だったそうだね。そこから憲兵に転科したと聞いているが」

「恥ずかしながら、訓練中に高所より落ち左手を痛めました。これではもう軍務は無理かと思い悩んでおりました折柄、憲兵も立派な御奉公であると梅津閣下よりお言葉を賜《たまわ》り転科いたしました次第であります」

「正直な話、初めは不安だったんだ。教育総監が個別に憲兵を呼び出して間諜を命じるなんて越《えつ》権《けん》も越権だ。一方で、浪越破六という憲兵は遵法精神の権化《ごんげ》のような男だと云う。引き受けてくれる筈がないと思ったんだが、梅津君は問題ないと云った。浪越ならばむしろ誘いに乗って、隙あらばその越権行為で以て渡辺の告発を目論《もくろ》むに違いない、どんな屁理屈を捏《こ》ねて引き受けるのか見物《みもの》ですぞとね」

流石梅津中将である。肚《はら》の底まで見透かされていたようだった。滅相《めつそう》もないことでございますと真顔で返し、私は早々に話の筋を戻した。

「それで閣下、二名を内偵せよとのことですが」

「ああ、そうだった。うん、そうなんだよ。これが少し込み入った話なんだ。憲兵の君には釈迦《しやか》に説法だろうが、現状、陸軍では多くの派閥が発生して争っている。その内の二大巨頭が、まあこんな名称を与えること自体私は反対なんだが、所謂皇道派と統制派だ。皇道派は真崎大将や荒木大将をトップに、隊附の若手将校が多い。一方の統制派は、先ごろ亡くなった永田中将を中心として、陸軍省や参謀本部の中堅将校から成っている。この認識で間違ってはいないね?」

「はい。相違ございません」

「私の目的は飽くまで派閥の解消なのだが、真崎大将たちに苦言を呈する姿を見て、次第に三宅坂の佐官クラスが寄って来るようになった。私を統制派の神輿《みこし》として担《かつ》ぎ上げるのが狙いなのだろう。勿論そんな誘いに乗るつもりは毛頭《もうとう》ない。その都度拒絶をしていたら、気が付けば私の許には皇道派に関する醜聞《しゅうぶん》が非常に多く集まっていた。大半は流言飛語《りゅうげんひご》だよ。根も葉もない噂話だ。しかし、ひとつだけ気になる物があった。一部の中堅幕僚《ばくりょう》が、皇道派に与《くみ》する振りをして若手将校らを煽《あお》り、直接行動を起こすように唆《そそのか》しているというのだ」

「直接行動でありますか」

「それが何を意味するのかは分からない。五・一五事件の時のように首相を襲うのか、それとももっと大掛かりなクーデターなのか。兎《と》に角《かく》それで世相を混乱させて、その隙に自分たちが望む強力な軍事政権を樹立させようという魂胆《こんたん》らしい。そんな計画の筆頭に挙げられたのが、参謀本部庶務課長の古鍛治兼行大佐と東京憲兵隊長の六角紀彦大佐だった。六角大佐は君の上官に当たるのかな?」

「業務上の関係は無論ございますが、直属の上官ではございません。小官が所属いたします憲兵司令部は、全国の憲兵隊を統轄しております。東京憲兵隊は帝都を管轄するため重要な部隊ではありますが、それでも隷下のいち部隊に過ぎません。しかし、左様な計画は初耳でした。尤も、こと六角隊長に関しましてはあり得ない話でもないかと存じます」

「心当たりがあるのか?」

「はい。東京憲兵隊が一部将校に対して極めて寛容的であることは言《げん》を俟《ま》ちません。それも偏《ひとえ》に指揮官たる六角隊長の御意向なのでしょう。事実、今年の七月に一部で出廻りました統制派攻撃のビラは、東京憲兵隊本部で刷られた物だと判明しております。誰の命令かまでは追い切れませんでしたが、六角隊長が御存知なかったとは到底思えません」

「勿論未《ま》だそうだと決まった訳ではない。殊《こと》に参本《さんぽん》の庶務課長は全国の参謀人事を掌る重職だ。古鍛治大佐を嫉《ねた》む者がでっち上げたという線も否めない。君にはそれを調べて欲しいのだ」

「承知いたしました。尽力いたします」

「ここ最近は、若い者たちが頻《しき》りに会合を開いていると耳にする。永田中将が亡くなって、彼らは溜飲《りゅういん》を下げたんじゃないかと思っていたのだが、どうやらそんなこともなかったようだね」

「その逆であります。相沢のような年長者が行動を起こしているのに、若い自分たちは何をしているのだと誰も彼も浮足立っているように見受けられます」

渡辺は灰を落とし、険しい顔で煙草を咥え直した。

「それは非常によくないな」

「はい。決して安閑としていられる状態ではございません」

「よろしい、よく分かった」

渡辺は最後のひと喫《す》いをして、灰皿の底で煙草を揉み消した。

「早速明日からでも宜《よろ》しく頼む。分かっていると思うが、この件は一切他言無用だ。周囲に知られたら私だけでなく、君も難儀をするだろうから」

「承知いたしました。御報告は如何《いかが》すれば宜しいでしょうか」

「基本はこちらから君に接触する。ただし、緊急の場合はここに電話を入れてくれ。狩埜中佐に繋がる筈だ。交換手を挟むと後々面倒なことになるかも知れないから、掛ける時は自動交換の範囲内で頼むよ」

腕を伸ばし、渡辺が差し出した紙片を恭《うやうや》しく受け取った。局番号は三十三、九段《くだん》の番号だった。

「方法は君に任せるけれど、出来る範囲で私も協力は惜しまない。何かあったら云ってくれ」

畏れ入りますと頭を下げながら、ふと奇妙な偶然に気が付いた。古鍛治兼行と六角紀彦。この二人は、繰り返し読んだ永田軍務局長斬殺事件の報告書に共に名前が登場する。相沢が襲撃の直前に言葉を交わしたのは古鍛治であり、その後の襲撃現場に居合わせたのが六角だった。単なる偶然なのだろうが、奇妙な符合には違いなかった。

「尤も、古鍛治大佐は現在満洲に出張中だ。十二月の初めには戻るらしいから、六角大佐の方を先に進めてくれたらいい」

「畏まりました。実は、六角隊長の娘婿《むすめむこ》が陸士の同期なのです。麦島《むぎしま》と申しまして、今は歩兵第三連隊の第五中隊長を務めております。その伝手《つて》を使って個人的な接触を図ろうと思います」

「歩三か。彼とは親しいのかね」

「はい。親友であります」

「念のために訊くが、その麦島中隊長は君等の監視対象ではないのか？」

胸底に気泡のような躊躇いが湧いた。しかしそれは直ぐに弾け、私は一拍遅れて正直にそうである旨を述べた。

渡辺の懸念も尤もである。第一師団の歩兵第一連隊そして歩兵第三連隊は、革新運動を志す一部将校の巣窟《そうくつ》というのが一般的な認識だった。

「しかし、第五中隊長の麦島義人《よしと》大尉は、他の者と一定の距離を置いております。監視対象であることに相違はありませんが、どちらかと云えば自重《じちょう》を促す役割を担っているというのが目下の認識であります」

「それならばいいが、どう転ぶかも分からないからね。兎に角、充分に気を付け給え。本職の君には余計なお世話かも知れないけれど、朱に交われば赤くなると云うだろう」

「仰せの通りです。しかし、虎穴《こけつ》に入らずんば虎子《こじ》を得ずとも申します」

渡辺は小さく笑い、それ以上は何も云おうとしなかった。

3

中野《なかの》の麦島宅を訪ねたのは、それから八日後のことだった。

本当ならばもっと早く向かいたかったのだが、予想外の事態が発生した。第一師団の満洲移駐が内定したのである。

確かに、以前からそれらしき噂は流れていた。しかし、日露戦争以来三十年もの長きに亘って帝都を護り続けた第一師団がそう簡単に動かされる筈はないと誰もが信じて疑わずにいた矢先の一報だった。

軍上層部は危険分子が屯《たむろ》する歩兵第一連隊及び歩兵第三連隊をそっくりそのまま満洲へ遠ざけ

て厄介払いを図った——真っ先に思い浮かんだのは、そんなシナリオだった。私は命ぜられるまま背広に着替えて街へ繰り出し、この決定に刺激された歩一や歩三の隊附将校がどのような行動に出るのかを探った。そんな監視作業が漸く一段落したのが、十一月最終日の昼過ぎだった。

司令部に戻って軍装を整え、再び外出したのは十七時過ぎだった。憲兵の装いで外に出たのは随分と久しぶりであるような気がした。

麦島の家は、中野駅の北口から電信第一連隊の石塀に沿って北に進んだ、丁度打越《うちこし》と新井《あらい》の町境にあった。土曜日のため演習も半日で、麦島はもう帰宅している筈だった。

夜の帳《とばり》も下りた閑静な住宅街を抜け、突き当たりを右に折れる。真新しいアパートの向かいに口を開けた狭い路地の奥に、「麦島」の表札は掲げられていた。

門を潜って滑りの悪い引き戸を開ける。忽《たちま》ち芳しい出汁《だし》の匂いが鼻を擽《くすぐ》った。

今晩はと奥に声を掛ける。正面の階段脇から割烹着姿の小柄な女が顔を覗かせた。麦島の妻、妙子《たえこ》だった。私は三和土《たたき》に立ち、軍帽の縁から軽く目礼をした。

「あら、浪越さま」

「御無沙汰しています、奥さん。麦島はいますか」

「ええ、少しお待ち下さい。あなた、浪越さまがお見えになりましたよ」

妙子は階上にそう声を掛けて、笑顔で玄関に膝を突いた。

「本当にお久しぶりですわね。こちらの家にお越し頂くのは初めてかしら？　色々とお忙しいのだと麦島からは聞いておりましたけれど」

「お陰で他の軍人からは嫌われる一方です」

「またそんなことを仰って」

色の薄い眉を顰めながら笑う妙子に、私は手元の包みを差し出した。

「天辰屋《あまたつや》のカステラです。ユキちゃんには未《ま》だ早いかも知れませんが。どうぞお召し上がり下さい」

「あらあら、ご丁寧にどうもありがとうございます」

包みを受け取る妙子の背後で、階段がみしりと軋《きし》んだ。髪の短い幼子《おさなご》を腕に抱えた浴衣《ゆかた》姿の麦島が、ゆっくりと二階から下りて来た。

「おう、久しぶりだな」

よく陽に焼けた四角い顔で、人懐っこい笑みが弾けた。

「ほらユキ、浪越のおじさんだ。御挨拶しなさい」

麦島の手から下りたユキは、よちよちと上《あ》がり框《かまち》までやってきて、福助のような恰好でいらっしゃいませと両手を突いた。私はその前で膝を折り、目線を合わせて今晩はと応えた。

「珍しいな、どういう風の吹き回しだ」

「この近くで野暮用があった。高円寺《こうえんじ》から帰ろうと思ったんだが、ふとお前のことを思い出したんだ。良い家じゃないか」

「よく住所を覚えていたな」

私は立ち上がりながら、手帖に挟んでいた一枚の葉書《はがき》を取り出して見せた。以前に麦島から送られて来た転居の挨拶状だった。

元々麦島は歩三の駐屯地にも近い四谷若葉町《よつやわかばちょう》のアパートに居を構えていたのだが、娘の誕生を機に思い立って庭付き一軒家を借りていた。挨拶状には是非一度遊びに来いと、その頑強な風姿からは想像も出来ないような水茎《みずくき》の跡《あと》も麗《うるわ》しい字で認《したた》められていた。

「済まんな、急に。挨拶だけで帰るから安心してくれ」

「構わんさ。もう仕事は片付いたのか」

「一応は」

「なら上がって飯でも喰っていけよ。それぐらい構わんのだろう？」

麦島ならそう云うだろうと思っていた。いいのかと殊更《ことさら》驚いて見せる私に、麦島は莞爾《にっこり》と笑って、妙子を振り返った。

「妙《たえ》さん、済まんがお燗《かん》の用意を頼めるかい。あと、簡単な物でいいから肴《さかな》も何品か頼む」

「はい、直《す》ぐにお持ちします。お茶の間でお召し上がりになりますか」

「そうだな。いや、二階にしよう。浪越、来い」

妙子はユキの手を引いて一度奥に引っ込んだ。靴を脱いでから軍刀を外し、戻って来た妙子に預ける。

麦島の後を追って上がった二階は、八畳の造りだった。

小振りな卓袱台《ちゃぶだい》の上には、赤や黄色に塗られた大小様々な積み木と一緒に古びた本が置かれていた。スルガ書房《しょぼう》が刊行している『西洋哲学叢書』の二巻だ。表紙には黒々としたゴチック文字で「ニコマコス倫理学／那珂川二坊《なかがわふたぼう》訳」とある。

「相変わらず、分かりもしない哲学書を買っては積んでいるみたいだな」

「莫迦《ばか》にするな。買った以上は読む。おれだって多少は成長したんだぞ」

「歩三の中隊長がアリストテレスね。大隊長あたりから叱られないのか」

「上が怖くて中隊長が務まるかよ。そもそも、アリストテレスの哲学はトマス・アクィナスつう厄介なおっさんのせいでぐっとキリスト教に寄せられたんだ。だから、彼の真の思想を理解するには、キリスト教思想に全く染まっていないおれみたいな日本人の方が余《よ》っ程《ぽど》適している。貴様もよく覚えておけ」

麦島は手ずから二枚の座布団を用意して、真面目な顔で本を取り上げてみせた。

麦島が哲学に傾倒しているのは、士官学校の時分からだった。本人曰く、いつ何刻《なんどき》命を落とすかも分からない軍人として、〈自分は何のために生きているのか〉の答えは哲学書のなかに得るしかないのだそうだ。

「ほら、突っ立ってないで座れよ」

私は軍帽を取り、座布団に腰を落ち着けた。麦島は中腰のまま、壁際の戸棚から陶製の灰皿を持って来た。薄青い底には、チェリーの紙箱と燐寸《マッチ》箱が置かれている。

「それにしても久しぶりだな。いつ以来だ？」

「お前と妙子さんの結婚式に行けなくて、その詫びをしに行ったのが最後じゃないか」

「そうだそうだ。若葉町のアパートに入って直ぐの頃だな。折角同期の誼《よし》みで招待してやったのに、貴様は足蹴にしやがったんだ」

「仕方ないだろう。その時分は朝鮮《ちょうせん》にいたんだ」

咥えた煙草の先を燐寸の火で炙りながら、麦島は分かっているよと笑った。

麦島と私は、陸士三十八期生として同じ釜の飯を喰った仲だった。卒業後、私は第一師団の歩兵第一連隊に、麦島は同じく第一師団の歩兵第三連隊に配属された。私は訓練中の怪我で憲兵への転科を余儀なくされたが、麦島はその後も歩三で職務に励み、今は第五中隊の中隊長を任されるまでに至っていた。

「ユキちゃんははじめてだが、お前にそっくりだな」

「そうか？」

「夕飯刻《ゆうめしどき》なのに父《とう》ちゃんを盗りやがってって睨まれたよ。気の強そうなところは流石《さすが》、麦島義人の娘だ」

「こんな顔に育ったら可哀想《かわいそう》だがなあ」

麦島は顔を背け、細く煙を吹き出した。煙は直ぐに散り、匂いだけが残った。

「あと二人は欲しいと思ってるんだ。ユキの弟がひとり、もう一人は弟でも妹でも構わんのだが。義実家との約束がある。息子が産まれたら、義父《とう》さんの養子に出さなくちゃいけなくてな」

「義父さんって、六角大佐か？」

「そう。あの家には嫡男《ちゃくなん》がいないんだよ。おれは婿養子に入っても良かったんだが、それじゃどうも駄目だったようだ」

「だから子どもを出せと？」

「仕方ないだろう。妙子との結婚の条件がそれだったんだ。色々と頑張ってはいるんだぜ？　でも、これぱっかりはおれ独りでどうこう出来る問題じゃないだろう。何せおれたちは、ほら、来年の五月には満洲だから」

麦島から水を向けてきたのは分かった。しかし未だ早い。私は曖昧に返事をして、一昨日《おとつい》御誕生あらせられた第二親王様の話題に掏《す》り替えた。麦島は訝しむ様子も見せず、深々と頷いて共に皇室の弥栄《いやさか》を寿《ことほ》いだ。

背後から階段を踏む音がして、襖の陰から盆を持った妙子が姿を現わした。

「お待たせいたしました。お菜《かず》はすぐにもう一皿作りますから、先ずはこちらで」

妙子は膝を突き、背の高い徳利《とっくり》と猪口《ちょこ》、それに小鉢《こばち》二つと箸《はし》を私たちの前に並べた。肴は砕いた胡瓜《きゅうり》に味噌を添えた菜と、蒟蒻《こんにゃく》と唐辛子《とうがらし》の煮物だった。

「お酌《しゃく》いたしましょう」

「いいや、ありがとう。後はおれたちで勝手にやるから」

「あら、お二人で密談ですか？　分かりましたわ」

妙子は畳に手を突いて、そそと退出する。麦島は灰皿の縁に煙草を置き、徳利に手を伸ばした。

「先ずは一献《いっこん》」

なみなみと注がれた猪口を置き、徳利を取って注ぎ返す。程よいぬる燗《かん》だ。少し掲げてから口に含む。ふくよかな香りが引き立って、とろとろと喉を伝っていくのが分かった。

「最近は貴様ら憲兵隊も忙しいんだろう」

「そう思うか」

「質問を質問で返すなよ。貴様の悪い癖だ」

「それより、本当によかったのか」

「何の話だ？」

「憲兵を家に上げたと知られたら、お前が後から困るんじゃないのか」

麦島は意表を衝かれた顔から、直ぐに渋面《じゅうめん》を作った。

「莫迦莫迦しい。なんだ、貴様らしくもない。同期で旧交を温めるのに誰の許しが要《い》る。それに、貴様こそおれに何か話があるんじゃないのか」

「へえ、どうして分かった」

「何年の付き合いだと思ってるんだ。ひと目見ただけで分かったぞ。空々しく挨拶状なんざ用意しやがって。釘《くぎ》でも刺しに来たのか」

「そんなんじゃないさ」

「貴様の立場も分かるが、妙な探りを入れに来たって云うのなら叩き出すからな。幾ら貴様の頼みでも仲間は売れん」

「だったら、お前もあちら側に転んだのか」

麦島は箸を取り、胡瓜に味噌を載せてから口に運んだ。答えの代わりに、こりこりという歯音だけを響かせる。私もカメリヤの箱を取り出して一本咥えた。たっぷりと時間をかけて胡瓜を噛み砕いた麦島は、猪口を摘まんで残りを一気に干した。私が徳利を取り上げると、止《よ》せ止せと手を振った。

「貴様とおれの仲じゃないか、手酌でいこう」

麦島は自ら盃を充たし、半分ほど含んだ。

「麦島」

「分かってる」

残りを干して、麦島は静かに猪口を置いた。

「おれだって、今の状況が好ましくないことはよく分かってる。軍人が徒党を組んでどうなる。ただな浪越、押さえ付ける蓋《ふた》が重かったら重いだけ、爆発は大きくなるぞ。適度にガスは抜いてやらにゃ何が起きるか分からんのだ」

「爆発ね」

「茶化《ちゃか》すんじゃない。いいか浪越、隊務こそ革新だ。おれたち将校は兵を扱《しご》き抜いて、中隊長としての任務を充分に熟《こな》してさえいれば、それがいつかは革新に繋がるんだ。それ以上でもそれ以下でもない」

「正しい。後は、お前のその考えがきちんと他の将校にも共有されることを願うばかりだ」

「簡単に云いやがって。それが出来れば苦労はしない」

「お前の苦労は分かっているつもりだよ」

自《おの》ずと安堵の息が漏れた。麦島は一部将校に与《くみ》してはいない。それが分かっただけでも、私としては充分だった。

煙草を箸に持ち替え、胡瓜を口に運ぶ。手酌で猪口を充たし、のっぺりと甘い麹味噌の風味を燗酒で洗い流した。

階段を軋ませて、妙子が上がって来た。お待たせをしましたと供された小皿には、田楽《でんがく》豆腐が二串並んでいた。

「ご飯もお召し上がりになりますか?」

「いえ、これで充分です」

小鉢を取り上げながら、麦島はにやりと笑った。

「妙さんの料理は旨《うま》いだろう。貴様も早く嫁を貰え」

「止して下さいったら。こんな簡単な物ばかりじゃお恥ずかしいですわ」

箸を置いて田楽を取る。焼き味噌の香りが濃くなった。妙子が階下に消えたのを確認して、私は再び口を開いた。

「話は戻る。今日お前を訪ねたのはそっちじゃない。六角大佐への取次を頼みたいんだ」

「義父《とう》さんの？　東京憲兵隊の本部は、貴様のいる憲兵司令部と同じ建物じゃなかったか」

「そうだよ。ただ、出来ることなら個人的にお目に掛かりたいんだ」

「珍しい。どんな風の吹き回しだ？　ああいや、云えない理由なら別に構わんのだが」

「なに、憲兵将校としてやっていくにも色々な気配りが求められているという詰まらん話さ」

私は肩を竦め、伏し目がちに盃を充たして見せた。

「それで大佐殿にも御挨拶をしておこうと思ってな。登庁もされている様子だから、相沢に斬られた疵《きず》はもう大分良くなっているんだろう？」

麦島は味噌田楽を頬張り、まあなと答えた。

相沢の襲撃に遭って独力では御《ぎょ》せないと判断した六角は、軍務局長室から脱出して同階の軍事課事務室に駆け込んだ。そこでは血の迸る腕を庇いながら、相沢を刺激しないため今は騒がないこと、所轄の麴町《こうじまち》憲兵分隊に至急連絡することの二点を、棒立ちになる課員たちに命じた。そして、駆け付けた憲兵たちの手で相沢が拘束されるのを見届けたのち、遂に力尽きたのである。

本来ならば軍隊の治安を守る憲兵隊の長として、みすみす目の前で陸軍省の高級将官を――しかも現役将校の手で——殺されている訳だから、処罰は免《まぬか》れない筈だった。しかし、事件後の混乱にあっても六角紀彦を責める声は私が知る限りどこからも上がらなかった。それどころか軍上層部では、重傷を負いながらも最後まで冷静に職務を全うした憲兵の鑑《かがみ》として、六角を褒めそやす声ばかりが聞こえていた。渡辺の話が正しいのならば、そこには、自分と志を同じくする者を憲兵のトップにしておきたいという真崎等《など》皇道派重鎮の意向が多分に絡んでいるのだろう。

「初めは戸山《とやま》の衛戍《えいじゅ》病院に入られて、そこにはおれも見舞いに行った。だけど随分と前の話だ。今はもう松濤《しょうとう》の自宅に戻られてるんじゃないかな。妙子が詳しいから、貴様の頼みも併せて後で聞いてみる。一寸《ちょっと》だけ時間を貰えるか」

「勿論だとも。有難う、恩に着る」

「なあに、貴様の方から頭を下げてくることなんて滅多《めった》にないからな。この貸しは高いぞ」

麦島は呵々《かか》と笑い、徳利を差し向けてきた。自分から手酌と云っておきながら、もう忘れたようだ。

味噌田楽を齧《かじ》り、蒟蒻と唐辛子を肴に酒盃を重ねる。いつの間にか時刻は二十時を廻っていた。

そろそろ退散しようかと思い掛けた矢先、不意に麦島が口を噤《つぐ》んだ。話題が尽きた訳ではない。士官学校時代と変わらない少年のように澄んだ瞳は、いつの間にか深い憂いを帯びていた。

「人の上に立つってのは難しいもんだな」

どうしたのかと問うと、返って来たのはそんな呟きだった。

「近頃は、歩三でも何かと上官の命に抗《あらが》う風潮が見受けられる。下剋上って云うのか？　連隊長殿も軍紀紊乱《ぐんきびんらん》だと嘆いておられる。このあいだ、後輩の或る中尉と飲んだんだが、そいつにその話をしたら『上官の頤使《いし》に従うことは即ち精神的奴隷へ堕《だ》するに等しく、それを強要することは云わば上剋下《じょうこくげ》ではないか』って返されたんだ」

「莫迦莫迦しい」

「まあ聞けよ。おれは、それが如何《いか》なる内容であっても上官の命令は絶対であり直ちに従うことこそ統帥の原則だと思っている、だから貴様の云わんとすることも理解は出来るが、そんな考え方では駄目だと諭してやったんだ。そうしたら三納《みのう》は、ああ、そいつはウチの三納中尉っていうんだが、三納は『それならば中隊長どのは、もし連隊長どのより子どもを殺して来いと命じられた際も従うのですか。若《も》しくは、例えば今が日ソ交戦中で、ここに日本を敗戦に導く機密書類があるとして、師団長閣下からソヴィエトの将校にこの書類を五十万円で売って来いと命じられたら売りに行くのですか』って畳み掛けて来た。おれは何も返せなかった」

私は猪口を置き、そんな物は詭弁《きべん》だと断じた。

「わざわざ相手をしてやるのも時間の無駄だ。ただ、そうか、確かに三納中尉は歩三の第五中隊だったたな」

「三納を知ってるのか?」

「この間、士官学校で区隊長を務めている奴と早稲田の料亭で酔って暴れていた。色々あって現場に駆け付けたのが私だった。襖や屏風《びょうぶ》を破ったりと散々だったたから、強めに殴っておいた」

「それは初耳だ。未だおれのところには話が廻って来ていない。済まん、迷惑をかけた。おれからも注意をしておくよ」

麦島は卓袱台に目を落とし、そうなんだと口のなかで呟いた。

「三納はおれの部下だ。若《も》し誤った方向に進もうとしているのなら、矯正《きょうせい》してやるのが上官の務めだと思っている」

「それは間違っていない」

「ただおれは、貴様も知っての通り弁の立つ男じゃない。どうすればいいと思う」

「簡単だ。二、三日は口もきけなくなるぐらいに殴ってやればいい」

私は本心から助言したつもりだったが、麦島は目を瞬《しばたた》かせて、やがて吹き出した。

4

十時になるのを待って、私は憲兵司令部を出た。

参謀本部担当の課員曰く、古鍜治は十二月一日の午前中に帰京し、翌二日の週明けから登庁するとのことだった。出張明けは溜まっていた業務や来客等が多い筈なので、古鍜治への尋問《じんもん》はその前を狙う予定だった。名目は、相沢に関する追加調査とでもすればよいだろう。

導入されたばかりの大型自動二輪、陸王《りくおう》を車庫から引っ張り出し、九段坂を廻って三宅坂を目指す。お濠《ほり》の向こうに見える近衛《このえ》歩兵連隊を通り抜けることが出来ればかなりのショート・カットなのだが、嫌われ者の憲兵とあっては望むべくもない。営門を潜ろうとした時点で衛兵が飛んでくることだろう。

靖国《やすくに》神社の手前で左に折れ、市電通りと並んでなだらかな坂を下る。

巷《ちまた》はすっかり冬の雰囲気だった。賀陽宮《かやのみや》邸の雑木林は大半の葉を落とし、ひんやりとした朝の冷気に陽射しは輝いて見えた。

半蔵門前《はんぞうもんまえ》を通り過ぎて兵器本廠《へいきほんしょう》に至ると、行く手に陸軍省の建屋が見え始めた。私はそのまま坂を下り、警視庁の裏門から入る。以前陸軍省の車庫にオートバイを駐めた際、仕事を終えて戻って来たら何者かにパンクさせられていたことがあった。流石《さすが》に唖然となったが、憤《いきどお》っても仕方がない。私たちは異物なのだ。それ以来、三宅坂に用がある時は必ず桜田門《さくらだもん》の軒下を間借りすることにしていた。

奥まった車庫の壁際に陸王を駐め、顔を覗かせた馴染みの係員に会釈《えしゃく》した。

「やあ浪越さん。寒いですなあ、またお仕事ですか」

「三宅坂にね。いつも済まないが一寸《ちょっと》だけ頼むよ」

裏手から往来に出た。ひゅうひゅうと音を立てて風が流れていく。

私は近くの木陰に寄り、ポケットから一枚の紙片を取り出した。これから訪ねる参謀本部庶務課長、古鍛治兼行大佐の経歴について事前に調べて来たメモだった。

古鍛治兼行　陸軍歩兵大佐　参謀本部庶務課長
明治二十年八月三日、新潟県新潟市生。
新潟中学を経て、同三十八年七月、士官候補生。同年十二月陸軍士官学校入学。
同四十年五月、十九期で陸士卒。同年十二月、任歩兵少尉、歩兵第十一連隊附。
同四十三年十一月、任中尉。

大正二年十二月、陸軍大学校入学。同五年十一月、二十八期優等で卒業。

同六年八月、任大尉、参謀本部附勤務。

同七年二月、参本部員。

同八年四月、ドイツ駐在。

同十一年八月、任少佐。

同十四年七月、アメリカ視察。同年十二月、歩兵第十三連隊大隊長。

昭和二年三月、任中佐、第三師団高級副官。

同五年八月、任大佐、歩兵第三十七連隊連隊長。

同九年五月、参本《さんほん》庶務課長（現職）。


見事なエリート・コースというのが正直な感想だった。

原隊《げんたい》の歩兵第十一連隊では成績優秀な新任少尉のみ任ぜられる連隊旗手《きしゅ》を務め、更には優等で陸大を卒業しているため恩賜刀《おんしとう》も授与されている。海外勤務を経た現職の参本庶務課長も、全国の参謀の人事を所管する重職だった。

しかし一方で、この古鍛治という男には穏やかならざる風聞もこと欠かなかった。所謂《いわゆる》、剛毅不屈《ごうきふくつ》だが威圧的に部下を酷使するタイプの将校なのだ。司令部で蒐集した事実を見る限り、大隊長を務めた熊本の歩兵第十三連隊時代と連隊長を務めた大阪の歩兵第三十七連隊時代では合計七名もの部下が死んでいる。四名は訓練中の事故で、三名は自殺だった。大きな問題とならずに済んでいるのは、このような男ほど戦場で活躍するからだろう。中央勤めとなった今でも口より先に手が出るのは変わらないらしく、部下からは「雷公《らいこう》」と恐れられているらしい。一般的に軍人というものは階級が上に行くほど落ち着きを得るものだが、古鍜治は例外のようだった。因《ちな》みに、熊本時代に古鍜治の下で中隊長を務めていたのが、当時歩兵大尉だった相沢だった。

面会の約束を取り付けている訳ではないため、門前払いを喰らう可能性は高かった。しかし、律儀に筋を通すべき相手でもない。私はメモを仕舞《しま》い、有栖川宮《ありすがわのみや》の騎馬像を目指して来た路を戻った。

怪訝そうな目付きを覗かせながらも執銃《しつじゅう》の敬礼を示す門衛に答礼し、私は足早に正門を潜った。

中庭を囲むようにして、右手と正面には煉瓦造りの洋館が建っていた。右手が参謀本部、正面が陸地測量部の建屋である。陸軍省は更にその奥にあった。

異変に気が付いたのは、中庭を通り抜けている途中だった。参謀本部の玄関から多くの人影が飛び出して、測量部の裏手に駆けて行くのだ。足を速め、今しがた飛び出してきた将校の一人を摑まえる。若いその少佐は、私を見るなりおっと声を上げた。

「何だ憲兵、もう来たのか」

「事件ですか」

「火事だよ、火事。裏の油庫で火事だ。ほら見てみろ」

少佐が指した北西の空には、いつの間にか三階建ての洋館越しに、黒く太い煙が濛々《もうもう》と立ち昇っていた。

「なんだ、貴様は通報で駆け付けた訳じゃないのか。まあいい。早く現場を見てくれ」

「申し訳ありません。小官は別件がありますもので、後から来る別の者が対応いたします」

「何を云うか。火事なんだぞ」

「ですが、庶務課長の古鍛治大佐より至急来るようにとの御連絡を頂きまして。そちらを優先しても問題はないでしょうか？」

勿論嘘だったが、雷公の名前を出した効果は覿面《てきめん》だった。少佐は如実に顔を顰《しか》め、それならば良いと吐き棄てた。私は敬礼を示し、玄関に足を踏み入れた。

皆火事の現場に駆け付けているのか、屋内は森閑《しんかん》として人気《ひとけ》もなかった。

正面に階段があり、玄関番の部屋はその左手にあった。ガラス戸を叩き、相手に来訪の意を告げる。

「火事現場なら測量部の裏手みたいですよ」

顔を覗かせた玄関番の男は、私の腕章を一瞥して素っ気なく云った。私は先ほどの少佐に告げた内容を繰り返した。相手は胡乱《うろん》な顔付きで、しかし台上に来客簿を取り出した。

「古鍛治大佐は只今お部屋で来客対応中です」

「ほう、何方《どなた》です」

「それはお答え出来ません」

鉈《なた》で断つような口吻《くちぶり》だった。そうですかと一応引き下がり、私はペンを取り上げて新しい欄に所属と名前を記入した。一つ隣には、今日の日付で「兵器本廠附歩兵少佐　米徳平四郎《よねとくへいしろう》」とあった。訪問時刻は十時丁度。来訪目的の欄には「古鍛治庶務課長殿」とある。今から二十分ほど前だ。

直接の面識はない筈だが、見覚えのある名前だった。ペンを戻しながら記憶の抽斗《ひきだし》を探り、漸《ようや》く思い出した。皇道派に与《くみ》する過激派将校として、憲兵隊でも要注意人物に挙げている内の一人だった。何かと激《げき》し易《やす》く神憑《かみがか》りだと噂の将校で、あの真崎すらも持て余したとか違うとか。その顔は、一度だけ写真で見たことがあった。朧《おぼろ》げにしか覚えてはいないが、随分と不穏な目付きをしていたような気がする。

「それでは奥の応接室でお待ち下さい」

「いえ、部屋の前で待たせて頂きます。大佐殿は部屋まで来るようにと仰せでしたので。場所は上がったら分かりますか」

「各部屋の前に名札があります。庶務課長室は、階段を上がった左側の、総務部長室の隣です」

礼を述べ、緋色の絨毯《じゅうたん》が敷かれた正面の階段に足先を向ける。

階段を上がった向かいの扉には「総務部」の名札が下がっていた。広さから見るに事務室のようだ。こちらも部員は皆火事現場に向かったのか、ひっそりとして物音もしなかった。廊下は左右に伸び、それぞれの扉上に「応接室」や「総務部」などの名札が下がっていた。

左手に進むと直《す》ぐ庶務課長室だった。

私は扉の前に立ち、今一度己の装いを検《あらた》めた。染《し》みや皺の類《たぐ》いは見当たらない。誰とも擦れ違っていないので、米徳は未だ帰っていないのだろう。廊下には人影もないため、それとなく扉に寄った矢先、扉の向こうで微かな異音がした。

長く尾を引くそれが銃声だと理解した瞬間、私は反射的に扉から離れていた——一秒、二秒、三秒、何も続かない。

素早く左右の廊下に目を走らせる。どの扉も閉ざされたままで、誰かが飛び出してくるような気配はない。私は躊躇《ためら》わずに強く扉を叩いた。

「浪越破六憲兵大尉、入ります」

予想はしていたことだが、返答はなかった。私は拳《こぶし》を握り締め、先ほどよりも強く戸を叩いた。

「古鍛治大佐。憲兵司令部より浪越大尉参りました」

矢張《やは》り返答はない。最早《もはや》迷っている暇はなかった。

失礼しますと断って、私はノブを掴んだ。開かない。ノブは廻るのだが、内側で留金《とめがね》か閂《かんぬき》のような物が掛かっているのだ。

幸い扉は内開きだった。二、三度押し引きして開かないことを確かめてから、私は一歩下がり、ノブの近くを狙って靴の底で思い切り蹴《け》った。上官の居室の扉を蹴破るなど軍規上あり得べからざることだが、今回ばかりはそうも云っていられない。

鍵は一発で外れた。大きな音を立てて開け放たれた庶務課長室に、私は文字通り転がり込んだ。

忽《たちま》ち濃い血の臭いが鼻を突いた。室内では、二人の男が血に塗《まみ》れて死んでいた。

咄嗟に扉を閉める。出来ることならば鍵まで掛けてしまいたかったが、生憎《あいにく》と今の一撃で閂ごと吹き飛んでいた。

後ろ手にノブを掴んだまま、私は大きく深呼吸した。血の臭いが更に濃く感じられた。

本来ならばいま直ぐにでも所轄の麹町分隊に連絡を入れて、到着までこの部屋を封鎖するのが正しい対応なのだろう。頭ではそう理解しているが、従う気はなかった。

目下第一に尊《たっと》ぶべきは、何より渡辺の命《めい》なのである。

任務を遂行するためならば何だってやる。それが、憲兵としての私の信条だった。無論、正義のためなどと宣《のたま》うつもりは毛頭ない。己の悪事を正義と信じ込んで破滅していった者たちを、私はこれまでに多く見て来た。

監軍護法《かんぐんごほう》の徒《と》としてあるまじき姿勢であることは自分でもよく理解をしている。そこに私心はないものの、これは悪であり外道《げどう》である。違法が露顕《ろけん》した場合は一切の抗弁を放棄して刑に服するつもりだが、そんなヘマをする予定もなかった。

扉越しに廊下の気配を探る。先ほどの音を聞きつけて誰かが出て来るような動きはなかった。私はそっと手を離し、改めて室内の惨状と向き合った。

庶務課長室は十二畳ほどの造りだった。

天井の高さは廊下と同じ三メートルばかりで、入って直ぐの左手には応接用円卓とそれを囲むように椅子が四脚、奥には幅一メートルを超す執務卓があった。右奥の壁際には天井《てんじょう》まで届きそうな書類戸棚が据えられており、扉の脇には来客用であろう木製の剣帽掛が、また左奥の壁際には部屋主用と思しき同じ剣帽掛が置かれていた。来客用には何も掛かっていないが、奥の剣帽掛には形の良い軍帽と、柄《つか》の色が剝《は》げ掛けた指揮刀が収められていた。

そんな庶務課長室で、手前の床では米徳が仰向けに、奥の執務卓では古鍛治が椅子に凭《もた》れ掛かった姿勢のまま死んでいた。

血溜まりを避けつつ、先《ま》ずは米徳の傍に膝を突く。写真で見たよりも背は高く、また痩せすぎな男だった。

横を向いたその顔は、黒光りするリヴォルヴァーを口に咥《くわ》えていた。ただでさえ大振りな官給の二十六年式拳銃を改造した品のようで、全長は二十五センチ近くある。手套《てとう》を外し触れた屍体の皮膚は磁器のように冷たく、一方で生々しい柔らかさを未だ保っていた。

銃弾は脳幹を貫き、後頭部に黒々とした銃創を開けていた。既に血は止まっている。そこから迸《ほとばし》ったのであろう血飛沫《ちしぶき》で、将校服のみならず一部の床と壁はすっかり汚れていた。将校服の生地《きじ》は未だ湿り気を帯びていたが、その他の血は既に乾きつつあった。

腰には蠟色塗《ろいろぬり》の鞘《さや》が吊るされており、刀は屍体の左側に転がっていた。指揮刀のような薄い造りではなく、重厚な真剣である。その刀身ははっきりと血脂《ちあぶら》で汚れていた。

身体を起こし、その切っ先で穿《うが》たれたと思しき執務卓の屍体に向き直った。

濃い口髭《くちひげ》を生《は》やした毬栗頭《いがぐりあたま》の巨兵は喉を真一文字《まいちもんじ》に斬り裂かれ、更には左胸に深い疵《きず》を負っていた。こちらは銃創ではなく刺創《しそう》だった。

古鍛冶の肩に手を置いて、屍体を椅子から少しだけ離して見る。背凭れに傷はない。貫通するほどの刺突《しとつ》ではなかったようだ。古鍛冶の首から下を汚す血も、椅子に飛び散った物まで既に乾き始めていた。

古鍛冶の顔貌は完全に弛緩《しかん》し切っていた。緩《ゆる》く開けた口元は血と唾液《だえき》で濡れており、最早何の感情も読み取ることが出来なかった。

大柄な執務卓に目を移す。卓上の大半が、古鍛冶の血で赤く汚れていた。揮毫《きごう》の途中だったようで、机の中央には黒い毛氈《もうせん》が敷かれ、赤間石《あかま》と思しき和硯《わけん》と筆が並んでいた。血塗《ちまみ》れの半紙には、悠々とした筆致で至誠《しせい》の二文字が揮《ふる》われている。可怪《おか》しな箇所はない筈だが、どこか違和感を覚える光景だった。しかし、その理由がどこにあるのか直ぐには分からなかった。

毛氈の左側に決裁と未決裁の書類箱が置かれ、その奥に二台の黒電話が並んでいた。小脇の番号表から察するに、右が内線用で左が外線用だろう。

和硯の右奥には陶製の灰皿と真新しい敷島《しきしま》の紙箱、酷く濁った茶が六分《ろくぶ》ほど残った青磁の湯呑、そして銀製のライターがあった。いずれも満遍《まんべん》なく血を浴びている。ライターは随分と大柄な作りで、その表面には桜の花と雪の結晶を組み合わせたような紋様《もんよう》が彫られていた。

腕を伸ばし、手套を嵌《は》めた左手で湯呑を取り上げる。茶の色が明らかに可怪しかった。参謀本部の高級将校に、こんな色の悪い茶が供される訳がない。

指先を浸し、舌先で触れてみる。痺れや気触《かぶ》れは生じないが、私は直ぐに吐き出した。舌を刺すようなこの苦み。塩酸モルヒネに違いない。

易々と可能だとは到底思えないが、抵抗を封じるために予《あらかじ》め米徳が混入させたのだろうか。首を傾《かし》げつつ、続けて執務卓の抽斗を検める。万年筆にインク壺、ブロッター、赤黒青の鉛筆、小刀、封留め用の凧糸《たこいと》、数種類の封筒に専用便箋など筆記用具が殆《ほとん》どだった。一番下の抽斗には、油紙に包まれた実包《じっぽう》五発と真新しいウエスが銀座富士《ぎんざふじ》アイスのクッキー缶に詰められていた。

執務卓の後ろには、レースのカーテンが引かれた窓が二つあった。共に外に向かって押し開ける両開き窓で、横は八十センチ、高さは七十センチといったところか。向かって右は開け放たれ、左はしっかりと留金まで下りていた。

机から離れ、壁際から二つの屍体を俯瞰《ふかん》する。

脳裏を過《よぎ》るのは矢張り永田の斬殺事件だった。目の前に広がっているのは、報告書で幾度も読んだあの惨状と大差ない。

あれと同じことが、今度はこの参謀本部でも起こったのではないか。来訪を装って庶務課長室に入った米徳は、執務卓に着いた古鍛治の手前で抜刀して、その喉を真一文字に斬り裂いた。返す刀でその胸をも刺し古鍛治の息の根を完全に止めた米徳は、持参した改造リヴォルヴァーを咥えて引金を引いた。私が扉の前で耳にしたのは、まさにその時の銃声だった――。

「それは可怪しい」

思わずそう声に出していた。しかしそうなのだ。米徳が古鍛治を襲いその後で自決したのだとすると、この室内には合点《がてん》のいかない点が幾つも存在する。

何よりも先ず米徳の屍体の状態である。扉越しに銃声を聞いて私が押し入るまで一分も掛かっていない。しかし、屍体は既に冷えて銃創の血も止まっていた。自決直後だとしたならば、これは明らかに可怪しい。

米徳に関して云うならば、軍刀が抜き身の状態であることも奇妙だ。どうして古鍛治を斬った後で鞘に仕舞わなかったのか。加えてもう一つ。室内を見渡した限り、米徳は鞄《かばん》の類いを持参せず、外套《がいとう》も羽織っては来なかったようである。ホルスターを吊るしている訳でもない米徳は、一体どうやってこれだけ大きな拳銃を持ち運んだのか。改造リヴォルヴァーは、明らかに上着のポケットには収まり切らない大きさだった。

落ち着けと己に云い聞かせた。Xから一を引いて答えが一ならば、Xは如何《いか》なる場合でも二である。米徳の屍体は出血が止まり、既に冷えていた。従って死後或る程度の時間が経過していたことになる。私が耳にした銃声は、断じて米徳が自らを撃った際の物ではない。

血の乾き具合から見て、米徳より先に古鍛治が死亡したことは間違いないだろう。問題はその次だ。そこから可能性は二つに分かれる。米徳は自決したのか、それとも何者かに撃ち殺されたのか。何かしらの術《すべ》で以《もつ》て銃声を響かせた仕掛けは、誰が施《ほどこ》した物なのか。

気が付けば、私の胸は常になく高鳴っていた。惜《お》しむらくは、充分に捜査をしていられるほどの時間的余裕がないことだった。凭れ掛かっていた壁から背を離し、私は再び米徳の屍体に歩み寄った。

先ずは拳銃である。手套を外した指の中節《ちゅうせつ》で銃身に触れてみたが、氷のように冷たかった。発射されて直ぐならば、未だ幾許《いくばく》かの熱は残っている筈だ。

手套を嵌め直して銃把《じゅうは》から米徳の指を剝がし、リヴォルヴァーを手中に収める。

忽ち、米徳の口から焦げたゴムの臭いが立ち昇った。黒い銃身には一部だけ溶けて固まった白いゴムの切れ端が、太い輪と成ってこびりついていた。

私は奇異の念に打たれた。哺《ほ》乳《にゅう》瓶《びん》の吸い口のような厚いゴム膜で銃口を覆うと、発射時にはそれが大きく膨らんで銃声の八割を抑えることが出来る。支那《しな》では青幇《チンパン》や紅幇《ホンパン》の殺し屋がよく使う簡易の消音器だが、これは明らかにその仕掛けが施された名残だった。米徳は自決に際して銃声を抑えたかったのだろうか。

銃体の製造番号は削られ、六発装塡《そうてん》の弾倉《だんそう》には五発が残されていた。撃たれたのは一発だけのようだ。

米徳に再び拳銃を握らせ、照星《しょうせい》で前歯を押し開けた。がちがちと硬質な音が鳴る。無闇《むやみ》に動かして不自然な血の跡が残らないよう、細心の注意を払った。

改めて全身を検めた。上辺《うわべ》から見た限りでは、後頭部の銃創以外に外傷はないように思われた。せめて上着を脱がせるか、俯《うつぶ》せに屍体を動かしさえすればより詳しく確かめられるのだが、後のことを考えると出来ない相談だった。

皺を作らないようにして上着のポケットを探る。出て来た物は軍隊手帖にハンカチ、革の名刺入れ、残り一本となった朝日と燐寸箱だった。斬奸状《ざんかんじょう》の類いは見当たらず、軍隊手帖にもそのような記述はない。米徳の住所が中野区鷺宮《さぎのみや》四丁目と分かっただけだった。

それらを戻してから周囲に目を配る。円卓の下に軍帽が落ちていた。奥の剣帽掛に掛かっている形の良い軍帽が古鍛冶の私物だとすると、こちらは米徳が被って来た物だろう。

近付いて拾い上げる。昨今流行《はや》りのワイヤー加工された品ではなく、古式ゆかしい官帽だった。

軍帽の裏側には、べったりと血の跡が付いていた。その天井にも、不自然な凹みが残されている。

帽子を携えたまま三度《みたび》米徳の屍体に寄った。真桑瓜《まくわうり》のようにつるりとしたその後頭部に目を凝らす。矢張りそうだ。銃創の少し上には、血に隠れて大きな裂傷《れっしょう》が残されていた。米徳は後ろから殴られたのだ。

その時だった。強い風が窓から吹き込み、レースのカーテンを揺らした。卓上の半紙が飛ばされるのとほぼ同時に、大きな音がして窓が閉まった。至誠のふた文字はふわふわと宙を舞い、米徳の腹辺りに落ちた。

直ぐに拾おうと思ったが、半紙は生乾きだった床の血を吸って既に赤く染まり始めていた。最早手遅れだ。私はそのままにしておくことにした。

再び執務卓の上に目を遣《や》って、私は先ほどの違和感の正体に気が付いた。揮毫の最中にも拘わらず、文鎮《ぶんちん》の類いがないのだ。

その瞬間、私の脳裏には、細長い文鎮を構えた人影が浮かんだ。

古鍛治を斬殺し肩で息をする米徳の背後に、円卓の下かそれとも扉の陰か、身を隠していたその人影が躍り出る。次の瞬間、握り締めた文鎮で思い切り米徳を殴り倒す。不意を衝《つ》かれた米徳は、抵抗する間もなく床に倒れる。人影はゴムの消音器を仕掛けた改造リヴォルヴァーを取り出し、昏倒《こんとう》した米徳の右手に握らせる。そして銃身をその口に押し込んで、自分は出来得る限り身を引いてから引金を引く——。

ふと我に返った。そんなことは、今はどうでもいいのだ。渡辺から命じられたのは古鍛治の調査である。探るべきは米徳の死ではなく古鍛治の方だった。

古鍛治は米徳に殺された——恐らく。両名共に皇道派に連なる将校ともなれば、追求すべきはその動機である。現場に斬奸状の類いは残されていない。そうなれば次に向かうべきは、鷺宮にある米徳の自宅を措いて他にない。

時刻は十一時五分前だった。この部屋に入ってから、既に三十分近くが経過している。そろそろ火事も収まり、課員が戻って来る頃合いだろう。これ以上留まるのは危険だった。

血で汚れた手套を外し、新しい物に替える。部屋のなかが初めの状態と大きく変わっていないかを確認して扉に寄った。

薄く開けた隙間から廊下に誰の姿もないことを確かめ、素早く廊下に出る。音を立てずに扉を閉め、急ぎ足に階段を下った。

玄関番室のガラス戸を叩き、顔を出した相手に笑顔を見せた。

「中々終わりそうにもありませんから、出直すことにします」

玄関番は何も答えずに来客簿を台上に載せた。ペンを取り、今の時刻を記す。十一時二分。

足早に外へ出た。丁度課員たちが陸地測量部の裏手からぞろぞろと戻って来るところだった。

生い茂った躑躅《つつじ》の茂みの前に立ち、何気ない態《てい》で庶務課長室の窓を見上げる。

扉越しに聞いた銃声を思い出した。あれが米徳の咥えた改造リヴォルヴァーでなかった以上、室内には別の拳銃が存在した筈だ。しかし、それらしい物は見当たらなかった。真犯人が持ち去ったのだろうか。そうだとすると脱出経路はあの窓の他にないが、構造的にそれが可能であるとは到底思えなかった。

矢鱈《やたら》と煙草が恋しかった。鼻から大きく息を吸い込み、胸中の様々な思いを混ぜて口から吐き出す。

衛兵が行う折り目正しい敬礼に見送られて、私は急ぎ足に門を出た。

5

半蔵門から西へ進み新宿《しんじゅく》へ。大通りを北西に走って阿佐ヶ谷《あさがや》の手前で北に折れる。杉並《すぎなみ》町の通信学校を過ぎた辺りから人家も疎《まば》らになり、田畑や雑木林が目立つようになった。

鷺ノ宮駅近くの踏切を渡ったのは、そろそろ正午になろうかという刻《とき》だった。憲兵の出で立《いた》ちゆえに多少乱暴な運転をしても咎《とが》められることはなかったが、矢張り一時間近く掛かってしまった。

駅前からふた筋進んだ野方西尋常小学校《のがたにしじんじょうしょうがっこう》の辺りが、目指す鷺宮四丁目だった。低い板塀に囲まれた木造平屋建ての家が、幾つか甍《いらか》を争っている。速度を落として順々に門札を確認し、漸《ようや》く米徳の家を見つけた。寄棟《よせむね》の屋根だけが青々とした、古びた木造の平屋建てだった。

門の近くでオートバイを駐め、玄関に向かう。

二つ並んだ表札には、「米徳平四郎　文子《ふみこ》」、「米徳さちゑ《え》」とあった。並びから察するに文子が妻、さちゑが米徳の母親だろう。

呼び鈴を押して待つが反応はない。ブザーの音は引き戸越しに聞こえるので、呼び鈴が壊れている訳ではなさそうだった。家人は不在なのだろうか。

引き戸に手を掛けると難なく開いた。三和土《たたき》に立ち、家の奥に声を掛けようとして私は息を呑んだ。

玄関から真《ま》っ直《す》ぐに伸びる廊下の床に、開いた襖《ふすま》から一本の腕が伸びていた。

誰かが倒れているのだ。

戸を閉めて、土を落とした靴履きのまま式台《しきだい》に上がる。

入って右手が台所、左手が四畳の座敷だった。南と西がガラス戸になっているその部屋では、南向きに文机《ふづくえ》と黒っぽい小簞笥《こだんす》が並んでいた。

一先《ひとま》ず廊下を進む。北側に二つの座敷が並んでおり、細く白い腕は手前の座敷から覗いていた。

倒れていたのは、貧相な女だった。細い首に残された青黒い扼痕《やくこん》を見るまでもなく、最早手の施《ほどこ》しようがないことは明らかだった。微かに糞尿臭も漂っており、首の痕《あと》が死因である可能性は高い。手套《てとう》を外して触れた屍体の皮膚は、すっかり冷たくなっていた。

これが米徳の妻、文子だと思われる。歳の程は三十半ばというところで、乱れた髪に脂気《あぶらけ》はなく、肉付きの少ない身体は酷く骨張って見えた。

目を引いたのは、異常なまでの化粧の濃さだった。白粉《おしろい》が厚く塗りたくられたその顔は、歌舞伎役者も斯《か》くやとばかりに真っ白だった。そんな化粧が見合うほどの容貌でもなく、むしろ初めて顔を粧《よそお》った小娘のようなちぐはぐさが目立った。

歪んだ大の字で倒れる文子の腕には、青痣《あおあざ》や生傷《なまきず》が多く残されていた。髪の乱れ具合から云っても、殺害時には余程抵抗をしたようだ。その爪《つめ》には案の定《じょう》血が滲《にじ》み、皮膚片と思しき残滓が残っていた。

文子の屍体を跨《また》いで座敷に入る。広さは六畳で、普段は居間使いをしているようだった。右手の壁には戸棚が並んでいるが、特に荒らされたような形跡はない。

隣の座敷と仕切った襖を開ける。こちらは八畳の造りで、正面に押し入れと床《とこ》の間があった。その手前には、蒲団《ふとん》を敷いて老婆が横になっていた。

私が枕元に向かうその間も、猿の木乃伊《ミイラ》を思わせる萎《しな》びた顔は毫《ごう》も動かなかった。こちらが米徳の老母、さちゑだろう。

枕を中心として、蒲団は血で染まっていた。膝を突き掛蒲団を捲《めく》る。薄く日を開けたさちゑは、喉元を大きく斬り裂かれていた。こちらは髪や寝衣《しんい》に乱れた様子も見られなかった。既に出血は止んでおり、文子同様殺されてから間が空いているようだった。

強盗にでも襲われたのだろうかと考え始めて、直ぐに今はそんなことをしている場合ではないと思い直した。

さちゑの蒲団を戻し、玄関脇の座敷に戻る。

南向きのため、日当たりの良い部屋だった。東側に押し入れと床の間が並んで、西側の天井近くには仰々《ぎようぎよう》しい神棚が設《しつら》えられている。床の間には二段の刀掛けが飾られており、矢張りここが米徳の私室で間違いないようだった。

文机の上には、開かれたままの状態で北一輝《きたいっき》の『支那革命外史《しなかくめいがいし》』が伏せられていた。

一部将校からは神の如く崇敬されている隻眼《せきがん》の国家社会主義者が手掛けたこの一冊は、私も目を通したことがあった。同じ北の著作である『国体論及び純正社会主義』などは矢鱈《やたら》と長いばかりで結局何を云いたいのか要領を得ない作品だが、上海《シャンハイ》で体験した辛亥革命《しんがいかくめい》のありのままを記述したという本書は、比較的理解し易い内容だった。尤《もっと》も手元の本には殆ど癖もついておらず、新品同様だった。

そのままの状態で持ち上げ、開かれたページに目を落とす。赤鉛筆で強く線の引かれた箇所があった。「板垣《いたがき》老伯嘗《かつ》て不肖《ふしょう》に語って曰く、維新の革命は戊辰戦争に決せずして天下の大勢が頻々《ひんぴん》たる暗殺のために決せられしに因る」。

庶務課長室の惨状が脳裏を過る。私は本を閉じた。

隣の小箪笥を検める。抽斗《ひきだし》に仕舞われているのはインク壺や万年筆、それに鉛筆などの筆記具や綴じられた反古《ほご》ばかりで、斬奸状は疎《おろ》か日記帖の類いすら見当たらない。

思わず悪態が漏れた。これでは、わざわざオートバイを飛ばして来た甲斐がない。

他の場所を捜そうと立ち上がったところで、不意に電話が鳴った。廊下の奥から響き渡るけたたましいベルの音に、私は古鍛治と米徳の屍体が見つかったのであろうことを直感した。

どうやらタイム・アップのようだった。口惜しいがこればかりはどうしようもない。早々に退散しなくては、誰が訪ねて来るかも分からない。

辞去の途中で、床の間の二段の刀掛けが目に付いた。上段には緋色の刀緒《とうちょ》も鮮やかな太刀《たち》が、下段には黒鞘の脇差《わきざし》が飾られている。

ふと奇異の念に打たれた。米徳が古鍛治を斬ったあの軍刀は、一体どこに飾っていたのだろう。脇差を摑み上げて鞘を払う。血こそ付いていないが、切っ先から物打ちにかけてはっきりと脂で曇っていた。

電話は、未だ途切れることもなく鳴り続けていた。三和土へ下り、廊下を振り返る。襖から伸びる文子の手は、初めに見た時と同じ位置にあった。何も痕跡は残していない筈だった。

小さく戸を開けて、往来の様子を窺った。人影はない。素早く外に出てから後ろ手に戸を閉める。

何気ない態で門を出た私は、思わず顔を顰《しか》めた。目の前には、自転車を押してこちらにやって来る若い制服警官の姿があった。

「ああ憲兵さん、御苦労さまです」

笑顔の巡査に目礼を返しそのまま通り過ぎようとした私は、後ろから呼び止められた。

「米徳さんに御用でしたか？」

「ええ。ですが御不在のようでしたので」

「奥さんは出かけているのかな。さちゑさんはいらっしゃると思うんですけれど」

「さちゑさんと仰ると」

「米徳少佐のお母様ですよ。今はもうすっかり惚《ぼ》けちゃって寝たきりの筈ですからね。それよりも憲兵さん、矢っ張りこの間の空き巣の件ですか？」

いい加減で切り上げようと思っていたが、風向きが変わった。私は首を傾げてみせた。

「少佐からは相談があるとしか伺っていないのです。詳しいことは会ってから話すと。空き巣があったのですか」

「それが大変だったんですよ」

話し好きそうな巡査は、自転車を引き戻してこちらに寄って来た。

「先月の七日だったんですけどね。昼の二時過ぎだったかな、奥さんから空き巣に入られたって通報がありまして。それで私ともう一人で駆け付けたんですよ。今日みたいに奥さんが外出している隙に、裏口から鍵を壊して押し入られたんです。さちゑさんは奥の座敷で横になっていらしたんですけど、幸い無事でした」

「何を盗られたんです」

「それが結局分かりませんでした。どうも荒らされていたのは、少佐のお部屋ばかりで、犯人の目的はそこにあったんじゃないかな。さちゑさんはあんな様子だから話を聞いても仕方がないし、奥さんは奥さんですっかり取り乱しちゃって事情を訊くどころじゃなかったんです。なんやかんやしていたら少佐が帰って来られたんですけれど、そこからがもう大変で」

「空き巣に入られるとは何事だ、と？」

「そうなんです。お前は何をしているんだって、私たちの目の前で奥さんを殴り飛ばしましてね。口と鼻からだらだら血を流して土下座までする奥さんを、少佐は更に蹴飛ばされる訳ですよ。流石《さすが》に止めようとしたら、今度は私たちまで鉄拳を振るわれまして」

「それはとんだ災難でした。身内は兎《と》も角《かく》、貴方《あなた》がたにまで暴力を振るうのは頂けません」

「我々は慣れておりますからまあ構わないのですが、問題は奥さんですよ。その日は何とか少佐にも落ち着いて頂けたのですが、それから、何と云うんですか、折檻《せっかん》のようなことは毎晩続いているようでしてね。夜になると、家のなかから少佐の怒鳴り声と奥さんの悲鳴が聞こえてくる。それで隣近所の人たちも随分と心配をされまして。家の事情ですから、警察もああだこうだと口を挟む訳にもいきません。でも、そんな状況で放っておく訳にもいかないでしょう？　私だってそれとなく少佐には申し上げたんですが、まあ聞き入れて下さる訳もなくてですね。だから、何のお話かは分かりませんけれど、憲兵さんからもそれとなく注意をして頂きたいんですよ」

いいでしょうと頷いて見せながら、私は文子の屍体にあれほどの化粧が施されていた訳を理解した。何のことはない、あの厚い白粉の下には、夫に殴られ続けた痣と傷が隠されていたのだ。

「事情はよく分かりました。悪評が立つのは少佐御自身にとっても宜《よろ》しくはない。私からも注意をしておきます」

「そうしてくれますか、助かります」

人の良さそうな巡査は、安堵した顔を見せた。私は目の前の彼を、非常に好ましく思った。

立ち去る巡査の背を見送って、私はオートバイの許《もと》へ戻った。

車体に凭れ掛かり、カメリヤを取り出す。燐寸《マッチ》を擦り、待ち焦《こ》がれた甘い煙を肺一杯に吸い込んだ。

私は、米徳の私室で見た脇差のことを考えていた。

血こそ拭《ぬぐ》われていたが、あれは明らかに人を傷付けた物だった。さちゑの命を奪ったのはあの脇差に違いない。そして犯人は米徳平四郎――なのだろうか。

古鍛治を斬るにあたり、後顧《こうこ》の憂《うれ》いを絶つため米徳は先ず老母と妻を手に掛けた。寝たきりの母は抗《あらが》うこともなく脇差で喉を斬られた。一方の妻は恐慌を来《きた》して逃げ惑い、必死に抗った。軍人の妻としてのあるまじき振る舞いに米徳は怒りを爆発させ力任せに絞め殺した……初め私はそう考えていた。

しかし、よく考えるとそれも可怪《おか》しい。文子の指には抗った跡が残っていた。あれは、己が首を絞める犯人の手でも強く引っ掻いた名残だろう。しかし、庶務課長室で検めた米徳の屍体にそんな痕は一切なかった。

これは一体どういうことなのか。単なる私の見間違いだとすれば済む話だが、そうだとすると、矢張り古鍛治を殺したのは米徳だということになり、幾つかの不審点が再び浮かび上がってくる。

灰を落とし、もう一度深く煙草を喫《す》う。

遠くで鵯《ひよどり》が啼《な》いていた。いつの間にか、空はすっかり薄い雲に覆われていた。

朝から数えて、出会《でくわ》した変屍体は四つになる。これまでの最多は、京城《けいじょう》で遭遇した一家心中の三体だった。何も嬉しくない記録の更新だ。

これから更に忙しくなることだろう。古鍛治が死んで、渡辺は何と云ってくるだろうか。

喫い切った煙草を路傍に棄て、私はオートバイに跨《また》がった。

6

さぞかし大きな騒動になっていることかと思ったが、予想に反して憲兵司令部は平穏そのものだった。

相変わらず引っ切りなしに電話は鳴っているものの、応答する課員の表情に変化はない。自分の席に戻り耳を欹《そばだ》てたが、古鍛治や米徳の名を口にしている者は皆無だった。

未《ま》だ屍体が見つかっていないのか。しかし時刻は十五時を廻っており、米徳が庶務課長室に入ってからは既に五時間近くが経過したことになる。流石《さすが》にそれはないだろう。

そうなると考えられることはただ一つ、情報が伏せられているのだ。私は部署を出て階段を駆け下りた。気位《きぐらい》の高い参謀本部の職員だけで屍体の片付け等が出来るとは到底思えない。そうなれば必ず東京憲兵隊本部には連絡が入っている筈だ。

今年の七月に建てられたばかりの新官舎には、東京憲兵隊の本部も入っていた。鉄筋コンクリートの四階建ての建屋は三階が司令部で二階が東京憲兵隊、そして一階が麴町分隊に宛《あて》がわれていた。

廊下から様子を窺った限り、東京憲兵隊の本部に殊更《ことさら》普段と変わった様子は見られなかった。

通り掛かった下士官に異変はなかったか問うと、何の案件かは知らないが正午過ぎ辺りで六角自ら隊員数名を率いて出動したと云う。それだ。

踵《きびす》を返したところで、上階から下りて来る東京憲兵隊副隊長の須藤《すどう》中佐と擦れ違った。敬礼を示し、急ぎ須藤に近寄る。

「須藤中佐、御相談したいことがあるのですが」

「今は忙しい。後にしろ」

「直《す》ぐに済みます。実は今日、所用で鷺宮近辺を通ったのですが、その際に駐在から文句と申しますか、要請を受けました。何でも、近くに住む軍人が妻を激しく折檻するので、その悲鳴などで隣近所の住人が酷く迷惑をしているそうなのです。警察から云っても聞かず、憲兵隊から注意をして貰えないかと」

「忙しいと云っているだろう。こんな時にくだらん話を持って来るんじゃない」

「私もそうは思いましたが、軍の悪評にも繋がりかねないかと思いまして。米徳とかいう兵器本廠附の歩兵少佐だそうです」

須藤の反応は顕著だった。眉間に皺を刻んだその顔からして、既に事件は発覚しており、憲兵隊の一部がそれを把握した上で秘匿《ひとく》していることは間違いなさそうだった。

「どうかなさいましたか」

「いや、何でもない。おい浪越、貴様」

「何でしょうか」

「いや、その、何の用で鷺宮まで行ったんだ。何もないだろう、あんな所」

「はい。杉並の通信学校で不穏なビラが頒布《はんぷ》されたという情報を耳にしましたため、足を運んだ次第であります」

須藤は目を伏せ、そうかと呟いた。

「米徳少佐の件は了解した。どうするかは六角隊長とも相談してこちらで決める。貴様はもう余計な首を突っ込むな」

「了解いたしました。よろしくお願いします」

足早に立ち去る須藤を敬礼で見送って、私も自分の部署に戻った。

秘匿を選んだと云うのも、理解の出来ない話ではない。大正末期の軍縮ムーヴ以降、軍に対する大衆の不信感は高まる一方なのである。

八月には建軍以来の大不祥事とも云うべき陸軍省での上官斬殺事件が発生し、そこから半年も経たない内に、今度は隣の参謀本部で同じような事件が起きた。これが世間に知られては、帝国陸軍の権威は愈々《いよいよ》地に堕ちる。

ふと渡辺のことを思い出した。古鍛治に質すことは永久に出来なくなったが、死んだのだから一応懸念は取り除かれたということで良いのだろうか。

私の席は陽当たりの悪い壁際にあった。幸い今は周りに誰もいない。卓上の電話機に手を伸ばし、受話器を取り上げる。記憶していた九段の番号を廻すと、ツーツーという音の後で直ぐに繋がる音がした。

「浪越大尉であります」

「狩埜中佐だ。何かあったのか」

「只今憲兵司令部の自席より掛けております。人が来ますと具合が悪いので手短《てみじか》に申し上げます。本日、渡辺閣下の御依頼で参謀本部の古鍜治庶務課長をお訪ねしましたところ、同室で大佐の御遺体を発見いたしました」

「なにっ」

「大佐は喉を斬り裂かれ、更に胸部を刀剣の類いで深く刺されておりました。また同室には、兵器本廠附の米徳平四郎少佐の屍体もありました。詳しい調査は出来ておりませんため飽《あ》くまで私見ですが、現場の遺留品から米徳少佐が自身の軍刀で古鍜治大佐を斬殺し、そののちに拳銃で自決なさった可能性が高いと考えられます」

「おい待て、貴様はいったい何を」

「皇道派の内紛かと思い斬奸状の類いを捜しましたものの、生憎《あいにく》と現場からは発見出来ませんでした。そのため急ぎ鷺宮の米徳少佐宅へ向かったところ、同宅では少佐の妻と老母が殺害されておりました。こちらも断言は避けますが、凶行に際して後顧の憂いを絶つために少佐が手に掛けたのではないかと推測出来ます。尤《もっと》も斬奸状や書き遺し、また諍《いさか》いの根拠となる日記帖等は自宅でも発見出来ませんでした」

　私はそこで一旦言葉を切った。狩埜からの質問はない。絶句しているようだった。

「先ほど司令部に戻って来たのですが、どうやら事件は既に発覚しているものの一部にしか共有されていない模様であります。そのため念の為の御一報です。渡辺閣下のお耳にも入れて頂きますようお願いします」

「それは分かったが、しかし、また現役の将校が上官を殺したっていうのか」

「未だ断言は出来ません。米徳少佐も相沢と同じく、憲兵隊では皇道派の要注意リストに名前が挙がっておりました。古鍛治大佐を標的とした理由は分かりません」

「よし、貴様の考えは確《しか》と伝えておく。閣下の御意向はまたこちらから連絡する」

「お待ちしております。では、切ります」

受話器を戻すのと同時に、東京憲兵隊所属の柿沢《かきざわ》という憲兵伍長《ごちょう》が部署に入って来た。

「浪越大尉、失礼します。只今下で、六角隊長のお嬢様よりこれを受け取りました」

柿沢が差し出したのは、無地の封筒だった。

「お嬢さんがここに来たのか？」

「はい。隊長はお嬢様を個人秘書とされていますので、よく資料の受け渡しでお越しになります」

「それは知らなかった。有難う。何か云っていたか」

「いえ、直接渡して欲しいとだけです」

「そうか。うん、確かに受け取った」

「それでは柿沢伍長、失礼します」

柿沢が去った後で念の為に封筒を検めたが、開封されたような痕跡は見当たらなかった。抽斗《ひきだし》からペーパー・ナイフを取り出して、糊付《のりづけ》された封を切る。

中身は便箋《びんせん》が一枚だけだった——「依頼の件、明日三日の十九時に妙子が義父を訪ねる。それに付き添ふ形なら何とかなるだらう。松濤《しょうとう》の六角邸の裏口に来い。妙子に案内をさせる。玄関には憲兵の下士官連中が見張りで立つてゐるから、必ず変装して来いよ。貴様が来ることは妙子を通して義父に伝えてある。以上」。

止め撥ねのすっきりしたこの文字は、麦島のそれに違いなかった。祖父の代から続く東京の軍人一家に生まれながら女々《めめ》しい字だと、士官学校時代には消灯後、私の目の前で厭《いや》というほど鉛筆を走らせていた。それでも、未だに完全な矯正《きょうせい》は叶わないようだ。

結局その日は、私が退庁した十九時過ぎまで参謀本部での凶報が入って来ることはなかった。参本の一階奥には、各紙の番記者がニュースを求めて常に詰めている。秘密裏に処理をするとしても、あの連中に気付かれないようにするにはかなりの労を要したことだろう。

外套《がいとう》の襟を立てて向かった九段上の停留所には、予想通り狩埜の姿があった。私の姿を認めた狩埜は、煙草を咥《くわ》えたまま足早に寄って来た。

「本当だったんだな」

「何がです」

「決まっているだろう、古鍛治さんの件だ。三宅坂の連中、ウチには隠し通すつもりだったようだ。初めは惚《とぼ》けていたが、最後には渋々認めた。全く、何がどうなっているんだ。渡辺閣下も酷く驚かれていた。今夜には非公式の三長官会議が開かれて、どう処理するのか決まるらしい」

「私はどうすればよろしいでしょうか」

「古鍛治さんが殺されたのは、貴様が請け負った調査の内容に関わりがあるのか？」

「現時点では未だ分かりません」

「その可能性が少しでもあるのなら、閣下は継続して調査を頼みたいと仰せだった。出来るか」

「無論です」

狩埜は煙草から灰を落とし、小さく息を吐いた。

「それと、別件だが貴様に頼みたいことがもう一つある。これだ」

狩埜はポケットから一通の郵便葉書を取り出した。周囲を黒枠で囲ったその葉書には、次のような文章が角張《かくば》ったペン字で認《したた》められていた。

教育総監陸軍大将渡辺錠太郎儀、十一月二十一日急逝《きゅうせい》仕《つかまつり》候《そうろう》ニツキ此段《このだん》御通知《ごつうち》申上《もうしあげ》候《そうろう》
追而葬儀ハ十二月五日青山斎場ニテ執行可仕候
十二月一日
教育総監部

「死亡通知ですか、趣味が悪いですね」

「これで五通目だ。日付は違うが、その他は殆ど同じ文面だった。筆跡も五通同じだ。閣下は放っておけと仰るが、抗議文や辞職勧告とは訳が違う。しかも五通だぞ。悪戯《いたずら》だとしても度が過ぎる」

差出人の名は当然なく、教育総監部御中となっていた。酷く掠《かす》れていたが、切手に押された消印は本所局《ほんじょきょく》のそれだった。

「葬儀の日付が今週の木曜日となっていますが、何かあるのですか」

「単に、直近の友引《ともびき》がその日だからだろう。これまでもそうだった。縁起の悪い日ばかり選んで

きやがる。こういう類いの葉書は、何かの罪に問えないのか」

「どうでしょう。以前、閑院参謀総長宮殿下《かんいんさんぼうそうちょうのみやでんか》に対して同じような葉書を送った輩は、不敬罪で逮捕されました。総長宮殿下は宮様《みやさま》ですから不敬罪が適用出来ましたが、渡辺閣下では少々難しいかも知れません」

「それなら送り主を見つけ出して、貴様の方でしっかりと釘を刺してくれ。これは教育総監部から憲兵司令部への正式な依頼だと思ってくれて構わない」

「畏まりました。少々お時間を頂きますが調べてみましょう。これまでの四通は残っておりますか」

「いいや、もう棄ててしまった筈だ。これだけじゃ足りないか」

「そんなことはありません。あればより良いというだけです。それではお預かりします」

「頼んだぞ」

狩埜は短くなった煙草を棄《す》て、きびきびとした足取りで九段坂を下って行った。自ずと溜息が漏れた。思い返せば、随分と色々なことのあった一日だった。

茫《ぼう》とした灯りと共に、市電が内堀通《うちぼりどお》りを上がって来た。

私は葉書を手帖に挟み、道路を渡って安全地帯へ向かった。

7

一夜明け、司令部に登庁した私の許《もと》にも漸《ようや》く古鍛治と米徳の件が漏れ伝わって来た。

尤《もつと》も、それは私が知る事実とは大きく懸け離れた物だった。古鍛治は参謀本部庶務課長室にて勤務中に心臓発作《ほつさ》で急逝《きゆうせい》。業務で古鍛治を訪れていた米徳は、その帰路に階段から落ちて頭を強く打ち死亡した——ということになったようだ。米徳家での事件の方は、一切含まれることもなかった。

午前中いっぱいで事務作業を終わらせた私は、昨日に続いて陸王を引っ張り出し、隼町《はやぶさちよう》の一角に建つ兵器本廠に向かった。米徳が職場に斬奸状を残して来たという一縷《いちる》の望みと、若《も》しそれが駄目でも米徳平四郎という男に就《つ》いて詳しく知るためだった。

スピードを落として衛兵に答礼し、正面玄関脇の軒下にオートバイを駐める。二階建ての官舎に足を踏み入れて、受付で来訪の意を告げた。

「憲兵司令部の方ですか？」

差し出した名刺を見た若い女の事務員が怪訝そうな顔をした。

「米徳少佐の私物でしたら、今朝がた東京憲兵隊の方が全て持って行かれましたけれど」

手廻しの速さに私は少なからず驚いた。上の意向を汲んだ六角の指示か。朝一番で来るべきだったが、今更《いまさら》悔やんでも仕方ない。

「勿論存じております。私の方は別件です。米徳少佐の勤務態度等に就いて、上官の方に二、三お尋ねしたいことがあるのです」

彼女は直《す》ぐに納得したようで、私を一階の奥にある応接室に通した。革張りのソファの脇に立って待っていると、五分ほどして短い口髭を生やした四十路《よそじ》の男が現われた。

「補給部《ほきゆうぶ》の楢崎《ならざき》中佐だ。米徳君のことで用があるんだって？」

「憲兵司令部の浪越大尉であります。お仕事中に申し訳ございません」

「なに、構わんよ。仕事と云ってもどうせ目録の整理ぐらいしかやることもないのだから」

楢崎は薄い笑みを口の端に滲ませて、腰掛けるよう促した。

兵器本廠は陸軍大臣の管轄に属し、兵器や弾薬の購買、貯蔵等を管掌する官署だった。そんな兵器行政の要《かなめ》とも云える重要機関でありながら、一方で件《くだん》の山田大佐がそうであったように、余《よ》所《そ》では使い物にならない無能軍人や周囲に悪影響を及ぼす鼻摘《はなつ》まみ者が追い遣られる閑職というのが実情だった。楢崎の冷笑も、そのような自身の境遇を嘲《あざけ》ってのことなのだろう。

「先《ま》ず、この度はとんだことでお悔やみ申し上げます」

「私も吃驚《びっくり》したよ。参本の階段で足を滑らせたんだってね？　しかも、これは聞いているかどうか分からないけれど、その同じ日に彼の家には強盗が入って、母親と嫁まで殺されたんだ。不幸というのは重なるものなんだねえ」

楢崎は煙草を取り出して咥えた。口ではそう云うものの、特に感慨がある訳ではなさそうだった。

「それで、私に訊きたいことというのは？　彼の私物は朝一番に全部持って行ってしまったじゃないか」

「これはここだけの話ですが、米徳少佐が皇道派の一部将校と親密な付き合いをされていたことは中佐殿も御存知でしょうか」

「まあ、小耳に挟む程度はね」

「先達ての永田軍務局長の遭難にも米徳少佐の関与を思わせる証拠が出てきまして、憲兵隊では秘密裏に捜査を進めていたのです」
「へえ、それは初耳だ」
檜崎は露骨に顔を顰《しか》めた。部下の監督不行き届きで自分に累《るい》が及ぶことを懼《おそ》れたのだろうが、勿論嘘だった。私は手帖を開き、予《あらかじ》め調べておいた米徳の軍歴に目を落とした。

米徳平四郎　陸軍歩兵少佐　兵器本廠附
明治二十七年六月二十四日、岐阜県南長森《みなみながもり》村生。
名古屋陸軍地方幼年学校を経て同四十四年十二月、士官候補生。
大正元年十二月陸軍士官学校入学。同三年五月、二十六期で陸士卒。
同年十二月、任歩兵少尉、歩兵第二十九連隊附。
同八年四月、任中尉。
同十四年三月、任大尉。同年八月、同連隊中隊長。
昭和二年三月、同連隊附、福島中学配属。
同六年三月、同連隊機関銃長。
同八年三月、任少佐。
同九年六月、兵器本廠附（現職）。

「米徳少佐の原隊は歩兵第二十九連隊です。その仙台時代に帰郷時の相沢と知遇を得たのではないかと我々は見ております」

「それは分からないけれど、君の云わんとすることは理解出来るよ。私は相沢のことはよく知らんのだが、噂に聞く限りどうも米徳君とは似通ったところがあるような気がしてならなかった。その、何と云うのかな、直情径行な所がだよ」

「中佐殿もそう感じられましたか」

「そうだな。他部署の課長で米徳君をこう評した者がいる。『忠節を尽くし、武勇を尊び、信義を重んじ、質素を旨とする、まさに軍人勅諭の象徴が如き男』とね。断っておくけれど、決して揶揄《やゆ》している訳じゃない。だからこう云っては悪いけれど、相沢があんな莫迦な真似《まね》を仕出かした時には、米徳君が変な影響を受けるんじゃないかと私だって肝《きも》を冷やした。しかし君、米徳君は死んだじゃないか。今更それを知ってどうしようと云うんだ」

「仰る通りなのですが、書類だけは完成させなければなりませんもので」

私は小さく肩を竦めてみせた。楢崎は灰皿に手を伸ばしながら、成る程と頷いた。

「左様な次第ですので、中佐殿に於かれましては米徳少佐の勤務態度や、若し御存知でしたら一部将校たちとの繋がりについても是非お聞かせ願いたいのです。何でも構いません。先ほど少佐は直情径行な方だったと仰いましたが」

「そうだな。過激思想の持主だと云うわけではないが、なかなか変わった男だったことは間違いない。素晴らしい勤王家だよ。彼を見ていると、講談で聞く幕末の志士っていうのはこういう感じだったのかと思うね。ここへ異動になったのも、原隊での諍《いさか》いが原因だったと聞いている。私も又聞きでしかないんだが、部下にも敬語を使ったり、無断で上京していきなり陸相に面会を要求したりしたらしくてね。それは連隊長だって持て余すだろう」

「こちらでの勤務態度は如何《いかが》でしたか。連隊時代のように無断外出なども多かったのですか」

「どうだろう。上官と云っても、四六時中《しろくじちゅう》見ている訳でもないからね。ただ、仕事は真面目に熟《こな》していたよ。まあ、そんな大した仕事がある訳でもないんだが」

「昨日は参謀本部に古鍛治庶務課長をお訪ねされたようですが、それも公務だったのですか」

「いいや、我々の仕事で参本と関わることは稀だからね。個人的な用件だったんじゃないのかな」

「古鍛治大佐とは親しくされていたのですか」

「それは知らないな。なあ、だからと云って監督不行き届きなどと云うのは止《よ》してくれよ？　私だって忙しいんだ」

「無論存じ上げております。それで話は戻りますが、少佐は他の課員の方々と良好な関係は築かれていたのでしょうか」

「それはまあ、どうだろうな」

　楢崎は短くなった煙草を灰皿の底で押し潰した。

「これは良い意味で云っているのだけれど、米徳君は極めて純粋な男だった。何て云うのかな、少年がそのまま大きくなったようなものだ。だからこそ、堪《こら》え性《しょう》という物がなかったことは確かだ。一寸《ちょっと》したことに顔色を変えて直ぐに喰って掛かることもあって、それだけは困り物だった。弛《たる》んでいるだとか直ぐに騒ぎ出すものだから周りの者も辟易《へきえき》してねえ。最近でも何だったかな、ああそうだ、戸山学校の教官の件で少々揉めたんだ」

「詳しくお聞かせ下さい」

「君は知らんかね。ほら、先月の初めに戸山学校で教官をしている某《なにがし》大尉が鉄道自殺しただろう?」

「青山《あおやま》大尉ですか」

「ああそうだ、青山大尉だ。軍人が列車に飛び込んで自殺するなんて前代未聞じゃないか。だから昼食後の雑談であれこれ話していたら、それまで隅の方で黙って聞いていた米徳君が急に立ち上がって怒り出したんだ。何が気に喰わなかったのか、遂には同僚の一人を殴り飛ばしたりしたものだから大変だった」

その事件ならば、記憶にも新しかった。私も詳しくは知らないが、確か西荻窪《にしおぎくぼ》・吉祥寺《きちじょうじ》間の線路で成人男性の轢《れき》死体《したい》が見つかり、調査の結果、それが戸山学校で体操の教官を務めている現役の陸軍砲兵大尉だったことが判明した。楢崎の云う通り軍人が鉄道自殺を選ぶことなど前代未聞であり、初めは憲兵隊も動いたようだが、結局は神経衰弱に因《よ》る衝動的な自殺ということで片付いた筈だと記憶している。

米徳は何故その件に激しく反応したのか。

「少佐は、亡くなった青山大尉と面識がおありだったのですか」

「どうやらそうらしい。同郷の後輩だったかな。その青山大尉とやらに米徳君は随分と慕《した》われていたみたいでね。可愛い弟分のことだから頭に血が昇ったのか、それはもう凄《すご》い剣幕《けんまく》だったよ。私が入って止めたんだが、いやあ難儀をしたよ。挙句《あげく》の果てには自殺じゃなくて殺されたんだとまで云い出す始末だ」

「穏やかではありませんね」

「妄言《もうげん》だよ、妄言。そんな筈がないじゃないか」

榾崎は燐寸を擦り、新しい煙草の先を炙《あぶ》った。私は米徳の経歴の横に、戸山学校と青山大尉の名を書き添えた。

殺されたというひと言が、俄然私の興味を引いた。それが古鍛治殺しに関係があるのかは分からないが、何の手掛かりもない現状ではそちらに進んでみるより他に路もない。

そう云えばと榾崎が呟いた。

「米徳君は山田さんにも嚙み付いていたなあ。ほら、永田さんの事件の時に色々と噂された山田大佐だよ」

「山田長三郎大佐ですか」

「そう。知っているかも知れないけれど、あの人は事件の後にここの配属になってね。そうしたら米徳君が、初登庁の山田大佐にいきなり、どうして上官を棄てて逃げたんですかって迫ったんだ」

「山田大佐は何と」

「酷く動揺していらしたよ。自分は逃げた訳じゃない、責任はないの一点張りだ。それどころか、隣の部屋との扉は開いていた筈だから、永田さんだって逃げられた筈だなんて云うんだぜ?」

「隣は軍事課長室ですね。当時は向こうから鍵が掛かっていたと聞き及んでおりますが」

「詳しくは知らないよ。山田さんがそう云っていただけなんだ。兎《と》に角《かく》それで米徳君が益々《ますます》怒って、あの時も拳を振り上げたりしたものだから。そんなこともあったせいか大佐は登庁も疎《まば》らになって、遂にあれだ」

「山田大佐が自害為《な》さったことについて、米徳少佐は何か仰っていましたか」

「いいや、特に何もなかったと思うがね」

楢崎は紫煙を燻《くゆ》らせながら、他人事《ひとごと》のような口吻《くちぶり》で呟いた。

兵器本廠を辞したのは、十三時を少し廻った時分だった。

西荻《にしおぎ》と吉祥寺の間ならば、管轄は牛込《うしごめ》の憲兵分隊になる。早速司令部に戻って青山大尉の事件を調べようと思ったが、石造りの門を潜ったところで考えが変わった。この事件は初め、警察によって捜査が行われていた。憲兵に引き継がれたのは、被害者が現役の将校と判明してからである。その過程で情報が濾過《ろか》された可能性は否めない。

先ず当たるべきは、初めに捜査を担当した荻窪署の方だ。今夜は松濤の六角邸を訪れるという重要な用事はあるものの、約束の時刻までは未だ充分時間があった。

半蔵門の交差点を左折し、私は西に向けてオートバイの速度を上げた。

8

新宿から青梅《おうめ》街道を通って荻窪署に到着したのは十四時前だった。

石造りの玄関脇にオートバイを駐めるや否や、警杖《けいじょう》を携えた門衛の制服警官一名が血相を変えて駆け寄って来た。

「何か御用ですか」

用もない奴が来ることはないだろうと思ったが、若い彼らの顔色はそんな冗談で笑ってくれるような代物《しろもの》ではなかった。私は鹿爪《しかつめ》らしい顔で、先月の青山大尉轢死事件に就《つ》いて訪れた旨を正直に述べた。何と勘違いしていたのかこちらは警戒を解いてくれたようだったが、引き継がれた受付の若い警官は、最後まで仏頂面《ぶっちょうづら》のままだった。ここは、以前に余程憲兵と揉めたことがあるのかも知れない。

通されたのは二階の奥にある会議室のような部屋だった。

窓が小さいため全体的に薄暗く、木製の会議机を薄汚れたアルミ椅子六脚が囲んでいた。手前の一脚に腰掛け、煙草を咥える。凭れ掛かっただけで螺子《ねじ》は軋《きし》み、椅子の背が悲鳴のような音を上げた。応接室の類いでないことだけは確かだった。

五分ほど待たされたのちに現われたのは、酷く草臥《くたび》れた顔をした五十代半ばの男だった。皺だらけの上着に摺《す》り切れた革靴を突っ掛けた出で立ちで、口元には短い煙草を咥えている。どう考えても客を迎える姿ではないが、そもそも事件について訊きたいと云っているにも拘わらず捜査資料の類いを持参した様子もない。予想していた以上に手間は掛かりそうだった。

「お待たせしました。司法主任の笈松《おいまつ》です」

笈松は決して目線を合わせようとはせずに、向かいの椅子に腰を落ち着けた。私は一応立ち上がって軽く頭を下げた。

「憲兵司令部の浪越大尉です。お仕事中に失礼をしました」

「この間の轢死事件で来られたと伺いましたけれど、ありゃあ憲兵さんにそっくり資料をお渡しした筈ですがね」

「勿論存じ上げております。ですが、追加で二、三お尋ねしたいことが出て来まして」

「追加も何も、そちらさんは自殺ということで処理なさったじゃありませんか。今更何か訊かれても困りますな」

嘲《あざけ》るような笈松の口吻《くちぶり》には、矢張り引っ掛かる物があった。私は笈松の目を見詰めたまま、声を潜《ひそ》めた。

「そうなると、矢張り青山大尉は自殺ではないのですか」

「今更何を」

「私は先日まで仕事で京城《けいじょう》におりましてね。それで帰って来たら青山が死んでいた。奴とは親しい仲なんです。自殺するなんて、それも電車に飛び込むなんて到底信じられない」

立ち昇る紫煙の奥で、笈松の目が険しくなった。

「それでも、そちらの上の方々はそう結論を出したんでしょう」

「私は信じていません。だからこうして改めて事情を教えて頂きに来たのです」

「単独行動ですか」

「司令部の人間ですから、或る程度の権限は与えられています。確固たる証拠があるのならば、管轄の憲兵分隊に再調査だって命令は出来ます」

最後まで喫《す》い切った煙草を灰皿に棄て、笈松はおもむろに立ち上がった。

「一寸《ちょっと》待っていて下さい」

踵《かかと》の潰れた靴をぱたぱたと鳴らして、笈松は退出した。

今の笈松の態度から、凡《おおよ》その経緯は想像出来た。荻窪署が懸命に証拠を集めて殺人の疑いありと手渡した報告を、憲兵隊は一方的に自殺と断じたのだ。感謝こそされ、よもや黙殺されるとは思ってもみなかっただろう。笈松が憤るのも無理はない。

戻って来た笈松は、分厚《ぶあつ》い冊子を抱えていた。

「それが捜査資料ですか」

「原本ですよ。お渡ししたのは写しです」

「司令部で目を通してこようとしたのですが、どうにも所々除かれている箇所があるようでしてね。お手数ですが初めから説明を願えませんか」

笈松は眉を顰《ひそ》めたが、厭味《いやみ》を口にすることもなく冊子を卓上に置いた。

黒い表紙には「西荻窪陸軍大尉轢死事件」と書かれた半紙が貼られていた。笈松と共に、私も煙草を咥えた。

「事件があったのは十一月六日から日付も変わった七日の深夜です。中野《なかの》発三鷹《みたか》行の終発電車でした。大尉さんは先ほどガイシャが電車に飛び込んだと仰ったけれど、そりゃ違います。電車は定刻通り西荻を一時二十五分に出たんですが、一番加速する下本宿《しもほんじゆく》の辺りで、運転手が線路に横たわる人影を見ています。慌てて警笛を鳴らしてブレーキも掛けたけれど間に合わず、五十メートルばかり進んだところで漸く停まった。中途半端に速度を緩めたせいで車輪が痛くホトケさんを噛みましてね。なかなか悲惨な姿です。御覧になりますか」

「お願いします」

笈松が開いたページには、様々な角度から撮られた遺体の写真が貼られていた。煙草の灰を落としてから、私はそれらを一枚ずつ確認した。

現場で撮られた物とは別だろう。茣蓙《ござ》の上には引き裂かれた布切れと生首が並べて置かれていた。両腕と両脚は既に原形を留めておらず、布切れの端々には手首から先や、指と思しき肉片が含まれている。駅員は轢屍体をマグロと呼称するらしいが、それならばこれはタタキだ。

挽肉《ひきにく》同然の身体に対し、肩から上は綺麗な物だった。眉の濃いその顔貌は眠るようで、頬や額《ひたい》にも小さな擦り傷が認められる程度である。

「顔は綺麗ですね」

「こう、レールを枕にして線路に横たわっていたようですが、足の方が先に車輪に当たって、それで巻き込まれたようです」

笈松が捲《めく》った次のページには、手書きの人体図に損傷部の書き込みが為されていた。両脚には太い線と共に「大腿部切断」、顔面と胸部には「擦過傷《さっかしょう》」、頭部には「頭蓋骨《ずがいこつ》陥没」とあった。

「青山の身元が分かったのは所持品からですか」

「そうです。背広の内ポケットに名刺入れがありまして、そこに戸山学校教官の名刺がありましたものですから、急いで学校に連絡を入れた次第です」

「軍服ではなかったのですね？」

「ツイード生地の背広でした。鞄の類いはなく、上着のポケットにはこれらが入っていました」

次の見開きには多くの写真が貼られていた。名刺入れ、皺くちゃになったハンカチ、膨らんだ蝦蟇口《がまぐち》、一本だけ残ったゴールデンバットと燐寸箱、それに割れたブキャナン・ウイスキーの小《こ》壜《びん》が一本。

「ウイスキーは殆ど残っていませんでした。ホトケさんからは随分と濃いアルコールの臭いがしましたから、自分で飲んだのか、それとも死んだ後で口に注ぎ込まれたかも知れません」

「矢張り、青山は殺されたのだとお考えなのですね」

「その可能性は非常に高く、少なくとも検討には値するというのが我々の結論です」

「その根拠は」

「三つあります。先ずはこれです」

笈松は長くなった灰を落とし、ページを数枚捲った。そこに貼られていたのは、青山の顔の傷を接写した物だった。多くは擦過傷で皮膚は破けているが、出血している様子はない。

「車輪に巻き込まれた時の傷だと思われます。それなのに、見て下さい、どれも血が出てないでしょう。皮が剝《む》けている訳ですから、仮令《たとえ》即死だったとしても血が滲むか、若しくは鬱血《うつけつ》していないと可怪《おか》しいのです」

「つまり、轢かれた時に青山はもう死んでいた？」

「そう考える二つ目の根拠がこれです」

隣のページに貼られた写真には、革靴の裏が写されていた。舶来品なのか、細かい英字でブランド名が刻まれた靴底は、多少土汚れは見られるが至って綺麗な物だった。笈松は煙草の先で、その脇に貼られた小さな表を示した。

「ホトケさんの履いていた靴は、両方とも線路の脇に転がっていました。轢《ひ》かれた衝撃で弾け飛んだんでしょうな。問題はその靴底です。土手を登ってあの線路沿いに歩いたのなら、電車のスパークで散った銅粉が必ず付着する筈です。それなのに、検出出来たのは泥濘《でいねい》質の土砂だけでした。それに、そもそも線路脇は砂利《じゃり》や小石が多いんですから、少し歩いただけでも凸凹《でこぼこ》の跡が残る筈なんです。でも見て下さい、真っ平らでしょう？」

「青山は自ら歩いて来たのではない。何者かに運ばれてあそこまで来た」

「我々はそう考えました。極めつけはこれです」

笈松が示したのは、上着の残骸に巻き込まれた青山の右手らしき写真だった。薬指と小指は手首の近くから掌《てのひら》ごと抉《えぐ》れており、残った三本も黒く汚れている。泥か血でも付着しているのかと思ったが、どうやらそういう訳ではなさそうだった。

「これは爪が」

「そうです、剝がれています。左手の方も中指と薬指だけは潰れずに残っていましたが、そちらも同じでした」

「車輪に巻き込まれた際の傷という訳ではないのですか」

「こうも綺麗に爪だけ剝がれるというのは考えられません。それに爪上皮《そうじようひ》、要は爪の根元ですな、そこには針を刺したような痕が幾つか見られました」

「こういうことですか？」

私は左手で架空の針を摑むようにして、右手の人差し指に差し込み動かして見せた。笈松は軽く顎を引いた。爪の間から畳針《たたみばり》のような太い針を差し込み、梃子《てこ》の原理で無理矢理引き剝がす。そのような拷問の種類ならば耳にしたことがあった。

「青山は何者かに囚われて激しい拷問を受け、その屍体は西荻・吉祥寺間の線路に放置された……」

「我々はそう結論付けて報告を上げました。ただ、そちらさんはお気に召さなかったようですがね」

笈松はそう締め括《くく》り、灰皿の底で煙草を潰した。

私はページを捲り、笈松が示した写真群を再度検《あらた》めた。傷痕からの出血の有無、靴底の痕跡、そして明らかな拷問の痕。これだけ揃っていれば、確かに他殺の可能性は検討して然《しか》るべきだろう。何故憲兵隊はそれを無視したのか。

「この辺りならば管轄は牛込分隊の筈ですが、報告もそちらにされたのですか」

「いいえ、東京憲兵隊の本部です。ホトケさんが現役の陸軍将校と分かった時点で先ず牛込さんに連絡を入れたのですが、分隊長の森木《もりき》少佐でしたかな、直接あちらにするようにと云われましたので。ただそれからは梨《なし》の礫《つぶて》で、こちらからどうなったのか訊いてみたのですが、自殺で処理されたからと云われてお終《しま》いです。ああそうだ、肝心なことを云い忘れていました。事件当夜にホトケさんの家が火事で焼け落ちているんです。しかもアカウマ、付け火でした」

「何ですって」

「油が撒《ま》かれていたので間違いはありません。家には奥さんと小さい娘さんがいたんですが、可《か》哀想《わいそう》に、二人とも焼け跡から屍体で見つかりました。両名共に、はっきりと扼殺痕《やくさつこん》が残っていました。流石《さすが》に無関係とは思えないでしょう?」

「その捜査もされたのですか」

「現場は大久保《おおくぼ》の百人町《ひやくにんちよう》なので、淀橋《よどばし》署の管轄です。私も報告を受けただけですから、詳しいことはあちらさんで訊いて貰った方がいいでしょう」

青山の白い死に顔に再度目を落とした。当人死亡のタイミングで家族も殺されたのは、米徳と全く一緒だ。これは一体どういう訳なのか。

青山を拷問した輩《やから》が、その家族も殺して家を焼いたのだと仮定する。火まで点《つ》けたのは証拠を失《な》くすためだろう。拷問場所が青山の自宅だったとすれば、その痕跡を消すためとも考えられる――いや、それならばわざわざ吉祥寺近くまで運ばないか。犯人は青山が所持する何かを求めており、その在《あ》り処《か》を訊き出すため拷問に掛けた、しかし遂に口を割らなかったので当人は殺し、同じように家族も殺した上で家ごと証拠隠滅を図った。この方が尤もらしい。

分からないのは、これだけ証拠が揃っているのにも拘わらず、憲兵隊が自殺で片付けたという事実だった。これほどの案件ともなれば、最終的な判断は司令部が下したことだろう。しかし、その判断材料を用意するのは他ならぬ東京憲兵隊だ。私の脳裏を、自ずと六角の存在が過った。

「東京憲兵隊本部から、どうして自殺で処理をしたのかの説明はあったのですか」

「ホトケさんは戸山学校でも所謂《いわゆる》革新将校と云われる類いの方だったようで、生徒たちに色々と発破《はっぱ》を掛けては注意を受けておられたそうです。それが重なって、遂に学校から重謹慎十日の処分を下された。事件が起きたのは丁度その日でした。まあ厳密に云うならば翌日ですが」

「だから自らの行いを悔いて自決したと？　苦しいですね。軍人が腹を切るでもなしに電車自殺を選ぶでしょうか。それに、家族も殺されたことは知っているんでしょう」

「勿論報告はしましたよ。そうしたら、ホトケさんは家族を殺した後で自ら命を絶ったんだと云われました。ただですよ、青山大尉が轢かれたのは午前一時二十六分ごろ。一方で、百人町の家から火が出ているのと隣人が気付いて消防に連絡したのは二時過ぎです」

「青山が殺して火を点けたなら、時間が合わないじゃありませんか」

「青山大尉は蠟燭《ろうそく》に細工した自動で発火する装置を用いたのだそうです。冗談かと思いましたが、そちらの上の方々は本当にそう思っておられるようでした」

「そんな探偵小説じゃないんですから。では、犯人の方はどうなんです」

「悔しいことに、そちらの方は何も残っていません。御存知かも知れませんが、あの辺りは西荻を出た辺りから急に人家も疎らになって田圃《たんぼ》ばかりになるんです。しかも夜の一時過ぎですから目撃者も皆無です」

「よく分かりました。確かに主任の仰る通りです。これを自殺で済ませるのには一寸無理がある」

「御理解頂けたのなら何よりです。再捜査になりそうですか」

「上に掛け合ってみます。しかし、私が云うのも可怪しな話ですが、どうしてこの事件にそこまで拘《こだわ》って下さるのです」

「いやなに、大したことじゃないんですよ」

笈松は鼻頭に皺を寄せた。

「大尉さんは石田《いしだ》検事の怪死事件を覚えておりますか」

「勿論です。もう十年近く前になりますか」

あれは大正十五年の十月だから、私が陸士を卒業して歩一に配属されたばかりの頃だ。十月三十日の未明、東京地方裁判所検事局石田基《もとい》次席検事の屍体が、大森《おおもり》・蒲田《かまた》間の線路脇で発見された。鬼検事と謳《うた》われる石田は、当時田中義一《ぎいち》政友会総裁の機密費問題を担当しており、その死には不審な点も多かったため、機密費問題に纏《まつ》わる謀殺ではないかと騒がれたのだ。

「実は私、その当時は大森署にいましてね。意気込んで捜査を進めたものですが、御存知の通り尻切れ蜻蛉《とんぼ》に終わった。それがずうっと心に残っていたのですよ」

だから同じようなこの事件には執着《しゅうちゃく》しているのだと、笈松は紫煙を燻《くゆ》らしながら低く笑った。

9

荻窪署を辞したのは十六時前だった。

約束の時刻は十九時である。これから司令部に戻り、着替えて電車で渋谷まで向かえば丁度良い時間になるだろう。淀橋署《よどばし》と戸山学校も訪ねてみたかったが、これは後日に廻すしかない。

夕刻のためか道路が混んでおり、司令部に帰り着いた時には十七時を過ぎていた。

地味な色の背広を選び、念の為に分厚い鼈甲縁《べっこうぶち》の眼鏡まで掛けて中折れのソフト帽を被る。薄手の書類鞄を提げれば、我ながら月給百円のサラリーマンにしか見えない。

円タクを摑まえて乗り込んだが、先程の渋滞具合を考えて行き先を三宅坂に変えた。丁度現われた市電に乗り換えて渋谷へ向かう。既に日は落ち、車内は仕事帰りと思しきホワイトカラーで一杯だった。

なだらかな宮益坂《みやますざか》を下った電車は、山手線のガードを潜ると左に折れて渋谷の改札口で停車した。普段この辺りは鉄鍋を吊るした救世軍《きゅうせいぐん》や乞食の姿が多いのだが、今日は独りも見当たらない。その代わりに、往来の激しい渋谷駅の改札前では柱を背にして若い憲兵伍長が周囲を睥睨《へいげい》していた。恐らく彼が追い払ったのだろう。顔を見られると厄介だったが、いったい憲兵というものは自分を避けようとする存在には敏《さと》いのだ。私は堂々とその前を横切って道玄坂《どうげんざか》の方へ向かった。

人混みに流されながら右の路を選び、緩やかな坂を上る。

足を進めるに連れて、潮が引くように先程までの喧騒が遠ざかっていった。琺瑯《ほうろう》の街区表示板には宇田川町《うだがわちょう》とあった。

次第に和洋折衷の瀟洒《しょうしゃ》な屋敷が姿を見せ始めた。雑踏の余韻は完全に消え失せている。静謐《せいひつ》な屋敷町の様相が、松濤《しょうとう》に足を踏み入れたことを告げていた。

一風変わったこの地名は、かつて鍋島《なべしま》侯爵家が開いた広大な茶園に由来すると何かで読んだことがあった。松濤園といって、茶の湯の釜が滾《たぎ》る音を松の梢に渡る風音に見立てたのだそうだ。しかし折角の製茶業も振るわず、更には先の大震災が決め手となって農場は閉鎖、広大な土地は幾つかの住宅地として分譲され、それを買い取った政治家や実業家たちが広大な屋敷を建てることで、やがて今日《こんにち》のような屋敷町と成っていた。

六角の屋敷は、そんな鍋島農場跡の南東に位置した。

由緒正しき武門である六角家は、先の震災以前からこの地に広大な屋敷を構えていた。先代の六角忠義《ただよし》は長州の藩兵として四境戦争や戊辰戦争に従軍し、御維新後は陸軍の将校として出世街道を進んだ。日清・日露戦争での軍功は男爵位を打診されるほどだったが、飽くまで一介の武弁と忠義は拝辞した。一説によると、これは自ら軍人勅諭で政治への不干渉を謳《うた》っておきながら国務大臣はもとより二度も首相を務めた同郷の先輩、山県有朋《やまがたありとも》への痛烈な風刺を込めていたそうだ。

事前に調べておいた記憶を頼りに辻々を巡り、漸く正門に辿り着いた。仰々しい薬医門《やくいもん》で、門扉は開け放たれていた。玉砂利の敷き詰められた路は、植え込みと共に奥の屋敷まで長く続いている。

歩調を緩め、何気ない態で玄関を望んだ。灯りの下には軍刀を吊った憲兵らしき姿があった。麦島が手紙で云っていた者たちだろう。隊長職とはいえ、何もなければ佐官クラスの住居を憲兵が警護することはまずない。殺害予告の類いでも届いたのだろうか。

約束の時間までは未《ま》だ十五分近くあった。私は門の前を通り過ぎ、高い築地塀《ついじべい》に沿って角を曲がった。闇夜に聳《そび》える六角邸は、二階建ての古風な本陣屋敷の南側に、洋館が突き出ているような構造をしていた。その広さ故か、灯りの漏れている窓は少なかった。

行く手に裏門が見えた。こちらは正門と異なり、少し塀の引き込んだ場所に太い御影石の柱が二本突き立っているだけだった。

石柱の陰に女がいた。白磁色の袷《あわせ》が夜闇に映《は》えて見える。妙子だった。

「ようこそお越し下さいました」

「今晩はお世話になります。未だ少し早いので、時間を潰して来ましょうか」

「いえいえ、問題ございません。どうぞこちらへ。ご案内いたしますわ」

妙子の案内で玉砂利の路を進む。

「わざわざこのために来て頂いたのですか」

「元々お掃除や父の食事の用意などもございましたから」

「ならばユキちゃんはお留守番ですか」

「いえ、奥で寝ておりますわ。遊び疲れたみたいです」

妙子は淡く微笑んだ。

「それにしても、随分と物々しい雰囲気ですね」

「父は止《よ》してくれと申したようですが、最近はこの辺りでも爆破事件が多いものですから、司令部の方が気を使って赤坂分隊の方を派遣して下さいました」

「赤坂？　この辺りならば渋谷分隊の管轄なのではありませんか」

「赤坂の方が隊員さんたちの数も多くて融通が利くのだそうです」

「ああ、そういう訳ですか。しかし爆破とは穏やかじゃない」

「この辺りには実業家や銀行家の方のお宅が多いものですから、巷で噂される、そのう、革新運動と云うのでしょうか、打倒財閥を掲げたテロルの類いも多いのです。私が知っているだけでも、吉河《よしかわ》銀行の頭取さまのお宅と、加稲《かいな》商事の社長さまのお宅、それに、ああそうですわ、この間は貴族院議員の露木光臣伯爵《つゆきみつおみはくしゃく》のお宅にも爆弾が投げ込まれました。伯爵は財界の方ではございませんけれど、ほら、議会ではなかなか過激なことを仰いますから」

「露木伯の反軍演説は私も興味深く拝聴しました。成る程、頭は空の癖に行動力だけある暇な政治ゴロの仕業《しわざ》ですね。閑静な住宅街とばかり思っていましたが、そんな状況だったとは」

裏口から土間に入ると、広い台所だった。靴を脱ぎ、妙子に帽子を預ける。

「こちらでございます」

妙子の先導で薄暗い廊下を進む。外観から想像したよりも倍以上は広かった。三つ目の座敷の角を曲がると、目の前に急な階段が現われた。

軋む段板を踏んで二階に上がる。妙子は、向かって左手の襖の前で膝を突いた。

「失礼いたします。浪越さまがお見えになりました」

襖越しに、くぐもった声で入りなさいと返ってきた。

襖に手を掛けて、音もなく滑らせる。私は不動の姿勢で上体を傾けた。

六畳ばかりの座敷は光で溢れていた。廊下や階段に灯りが少なかった分、余計にそう感じるのだろう。吊り照明の光を浴びて、桐の箪笥《たんす》や書棚は艶《あで》やかに煌《きら》めいて見えた。

角張った文机《ふづくえ》の前では、藍地《あいじ》の浴衣《ゆかた》に丹前《たんぜん》を羽織った恰幅《かっぷく》の良い男が一心不乱にペンを走らせていた。六角紀彦だ。

「憲兵司令部の浪越大尉であります。お待たせをいたしまして申し訳ございません」

六角は一瞥だけをこちらに寄越し、直《す》ぐにまた文机に向かった。

妙子がその近くに座布団を用意した。私は失礼しますと断って、その端に膝を突いた。両手を突き廊下に下がろうとした妙子の背に六角の声が飛んだ。

「茶の用意は不要だ。用があったらまた呼ぶ。それまでは下がっていなさい」

妙子は畏《かしこ》まりましたと答え、密やかに退出した。

襖が閉まる。室内には、かりかりという万年筆で紙を刻む音だけが響いている。

十分近くはその状態が続いただろうか。口火を切ったのは六角の方だった。

「古鍛冶の屍体はどうだった」

質問の意図を摑みかねた。六角は静かにペンを置いて、咄嗟の返答に窮する私に無情な目を向けた。

「ここまで来ておいて、今更惚《とぼ》ける必要もないだろう。貴様が参謀本部の二階で古鍛冶と米徳の屍体を見たことは分かっている」

「心当たりがありません」

六角は敷島《しきしま》の紙箱を取り上げ、一本抜いてから箱ごと私の膝元に放った。袖口から除く浅黒い前腕には、真新しい包帯が巻かれていた。

「喫《す》えよ」

頂戴しますと断って一本抜き取る。灰皿は文机の上にしかないが、寄越して貰える気配はなかった。

吸い口を潰して、燐寸は自分の物を擦った。火を吹き消し、焦げた燐寸は箱に戻す。最近は専《もっぱ》らカメリヤばかりなので、浅く吸い込んだ煙は随分と紙っぽい味に感じられた。

向きを整えて紙箱を戻しながら、私は、傍らの脇息《きょうそく》に凭《もた》れ掛かる相手の姿を改めて観察した。

胸板の厚い、大柄な男だった。多少の無《ぶ》精《しょう》髭《ひげ》は目立つものの、よく陽に焼けた精悍な顔貌は凡《およ》そ憲兵のような日陰者らしさを感じさせない。特に目を引くのは、切れ長の双眸《そうぼう》と揺らぎのない鼻筋だ。私はそこに、妙子との確かな血の繋がりを感じた。

六角は煙を吹き上げて、倦《う》んだ視線をこちらに寄越した。

「須藤から聞いた。貴様は昨日、杉並の通信学校に行ったらしいな。それで、帰り道に警察から米徳の家庭の問題を持ち掛けられた」

「不穏なビラが頒布されているとの情報を得ましたもので」

「通信学校に確認をさせたが、昨日憲兵が訪れたという記録は一切なかった。そもそも米徳の家は鷺宮だ。通信学校からは北西に三キロ以上離れている。帰り道で通るには遠廻りが過ぎる」

六角は煙草をひと喫いして、脇息に腕を添えたまま身動《みじろ》ぎした。

「庶務課長室は閂《かんぬき》が壊されていた。貴様が扉を蹴り破って屍体を発見し、そのまま米徳の家まで行ったのだろう？　鷺ノ宮駅前の交番に勤める石永《いしなが》とかいう巡査が、確かに昨日、憲兵の将校に話し掛けたと証言した。その将校は、米徳家の門から出て来たと云っていた。貴様だな。米徳の家族の屍体も弄《いじ》ったのか」

「心当たりがありません」

そう繰り返す他になかった。どこまで調べがついているのかは分からないが、ここで下手《へた》に云い逃れをしても空々しいだけだ。六角の目が更に薄くなった。

「浪越。貴様の行為は越権《えっけん》も越権だ。古鍛治を訪ねて屍体を発見したのなら、どうして直ぐに報告をしなかった。司令部員の貴様に捜査権限はない。手柄を独《ひと》り占めしたかったのか。それとも渡辺閣下の御意向か」

長くなった灰が落ちそうになった。どうして渡辺との関係までと思ったが、答えは直ぐに見つかった。黒見が告げたのだ。私は少なからず戸惑った。真逆《まさか》あのやる気のない男にまで六角の息が掛かっているとは思わなかった。こればかりは迂闊《うかつ》だった。

さて、どうすべきか。

折角《せっかく》ここまで乗り込んだのだから、古鍛治との計画や皇道派の目論《もくろ》みについて存分に探りを入れるつもりだった。しかし、今の状況でそれをすれば私以外にまで累が及ぶことだろう。渡辺が古鍛治たちの計画を認識している事実は何としても隠し通さねばならない。

灰皿の縁に煙草の灰を落とし、六角は私の名を呼んだ。

「貴様が教育総監の間諜《かんちょう》だということは疾《と》うの昔に割れている。優等生の渡辺閣下が真逆こんなことを為《な》さるとはな。義人《よしと》からは貴様が司令部でも出世出来るよう口利きしてやってくれと云われているが、そんな莫迦げた話のためにのこのこと出向いた訳じゃないだろう。何を探って来いと命じられたのかは知らんが、柄《がら》でもないことはお止めになった方がいいとよく申し上げてお け。話は以上だ」

恐らくこの場の正解は、大怪我を負う前に尻尾《しっぽ》を巻いて逃げ出すというものだろう。しかしこのままやられっ放しというのも面白くない。一矢報《いっしむく》いてみたくなった。

私は手套《てとう》の口を開け、長くなった灰をそのなかに落とした。

「一つお尋ねします」

黙って引き下がると思っていたのか、六角は新種の虫でも見るような顔になった。

「なんだ」

「戸山学校教官、青山正治《まさはる》大尉の轢死事件を自殺として処理されたのは、隊長殿の御意向ですか」

立ち昇る紫煙の向こうで、六角の頬が微《かす》かに引き攣《ひ　つ》った。その反応だけで充分だった。

「引き続き調査を進めてまいります」

口を開きかけた六角に先んじて敬礼を示し、私は座敷を後にした。

薄暗い階段を下りると、帽子を携えた妙子の姿があった。

「随分早かったですね。いかがでしたか」

「大変参考になりました。有難うございます」

「そうですか。それならばよかったです」

「いずれ改めてお礼には伺います。麦島にも宜しく云っておいて下さい」

物問いたげな妙子から帽子を受け取って、私は土間で靴を履き直す。

外は冷気が増していた。時刻は十九時半を少しだけ過ぎている。台所の妙子に目礼をして、私は夜に踏み出した。

先ほどの反応を見る限り、青山の不審死にストップを掛けたのは六角で間違いないだろう。問題は、それが誰にとって不都合なのかということだ。

裏門に向かう途中で、ふと屋敷を振り返った。

皓々《こうこう》と灯りの漏れる二階の窓際で何かが動いた。それは人影のようでもあったが、目を凝らす前に灯りが落ち、何も見えなくなってしまった。

私はもう振り返らず、凍《い》て付く夜のなかを俯き勝ちに進んだ。

10

赤坂や牛込、渋谷の憲兵分隊からは、管轄する一部将校の動向が逐一《ちくいち》報告されていた。以前は渋谷界隈の安居酒屋で声高に昭和維新への意気込みを述べていたため、こちらとしても盗み聞きがし易かった。しかし最近はそんな憲兵の動きを警戒してなのか、専《もっぱ》ら各自の家や連隊の将校集会所を会合の場として使うようになっていた。自宅ならば床下に潜り込んで耳を欹《そばだ》てる手もあるが、兵営に籠《こも》られては手の出しようがない。

また、相沢の起訴内容が発表されて以来増えていた怪文書やビラの類いも、最近はとんとその数が減っていた。隊附将校の連中は、果たしてその労力を何に割《さ》いているのか。私たち憲兵にとっては、急に訪れたその静寂が却《かえ》って不気味だった。

戸山学校を訪れる暇が出来たのは、週も変わった十二月九日のことだった。ロンドンでは日英米仏伊の五ヶ国による二度目の海軍軍縮会議が始まり、紙面には全権を務める永野修身《ながのおさみ》海軍大将の勇ましい言葉ばかりが躍っていた。

若松町《わかまつちょう》の停留所を越えて三叉路を右に進むと、直ぐに東京第一衛戍《えいじゅ》病院が白亜の偉容を誇り、更に三分ばかり進んだ先に、桜の巨樹が枝を伸ばす石造りの正門が姿を現わした。

戸山学校は、その名の通り牛込区戸山町にある軍楽、体操、武術の修練に特化した軍学校である。

どういう訳かは知らないが、この界隈には何かと軍の学校が多かった。先の路を左に進めば経理学校と砲工《ほうこう》学校に行き着き、南の市ヶ谷には士官学校の校地が広がっている。広漠な戸山ヶ原には、件《くだん》の戸山学校を挟むようにして、幼年学校と軍医学校も建ち並んでいた。

衛兵の捧《ささ》げ銃《つつ》に見送られて、そのまま門を通過する。

広大な運動場では、午後の訓練だろうか、完全武装をした下士官たちが必死の形相《ぎょうそう》で短距離の全力疾走を繰り返していた。

邪魔にならぬよう、運動場脇の楠《くすのき》の下にオートバイを駐めた。運動場から体操着姿の若い男が駆けて来た。よく陽に焼けて眉の濃い彼は、折り目正しい敬礼を私に示し、助教の南田《みなみだ》軍曹と名乗った。

「憲兵司令部の浪越大尉だ。事務室まで案内を頼めるか」

「はい、南田軍曹案内します。失礼ですが、どのような御用件でしょうか」

「ここで教官をしていた青山正治大尉の件だ」

南田は忽《たちま》ち横面《よこつら》を張られたような顔になった。しかし、次の瞬間には畏まりましたと腰を折り、きびきびと歩き始めた。

南田に従って足を進めていると、校舎の向こうから軍楽隊の交響楽と、何やら黄色い声が聞こえて来た。

「どこぞの女学校からの見学団体でありますす」

私の疑念を感じ取ったのか、南田が声のする方角に首を巡らせた。

「先《ま》ずは軍楽隊を見学して貰い、その後で体操科と剣術場を案内する予定になっております」

「戸山学校は見学者が多いんだったな」

「はい。午前中には婦人団体が訪れておりました。学校当局も、宣伝を兼ねてサーヴィスに努めております」

断じてそれには迎合しないという口吻《くちぶり》だった。特に返事もしないでいると、南田は少し歩調を緩め、緊張した声で私の名を呼んだ。

「大尉どのは、その、青山教官の件をお調べになっているのでありますか」

「そうだ。南田軍曹は青山大尉を知っているのか」

「はい。同じ体操科でよく御指導下さいました。自分の至らない点を丁寧に教えて下さり、極めて個人的な相談にも親身になって乗って下さる、大変素晴らしいお方でした」

「青山大尉が鉄道自殺を遂げたことについて、軍曹はどう思っている」

「申し訳ありません。自分にはよく分かりません」

その角張った背からは直ぐに答えが返って来た。本当にそう思っているような声色ではなかったが、頑《かたく》なな様子から察するに今は追及しても仕方がなさそうだった。

暫《しばら》くの間、落ち葉を踏む音だけが続く。行く手に正面玄関が見え始めた。南田はその手前で立ち止まり、機械的な動きで振り返った。

「正面玄関から入りますと、右手に窓口があります。そこで来校手続きを済ませて頂き、以降は事務室の者が御案内いたします」

「分かった。授業中に済まなかったな」

「いえ。それでは南田軍曹、失礼します」

微かに目線を逸らしたまま、南田は駆け足で立ち去った。疚《やま》しいことがあるのではなく、明かすべきか否かを迷っているような態度と見受けられた。急《せ》かさずとも、あの様子ならばいずれ向こうから口を開きにやって来るだろう。私は袖ぐりの皺を伸ばし、玄関に足を踏み入れた。

窓口のガラスを叩く。顔を覗かせた初老の事務員は、訝しげな目で憲兵の腕章と私の顔を見た。

「憲兵司令部の浪越大尉です。校長の安藤利吉閣下《りきちかっか》に御面会を」

「お約束はされていますか」

「いいえ。急に決まりましたもので」

「生憎《あいにく》と校長は予定が詰まっております」

「お時間は取らせません。十分でも五分でも結構です」

「申し訳ありませんが、お引き取り下さい」

云い終わらない内に、事務員はガラス窓を閉めようとした。その隙間に素早く手を挟み入れる。八の怯えに二の怒りが交ざった顔で、相手は私を睨んだ。

「それでしたら、校長でなくとも結構なので事情の分かる方を呼んで下さい」

「何の話ですか」

「決まっているでしょう。亡くなった青山大尉についてですよ」

事務員の顔色が変わった。口のなかでもごもごと何か云い、それが終わらぬ内にさっと奥に引っ込んだ。

ガラス窓を開けて、近くの壁に留められた演奏会の案内を眺めながら相手を待つ。三分も経たぬ間に、廊下の奥から眼鏡を掛けた顔の長い男が姿を現わした。肩章は大佐である。私は素早く敬礼を示した。

「幹事の鈴木《すずき》だ。貴様か、青山君の件で来たとか云うのは」

「憲兵司令部の浪越大尉であります。青山大尉の不審死について調査をしており、その件で参上いたしました」

「不審死？　莫迦を云うな、あれは自殺で片が付いた筈だ」

「ところが、そうではないかも知れないという証拠が新たに発見されたのです。日下憲兵隊では再度事件の洗い直しを行っています」

「そっちの都合など知ったことか！　事情ならもう所轄の憲兵隊に話しただろう。神聖な教育現場に貴様のような憲兵風情《ふぜい》が軽々しく立ち入るんじゃない」

鈴木は唾を飛ばし、その顳顬《こめかみ》には青筋すら浮かび上がっていた。全く随分な嫌われようだ。同じテーブルに着くだけでも至極骨が折れそうだが、幹事と云えば校長に次ぐナンバー・ツーであって、事情を質すには丁度いい位階であるようにも思われた。

このまま門前払いをされては詰まらない。咄嗟に考えを巡らせる。妙案は直ぐに浮かんだ。

私が黙って歩み寄ると、何を勘違いしたのか鈴木は透かさず後退《あとずさ》りした。私は構わず、鈴木に顔を近付けた。

「ここだけの話ですが、この件に関しては教育総監部の狩埜中佐も強い関心を寄せておいでです」

「何だと」

「そもそも、再調査の提案は狩埜中佐から持ち込まれたのです。どうやら、本件は総監部でも大きな関心を集めているようでして」

「狩埜は渡辺総監の副官だろう。だったらそれは渡辺閣下の」

「さあ、そこまでは分かりませんが」

曖昧に首を捻る私に、鈴木は低く唸り声を上げた。

当然、全て出任せだった。流石《さすが》に渡辺の名を勝手に使うことは躊躇《ためら》われたが、狩埜程度ならば問題はないだろう。鈴木曰く神聖な教育機関である戸山学校は、当然教育総監部の管轄に当たる。そのトップである渡辺の名を仄《ほの》めかされては、鈴木も軽々に拒むことは出来ない筈だった。

「御不審でしたらどうぞ狩埜中佐にお問い合わせ下さい。それに、再調査と申しましても飽くまで形式上になります。二、三お話を伺いましたら直ぐに退散いたしますので」

逡巡を続ける鈴木にそう止《とど》めを刺す。

鈴木は苦々しげな一瞥を寄越し、「応接室」の札が下がった近くの扉を目で示した。私は頭を下げ、そちらへ足を進めた。

「私も忙しいんだ。さっさと済ませてくれ」

鈴木はソファに腰を下ろし、早速煙草を取り出した。私は小卓を挟んでその正面に座り、胸の前で手帖を構えた。

「では伺います。青山正治大尉が亡くなられた件について、幹事殿は如何《いかが》お考えですか」

「如何も何も、彼は家族を殺した後で自殺したんだろう。貴様ら憲兵隊がそう報告して来たんじゃないか」

「以前はそう考えられていました。では、その動機と申しますか、青山大尉が左様な暴挙に出た理由についてお心当たりはございますか」

「以前も答えたが、そんなことは知らん」

「捜査を担当した荻窪署の刑事曰く、青山大尉は重謹慎十日を云い渡されていたそうですが」

「それはまあ、確かにそうだ。最近の青山君は軽挙妄動が目立った。一部の、そのう、何と云うのか特殊な地方人と頻《しき》りに交流をして、剰《あまつさ》え生徒たちにまでその思想を広めているような始末だった、だから強く注意をした。しかし、その程度で真逆《まさか》自殺などはしないだろうし、妻と幼い娘まで手に掛けるとは到底思えない。恐らくは家庭で何かあったのだろう。そこは我々の与《あずか》り知らぬ領域だ」

「家庭の問題を周囲に漏らしていたのですか」

「いいや、そういう訳ではない。事件の後で、彼と近しい教官や助教などからは意見の聴取を行ったが、取り立てて注目すべきような事柄はなかった」

先程の南田の顔が脳裏を過ったものの、敢えて言及することは止めておいた。そうですかと相槌を打って、私はそれまでの内容を簡単に纏めた。

「それならば、若《も》し自殺だとしても原因は先程幹事殿が仰った、一部の特殊な地方人ということになりますね。北一輝《きたいっき》や大川周明《しゅうめい》などですか」

「詳しい名前など憶《おぼ》えている訳がないだろう。そっちで調べ給《たま》え」

鈴木は眉間に皺を刻み、煙草を深く喫った。徒《いたずら》に天下国家を論じる革命ブローカー風情と部下が繋がっていたという事実は、彼にとっては許し難いのだろう。

「どうもはっきりしないですね。しかし、傍から見て他に理由がないとすれば、家族をも巻き込んで命を絶った原因はそこにあるようにも思われます。若《も》しくは、殺されたかです」

「おい貴様！」

「先程も申し上げましたが、青山大尉の死を自殺と断ずるには少々腑に落ちぬ点が幾つか出てきているのです。憲兵隊ではあらゆる可能性を視野に入れて捜査を進めています。つきましては、貴校で把握されている大尉の交友関係について、御存知のことをお教え願えませんか」

直ぐに答えは返ってこなかった。鈴木は腕を組み、ソファの背に凭れ掛かる。口元の煙草からは、蜘蛛《くも》の糸のような紫煙が途切れることもなく立ち昇っていた。

窓の外で立て続けに銃声が聞こえた。戸山学校の裏手は近衛騎兵《きへい》連隊の射撃場になっている。射撃訓練でもしているのだろうか。

鈴木もそちらを一瞥して、おもむろに煙草を棄てた。

「詳しいことは私も知らんのだ。勘違いするなよ。これは何も秘匿している訳じゃない。正直云って、あんな連中とは関わり合いになりたくなかったから、敢えて追及はしなかったんだ。事件についてだってそうだ」

鈴木は前屈みになり、顔の前で指を組んだ。

「私だって惜しい人物を亡くしたと思っている。彼は体操科の教官で、生徒からの評判も実に良かった。青山君は、型に嵌まった体操訓練だけじゃなしに、射撃を上達せしめる体操や、行軍のための持久力を高める体操などを自ら考案して持ってくるような、学校教育の本質をよく理解した教官だった。本来我が校では、大尉に進級した教官は中隊長として原隊に転出することになっているんだが、青山君には無理を云って残って貰ったほどだ。だからこそ、事件は生徒たちにも非常なショックだった。……なあ大尉、折角落ち着きを取り戻しつつあるんだ。戸山学校の幹事として申し入れる。これ以上余計なことを云って、校内の雰囲気を掻き乱さないでくれ」

「幹事殿の仰ることは尤《もっと》もかと存じます。何を優先すべきかは、当然小官も理解しております」

私は鹿爪らしい顔で頷いてみせた。従うつもりは毛頭なかったが、後になって再度訪れるかも知れないことを考えると、この場ではこう答えておいた方がいいだろう。

私は素早く立ち上がり、鈴木に敬礼を示した。

「御多用中の折、誠に有難うございました」

「分かって貰えたなら嬉しいよ」

「勿論です。またお尋ねすることがあるかも知れませんが、その際は宜しくお願いいたします」

不満げな様子で鈴木が口を開きかけた矢先、扉がノックされた。先ほどの事務員だった。

「お話し中に申し訳ありません。鈴木幹事、一寸宜しいでしょうか」

鈴木は立ち上がり、廊下に出る。扉が閉まる直前、事務員は確かに青山大尉という単語を口にした。

私は立ったまま、聴き知った内容を手帖に纏めた。鈴木は一分もせずに戻って来た。何があったのか、その顔はすっかり蒼褪《あおざ》めていた。

「おい、真逆と思うが、その物騒《ぶっそう》な噂はもう世間に広まっているんじゃないだろうな」

「何の話でしょうか」

「貴様が云った、青山君は殺されたとか云うヤツだよ。いま、正門に彼の妹とか云う女が来て、なかに入れろと騒いでいるんだ」

「待って下さい。大尉の妹さんもそう云っているのですか」

「そうだよ！　それで貴様と同じように事情を聞かせろと」

「分かりました。そちらは小官の方で対応いたしましょう」

私は手帖をしまい、素早くソファ上の軍帽を取り上げた。鈴木は狼狽《ろうばい》を顔に漂わせていたが、厄介事は押し付けるに限ると気が付いたのか、任せようと云って自ら扉を開けた。

問題はなく、むしろ好都合だった。荻窪署を辞する前、笈松司法主任は、他殺の可能性を遺族に仄めかすことはしていないと云っていた。それにも拘わらず、どうして青山の死を他殺だと思ったのか。強く興味を引かれた。

校舎を辞する際、暫《しば》しオートバイを駐めさせて貰いたい旨を鈴木に申し入れた。鈴木は蠅《はえ》を追い払うような仕草と共に、勿論構わないと答えた。

11

正門で衛兵に喰って掛かっていたのは若い女だった。

歳のほどは十代の後半といったところか。断髪の頭につばの広い帽子を被り、黒い毛皮の外套《がいとう》を羽織っている。随分と大人染みた出で立ちではあるものの、整った顔立ちには未だ少女の面影《おもかげ》が残っていた。

私の姿を認めた相手は、狼狽《うろた》えた顔で衛兵から離れた。

「なんですか。私はここで教官をしていた青山正治の妹です。兄が亡くなった件について詳しく訊きたいと云っているだけなのに、一向に入れて頂けないからこうしてお願いをしているんです」

彼女は必死な顔でそう捲《まく》し立てた。どうやら、面倒な相手を追い返すために憲兵が現われたものと勘違いしたらしい。私は莞爾《にっこり》と微笑んで顎を引いて見せた。

「存じ上げております。貴兄の事件を調査しています、憲兵司令部の浪越大尉です」

「兄の件を？　だったら――ああ、ごめんなさい。私、青山瑠璃《るり》と申します」

「どうぞ宜しく。実は、私の方からも幾つかお尋《たず》ねしたいことがありまして。立ち話もなんです。君、そこの門衛所を使っても構わないか」

傍らの門衛は、慌てた顔で構いませんと答えた。私は瑠璃を促して、白塗りの門衛所に入った。

狭い屋内には、ひと組の机と椅子しか用意されていなかった。わざわざ椅子を持って来させるのも手間だったので、私は立っていることにした。

あのうと瑠璃は躊躇《ためら》い勝《が》ちに口を開いた。

「事件を担当された荻窪署の刑事さんは、自殺で結論が出されたと云っていました。憲兵隊でもこれ以上は調べないのだと。そうではなかったのですか」

「正式にはそうです。しかしどうしても引っ掛かる点があったため、私が個人的に調査を継続しているのです」

「兄は殺されたんですか」

「そうだと決まった訳ではありません。ただ、その可能性は非常に高いと思っています」

瑠璃は、自分が殴られたような顔になった。

「……同じ晩に、大久保の家では澄江義姉《すみえねえ》さんや照子《てるこ》ちゃんも殺されました。それも関係があるのですか」

「そこも未だ分かりません。しかし、若し違うのだとしたら偶然が過ぎるような気はします」

「そう、ですよね。きっとそうなんです」

瑠璃は色が変わるほど強く唇を噛んだ。

「兄が自殺なんてする訳ないんです」

「そう思われる根拠があるのですか」

「当たり前じゃないですか。兄が自殺なんてする筈ありません。兄は、青山正治は殺されたんです」

瑠璃の顔が歪み、赤くなった双眸からは忽ち大粒の涙が零れ落ちた。

取り出したハンカチを咄嗟に口に押し当てて、瑠璃は必死に嗚咽《おえつ》を堪《こら》えている。急かす必要もなかった。机から離れ、外の景色に目を移す。薄曇りの下、だだっ広い往来を幾枚もの枯れ葉が駆け巡っていった。

暫くして、失礼しましたと後ろから聞こえた。振り返ると、瑠璃はもう泣いていなかった。

「私は五年前に家を出ています。演劇の世界で生きていきたいと思ったものの、親は当然許してくれる筈もなく、家を出ました。応援してくれたのは兄だけでした。だから、兄だけには東京での下宿先も教えてあったのです。初めは端役《はやく》ばかりでしたけれど、段々と目立つ役も頂けるようになって……。兄が戸山学校の勤務になってからは、忙しいなかでも私の舞台を観に来てくれました。帝国軍人があんな場所に出入りしているなんて知られたらどうなるかも分からないのに、背広と眼鏡で変装までして来てくれたんです」

瑠璃の声は語尾が顫《ふる》えていた。涙を堪えるように、瞬《まばた》きの数が多くなった。

「事件があった日の翌日は、私が初めて主演を任して頂いた舞台だったんです。だから兄もとっても喜んでくれて。必ず観に行くからなって云ってくれて。それなのに、そんな楽しみにしてくれたのに、自殺なんてする筈がないんです」

　尤もらしい顔で頷いて見せながらも、私は多少落胆していた。もっと客観性に富んだ根拠かと思ったら、多分に情緒的な内容だった。確かに瑠璃の云わんとすることは理解出来るが、それだけでは到底事態を覆《くつがえ》すには足りない。

「青山大尉とは頻繁に会われていたのですか」

「それ程でもありません。でも一ヶ月に一度は大久保の家にお邪魔して、義姉さんや照子ちゃんと一緒にご飯を頂いていました」

「最後に会ったのはいつ頃です」

　瑠璃はハンカチの端で涙を拭い、十一月三日の日曜日ですと答えた。記憶の抽斗《ひきだし》を探る。青山が謹慎を云い渡されそして死んだ三日前だ。

「その時の、いえそれ以前でも構わないのですが、最近の青山大尉は貴女《あなた》の目から見てどうでした。何か雰囲気が変わったとか、何かに悩んでいたとかはありませんか」

「分かりません。でも酷く疲れている様子でした。それは義姉《あね》もよく口にしていました。兄に尋ねてみたことはあるのですが、学校で体操の修練があったからだとしか答えてくれませんでした」

「家に知らない人が訪ねて来たり、貴女の目の前で関わりのなさそうな人物と会ったりということはありませんでしたか」

「私が知る限りはなかったと思います」

「大尉から何か預かっている物や、任された物の類いはありませんか」

　瑠璃は少し考えて、こちらも首を横に振った。犯人に繋がる手掛かりは得られそうもなかった。私は質問を変えてみることにした。

「話は変わりますが、米徳平四郎という名前に聞き覚えはありますか」

「米徳さまならば勿論。私共が幼い時分から親しくお付き合いさせて頂いている方です。確か、今は少佐にまでなられたと記憶していますけれど」

「どういった関係なのです」

「私共の在所《ざいしょ》は岐阜の切通《きりどおし》という小さな村でして、今はもう合併して南長森村《みなみながもりむら》と呼ばれていますけれど、米徳さまも同じ村のご出身なのです。兄と米徳さまでは七つ歳が離れておりましたから、丁度歳の離れたお兄さんのような存在でした。兄が軍人の路《みち》を選んだのも、米徳さまの薫陶《くんとう》を受けてです」

空き巣に入られたからと云って嫁を足蹴にし痣が残るまで殴るような男の薫陶など碌《ろく》な物ではないだろう。私は笑顔で頷くことに留めておいた。

「では随分と慕っていらっしゃったのですね」

「米徳さまも、私たちのことは随分と可愛がって下さいました。兄は戸山学校の勤務になって以降も何回かはお目に掛かっていたようですから、東京にはいらっしゃるのだと思います」

「頻繁に会われていたのですか」

「そのようでした。私は長いことご挨拶も出来ておりませんが、兄のことを知ったら哀《かな》しまれることでしょう」

その米徳も既に死んでいることを瑠璃は未だ知らないようだった。伝えておこうかとも思ったが、そこまでする義理もない。

「他に、そうだな、古鍛治という名前に聞き覚えは」

「コカジ？　古鍛治兼行さまでしょうか」

「御存知なのですか」

「お名前だけですけれど。兄がよく申しておりました。古鍛治さまは、兄にとって命の恩人なんです」

「詳しく教えて下さい」

「詳細は存じませんけれど、兄が名古屋の野砲兵《やほうへい》第三連隊におりました時分、兵舎のひとつで火事がございました。運悪くその火事に巻き込まれ、煙を吸って昏倒《こんとう》した兄を担ぎ出して下さったのが、当時第三師団で副官をお務めだった古鍛治さまだったそうなのです」

「それはいつ頃のことですか」

「確か昭和二年の冬、十一月頃だったと思います」

兵営での火災などこの上ない不祥事の筈だが、そんな情報に触れた記憶は一切なかった。昭和二年ならば、私も未だ憲兵に転科する以前だ。単なる小火《ぼや》程度だったのだろうか。

「あの、古鍛治さまがどうかされたのでしょうか」

急に黙り込んだ私に、瑠璃は恐る恐る尋ねた。私は笑顔を作り、何でもありませんと答えた。

「大変参考になりました。有難うございます。若し何か思い出すことがあったら、いつでも憲兵司令部の浪越宛に連絡を下さい。私がお訪ねしたい時はどこへ伺えばよいでしょう」

瑠璃は少し考えてから新宿のムーラン・ルージュを指定した。

「兄のこと、何卒宜しくお願いいたします」

瑠璃は、私に向けて深く頭《こうべ》を垂れた。

瑠璃を見送り、校舎沿いに来た路を戻る。楠の下でオートバイのエンジンを吹かしていると、後ろから声を掛けられた。

木陰から現われたのは、酷く緊張した顔の南田だった。

「お帰りのところを失礼します。悩みましたが、やはり大尉どのにお話しをしておいた方がよいと思われることがありまして」

「青山大尉の件か」

「はい、そうであります。一つお尋ねしても宜しいでしょうか」

「構わんよ。何だ」

「青山教官は鉄道自殺をされたと聞き及んでおります。それを再調査されているということは、矢張り自殺ではなかったのでしょうか」

「断言は出来ない。だが、その可能性は充分にあると考えている。南田軍曹、貴様は只今、矢張りという言葉を使ったが、何か心当たりでもあるのか」

「はい。青山教官は、御自身の身に危険が迫っているようなことを仰っていました」

「詳しく説明しろ」

南田は蒼褪めた顔のまま更に背筋を伸ばした。

「自分はここ最近、青山教官より伸切型《のびきりがた》一回転宙返りという跳馬《ちょうば》の技を教えて頂いておりました。これは大変難しい技でなかなか習得出来なかったのですが、事件の前日、つまり十一月五日のことですが、教官は自分に、『これ以上お前の錬磨《れんま》には付き合ってやれないかも知れん』と仰いました。自分は、自分の覚えが悪いことに教官が呆《あき》れておいでなのだと思いお詫び申し上げたのですが、教官はそうではないと否定をされて、『近々自分は戸山にはいられなくなる』と告げられたのです」

「戸山にはいられなくなる、だな」

「左様であります。教官が学外の方と交流を密にされ、学校側、特に鈴木幹事がそれを快く思ってはおられないことは自分も理解しておりました。そのため、教官は追放の可能性を心配しておられるのだと思い、それは考え過ぎであろう旨を申し上げました。しかし教官は寂しげな顔で首を横に振られて、『お前と会うのもこれが最後になるかも知れん』と、自分にこれを下さったのです」

南田は体操着のポケットから何かを取り出した。皮の厚い掌に収まったそれは、大柄な銀製のオイル・ライターだった。

受け取ってその表裏を検《あらた》める。思わず唸り声が漏れた。

艶やかなその表面には、桜の花と雪の結晶を組み合わせたような紋様が彫られていた。忘れる筈もない。それは古鍛治の惨屍体の傍らに置いてあった物と寸分の違いもなかった。

「これは?」

「青山教官が愛用されていたライターです。確かに様子が変でした。『戸山にいられなくなる』というのは、てっきり学校を追われるという意味だと思っておりました。ですが今から思えばそうではなく、命を取られるという意味ではなかったのかとも思えます」

「変わった紋様だな。特注品なんだろうか」

「確かではありませんが、教官が碓氷《うすい》博士から贈られた品ではないかと思います。博士の著書にはよくその紋様がありましたもので」

「誰だって？」

「碓氷博士、碓氷東華《とうか》博士です」

聞いたことのある名前ではあった。憲兵隊で作成している国家主義者の一覧に、確かそのような名前もあったような気がする。

「青山大尉は碓氷東華と交流があったんだな」

「はい。北一輝氏とも面識はおありのようでしたが、専《もっぱ》ら参加されるのは碓氷博士の勉強会でした。自分も参加したいと申し上げたのですが、お前には未だ早いと云われ——」

南田はそこで不意に口を噤《つぐ》んだ。目の前にいるのが憲兵であることを今更思い出したようだった。

無論、そんなことはどうでも良かった。青山の不審死について、新たな要素が見つかったのだ。私は、改めて脳内に三人の登場人物を配置し直した。

先ず青山を挟んで、古鍛治と米徳が一本の線で繋がった。古鍛治は、昭和二年十一月頃の火事で青山の命を救っている。同郷の米徳は、青山を弟のように可愛がっていた。そんな米徳は、参謀本部の庶務課長室で古鍛治を斬った——かも知れない。

もう一人加えるべきは六角紀彦だ。古鍛治とは陸士同期の仲であり、渡辺の情報によると、一部将校を煽動《せんどう》してことを起こさせようとしているとか。そんな六角は、東京憲兵隊長の地位を利用して青山の謀殺《ぼうさつ》を自殺として処理していた。

こうして出来上がった歪《いびつ》な四角形に、銀製のライターを介して国家主義者の碓氷東華なる男が加わった。

事件はより複雑味を増していた。庶務課長室の惨劇と青山の轢死、最早この二つが無関係であるとは、到底思えなかった。

12

司令部に戻った頃には、十五時半を廻っていた。私は自席に荷物だけ置くと、直《す》ぐ二階にある東京憲兵隊の事務室を訪ねた。

帝都で名の知れた共産主義者や国家社会主義者、また超国家主義者を自称する政治ゴロ共の監視は、警視庁が本丸だった。尤も、北一輝や大川周明のような一部将校と裏で繋がっている連中に関しては、一応憲兵隊でも動向には注意を払うようにしていた。東京憲兵隊の特高課は警視庁に勝るとも劣らない情報網を手中に収めており、そのなかでも特高主任の伊与特務曹長《いよとくむそうちょう》は指折りのヴェテランだった。

近くの課員に所在を訊くと、奥の部屋だと返って来た。そのまま廊下を進み、突き当たりの扉を開ける。吊り下がった電灯の下で、伊与は辞書のような分厚い書物の内容をノートに書き写していた。私の方を一瞥した伊与は立ち上がって敬礼を示した後、直ぐに腰を下ろして筆写を続けた。

「忙しそうだな」

「申し訳ありません。六角隊長から、最新の赤坂近辺の右翼リストを至急用意するように云われましてね。陸軍省から説明を求められたそうでして、そのための資料だそうです。もう少し早く云って下されば助かるんですけども。私に用ですか？」

「教えを乞いたかったんだが、急ぐ話でもない。終わるのを待つよ」

「すみません。あと少しで終わりますので」

「事務室で見た六角隊長の札は出張中になっていたが、戻って来られるのか」

「いえ。警備司令部に行かれたのですが、直帰されるそうです。ですから、代わりに隊長のお嬢様がお見えになって、今も応接室でお待ちです」

「ほう、妙子さんが」

「御存知でしたか。隊長の個人的な秘書をされているんですよ。これまでにも結構な機密書類を持ち帰って頂いていましてね」

「だったら、そのノートは私に持って行かせてくれないか。お嬢さんの旦那が陸士の同期なんだ」

「歩三の麦島大尉ですね」

「よく知っているじゃないか。折角だから挨拶ぐらいしておきたいんだ」

「大変結構かと存じます」

伊与は冷ややかに笑った。麦島の動向について私が探りを入れると思ったのだろう。

「それでは、お手数ですが宜しくお願いします」

「この階の応接室だな？　代わりに貴様は、私の方の調べ物を用意しておいてくれ。碓氷東華とか云う名前の胡散《うさん》臭い革命ブローカーだ」

伊与は了解しましたと顎を引いた。

薄青色のそのノートを受け取って廊下に出る。擦れ違う下士官たちの敬礼に答えながら、廊下の端にある応接室の戸を叩いた。

「浪越大尉、失礼します」

五畳ばかりの室内で、妙子はソファに浅く腰掛けていた。

「まあ浪越さま！」

弾かれたように立ち上がる妙子に、私は軽く目礼《もくれい》した。

「先日は有難うございました。そのお礼とこいつをお渡しに。右翼のリストだそうです。隊長殿にお渡し下さい」

「畏れ入ります。父に渡すようにいたします」

私が差し出したノートを、妙子は小脇の風呂敷《ふろしき》で包み直した。他にも渡された書類があるのか、黒い帳簿や冊子のような物が覗いている。

「ユキちゃんは今日こそお留守番ですか」

「はい。ご近所の方に見て頂いております。ここにあんな幼子《おさなご》を連れて来る訳にもまいりませんから」

風呂敷を結び直していた妙子が、不意に私の名を呼んだ。

「――最近、宅にはよくお客さまがお見えになります。麦島が、歩三《ほさん》の同僚の方を連れて来るのです」

「はい？」

妙子はこちらに背を向けたまま、息を潜めているような声で続けた。

「先日は歩一《ほいち》や、近衛師団の方もお見えになりました。麦島は、単なる勉強会だと申しておりました。お前は二階に上がって絶対に下りて来るなときつく云われておりますので、何を話しているのかは分かりません」

私は二つの意味で言葉を失った。ひとつは、一部将校とも一定の距離を置いていた、むしろ抑止力となっていた筈の麦島が不穏な会合を開いているという事実。もうひとつは、身内の筈の妙子が、あろうことか憲兵の私にそれを密告している事実だった。

「奥さん、貴女はそれを」

「分かっております」

妙子は固く結び目を留めて、こちらを振り返った。

「ですから、こうして浪越さまにお伝えしているのです」

私は黙って頷いた。そうするより他になかった。

「浪越さまも是非宅にお越し下さい。きっと麦島も喜びます」

「では、仕事帰りにこの恰好で寄せて貰いましょう」

憲兵の私が頻繁に出入りすれば、内通を疑われる麦島は自ずと同志の輪からは外されることだろう。私は、今の誘いをそう理解した。妙子は何も答えず、強張《こわば》った顔のまま風呂敷包みを持ち上げた。

「玄関までお送りしましょう。円タクを使われますか」

「ありがとうございます。お願いしても宜しいでしょうか」

既に陽が傾き、往来は薄い蜜柑色《みかんいろ》に染まり始めていた。

先に正面玄関から出て、流しの円タクを一台摑まえた。車扉を開けると、妙子は先に風呂敷包みをなかにいれ、改まった顔で私に向き直った。

「軍人の妻として有るまじき振る舞いであることは重々承知しております。何と謗《そし》られようと云い逃れをするつもりはございません」

咄嗟には何とも返せなかった。妙子が、先ほどの唐突な告発について云っていることは分かっていた。しかし、何よりも先ず憲兵である私には責めることも宥《なだ》めることも出来なかった。

「私は、家族で幸せに暮らしたいだけなんです。浪越さま、母としてそう願うことは、いけないことでしょうか」

「理解は出来ます、納得はしないけれど。麦島ならばきっとそう云うでしょう。道中お気をつけて。六角隊長にも宜しくお伝え下さい」

妙子は項垂《うなだ》れるように頭《こうべ》を垂れ、そのまま車に乗り込んだ。

扉が閉まり、円タクは薄暮《はくぼ》の国道を直ぐに走り去った。


元の部屋に戻ると、伊与はノートやアルバムなど、卓上に幾つかの冊子を開いて待っていた。

「随分と掛かりましたね。何か揉めたんですか?」

「いいや、話が盛り上がったんだ」

「それは何よりです。麦島大尉について、何か有益な情報は得られましたか」

「そこそこだよ。それで、碓氷の件だが」

椅子を引き、向かいに腰を下ろす。伊与は手前のアルバムを私に向けた。

見開きのページには、講演会の演壇や車から下りるところなど、隠し撮りされたと思しき写真が七枚貼ってあった。写っているのは、いずれも短い口髭を蓄えた禿頭《とくとう》の中年男性だった。

「こいつが碓氷か」

「はい。全て自分が撮った物です。しかし、ここで碓氷に目を付けるとは大変結構かと存じます。これから注視すべきは北でも大川でもなく碓氷ですよ。どこで奴の噂をお聞きになったんです？」

「そんなに有名なのか。私は名前しか知らなかった」

「前々から臭いとは思っていたんです。警視庁の特高課でも、漸《ようや》く最近になって行方《ゆくえ》を追い始めているようですね」

煙草を咥えると、伊与が透かさずライターの火を差し出した。

「……有難う。それで、そもそも碓氷ってのは何者なんだ」

「太鼓《たいこ》叩きの坊主ですよ。元々は、灯明《とうみょう》知《ち》叡会《えいかい》という密教系の新宗教で布教師を務めていた男です。この灯明知叡会というのが所謂《いわゆる》淫祀《いんし》邪教《じゃきょう》の類いでしてね。修行と称しては護摩《ごま》を焚《た》いた狭い御堂《みどう》のなかで、男と女が取《と》っ換《か》え引《ひ》っ換《か》え犯し合うのです。警察も当然問題視して何度か解散させようとはしたらしいんですが、信者のなかにはお偉《えら》いさんも多かったらしく、結局は尻窄《しりすぼ》みに終わっていました。それでも、あれは大正十五年だったと思いますが、その修行とやらの最中に死者が出て、それが未だ幼い七つと九つの娘だったものですから、遂に検事局と警察も腹を括って主だった幹部を一斉検挙、強制解散と相成った訳です。そう云えば、昨日は大本教《おおもときょう》の出口王仁三郎《でぐちおにさぶろう》が島根で捕まったらしいですね。京都の大本教本部も警察に踏み込まれたとか。丁度あんな感じですよ」

「碓氷もその時に逮捕されたのか」

「それが違うんです。こいつは機に敏《さと》い奴で、逮捕劇の半年ほど前に突然布教師の免状を返上して脱会を申し出ているのです。理由は商業主義に奔《はし》った上層部への失望。事件のあった時分には部外者だった訳ですから、当然司直の手も及びません。脱会後は満洲から朝鮮を歩き渡って、辻説法を続けていたようです」

「随分と塩梅《あんばい》が良いじゃないか」

「仰る通り。会の暴走具合を鑑《かんが》みて崩壊も遠からじと予見していたのか、若しくは、碓氷は布教師のなかでも群を抜いて支持を得ていたそうですから、その分伝手《つて》も多かった筈で、警察関係者から密かに手入れの情報を得ていたのかも知れません。その可能性はかなり高いでしょう」

私は再び碓氷の写真に目を落とした。幼気《いたいけ》な少女を膝に乗せ、こちらに笑顔を向ける太り肉《じし》の男。ロイド眼鏡の奥の目は、まるで笑っていなかった。

「それで、邪教の坊主が大陸から帰ったら一端《いっぱし》の国家主義者になっていたという訳か。よくある話だな」

「その方が稼げると分かったのでしょうね。元々口達者な男だったそうですから。向こうで法学博士の学位を取得したのちに帰国。以来、自分の名を冠した東華洞《とうかどう》なる政治塾を立ち上げて着々と門弟を増やしています。題目としては国家の改造やら大東亜連盟の結成やらを掲げていますけれど、所詮《しょせん》は坊主あがりの男です。全て既存の論説を切り貼りした焼き直しに過ぎません。碓氷は北や大川など他の国家主義者連中にもラヴ・コールを送っていたようですが、端《はな》から相手にされませんでした」

「そんな男が、どうして今頃になって頭角を現わし始めたんだ」

「切り貼りの主義主張が、逆に功を奏したのです。学生崩れは北のような小難《こむずか》しい議論屋を何かと崇《あが》めますけれど、大方《おおかた》の政治ゴロには付いていけません。その点、碓氷の持論には深みがない分、どんな阿呆《あほう》でも理解が出来る。それに加えて、碓氷は兎角《とかく》実行主義者なのです。ああだこうだと論説を垂れている暇があったら、匕首《あいくち》を手に貪官汚吏《たんかんおり》や利己主義のブルジョワジーを一人でも殺して来いという訳でして。威勢の良い莫迦は勇ましい言葉を好みます。碓氷は見る見る内に門下生を増やし、遂にはそれを使って実行に移し始めました」

実行、と繰り返した私に、伊与はテロルですよと付け足した。

「これは警視庁から得た情報ですが、ここ最近帝都で起きたテロルは全て碓氷が命じた物です。直近ですと、十一月の中頃に一木喜徳郎《いちききとくろう》枢密院《すうみついん》議長宅と台湾《たいわん》銀行東京支店長宅へ爆弾が投げ込まれたでしょう？　あれだってそうです。後日東華洞名義の犯行声明が届けられて、捕まった実行犯の一人は東華洞の塾生であることを自白しました」

「自分を黙殺した北たちを見返すために、奴らだったら尻込みするような大きなことを仕出《しで》かしてやろうという魂胆《こんたん》かな」

「それもあったでしょう。逮捕された塾生は、貧民救済のため私利を貪《むさぼ》る奸物《かんぶつ》を排除するのだと息巻いていたそうですが、どうも実際は違うようです。先ず一木枢相《すうしょう》や台銀《たいぎん》支店長たちに対して、碓氷から情報料と引き換えに最近の右翼の動静について教授しようという申し出がありました。初めの内は無視していたそうですが、あまりにも執拗《しつこ》いのできっぱり断ると、今度は爆弾が投げ込まれた。要は、金をせびったら拒絶されたその腹癒《はらい》せなんです」

「随分と気位の高い奴なんだな。確かその頃には、松濤《しょうとう》の露木光臣伯爵議員の屋敷にも爆弾が投げ込まれていたんじゃなかったか。あれもそうなのか」

「ええ、そうです。松濤ですと、他にも吉河銀行の頭取と加稲商事の社長ですね。露木伯の屋敷では爆発に庭師が巻き込まれて遂に死者が出ていましたっけ。他にも、三井《みつい》合名会社の警備課長や星崎《ほしざき》商店の常務理事が帰宅途中に撃ち殺されたり、それの捜査中だった警視庁の特高刑事二名がリンチの末に嬲《なぶ》り殺されたりしています。これらも全て東華洞の仕業です」

「だから警視庁も本腰を入れたのか。それで足取りは」

「生憎《あいにく》杳《よう》として知れません。流石に探索の目が厳しくなったので、一時的に東京からは離れているのではないかと自分は考えています。ところで大尉どの、自分からもお尋ねして宜しいでしょうか」

「なんだ」

「肝心なことをお訊きしておりませんでした。大尉どのが碓氷を気にされる訳は何です。碓氷は今のところ、北のように一部将校との接点があるとは聞きませんが」

「そっちの関係じゃない。実は、こんな物を手に入れたんだ。碓氷が知人に贈った品らしくてな」

例のライターを取り出して、帳面の上に置いた。伊与はへえと感嘆の声を上げた。

「こりゃ凄い。手に取っても構いませんか？」

「いいとも」

「ははあ、噂には聞いていましたが、実物は自分も初めて見ました。この桜と雪を組み合わせた紋様が碓氷の落款《らっかん》なんですよ。碓氷が特注で造らせて、世話になった極《ご》く少数の同志に配った物らしいんですがね。これはどこで？」

「一寸した行きがかりでな。私には不要な物だから、欲しいなら貴様にくれてやる」

「本当ですか」

「ただし、この内の一枚と交換だ」

伊与は直ぐに右端の写真を剝がした。碓氷が車から下りている一枚だった。私はそれを手帖に挟んだ。

「碓氷の居所が分かったら教えてくれ」

「勿論ですよ。どうも有難うございました」

伊与の敬礼に送られて部屋を出た。窓の外では既に陽が沈み、廊下の照明も灯《とも》っていた。

三階に戻り、事務室の前を通り過ぎて司令部の資料庫に入る。こちらの目的は、青山瑠璃の証言に就《つ》いて裏付けを取ることだった。

十五畳ばかりあるこの部屋には、明治四年の創立以来、帝国陸軍内で起きたありとあらゆる不祥事の記録が蔵されている。昭和二年の十一月頃に起きたという第三師団の火災事件についてもきっと資料は残されていることだろう。

埃《ほこり》っぽい室内には、迫るような感覚で戸棚が並んでいた。師団毎《ごと》に区切られた棚を辿り、第三師団に該当する区域の前に立つ。編年体式に並べられた冊子を順繰《じゅんぐ》りに取り出して、昭和二年の冬まで遡《さかのぼ》った。

しかし捜し物は見つからなかった。そんな筈はないともう一度初めから捜したが、該当する記録は矢張り存在しなかった。冊子が並ぶ順序やスペースから見て、持ち出されたり他の棚に移されたりということでもなさそうだった。

これは一体どういうことなのか。軽微《けいび》な物は概要に留まるが、それでもこの憲兵司令部の資料庫には、いち下士官の無銭飲食に至るまでありとあらゆる不祥事の記録が残されているのだ。兵営での火災などという一大事件が見過ごされた筈がない。

端からそんな事件が存在しないのならば、資料が残っていないことも頷ける。若しそうだとすると、瑠璃は嘆きながら嘘八百を並べていたことになる。そんなことをして彼女に益があるとはどうにも思えない。

予想外の展開だった。戸惑いながらも三度《みたび》棚の初めから冊子を辿ろうとして、入口から名を呼ばれた。扉口に下士官が立っていた。

「教育総監部の狩埜中佐からお電話です」

急ぎ事務室へ戻り、受話器を取り上げる。直ぐに耳元で狩埜の低い声が響いた。

「人の耳もあるだろうから諾否《だくひ》だけ答えろ。渡辺閣下が貴様に会いたいと仰せだ。これから三十分後、丸の内まで出て来られるか」

「畏まりました。御用件はなんでしょうか」

「諾否だけと云っただろう。郵船ビルの辺りで車を駐《と》めて待っている。憲兵の服装のままじゃ誰が見ているかも分からんから必ず着替えて来い。遅れるなよ。以上だ」

答える間もなく電話は切られた。反射的に時計を見ると、十七時五分前だった。

用件は分からないが、第三師団の件は一先《ひとま》ずお預けのようだった。受話器を戻し、私は更衣室へ急いだ。

13

六角邸を訪れた時と同じホワイトカラーの装束で更衣室を出る。時刻は十七時を三十秒ほど廻っていた。

薄暗い往来では仕事終わりと思しき軍人や官吏が足早に行き来していた。お濠に沿って小走りで進み、日本郵船の角張った本社建屋が見え始めたのは指定された時刻の五分前だった。

ふと、足を止めて振り返る。直ぐ後ろにいた背広姿の男が慌てて身を引き、舌打ちしながら私を避けて行った。

背後に視線を感じたのだ。

尾行することは多くてもされることは稀《まれ》なので、いま一つ確信が持てなかった。しかし、その気配は司令部を出た時点で薄々感じていた。

恐らく、何者かが私の後を尾《つ》けている。その場でひと通り目を走らせたが、生憎と道路を行き交う内に怪しげな挙動の人物は見出せなかった。隠れたのか、それとも人混みに紛れたのか。気にはなったものの今は時間がない。私は再び足を動かした。

交差点に立ち左右を確認する。丁度市電が入って来た和田倉《わだくら》門の停留所の近くに、一台のビュイックが駐まっていた。そちらに足を向けると、運転席から背の高い背広姿の男が出て来た。狩埜だった。

「二分前か、ぎりぎりだな」

「申し訳ありません」

狩埜は腰に手を当て、私の出で立ちを確かめてから後部座席を目で示した。

「閣下は後ろでお待ちだ」

「事前にお尋ねしますが、御用件というのは？　例の死亡通知でしたらもう少しお時間を頂きたいのですが」

「それじゃない。古鍜治さんの件だよ」

狩埜はさっさと運転席に戻った。帽子を取り、後部座席の扉を開ける。渡辺は軍刀を杖のようにして、奥の席に収まっていた。

「済まんね、急に呼び出したりして」

「いえ、失礼いたします」

私は一礼して、手前の席に浅く腰掛けた。

「なかなか都合が合わないから君に出向いて貰ったんだが、直接礼を云いたかったんだ。古鍜治大佐の件をいち早く報せてくれて助かった。君の一報がなければ、すっかり蚊帳《かや》の外に置かれているところだった。有難う」

「畏れ入ります」

「三宅坂を訪ねたら偶々《たまたま》現場に出会《でくわ》したんだろう？　偶然も過ぎると怖くなるな」

「はい。詳細は既にお伝えした通りですが、皇道派の内紛だと推察いたしましたため、斬奸状《ざんかんじょう》などの類いを捜しに鷺宮《さぎのみや》の米徳宅へ向かいました。しかし、生憎と目当ての物は見つかりませんでした」

「米徳少佐の家では御家族も亡くなっていたそうじゃないか」

「駆け付けた際、現地で母親と妻の遺体を発見いたしました。母は寝床にて喉を裂かれ、妻は縊《くび》り殺されておりました。公には押し込み強盗の仕業ということで処理されておりますが、小官は些《いささ》か懐疑的であります。それと申しますのも、少佐の自室の床の間に飾られた脇差の刃には、人を斬った痕跡が残っておりました。恐らく母親の殺害に使用されたのでしょう。強盗でしたら丁寧に血を拭って戻しはしないかと思われます」

「米徳少佐が手に掛けたと云うのかね」

「古鍛治大佐へ天誅《てんちゅう》を下すに際して、後顧の憂いを断ったとも考えられます」

渡辺は鼻頭に皺を寄せ、ふむと唸った。

「現場を調べた荻窪署の刑事たちもそう判断したようだ。だが、これは又聞きだから真偽のほどは確かではないけれど、どうやら川島陸相《かわしまりくしょう》から内務省に申し入れて表沙汰《おもてざた》にはならないよう便宜《べんぎ》を図って貰ったらしい。御家族には悪いが、こうも不祥事が続いては軍の威信が保たれない」

渡辺は思い出したように時刻を確認した。

「もうこんな時間か。いや、有難う。君と話が出来てよかった」

「渡辺閣下、実は私からもひとつだけ御報告がございます。米徳の凶行に関して事情を探っておりました折、戸山学校教官の青山正治大尉の怪死事件に辿り着きました」

「青山……ああ、あの鉄道自殺を遂げた」

「未《ま》だ断言は出来ませんが、殺害された可能性が高いと見ています」

何だってと渡辺は顔を顰《しか》めた。これまで彫像のように動かなかった運転席の狩埜も、軽く身動《みじろ》ぎをした。

「間違いないのか」

「荻窪署にて閲覧した捜査資料に拠りますと、遺体には拷問と思しき痕が多数残っていたようです。犯人はその痕跡を轢断《れきだん》によって隠滅するため、敢えて屍体を線路上に放置したのではないかと推察します」

「古鍛治大佐の事件との関係は」

「目下捜査中です。しかし、青山大尉は碓氷東華という国家主義者と交流があったそうでして、古鍛治大佐も同人とは関わりを密にしていたようなのです。碓氷東華は碓氷峠《うすいとうげ》に東《ひがし》の華《はな》と書きます」

「聞かない名前だな。狩埜君、君はどうだ」

「小耳に挟んだことはございます。決して良い噂ではございませんでしたが」

「東京憲兵隊特高課の調査では、一木枢相私邸や露木伯爵議員邸など、目下帝都で頻発している爆弾テロルの主犯とのことであります。以前にも、三宅坂の中堅幕僚が外部の右翼団体と手を組んでクーデターを目論《もくろ》んだことがございました。若しかしたら古鍛治大佐は、一部将校を煽《あお》る一方で同様の計画を企画していたのではないでしょうか」

「だったら米徳少佐の凶行はそれに絡んで？」

「いえ、そこは未だ分かりません」

渡辺は両手で軍刀を握り締め、後ろに深く凭れ掛かった。流石に思考が追いついていない様子だった。

「閣下、そろそろお時間です」

狩埜が前を向いたまま云った。私は扉際まで下がり、頭《こうべ》を垂《た》れた。

「左様な次第ですので、小官はこのまま捜査を継続いたします。何か判明しましたら、また狩埜中佐を通じてでも御報告申し上げます」

「うん、分かった。宜しく頼む」

渡辺は険しい顔でこちらを一瞥した。私は再度頭を下げ、車外に出た。

外には頬を削《そ》ぐような北風が吹き始めていた。夜闇に滲む人影は皆帽子を目深《まぶか》に被り、背中を丸めて往来を行き来していた。

扉を閉めるや否や、ビュイックは音もなく走り去った。私はソフト帽を被り直して、遠ざかるその車影を見送った。

ふと六角のことを思い出した。この関係が知られている事実は報告すべきだったが、完全に失念していた。尤《もっと》も、慎重な渡辺のことだから、そうと分かれば私は囮《おとり》として別の憲兵を使うようになるかも知れない。それも詰まらなかった。

煙草を咥え、近くの壁際に寄って燐寸《マッチ》を擦る。時計の針は、丁度十八時を指していた。今更司令部に戻る気にもなれなかったが、仕事を終えるには未だ早いような気もした。

どうしたものかと思案していると、荻窪署で聞いた笈松の話を思い出した。大久保百人町の青山家の火災事件は、淀橋署の管轄である。話を訊いておいて損はない。

淀橋署は新宿駅から直ぐの距離だった。東京駅からだと、中央線で二十分ばかりか。その時間ならば未だ署員も残っている筈だ。

風が煙草の灰を崩していく。私は丸の内北口に足を向けた。


中央線のプラットフォームでは、丁度中野行の扉が閉まるところだった。走れば身体を捻《ね》じ込めたかも知れないが、それほど急ぐ訳でもない。普段は四分毎《ごと》だが、確か朝晩の混雑時は二分毎に運行していた筈だ。大人しく次の便を待つことにした。

柱の陰に吸殻を棄て、手近な乗り場の先頭に並ぶ。丸まった鼻紙が風に煽られて、コンクリートの床を転がっていった。

新しい煙草を咥えて燐寸を取り出す。電車の到着を告げるアナウンスが頭上に響いた。その時だった。

後ろから、腰の辺りを強く押された。

上着越しに強い両手の圧を感じた時には、目の前に線路が迫っていた。背後に感じた視線。尾けられている気配。迂闊だった。

唇から煙草が離れる。咄嗟に身体を捻った。乗降場に並ぶ男女の姿が逆さに映る。次の瞬間には左肩に激痛が走り、一拍遅れて頭を何かに打ち付けた。目の前が真っ暗になり、白い火花のような物が幾つも散った。

突き落とされたことは分かっていた。目は開けている筈だが、暫くの間、何も見えはしなかった。

騒々《ざわざわ》と聴き取れない人の声が、頭上で響き始めた。

左手の指先に全神経を集中させる。動く。右手の人差し指、動く。忽ち視界に色彩が戻り、次の瞬間には像を結んだ。水のなかで目を開けたような視界のなかから先ず浮かび上がったのは、線路に転がった私の帽子だった。

私は、枕木の上に仰向けで倒れていた。脈打つ度に後頭部が痛んだ。レールにぶつけたようだった。

おいおいという声が聞こえた。プラットフォームからは、多くの人間が私を見下ろして口々に何かを叫んでいた。

そのなかの一人が目に付いた。縮れた髪の毛を肩まで伸ばした、痩せぎすの男だ。未だ若く、学生のようなマントを羽織っている。

男は明らかな喜色を浮かべながら、後ろ向きに人混みのなかへ消えて行った。奴に尾けられ、そして突き落とされたのだと私は直感した。

耳を劈《つんざ》くような警笛が直ぐ傍で鳴った。線路を走る茶色の車両が、そこまで迫っていた。

考えるよりも先に身体が動いていた。

枕木を強く蹴って、その勢いのまま線路脇へ転がり落ちる。硬く凸凹とした石を全身で感じた。ひどく緩慢な動きに見えた車両は、轟音《ごうおん》と共に私の目の前を通り過ぎた。

心臓は早鐘《はやがね》を打つようだった。打ち付けた左肩は痛んだが、動かしてみても動きに支障はない。骨は無事なようだ。

背広は腕の辺りが機械油で汚れていた。大きく深呼吸を繰り返していると、思い出したように全身から汗が噴き出た。顔中に擦り傷が出来ているのか、汗が酷く沁《し》みた。

車両越しに、駅員と思しき安否を問う声が届いた。ここで応《こた》えたら、暫くは否《いや》が応《おう》でも事情聴取で足留めを喰らうことだろう。それは避けたかった。若しかしたら、私を突き落としたあの男が未だプラットフォームには残っているかも知れない。

直ぐ後ろの線路には別の電車が停まっていた。乗客がこちらに気が付いている様子もない。素早く辺りを見廻したが、私の姿はどのプラットフォームからも視認されていないようだった。

悩んでいる暇はなかった。近くに転がった帽子と鞄を摑み、全力で電車に沿って後方へ駆ける。幸い注目は私が突き落とされた場所に集まっているようで、この辺りに人影は見当たらなかった。

線路を横切り、帽子を被りつつ鞄を上に放り投げる。コンクリートの床に両手を突いて、ひと息に上がった。誰にも見られてはいない。

鞄を拾ってから、背広に付いた土埃をしっかりと払う。顔もハンカチで拭い、傾《かし》いだ帽子を目深に被り直した。右の頰が特にひりひりとした。

機械油の染みた袖を隠しつつ足を進める。プラットフォームの中央辺りには黒山の人集《ひとだか》りが出来ていた。群衆の合間からは、膝を突いて必死に呼び掛けている駅員二人の姿が窺えた。野次馬を装って群衆に近寄り、立ち並ぶ顔に目を走らせた。不安な面持《おもも》ちが三で、残りは誰も彼も好奇心の色が滲み出ていた。生憎と先ほどの男は見当たらなかった。

人混みから離れて階段を下りる。騒ぎを聞きつけたのか、改札の方角からは億劫《おっくう》そうな顔をした駅員たちが次々に駆け付けて来た。彼らと擦れ違い、私は改札の係に切符を差し出した。

「飛び込みみたいだね。暫くは動かないだろうから円タクを使うよ」

改札係は小さく頭を下げて切符を受け取った。

北口のロータリーで円タクを摑まえて、狸穴《まみあな》へ向かうよう命じた。

バック・ミラーに映った私の頬には、大きな擦り傷が出来ていた。運転手は鏡越しにそんな私の姿を一瞥したが、特に口を開くこともなく直ぐに車を発進させた。

柔らかい座席に身を沈めると、自ずと溜息が漏れた。張っていた気が緩んだのか、身体の奥底から疲れが一気に噴き出たようだった。

窓の外では、有楽町《ゆうらくちょう》の煌《きら》びやかな灯りが飛び去っていった。

14

ソヴィエト大使館の脇で折れ、狸穴坂の中ほどで車を駐めさせた。

金を払い、車扉を開ける。右手には、鬱蒼《うっそう》とした木々に囲まれて木造二階建ての洋館が夜に溶け込んでいた。これが、私の住居である劉《りゅう》ホテルだった。

以前に住んでいた家は、京城への長期出張を命じられた際に大半の家具と共に引き払っていた。帰国した際、手元にあったのは着替えと数冊の本だけだったので、これだけのためにわざわざ新しい箱を借りることも阿呆らしく、丁度その時の任務がソ連の間諜に関わる物であったため、近場の劉ホテルに長期契約をしてそれきりとなっていた。

劉ホテルはその名の通り劉《リウ》という支那人《しなじん》が営む宿館で、客層も支那人や朝鮮人が多かった。元々は、明治維新の際に来日したフランスの銀行家の邸宅だったらしい。先の大震災で倒壊しかけたところを劉が買い取り、大規模な改築ののち昭和元年にホテルとして開業した。

周囲の木立《こだち》のせいで陰鬱《いんうつ》とした雰囲気は免《まぬか》れないものの、内装や設備に関しては決して他のホテルにも引けを取らない。宿泊代は朝晩の二食付きでひと月二十八円と格安なのだが、尤もこれは、何か揉めごとが起きた際の仲介役または用心棒として駆り出されることを含んでの価格だった。

緩やかに畝《うね》った坂の下には、三田《みた》の夜景が広がっていた。金平糖《こんぺいとう》を撒いたようなこの景色を目にする度、私は漸く一日が終わったのだと実感する。その意味では、仮暮らしのつもりだったこの場所も、私にとっては自宅となっているのかも知れなかった。

堅牢な見掛けに反して滑りの好《よ》い鉄門を押し開けて、石畳の路を進む。頭上の葉末《はずえ》が夜風に鳴った。樫材《かしざい》の大きな扉の脇では、灯台守《とうだいもり》が使うような大型の霧中《むちゅう》ランプがゆっくりと揺れていた。

劉ホテルの一階は、フロントと食堂を兼ねていた。

食堂というよりはパブと呼んだ方が近いかも知れない。踏み磨かれた胡桃床《くるみゆか》の上には所々に分厚いペルシア絨毯《じゅうたん》が敷かれ、その上に四人掛けの重厚なテーブルが幾つも設《しつら》えられている。初めての客は大抵がフロントを捜して首を巡らせるのだが、酒壜の並んだ長いバー・カウンターがそれだと気付く者はなかなかいない。

普段ならば逗留客たちが争上游《ジョンシャンヨウ》でもしながら支那語や朝鮮語で議論を戦わせているのだが、今夜はカウンターの奥に給仕の沈《シム》がぽつんと立っているだけだった。

「ああ、浪越さん。おかえりなさい」

沈は殆ど叫ぶようにして、身を乗り出した。その訳は直ぐに分かった。客は誰もいないと思ったが、そうではなかった。照明から外れた隅のテーブルには、地味な背広姿の二人組が腰掛けていた。

私がその存在に気が付くのと同時に、彼らは立ち上がった。太鼓腹を抱えた髪の薄い中年男性と、髪を五分刈りにした三十路《みそじ》過ぎの筋肉質な男だった。共に見知った顔ではないが、隙のないその所作から、私は直ぐにその二人組が警察官吏であろうことを察した。

「浪越破六《ばろく》憲兵大尉ですな?」

太鼓腹は莞爾《にっこり》と笑いながら、恭《うやうや》しく名刺を差し出した。紙面には「警視庁特別高等警察部特別高等課係長　警部　根来川寛《ねごろがわひろし》」と刷られていた。

「警視庁の根来川と云います。こっちは大渕《おおぶち》巡査部長です。どうぞ宜しく」

私も向き直って軽く目礼をした。刑事だろうとは思ったが、特高というのは予想外だった。荻窪署で見た青山の死に顔と、伊与のアルバムで見た碓氷東華の太った顔が続けて脳裏を過《よぎ》った。

「済みませんね、突然に。ちょっとお話をさせて頂ければと思って待たせて貰っていたのです。おや、お上着が随分と汚れていらっしゃる。それに顔も傷だらけだ。何かありましたか?」

「大したことではありません。それよりも、よくここが分かりましたね」

「内密にお話がしたかったものですから。こちらでちょっと調べさせて頂きまして。誠に畏れ入ります」

根来川はひと言喋る度に頭を下げ、脂ぎったその頭皮をこちらに近付けた。一方の大渕は根来川の背後に控えたまま、無情な顔で私を睨んでいた。

「御用件は何でしょうか。特高さんの厄介になるような真似はしていない筈ですけれど」

「そりゃ勿論です。ただ、ああ、そうですな、是非とも内密として頂きたいので、大尉さんのお部屋でという訳にはいきませんか」

「誰もおりませんし、ここでいいのではありませんか？」

「いや、それがどうにもあの給仕が気になりますもので」

根来川がバー・カウンターを見遣り、沈は慌てて顔を背けた。私が帰って来るまでの間に大分《だいぶ》絞られたようだ。自室に招き入れることは不快だが、これ以上沈を怯えさせるのも本意ではなかった。飽くまで平然とした態を装って、私は付いて来るように云った。

二階には計七つの客室がある。間取りは廊下を挟んで殆ど同じだが、左奥にある二〇三号室だけは他の部屋よりも若干広く、一応スイート・ルームということになっていた。私が逗留しているのはその向かい、二〇四号室だった。

部屋へ入って直ぐ右手にバス・ルームとトイレが並び、その奥が十畳ばかりの居住スペースだった。浴室と便所は全面が青いタイル張りで欧風の設えだが、寝台や書き物机、それに衣装戸棚などは蔓草《つるくさ》を模した幾何学模様が多く施され、全体的にシノワズリの様相が濃かった。劉の趣味なのだろう。

書き物机に帽子と書類鞄を置いて、椅子を引く。

「申し訳ありませんが、お迎えする椅子がひとつしかありません」

こんな連中にベッドを触れて貰いたくはなかったので、私は根来川に椅子を示し、さっさと寝台に腰を下ろした。

「どうぞお気遣いなく。失礼します」

根来川はその巨大な尻を椅子に埋めて、早速煙草を取り出した。大渕は、恰《あたか》も私の退路を断つかのように、扉の前で腕を組んだ。

「それにしてもホテルにお住まいとは結構ですなあ。何かの任務の最中ですか？」

「いいえ。ただ、身の周りの品もそう多くありませんから、こちらの方が安上がりなんです」

「そう云えば、ここの主人は支那人でしたな。真逆大尉さん、憲兵だからって無理矢理値を下げさせたんじゃないでしょうね？　はは冗談ですよ」

「それで御用件は何でしょう」

「ええそうでしたそうでした。いやなに荻窪署の笈松司法主任から聞いたのですが、大尉さんは西荻の事件を再度調べていらっしゃるそうで」

「青山大尉の事件ですか」

「そうそう、それです。その事件です」

根来川は座ったまま大きく腕を振り回した。指先に挟んだ煙草から、灰の塊が零れ落ちた。

「是非とも大尉さんとはその事件についてお話がしたくてですね」

「特高の方があの事件に興味を持たれているのですか」

「そうなのですよ。まあ色々とありまして」

「碓氷東華ですか」

絨毯に出来た白い汚れに目を落としてから、私はその名を口に出してみた。忽ち、根来川の表情が変化した。小さな瞳からは光が消え、実に特高らしい顔付きになった。

「違いましたか」

「違いません。笈松主任から何か聞かれたのですか」

「いいえ、これでも一応憲兵ですから」

「結構です。いや良かった。そこまで御存知でしたら話が早い。そうです、我々は碓氷を追っているのです」

根来川の顔に笑みが戻った。カメリヤを取り出して咥えた私の鼻先に、根来川は腰を浮かせ拳を突き出した。肉の厚い掌には金色のライターが握られていた。濃い毛の生えた親指で石を弾き、眩いばかりの火が点いた。

「……失敬。それで、碓氷がどうしたんです」

「単刀直入に申し上げましょう。若し大尉さんの方、つまり憲兵隊ですな、そちらで碓氷に関して摑んでいることがあるならば、是非とも我々と共有をして頂きたい」

「それは、例えば奴の居場所等ですか」

「何でも構いません。勿論、一番望ましいのはそれですがね。ただ、いやあお恥ずかしい話ですが我々の方ではもうさっぱりでして、何ですかな、溺れる者は藁《わら》をも摑むと申しますか。別に大尉さんが藁だと云いたい訳ではありませんけれども、あっはっは」

「特高でも昨年頃から右翼の取り締まりを強化し始めたと聞いていましたが、もう本腰を入れているのですね」

「本職の方にそうお褒め頂いては面映《おもは》ゆい限りです。純真な意図で国家社会主義やら何やらの運動に邁進するのは勝手ですが、それで法を破るのは頂けない。況《ま》してや恐喝《きょうかつ》脅迫の道具として国家主義を標榜《ひょうぼう》するなど論外でしょう」

「思い出しましたよ。そう云えば、碓氷を調べていた特高の刑事が二人、奴らに殺されたのでしたね」

視界の端で大渕が身動《みじろ》ぎした。相変わらず何の感情も浮かべてはいないが、その顔からはすっかり血の気が引いていた。根来川は煙草を深く喫《す》った。

「流石《さすが》は憲兵さん、よく御存知ですなあ。そうなのです。古屋《ふるや》と河安《かわやす》といいまして、二人とも私の部下でした。古屋は半年前に可愛い嫁さんを貰ったばかりで、河安も嫁さんと娘っ子を遺してねえ。可哀想に。だから、碓氷は絶対にこの手で取っ捕まえてやりたいのです」

「お気持ちはよく分かります。ですが、生憎と私はその方面を担当しておりません。今回も、青山大尉の件を調べていたら偶々《たまたま》碓氷の名前が出てきたに過ぎない。憲兵司令部には、碓氷のような右翼の監視を専門にする憲兵がいますから、そこと情報の共有が可能か私の方で探ってみましょう。しかし、あまり期待はされない方がいいかも知れません」

「ええ勿論分かっておりますとも。あなたは憲兵、私は警官。色々と難しいことは百も承知しております。ですが、若し御協力頂けるのならば、決して大尉さんにも損はさせません。碓氷の奴、本当にとんでもないことをしておるかも知れませんのでね」

「どういう意味ですか」

「いえいえこればかりは未だちょっとお話し出来ませんからね。ただそうだな、御協力頂けるとなったら、大尉さんにもこっそり教えて差し上げましょう」

「そのように仄《ほの》めかされるだけでは、上にも報告のしようがない」

「仰る通りです。だから気にしないで下さい。ああでもひとつだけ。もう御存知だとは思いますが、大尉さんが調べていらっしゃる戸山学校の青山正治砲兵大尉は、東華洞での碓氷の法話講によく参加をされていましたよ」

どうせはったりだろうと思っていたので、突然の開陳に反応が出来なかった。そんな私の姿に、根来川は笑いを堪《こら》えるような顔で煙草を噛んだ。

「折角ですから、お近付きの標《しる》しにもう一つ。碓氷は菊之助《きくのすけ》という若衆を護衛に連れています。直接手を下したかまでは分かりませんが、青山大尉の殺害に奴が絡んでいることは先ず間違いないでしょう」

「その根拠は」

「菊之助というのは元々新宿周辺をシマにする愚連隊の頭目だった男です。女みたいな顔をした十八の若造なんですが、矢鱈滅法《やたらめっぽう》喧嘩の強い残忍な男でしてね。その腕を買われて、碓氷に引き抜かれました。大尉さんも遺体の写真は御覧になったでしょう？　あの爪を剝いだり畳針を刺したりされた拷問の痕、ありゃ菊之助の仕業で間違いありません」

粘つくような笑顔のなかで、根来川の目が不意に薄くなった。恐らく、嬲《なぶ》り殺されたという二人の部下にも同様の痕跡が見られたのだろう。私は黙って顎を引いた。

「この根来川寛、嘘は申しません。御協力頂けるのならば、きっと大尉さんにとっても重要であろうことをお話ししましょう。どうぞ御検討下さい」

「分かりました。時間は掛かるかも知れませんが、何とか上を説得してみましょう」

「よろしくお願いします。さて、それじゃお暇《いとま》しましょうか。お疲れのところを失礼しました」

根来川に併せて私も立ち上がり、笑顔で手を差し出した。相手は怪訝そうな顔になったが、直ぐに私の意図を理解して握り返した。肉厚なその手は見かけに反して柔らかく、しっとりと湿《しめ》っていた。

扉口まで二人を見送って、鍵を掛ける。

根来川と莫迦正直に取引するつもりはなかった。犬猿の仲である警察にこちらから機密を漏らすなどそもそも許可が下りる訳がないし、独断でそこまでしてやる義理もない。尤も、ことの大小までは分からないが、根来川が何かを摑んでいることは間違いないだろう。慌てることはない。別の経路からそれを探ればよいだけだ。

随分と色々なことがあった一日だった。今夜はよく眠れそうだ。

私はネクタイを緩めながらバス・ルームに入り、湯船の蛇口《じゃぐち》を捻った。

15

年の瀬も近付いた十九日、陸軍省担当の課員がとんでもない情報を拾って来た。

歩兵第三連隊所属の某《ぼう》中尉が、同郷の先輩である陸軍省の部員を通じて川島陸相に或る意見を具申した。曰く、「我ら青年将校が一大蹶起を行うことは最早既定路線だが、我々とて好んで流血沙汰を引き起こしたい訳ではない。合法的手段に則《のっと》って進むのならばこれに越したことはなく、そのためには一刻も早く今の岡田《おかだ》内閣を倒し、真崎《まさき》閣下や荒木《あらき》閣下を中心とした強力な軍事内閣を成立させる必要がある。来週二十六日の議会開院式当日に政友会《せいゆうかい》が内閣の不信任案を提出し、岡田内閣はこれに対抗して衆議院の解散を図るであろうから、陸相に於《お》かれてはここで署名を断固拒絶し倒閣運動に協力を頂きたい。必要があれば、我らが一個中隊を率いて議事堂を包囲・占拠することも吝《やぶさ》かではない。云々《うんぬん》」。

司令部は文字通り蜂の巣を突《つつ》いたような大騒ぎになった。特に衝撃的だったのは、「我らが一個中隊を率いて――」の箇所だった。

憲兵隊では、仮令《たとえ》一部将校が実行動を起こすとしても、海軍の不逞将校が犬養《いぬかい》首相を暗殺した五・一五事件のように、せいぜい個人での活動程度だろうと踏んでいた。

それが、隷下《れいか》の部隊を動かすと云うのだ。軍隊を率いて武力革命を断行すると云うのだ。

全く以て寝耳に水だった。確かに、その可能性が脳裏を過《よぎ》らなかったこともない。ただし、真逆そこまで莫迦な真似はしないだろうと司令部の誰もが思っていた。畏れ多くも陛下の兵を私《わたくし》するなどというのは兵馬《へいば》の大権を侵《おか》すことに他ならず、帝国軍人として絶対に許されない所業なのだ。

表《あら》わした歩三の中尉は論外として、そんな物を陸相まで上げた部員も部員である。流石の六角も見過ごすことは出来なかったようで、東京憲兵隊は赤坂分隊と協力して犯人捜しに躍起になった。

果たして週末の二十二日。新宿の大衆料亭に、歩一や歩三の若手将校が二十名以上集まっているという一報が入った。すわ議会占拠に向けた謀議かと渋谷の分隊が急行したものの、蓋を開ければ雑談が交わされるだけの単なる酒宴だった。我々は、完全に情報に踊らされていた。

私も司令部の課員として、目の廻るような日々だった。淀橋署を訪れて青山宅の火災について調べたり、根来川の手の内を覗き見るために警視庁へ探りを入れたりとやりたいことは多かったのだが、生憎と私事に時間を割いているような余裕は微塵《みじん》もなかった。

二十六日。幸い衆議院では政友会が内閣不信任案を提出することもなく、無事に——かどうかは分からないが、第六十八回帝国議会が粛々《しゆくしゆく》と開かれた。某中尉の目論んだ倒閣計画も水泡に帰し、ほっと胸を撫で下ろしていた憲兵司令部に、本所分隊の稗島《ひえじま》軍曹が私を訪れて来た。

御下命の件と切り出された時も、初めは何のことか分からなかった。
丁寧に油紙で包まれた黒枠の葉書、渡辺に送られた件《くだん》の死亡通知を見せられて、初めて私は、葉書の消印から本所分隊に調査を任せていたことを思い出した。

「送り主は多治見鼎《たじみかなえ》という国家主義者の男であると思われます。多治見は錦糸町《きんしちよう》で興亜協会《こうあきようかい》という小さな出版会社をやっておりまして、これまでにも統帥権干犯《とうすいけんかんぱん》や機関説に関する過激な冊子やビラを方々に頒布しております」

「どうして奴の仕業だと分かった」

「本所郵便局の管轄内でこのような手紙を送り得る結社および人物を選択し、そこから出る塵《ごみ》を漁《あさ》って反古《ほご》の類いを回収いたしました。その結果、葉書の筆跡と一致する物が出てまいりました。お手を汚すことになりまして恐縮ですが、こちらを御確認下さい」

稗島は小脇に抱えた書類鞄から、油紙の包みを取り出した。そこには、酷く皺の寄った原稿用紙や便箋片が幾つも重ねられていた。

「興亜協会の屑箱から回収した物です。専門家に依頼をして筆跡鑑定も行いましたが、同一人物の筆跡で間違いないとの結果でした」

論説文や同志に宛てての手紙であろうそれら反古の筆跡は、確かに死亡通知と同じ角張ったペン字だった。署名の欄には、多治見鼎とあった。

続けて差し出された写真には、大きな眼鏡をかけた四十路《よそじ》の男が写っていた。これが多治見だそうだ。酷く痩せているせいで、顔の大きさと着込んだ背広の差異が妙にちぐはぐだった。

「先ずは御報告をと思い、現在は興亜協会の監視を続ける程度に留めております。御下命あらば直ぐにでも連行してまいりますが」

「有難う。先ずは総監部に確認をして、行けとなったら頼むかも知れん。その多治見とやらの家の場所も分かっているのか」

「はい。会社は錦糸町ですが、住居は亀戸《かめいど》の外れです。元は染色工場だった平屋を改装しており、用心棒として数名の破落戸《ごろつき》を一緒に住まわせている模様です」

「稗島軍曹。君は本所分隊で特高係も兼ねていたね？　私はその方面に疎《うと》いから教えて欲しいんだが、最近よく碓氷東華という政治ゴロの名前を耳にする。君も知っているか」

「はい。国家主義者で、最近頻発している爆弾テロルの首謀者であります」

「興亜協会は、碓氷と何か関係があったりはしないのか」

「多治見は古くからの碓氷の門人です。現に、興亜協会が発行する『山桜《やまざくら》』という月刊誌には、毎号碓氷が文章を載せております」

「成る程。折角だから会社だけじゃなくて、多治見の家の住所も教えて貰っておこうか」

「出向かれるのでしたら、私が御案内いたしますが」

「いや、総監部から訊かれるかも知れないから。有難う、もう監視は解いて結構だ。分隊長にも宜しく云っておいてくれ」

「畏まりました、それでは申し上げます。興亜協会の住所は錦糸町四丁目、錦糸公園の北東角《きたひがしかど》に観音《かんのん》ビルヂングという煉瓦造り三階建ての建物があり、そこの二階であります。一方の多治見の住居ですが、こちらは亀戸町九丁目の日本化学工業の敷地の北にあります。辺りは中川《なかがわ》沿いの草原《くさはら》で他に何もありませんから、直ぐにお分かりになるかと存じます」

狩埜からは釘を刺すように云われていた。それだけならば直ぐに片が付くだろうし、何より仕事をしている証《あかし》にもなる。

多少荒っぽいことをするとなると、会社よりも家の方が好都合だろうか。私は住所を書き留めながら、早速今晩現地を訪れる心積もりをしていた。

16

十九時過ぎには仕事を切り上げ、私は新しく用意した背広に着替えた。

脅しをかけることが目的ならば憲兵の出で立ちの方が良いのだろうが、今夜は飽くまで敵情視察の予定だった。尤も、念の為に上着のなかにはホルスターを吊るし、拳銃を収納した。鞄は携帯せず、外套のポケットに小型の懐中電灯と呼笛だけ仕舞った。捕縄を持って行くか悩んだが、嵩張《かさば》るので止めておいた。

九段下の交差点で円タクを拾う。車は靖国通りから両国橋《りょうごくばし》を渡り、錦糸町、亀戸と抜けて工場街に入った。

東洋モスリンの高い煉瓦《れんが》塀が途切れ、城東《じょうとう》電気軌道の線路が大きく右へカーヴする手前で車を駐めさせた。金を払い、車を下りる。道路の両側には大小様々な蒲鉾《かまぼこ》型の平屋工場が建ち並んでいた。吹き抜ける風は沁み入るようで、思わず外套の襟を掻き寄せた。

暫く進むと急に視界が開けた。中川の河川敷に出たのだ。広漠《こうばく》とした草原の上には、溶き卵のような月影が茫と浮かんでいた。

遥か右方に、幾つもの煙突が突き立った巨大な工場があった。稗島の云っていた日本化学工業だろう。構内を照らす皓々とした灯りは高い塀に遮られ、夜闇に浮かび上がって見えた。

ソフト帽を片手で押さえながら、吹《ふ》き曝《さら》しの草原を進む。

河縁《かわべり》には、低い板塀で区切られて幾つかの平屋が並んでいた。いずれも染色工場のようだが、閉鎖されて久しいのか、右端の一軒を除いて灯りは落ち、割れた窓ガラスはすっかり土埃に塗《まみ》れていた。

右端の一軒に近付く。貧相な門には「多治見」の表札が掲げられていた。

一旦門から離れ、近くの塀に凭れ掛かって煙草を咥えた。風が強いせいで、燐寸を三本も無駄にしてしまった。

吸い込んだカメリヤの煙が血に溶けて、脈搏が徐々に治まっていく。半分ほど灰になったところで私は再び行動を開始した。

風音だけの河川敷には、何人《なんぴと》の姿も認められなかった。外套と上着のボタンを外し、直ぐ拳銃が取り出せるようにした。外套の裾《すそ》が躍り狂う。シャツ越しに、夜風の冷たさが沁みた。

門を抜けて家屋に近付く。敷地は至る所に雑草が生い茂り、操業時代の名残と思しき金型が幾つも積み上げられていた。

ペンキの剝げ落ちた壁沿いに進んで、灯りが漏れている手前の窓からそっとなかの様子を窺った。

細長い染色台が三つ並んだ、縦に長い作業場だった。内部の改装まではしなかったようだ。天井からは大振りな電球が等間隔に吊り下がり、屋内を明るく照らし上げていた。

そんな染色台の手前には、四つの人影があった。

なかなか面白い光景だ。太い縄で椅子に縛り付けられた壮年の男を、三人の男が取り囲んでいる。

散々殴られた後なのか、椅子の男は右目の周りが紫色に腫れ上がり、顔中が鼻血で汚れていた。しかし参っている様子はなく、男は泰然《たいぜん》と、どちらかと云えば不貞不貞《ふてぶて》しい表情で構えていた。周囲の連中は口々に何かを云っているが、男は目を合わせることもしない。そんな態度のせいだろう。私が覗いている間にも、薪《まき》のように太くささくれ立った棒で顔面と脇腹を二度殴られていた。

他の三人は、こちらからでは背中しか見えなかった。私は腰を屈《かが》めて、次の窓まで急いだ。

塀が破れているせいか、こちらの窓ガラスは土埃で満遍なく曇っていた。手袋の指先で一ヶ所を刮《こそ》げ落とす。窓が小さく動いた。どうやら鍵は掛かっていないようだ。

曇りが落ちて、漸く斜め前方から三人の顔を窺うことが出来た。私は小さく口笛を吹いた。真ん中に立つ痩せた男は多治見鼎であり、その右隣に立つのは、忘れる筈もない、東京駅で私を突き落とした例の髪が長い男に違いなかった。

多治見は先の尖った革靴で、男の腹を幾度も蹴っている。その姿を目で追いながら、今一度情報を整理してみることにした。

私は教育総監、渡辺錠太郎に死亡通知を送った男の住居に来ている。するとその場には、東京駅で私を殺そうとした輩《やから》の姿もあった。私が線路に突き落とされたのは、渡辺への悪感情に起因するのだろうか。若しそうならば、あの連中は私と渡辺の繋がりを知っていることになる。これは一体どういうことなのか。

どうやら、是が非でも事情を糺《ただ》さねばならないようだった。問題は、それをどうやるかだ。椅子の男を除いても、現時点で三対一。若しかしたら奥には、他にも用心棒代わりの破落戸《ごろつき》がいるかも知れない。

上着の懐に手を入れて、拳銃を摑んだ。

私が愛用している六発込めのリヴォルヴァーは、官製の二十六年式拳銃をベースに桑原鉄砲店《くわはらてっぽうてん》が開発した軽便《けいべん》拳銃だった。二十六年式からして豚すら殺せない低威力銃だと侮《あなど》られることが多く、この軽便拳銃はそれに輪を掛けて威力が弱かった。しかし、どちらかと云えば殺害よりも捕縛を求められることの多い憲兵にとって、死なない程度に傷付けることが出来るこの銃は最高のパートナーなのである。

尤も今回は別だ。多治見さえ生け捕りに出来れば他はどうなろうと構わない。銃弾は予備を含めても十二発。さて、どうするか。

拳銃を押し戻し、再び壁に沿って奥へ進んだ。途中に窓は一つあったが、灯りがないために様子は窺えなかった。

敷地の奥は赤みを帯びた茅《ちがや》が方々に生い茂っていた。その向こうに裏門があり、中川に向かって簡素な石段が伸びている。暗く溝《どぶ》臭い河面には小さな桟橋《さんばし》が伸びて、小型の蒸気船が舫綱《もやいづな》で留められていた。

裏口へ戻る。鍵は掛かっていなかった。拳銃を摑み上げ、そっと扉を開けた。錆びた蝶番《ちょうつがい》が低い音を立てる。

暫《しば》しその場に留まって様子を見たが、暗い屋内からは何の反応もなかった。素早く身を滑り込ませ、左手に懐中電灯を構えた。

土間のような場所だった。古式床《ゆか》しい火窯と石造りの水場の隣には、最新式の電気冷蔵庫が二台並んでいた。

土間を横切り廊下に出る。左右に一つずつ扉があった。いずれも灯りは点《つ》いていない。

先ず左手の扉から開けてみた。十畳ばかりの和室だった。何者かの生活臭に混じって、真新しい藺草《いぐさ》の匂いが充満していた。正面に窓があるところを見ると、先程覗き込んだのはこの部屋のようだった。壁際には小振りな文机《ふづくえ》があり、インク壺と筆立て、それに新式の電話機等が並んでいた。ここが多治見の私室だろうか。興味はあったが、生憎《あいにく》と詳しく調べている暇はなかった。

向かいの部屋に移る。そちらは三方の壁が戸棚で埋まった、倉庫のような造りだった。いずれの棚も、コンビーフや青豆、それに鯨大和煮《くじらやまとに》などの缶詰が山のように積まれていた。ざっと見ただけでも、今年の越冬には充分過ぎるほどの量だった。

私の気を引いたのは、棚のそれらよりも床に置かれた木箱の方だった。

ずれた蓋《ふた》との隙間からは、黒光りする金属片が覗いていた。近くに膝を突き、静かに蓋を持上げる。箱いっぱいに粗《あら》い大鋸屑《おがくず》が敷き詰められ、その片隅には、黒く硬い我が帝国陸軍の九《きゆう》一式手榴弾《いちしきてりゆうだん》が一個だけ収められていた。

安全ピンやキャップが付いたままであることを確認し、取り上げて見る。錆《さ》びや汚れの類いも見当たらない。真新しい個体のようだ。大鋸屑のなかに手を突っ込んでみたが、手榴弾はこれだけだった。

息苦しさを感じて、私は深呼吸を繰り返した。知らぬ間に息を溜めていたようだった。手榴弾を外套のポケットに仕舞い、再度木箱を見た。

跡だけを残して蓋の伝票は完全に剝がされていたが、その横には大きな文字で「官製」の焼印が押されていた。箱の側面には、菱型で「白」の字を囲んだ社章と共に、「白山火工《しらやまかこう》」という社名が記されていた。明らかに、軍隊への納品で使用される木箱だった。

問題は、手榴弾よりもむしろこちらの方だ。

手榴弾だけならば、どこかからくすねて来た物で済む。しかし、納品された箱ごと盗み取るのは決して容易ではない。糺すべきことがまたひとつ増えた。私はその部屋を後にした。

廊下の先には、アルミ製の扉があった。奥からは微かな声が漏れている。あの向こうが作業場のようだ。相手をすべきは一先《ひとま》ずあの三人ということで良さそうだった。

再び自問する——さて、どうするか。

三人を捕らえるのならば、一度戻って本所分隊に応援を要請すべきだろう。しかし、あまり大《おお》事《ごと》にもしたくなかった。

悠長に考えていても仕方がない。廊下を戻り、急ぎ裏口から出る。懐中電灯をポケットに仕舞って、代わりに手頃な石を掌《てのひら》に収めた。

腰を屈めたまま初めの窓まで戻る。作業場では、多治見が椅子の男の顔面に煙草の火を押し当てていた。

壁から一メートルばかり距離を空けて、思い切り石を投げ付けた。耳障りな音と共に窓ガラスが割れた。素早く壁際に身を寄せる。

直ぐに怒声が聞こえて来た。慌ただしい足音と共に勢いよく窓が開いて、男の顔が突き出た。好都合なことに、多治見でも長髪でもないもう一人だった。

私は男の顳顬《こめかみ》に銃口を押し当て、躊躇《ためら》うことなく引金を引いた。破裂音と共に幾許かの血飛沫《ちしぶき》が飛び散り、男の身体が飛ぶ。窓枠に強く当たり、男の身体は頽《くずお》れた。

二つ目の窓まで走り、腕を伸ばして開け放つ。多治見は椅子の近くに立ち尽くし、長髪は窓際の屍体に近付こうとしていた。

長髪の脚を狙って撃つ。床板が弾けた。私に気が付いた長髪がこちらに腕を伸ばした。その手には拳銃が握られていた。

身を隠す直前に再び引金を引く。長髪が横転した。中《あた》ったのだ。

壁越しに一発の銃声が響いた。長髪が倒れてなお反撃してきたのかと思ったが、その後が続かない。なかの様子を窺うと、奥の扉へ駆ける多治見の姿が見えた。その手には大型の自動拳銃が握られていた。

私の視線に気が付いた多治見が、こちらに銃口を向けた。咄嗟に身を屈めた視界の端に、血を流して倒れる長髪の姿が映った。先程の一発はあれに使われたようだった。銃声と共に、すぐ背後で鈍《にぶ》い音がした。

多治見が外に出て来るのだろうと判断して、積み上がった金型の陰に身を隠した。息を鎮めて額の汗を拭う。

しかし、いつまで経っても次の一発が来なかった。待つことには慣れている。根気比べもいいだろうと拳銃を握り直した私は、不意に裏門から見た蒸気船の存在を思い出した。

しまったと思った時には駆け出していた。茅を踏み分けて裏門へ。開け放たれた門から眼下に中川を望んだ。

桟橋の先には何もなかった。逃げられたのだ。

思わず悪態が漏れた。金型の陰に隠れていた自分が間抜けで仕方なかった。しかし、今は未だやるべきことがある。腹を立てるのはその後だ。

裏口から廊下を駆け抜け、作業場の扉を蹴り開ける。

「おう、やっと来たか」

染色台の向こうに男が立っていた。咄嗟に銃を構える。血に汚れたその顔は、椅子に縛られていた筈の男だった。

「待て待て。おれを撃ったところであんたには何の得もないぞ」

「だったら、両手を挙げてその場で膝を突け」

男は肩を竦めて、しかし云う通りにした。私は銃口を向けたまま、足早に染色台の間を抜けた。

「どうやって縄を解いた」

「コツがあるんだよ。脚まで縛られなかったから、思い切り床を蹴って椅子ごと倒れた。縄が緩めば万々歳だったが、古かったんだろうな、ばらばらに壊れて終いだ」

確かに、男の近くには大きく割れた椅子の残骸が転がっていた。

「戻って来たってことは、多治見には逃げられたのか。ああ、裏の船を使ったんだな?」

「黙れ。余計な口を利くな」

壁際に転がった二つの屍体に寄る。長髪の方は胸を撃ち抜かれていた。結局、どうしてこいつが私を殺そうとしたのか、それを本人の口から訊くことは出来なかった。

「これは多治見がやったのか」

目はこちらを向いているが、男の口は閉ざされたままだった。私は近くの床を狙って引金を引いた。破裂音と共に床板が弾け飛ぶ。男は顔を顰めた。

「口を利くなって云ったのはあんただろうが」

「余計な口をと云ったんだ。質問には答えろ」

「ああそうだよ。あんたが窓の外に隠れた隙に、多治見が撃ったんだ」

「こいつらは何者だ」

「多治見が囲っている破落戸だろう。用心棒とでも云った方がいいのかな。髪が長いのは壺井《つぼい》、あんたが殺した方は守下《もりした》と呼ばれていた。自分が逃げた後で、あんたに口を割られるのが厭だったんだろう。酷い奴だ。なあ、いい加減腕が草臥《くたび》れてきたんだが、未だ下ろしちゃ駄目か？」

　私は男の傍に戻った。男は銃口から私の顔に目を移した。煙草を押し当てられた名残だろう、瞼に出来た丸く赤黒い火傷の痕が小さく歪んだ。歳のほどは五十路《いそじ》手前といったところか。年齢の割に、随分と頑強な身体つきをしている。

　男ははははあと声を上げた。

「あんた憲兵だな」

「どうしてそう思う」

「刑事なら絶対に独りで突っ込んで来たりはしない。それに、おれの命が懸かっているそのリヴォルヴァーは、陸軍将校の間で大人気な桑原製軽便拳銃だろう？　他の兵科の将校さんが、好奇心から国家主義者のアジトに単身乗り込んでドンパチやるとはちょっと思えないな」

「貴様は何者だ」

「鯉城《りじょう》武史《たけし》、京都で探偵をやっている」

　予想外の回答だった。仕事柄、理不尽な暴力に晒された人間を目にする機会は少なくない。被害に遭った連中は大抵が恐怖に蒼褪《あおざ》め、一難去った事実に安堵し、暫くしてから恥辱と憤怒に顔を紅潮させるものなのだ。

　しかし、目の前の男は様子が違った。散々な暴力に晒され続けた後にも拘《かか》わらず、それを気に掛けるような素振りは見せなかった。先ほど足下に一発くれてやった時もそうだ。こういう事態に慣れているのならばやくざ者の類いだろうと思っていたが、探偵だとは思わなかった——尤も、大きな目で見れば探偵もやくざもそう変わりはないのだろうが。

「そっちのテーブルの上に取り上げられた物がある。調べて貰って構わない」

「そうしよう。楽にしても構わないが、変な動きをしたら容赦はしない」

「分かってるよ。おっかねえ」

私は銃をホルスターに仕舞い、示された作業机に近寄った。

卓上には名刺入れ、財布、エアーシップの紙箱、燐寸、ハンカチ、小型懐中電灯、万能ナイフが並んでいた。財布には紙幣が数枚と少々の小銭が入っているだけだった。名刺を一枚取り出して見る。クリーム色の紙片には、京都市内の住所と共に「鯉城探偵事務所　探偵　鯉城武史」と刷られていた。

「京都の探偵がこんな所で何をしているんだ」

「恐らくあんたと同じだよ。碓氷東華だろう?」

鯉城はその場に胡坐《あぐら》をかき、シャツの袖で顔にこびり付いた血を落としていた。

「或る人からの依頼で、おれは碓氷と交渉をする必要があった。向こう側の窓口として出て来たのが多治見だった。だが、どうもこちらの条件がお気に召さなかったみたいでこの様《ザマ》だ。歳は取りたくないもんだな」

「依頼人とその内容は」

「そりゃ勘弁してくれ」

「状況を弁《わきま》えろ。貴様に出来ることは喋るだけだ」

「そう云うと思ったよ。おいおい、そう直ぐ拳銃に手を伸ばすな。財布の隠しに依頼人の名刺が入っている。見たかったら好きにしな」

財布の裏地には、微かな隠しの口があった。糸を引いて口を開ける。

なかには一枚の名刺が隠されていた。表には「貴族院議員　伯爵　露木光臣」とあり、その傍らには麗《うるわ》しいインク文字で「鯉城武史氏ハ当方ノ名代ナリ」と認《したた》められていた。

「露木伯爵の下で働いているのか」

「そうだよ。松濤の邸宅に爆弾が投げ込まれた事件は知っているな？　あれは、碓氷が部下に命じてやらせたんだ。表向きは光臣伯が議会で打《ぶ》った反軍演説に抗議してってことになっているが、実際は違う。元々露木家は、先代種臣《たねおみ》伯の時代から碓氷にお布施や情報代として随分な額の金を渡してきた。だが光臣伯に代替わりして以降、その悪習をきっぱりと断ち切った。金蔓《かねづる》を一本失った碓氷からの厭がらせは続いて、今回もその延長線上にある」

「厭がらせで爆弾か。確かに、露木伯には危害も及んでいなかったが」

「ただ今回は庭師が死んだ。種臣伯の時分から露木家に出入りしている爺さんで、可哀想に、丁度手入れをしている最中に爆弾が投げ込まれたんだ。それも光臣伯の目の前でな。爆発に巻き込まれて、左腕しか残らなかった。全く誰に似たのか、ただでさえ光臣伯は激し易い性格なんだ。碓氷からすれば単なる脅しのつもりだったんだろうが、幼い頃から見知った庭師を殺されて光臣伯は激昂した。当然警察にも通報をして捜査は進行中だが、庭師の遺体を前に碓氷への報復を誓った。それでおれの許に話が廻って来た訳だ」

「どうしてわざわざ京都の探偵を雇うんだ」

「光臣伯の兄貴が京都にいる。依頼はそこ経由で来た。初めは碓氷の暗殺すら望む勢いだったが、莫迦なことを云うもんじゃないと必死に宥めて何とか収まった。結局おれに与えられたのは、碓氷と接触してこれ以降露木家からは手を引くようにと交渉する役割だった」

「そこに交渉の余地はあるのか？　黙って云うことを聞くとは到底思えないが」

「こちらには強い武器があった。青山大尉の件だ」

「貴様もあれを調べたのか」

「少しだけ。それにしても、ありゃあとんでもないことだぞ」

「矢張り、犯人は碓氷一派なんだな」

鯉城ははたと口を噤《つぐ》んだ。腫れあがった目元には、如実に後悔の色が滲んでいた。

思わず笑みが零れた。目の前の探偵は、私が知らない事実を摑んでいるらしい。危ないところだった。

「どうやら話が食い違っていたようだな。さあ、話してみろ」

「御免被《こうむ》りたいね」

「何故」

「この話をしたら、あんたはおれの口を塞ぎに来るかも知れないからだ。笑うなよ。おれは本気でそう思っているんだ。ただ、まあ分かったよ、話す。煙草を取ってくれ」

卓上のエアーシップと燐寸箱を摑み、鯉城に向かって放る。鯉城は一本を摘まみ出し、とんとんと膝の上で葉を揃えた。

「露木邸に投げ込まれた爆弾は四個。その内の三つが爆発して庭師を殺したんだが、残りの一個は偶々《たまたま》池泉に落ちて不発だった。それを回収した警視庁の特高課が解析を行ったところ、陸軍で使用されている九一式手榴弾だということが判明した」

先程見た箱詰めの手榴弾が脳裏を過る。厭な予感がした。私は飽くまで平然とした態《てい》を装い、続きを促した。煙草に火を点けた鯉城は、煙が口腔内の傷に沁みたのか、少しだけ顔を顰めた。

「底に刻まれた製造番号から、特高はそれがどこで造られて、どこに出荷された物なのかも割り出した。製造元は小石川《こいしかわ》にある白山火工という火薬会社で、九月の中頃に陸軍戸山学校からの発注で納品された筈の品だった」

「戸山学校だと」

「警視庁は直ぐ白山火工を訪れて、該当するロット・ナンバーの注文書を確認した。発注者の欄にあったのは、戸山の教官、青山正治《まさはる》大尉の署名だった。この発注に関しては、白山の担当者もよく覚えていた。注文書に書く納品先が、空欄のままだったんだ。普段通り学校に納めればいいのかと大尉に問い合わせたら、外部の演習用なので自分が取りに行くと返って来たらしい。その数日後、青山大尉はトラックで白山に乗り付けた。担当者は何も疑わず、中型木箱二つ分、計二百個の手榴弾を荷台に載せたという訳だ。どうやらその様子じゃ、本当に初耳だったようだな。おれはてっきり、あんたがその件で碓氷や多治見を追っているのだと思ったんだが」

「証拠は。それもなしに信じられるか」

「警視庁の特高課にでも訊いてみればいい。すんなり教えてくれるかは分からんが、この件に関しては凡《おおよ》そを掴んでいる」

「一介の探偵風情がそう易々と警察の情報を得られる訳がないだろう」

「おれのバックにいるのは今を時めく露木光臣伯爵議員だぞ？　特高は碓氷一派に身内を殺され

て躍起になっている。喉から手が出るぐらい情報は欲しいみたいだ」

鯉城はそこで言葉を切り、煙草を咥え直した。

私は愈々《いよいよ》言葉を失った。根来川が仄めかしていたのはこの件だったのだ。また、戸山学校で鈴木幹事が見せたあのヒステリックで不安定な態度の訳もやっと理解することが出来た。発注数量と納品数量の差異から、学校側も青山が手榴弾を流出させていた事実を把握していたのだろう。

いったい何と云う体《てい》たらくか。以前にも、一部の莫迦な幕僚連中が外部の右翼団体と手を組んで国家転覆を企《くわだ》てたことがあった。連中は官製の銃器弾薬を横流しすることでそれらの団体にクーデターを起こさせ、その隙に自分たちが閣員を占める強力な軍事政権の樹立を目論《もくろ》んでいた。その時は事前に計画が露顕し流出も未然に防がれたのだが、今回は成功してしまった訳である。しかもそれら爆弾は、強請《ゆす》り集《たか》りが如きに使われているのだ。

眩暈《めまい》がするようだった。本当に、これ以上の不祥事はないだろう。早急に手を打たねばならない。

「あんたは青山大尉の轢死事件について調べているんだったな。あれは自殺ということになっているけれど、矢張り違うのかい」

「……未だ調査中だが、十中八九、東華洞の連中に殺されたんだろうと見ている。その動機が、いま聞いた件に絡んでくるのかはこれから調べるが」

「そっちは本職さんにお任せするよ。さて、おれはもう帰っていいのかな」

「構わない。名刺は一枚貰っていくぞ」

「いいとも」

短くなった煙草を揉み消して、鯉城はゆっくりと立ち上がった。埃を払うその姿を一瞥して、私は奥へ続く扉に向かった。後始末のためこれから本所分隊を呼ぶつもりだが、その前にやらねばならないことがある。

真っ直ぐ倉庫部屋に入り、件の木箱を両手で抱えた。廊下を進んで、裏口の扉を蹴り開ける。吹き荒ぶ風に、表の大鋸屑が舞った。

茅を踏み分けて裏門から石段を下りる。桟橋から、重油のようにどす黒い河面に向かって木箱を放り投げた。大鋸屑に塗れた木箱は沈むこともなく、ふわふわと漂いながら流されていった。

一先ずはこれでいい。私は取り出したカメリヤを咥えながら、ゆっくりと石段を上った。

長い夜になりそうだった。

17

駆け付けた稗島たち本所分隊の下士官三名を指揮して、私は夜徹《よどお》し捜索を行った。しかし、歳末の遅い日の出を迎えてもなお、私が求めている手掛かりは見つからなかった。

稗島たちは二つの屍体に目を丸くしていたが、私が覗き込んだ時には既にこの状態だったという説明をすんなりと信じた。京都の探偵は、私が作業場に戻った時点で既に姿を消していた。

警察への対応や多治見の追跡を稗島たちに命じたのち、私は錦糸町まで歩いてやっと摑まえた円タクで劉ホテルへ戻った。熱いシャワーと濃いコーヒーで靄《もや》のような眠気を払い、ハム・エッグスとトーストの朝食を腹に詰め込んでから司令部へ出勤した。

第二課の事務室に入るなり、奥の平野《ひらの》課長が苦虫を嚙み潰したような顔で腰を浮かした。

「おい浪越、ちょっと来い」

その声色だけで凡《およ》その事態は理解出来た。私は駆け足で課長席へ向かった。

「お早うございます、課長。何かありましたでしょうか」

「惚《とぼ》けるんじゃない。貴様、昨日の夜に何をしていた」

「はい。先達《せんだつ》て御報告いたしました教育総監部、狩埜中佐よりの件で、亀戸にあります多治見という国家主義者の住居に出向いておりました」

「それだよ、それ。貴様、何の許可も取らずに本所分隊を呼び寄せて仕事を手伝わせたそうじゃないか。東京憲兵隊を飛ばして直接指揮するなんて越権も越権だぞ。それを分かっているのか」

「抗議でもありましたか」

「そうだ。六角隊長には貴様が謝れよ。俺は知らんからな」

「自分の認識は異なります。様子を窺った際、現場では多治見の部下と思しき破落戸二人が撃ち殺されていました。そのためこれは只事《ただごと》でないと判断し、直ぐ所轄の本所分隊に連絡を入れたのです。自分がその場に留まったのは飽くまで成り行き上であり、強いて申しますのなら本所分隊に手伝わせたのではなく、自分が本所分隊の検分を手伝ったのです」

「それは貴様、いや、もういい。そう思っているのなら勝手にしろ。俺は知らん」

「はい。それでは今から説明をしてまいります」

敬礼を示す私から目を逸らして、平野はさっさと腰を下ろした。事務室を出て一階まで下りる。六角には、私も確かめたいことがあったのだ。

扉口で名乗ると、騒々《ざわざわ》としていた室内の雰囲気が瞬時に収まった。それぞれの机から隊員たちの目線が寄越《よこ》される。険しい物から憐れむような物まで様々だった。

六角は奥の隊長席にいた。手元の書類から目を上げて、冷ややかな目線をこちらに向けた。私は足早にそちらへ向かい、背筋を伸ばして敬礼を示した。

「浪越大尉まいりました」

「貴様を呼んだ覚えはない」

「昨日、亀戸町九丁目にあります多治見鼎という国家主義者の住居を捜索いたしました。その際に本所分隊の協力を仰ぎましたので、遅くなりましたがそのお礼と御報告に」

「ああ、そうだった」

六角は煙草を咥え直し、椅子に凭《もた》れ掛かった。

「司令部員に過ぎない貴様が、勝手に本所分隊の宿直兵を動かしたんだ。偉くなったもんだな、浪越」

「お陰で大変助かりました」

六角の目が薄くなる。私は構わずに言の葉を継いだ。

「多治見の住居では面倒を見ていたと思しき破落戸二名が射殺されておりました。本所分隊より警察には通報済みですが、片方の遺体は見知った顔でした」

「友人か」

「いえ、名前や素性は知りません。実は、今月九日に東京駅中央本線のホームから突き落とされました。幸い大事には至りませんでしたが、その際、人混みのなかに紛れ込んだ犯人がその男でした」

隊員たちの耳を意識して、私は声を張った。六角の表情は殆《ほとん》ど変わらなかった。

「それは災難だったな。命を狙われるようなことでもしたのか」

「それが分からないのです。小官を殺そうとしたのは多治見の指示でしょう。確かに小官は教育総監部の依頼で渡辺教育総監に宛てられた死亡通知の調査をしておりました。送り主が多治見であることは既に判明していますが、奴はどこでそれを、私の調査内容を知ったのか。どうにも腑に落ちません。この事実を知る者は、決して多くはない筈ですので」

「興味はあるが、大勢に影響するような事柄ではない。貴様の個人的な興味ならば貴様で処理しろ。尤も、そんな暇があるのならだが」

「承知いたしました。六角隊長、重ねてもう一件だけ宜しいですか」

「何だ」

私は軍衣のポケットから回収した九一式手榴弾を取り出し、卓上に置いた。

六角の表情には細波《さざなみ》ひとつ立たなかった。私はそれで、この件に六角が深く関わっていることを確信した。

六角は首を鳴らし、何だこれはと短くなった敷島を灰皿の底で押し潰した。

「多治見の住居で見つけた物です」

「本所分隊からの報告には入っていなかった」

「小官の判断で事前に回収いたしました」

六角は興味のなさそうな顔付きで手榴弾を摑み、重さを量るように大きな掌の上で転がした。

「貴様が見つけたのはこれ一個か？」

「そうでした。入っていた箱は別ですが」

そうかと呟き、六角は抽斗を開けて手榴弾を仕舞った。肘掛《ひじかけ》に腕を載せて、ゆっくりと私を見上げる。その眼差しには、はっきりとした憎悪が込められていた。

「浪越」

「はい」

「貴様は仕事熱心だな」

「有難うございます。浪越大尉、失礼します」

再度敬礼を示し、私は隊長席から離れた。予想に反して六角の雷《かみなり》が落ちなかったからか、近くの将校たちは皆当てが外れたような顔をしていた。

この場は乗り切ったが、大きな問題は残っていた。今後どうやって多治見を追うかということだ。

暫くは伊与や他の分隊に協力を仰ぐことも控えた方がいいだろう。そうなると残る手立ては一つしかなかった。

階段を上がり、事務室に戻る。平野は一瞥を寄越したが、口を開くことはなかった。

時刻は十時になろうかというところだった。自席の受話器を取り上げて、警視庁の番号をダイヤルで廻す。繋がる音と共に、こちら警視庁という野太い男の声が聞こえた。

「憲兵司令部の浪越大尉だ。特高の根来川係長に用がある。今日の十八時に東京駅丸の内北口の手荷物預り所の前で待っているからそう伝えてくれ。以上」

相手は何かを口にしたが、構わずに受話器を戻した。これだけならば、周囲に聞かれても問題はない。

私は新しい煙草を摘まみ出し、卓上に積み上がった各分隊からの報告書に手を伸ばした。


十七時二十分を過ぎた辺りで、私は司令部を出た。

丸の内は退勤するホワイトカラーで溢れ返っていた。北口から改札所に入る。

手荷物預り所には数人の旅客が並んでいた。端の壁際に立ち、腕時計に目を落とした。十七時五十五分。煙草を取り出して、目の前の客たちに目を配る。

絶え間なく行き来する旅客たちのなかには、私と同じように壁際で人を待っている様子の男が三人いた。霜降りの外套にソフト帽、二重廻しに山高帽など出で立ちは様々だが、全員が刑事であろうことは容易に察せられた。敢えてこちらを見ようとしないのは、今回の取引の監視役だからなのだろう。

尤も、肝心の根来川は見当たらない。大渕巡査部長の姿もなかった。こちらから捜すつもりはないので、煙草を燻《くゆ》らせながら約束の時間になるのを待った。

十八時——根来川は現われない。一分だけ待つことにした。刑事たちに動きはない。

秒針がゆるゆると動き、一分が経過する。私は根元まで喫い切った煙草を弾き、外に出た。追って来る者はいない。仕方ないが、今回は縁がなかったと割り切るしかないようだった。

一歩を踏み出したところで、後ろから名前を呼ばれた。どこに身を隠していたのか、根来川と大渕だった。

「やあ、すみません。人が多くてなかなか見つかりませんでした」

形の崩れたソフト帽を取って、根来川は低く頭を下げた。見つけ易いように憲兵の装束で来たのだと喉元まで出掛かったが、時間の無駄になるだけなので止めておいた。

根来川に向き直り、私は軽く目礼した。

「御足労を頂きまして恐縮です」

「いえいえ直ぐそこですから。それで、私に何か御用とのことでしたけれど」

「ええ。先達ての件、お引き受けしようと思いましてね」

「ほほう、そりゃあ嬉しい。よかった、有難うございます」

「つきましては、早速ですが一つ情報の共有をお願いしたい。碓氷の門弟に多治見鼎という男がいる。御存知ですか」

「そりゃ勿論。なんとかって名前で雑誌を発行している男でしょう。そういえば昨日、あなた方が亀戸の塒《ねぐら》に押し入ったんでしたな」

「流石耳が早い。その多治見なんですが、奴がどこにいるのか分かったら教えて頂きたいのです」

「碓氷ではなく多治見を？　そりゃまた何故」

「極めて個人的な事情です。先日、多治見が従えている破落戸のひとりにここのホームから突き落とされましてね。そいつは昨日屍体で見つかったので、私が狙われた理由は多治見に訊く他ありません」

根来川は相好を崩した。

「大尉さんもなかなか大変ですな。そうですか、そりゃ確かに大事《おおごと》だ。分かりました。多治見の居所が分かったらいの一番にお知らせしましょう。しかし大尉さん、以前にお伝えいたしました通りここは取引で行きたいものですな。ギヴ・アンド・テイクというやつです。何か教えて頂かないことにはこちらも情報は開示出来ない。何せ上が五月蝿《うるさ》いもので」

「勿論そうでしょう。そう云えば、先日持ち掛けられた件ですが、若し戸山学校の爆弾のことを仰っているのならば、疾《と》うの昔にこちらで把握済みですので結構です。あれだけ勿体ぶられたので真逆《まさか》その程度のことではないと思いますが、念の為」

根来川は凶悪な面構えを覗かせたが、その太い眉は直ぐ元の位置に戻り、爆弾とは何のことですと惚けた。

「戸山学校さんで何かあったのですか？」

「御存知ないのならば結構。それよりも多治見です。しかし、そうですね、私は貴方がたが何を摑んでいて何を摑んでいないのか理解していない」

「何でも結構ですよ。大事なのは協力しようという気持ちですから」

「でしたら一つだけ、碓氷の策謀には東京憲兵隊長の六角大佐も関わっています」

根来川の目が糸のように薄くなった。大渕の愕然とした表情を見るまでもなく、この事実は警視庁特高課にとっても予想外であったようだ。

私は軽く顎を引き、そうなのですよと念を押した。根来川の顔からは、拭ったようにあの粘っく笑みが消えていた。

「……大尉さん。あなた、自分が何を云っているのかお分かりですか。憲兵司令部の将校の言葉は、決して軽くないのですよ」

「勿論理解しています」

「そうだと分かっているのなら、どうして手を打たんのですか」

「未だ確証がない。しかも相手は東京中の憲兵を統括する親玉です。尻尾《しっぽ》を摑もうにも決して容易ではありません」

「確証もないのに、それを信じろと云うのですか」

「私は確信しています。だから信じて貰う他にない。それに、若しこの線から碓氷に辿り着こうというのなら、近くにいるのは警部ではなく私です」

根来川は大きく舌打ちした。

「私たちが必死に帝都の安寧を護っている一方で、あんたら憲兵は碓氷のような連中に手を貸しておる訳ですか。莫迦莫迦しいったらありゃしねえ」

「全員が全員そうでないことだけは分かって頂きたい」

「同じ穴の貉《むじな》でしょうが。……ただ、事情は分かりました。あなたの口車に乗せられるのは癪《しゃく》だが、今は藁にでも縋《すが》りたい気持ちなんです。若し本当だとしたら、私たちからじゃ近付きようもない。多治見の件は了解しました。奴は亀戸の天神裏《てんじんうら》に情婦《イロ》がいた筈です。それをお教えしましょう。……おい、俺のファイルに女の名刺があった筈だ。直ぐ持って来い」

駆け出す大渕の背を一瞥して、根来川は鼻を啜った。

「勘違いしないで下さい。これは貸しだ」

「分かっていますとも」

根来川は喉を鳴らし、痰《たん》を吐いた。先ほどまでとは打って変わった不機嫌な面持《おもも》ちで、選択を信じ切れない己に自分自身で腹を立てているようだった。そんな根来川の様子を見ていると、或る疑問が浮かんだ。

「警部は碓氷を見つけたらどうされるのです」

「どういう意味です」

「部下を二人殺されたのでしょう。仇《かたき》を取るのですか」

根来川は大きく舌打ちして、私に迫った。

「何か勘違いをされているようですな。私ら警官はあんたら軍人とは違うんです。法律を蔑《ないがし》ろにする訳がない」

「立派だと思いますよ」

本心からの言葉だった。尤も根来川は揶揄《やゆ》と受け取ったようで、それ以降は貝のように口を閉ざしてしまった。

息急《いきせ》き切らせた大渕が戻って来たのはそれから二十分後のことだった。

手帖に挟んでいたのは撥《ばち》の形をした名刺で、「亀戸町三丁目二十番の九　緒方《おがん》ヤス方《かた》すみ子」とあった。

18

昨日の今日で女を抱く気にもなれないだろうと判断し、亀戸の私娼窟《ししょうくつ》に踏み込んだのは年も明けた十五日のことだった。背広を着込み、必要な道具を鞄に詰めて再び円タクで亀戸界隈へ向かった。

日暮れ過ぎから降り始めた雨は勢いを増し、蔵前橋《くらまえばし》を渡る頃には風も吹き始めて宛《さなが》ら嵐の様相を呈していた。そんな悪天候のせいか、未《ま》だ十九時を廻ったばかりだというのに往来には殆ど人影が無かった。

太平町《たいへいちょう》の大通りを進んで、天神橋《てんじんばし》を渡った日清紡績《にっしんぼうせき》の工場前で車を駐めさせた。工場では皓々と灯りが焚かれており、辺りは真昼のように明るかった。

濡れた上着からは、凍雨《とうう》の冷気が直ぐに沁み込んできた。店仕舞いした商店の軒下に駆け込み、持参した厚手のレイン・コートに袖を通した。

狭い図子《ずし》を北に抜けると、天満宮の大鳥居が目の前に現われた。一礼し足を踏み入れる。黒々とした池の縁を辿り、枯れ果てた藤棚を潜った。境内にも人影はなかった。

本殿の脇を抜けて狭い通りに出る。右手では、無数の墓が叩きつけるような雨に洗われていた。

道なりに暫く進むと、篠突《しのつ》く雨の向こうで赤い光が見えた。「ぬけられます」と明滅する真っ赤なネオン管の看板が、頭上高くに掲げられていた。

天神裏と呼ばれる亀戸の色街は、玉《たま》の井《い》などよりも大分《だいぶ》古かった筈だ。この界隈は日清日露の時分から多くの工場が建ち並び、帝都でも屈指の工業地域だった。そこで働く男たちが望むまま、情欲の捌《は》け口として私娼窟が広がっていったのが起源だと記憶している。

迫り出した軒の下では、和装洋装様々な女たちが煙草を喫っていた。彼女たちは私の姿を認めると忽《たちま》ち笑顔を浮かべ、猫撫で声で腕に手を掛けて来た。

「レイン・コートのお兄さん、ねえ寄ってってってよ」

「旦那、いい娘《こ》がいるの。寄っておいきなさいよ」

「さあお兄さん、寄っていらして」

尤も、誰も彼も袖を摑む程度で、無理に引《ひ》き摺《ず》り込もうとはしなかった。警察の指導が入ったばかりなのだろう。

私は泥濘《ぬかるみ》を避けて、狭い路地を進んだ。色取り取りの丸いガス灯が、辺りを赤や黄に照らしている。雨に掻き消されてなお、土地に染み付いた白粉《おしろい》の匂いは微かに漂っていた。

牛めしと書かれた提灯の脇で、コック姿の青年が煙草を吹かしていた。フードを目深に被り直し、その前に立つ。若コックは威嚇《いかく》するような目付きになった。

「旦那、何か用ですかい」

「ここに行きたいんだが、知らないか」

ポケットから住所を書き写した紙片を取り出す。若コックはそれを一瞥して、路の先を顎で示した。

「緒方の女将《おかみ》さんなら直ぐ近くでさ。この先にミドリ理容館って店舗《みせ》がありますから、そこを左に折れて少し行った所です。扉の横に菱型の窓があるから直ぐに分かります」

「そうかい、有難う」

背を向けて再び雨のなかを歩き始める。礼を期待していたのか、後ろからは低い悪態が追い掛けて来た。

目印は直ぐに見つかった。陶製の看板に隠れた左の路地に入る。軒下で何かを喰っていた三毛猫が、こちらを一瞥してからさっと消えた。

目当ての家は四軒先だった。扉脇の壁は大きく菱型に刳《く》り貫かれ、赤と白の色ガラスが嵌め込まれていた。

目元までフードで隠して扉を押し開ける。土間の向こうには五畳ほどの座敷があり、小柄な老婆が火鉢を抱えるようにして煙管《キセル》を吹かしていた。

「生憎と今晩は泊まりの客がおりますもので。どうも御免下さい」

老婆はこちらを見もせずに云った。私は後ろ手に扉を閉め、あんたが緒方ヤスかと問うた。

「はい左様で。旦那はどちら様で？」

ヤスは煙管を構えたまま、胡乱《うろん》な目を向けた。土間には駒下駄の他に、男物の革靴が並んでいた。先が尖ったその形は、見覚えのある物だった。どうやら予想は当たったようだ。

「多治見さんに渡す物があって遣わされた者だ。今夜はお出《い》でじゃないかね」

「さあ、どうでしょうねえ」

ヤスは再び火鉢に向き直った。私は靴を脱ぎ、雫《しずく》を滴《したた》らせながら座敷に入った。

「ちょっと旦那――」

「二人きりで話がしたい。これで暫く留守にしてくれ」

鞄から厚みのある封筒を取り出して、火鉢の脇に載せた。ヤスはそれを一瞥すると、煙管の滓《かす》を落とし、小脇の煙草盆に戻してから封筒を検《あらた》めた。思っていたよりも中身が多かったのか、こちらを見上げた染みだらけの顔には猜疑《さいぎ》の色がありありと浮かんでいた。

「厄介事は御免ですよ」

「大丈夫だよ」

懐に封筒を仕舞い、ヤスはやおら立ち上がった。

簞笥《たんす》に隠れて、座敷の奥には上へ続く階段があった。ヤスはその下に立ち、すみちゃんちょいとと二階に声を掛けた。

暫くして、開《はだ》けた浴衣《ゆかた》に縞丹前《しまたんぜん》を羽織った三十ばかりの女が下りて来た。これが、すみ子という多治見の情婦か。断髪の顔は隈が酷く、白粉も斑《まだら》に剝げている。浴衣の前からは豊かな乳房が零《こぼ》れており、私の姿を認めて慌てて搔き合わせた。

「多治見さんはどうしているの」

「はい、その、うとうとしていらっしゃいますけれど」

私を瞥見《べっけん》しながら、すみ子はヤスの問いに答えた。

「こちらの旦那が、多治見さんに御用がおありだそうでね。一寸《ちょっと》出ますよって多治見さんに断っといで」

「女将、このまま上がるからそれはいい。二人とももう行ってくれ」

「でも旦那」

「いいから」

ヤスは鼻を鳴らし、黙って身を引いた。すみ子は慌てて腰紐《こしひも》を締め直し、丹前の前を合わせた。

「それで、そのお話とやらはどれぐらいで済みますんで」

「二時間あれば十分だろう。今が二十時だから、二十二時頃まではどこかで美味《うま》い物でも喰っていればいいよ」

「それならそうさせて貰いましょうかね。ほらすみちゃん、行くよ」

ヤスはさっさと裏口に向かった。すみ子も気味の悪そうな顔で私に頭を下げて、その後を追った。

二人が出たのを確かめてから、私は表と裏の両方に鍵を掛けた。壁越しに響く激しい雨音が、却って屋内の静寂を際立たせていた。

靴を履き直して土間から上がる。フードを被ったまま、濡れた顔をハンカチで拭った。鞄から取り出した軽便拳銃を手に、ゆっくりと階段を上る。

二階は、簾《す》で区切られた細長い座敷だった。矢鱈《やたら》と低い天井からは笠《かさ》の付いた水銀灯が下がり、眩《まばゆ》い明かりを放っている。

座敷の中央には大きな蒲団が敷かれていた。枕元には盆に載った壜《びん》ビールとグラスが二つ、そして自動拳銃が置かれていた。

正面の窓辺には、こちらに背を向けて浴衣の男が立っていた。どうやら、隣家の屋根に小便をしているようだ。大きな眼鏡を掛けたその横顔は、多治見鼎に間違いなかった。

「おすみ。腹減ったから、支那そばでも取ろうや」

多治見が呑気《のんき》な声を上げた。私だと気が付いた様子はない。出来ることならば撃ち合いは避けたかった。意を決して拳銃を仕舞う。鞄は廊下に置き、私は簾を退《よ》けて座敷に踏み入った。白粉の匂いがぐんと濃くなった。

足音に気が付いた多治見が振り返る。その時点で、私は枕頭《ちんとう》の拳銃を壁際まで蹴飛ばしていた。

それからの出来事は、全てがスロー・モーションに見えた。

多治見が何かを叫びながら私に摑み掛かろうとした。私は身体を捻り、多治見の身体を左に往《い》なした。

浴衣の裾が翻《ひるがえ》るその背の脇腹近くに、握った拳を思い切り叩き込む。多治見は大きく口を開け、しかし声は上げずにその場で頽《くずお》れた。私は拳を握り直し、歯を剝き出しにしたその顎を強く打った。眼鏡が弾け飛び、多治見は気を付けの姿勢のまま蒲団の上に倒れた——それで終《しま》いだった。

低く呻《うめ》いてはいるが、多治見が動き出す気配はなかった。私は襖を捲《めく》り、廊下の鞄を取り上げた。

座敷に戻ると、濃いアンモニア臭が漂っていた。倒れた多治見の下腹部を中心に、敷蒲団には薄い赤色の染みが広がっている。血尿だ。先ほどの腎臓への一撃が、かなり効いているようだった。

鞄を開き、持参した一式を畳の上に並べる。木綿の手袋、防寒用のゴム手袋、粘着テープ、手拭、小型滑車《かっしゃ》、金槌《かなづち》、革袋、ペンチ、そしてピアノ線の束《たば》。先ずは木綿の手袋を嵌め、その上からゴム手袋を着けた。なかに木綿を入れるのは、蒸れた汗を吸わせるためだ。

弛緩《しかん》し切った多治見を、粘着テープで後ろ手に縛り上げる。続けて足首も縛り、口に手拭を嚙ませても、多治見は呻き続けているだけだった。

金槌と革袋に持ち替えた。革袋には色々な種類の釘が入っている。手頃な太さの一本を選んで立ち上がり、壁際の梁《はり》に八分目まで打ち付けた。

突き出た釘頭を今度は斜めに打ち、Lの形に曲げる。そこに小型滑車を引っ掛けた。いつの間にか多治見の呻き声は調子が変わっていた。どうやら意識は戻ったが、それを隠して私の隙を狙っているようだった。

床の間にはひと抱えもある大きな飾り壺が据えられていた。しかもその肩には都合の良いことに把手《とって》まで付いていた。これからする細工のために下で椅子を捜して運んで来るつもりだったが、あれで充分代用出来るだろう。私は壺を壁際まで運び、逆さにして置いた。

背後に視線を感じた。多治見が様子を窺っているのだ。構わずにピアノ線の束を取り上げる。先に二重の８の字結びで大きな輪を作り、梁の滑車に通して畳に落とした。ペンチを持ち、適当な長さで切ったピアノ線は壺の把手に強く結びつけた。

ペンチを持ったまま、横倒しの多治見に向き直る。顔を伏せているため、その表情は窺えない。

「多治見、起きているんだろう」

呼び掛けにも応えなかった。私はその後ろに廻り、きつく縛られた内の右手から小指を摘まみ上げた。その途端、多治見が激しく暴れ出した。何をされるのか理解したのだ。唸り声を上げ、打ち上げられた魚のようにのたうち廻る。私は摘まんだ小指をペンチで挟み、ひと息に圧し潰した。柔い肉の奥に、骨の硬さを感じる。熟れた柿を頬張ったら奥歯で種を噛んだ、そんな感覚だった。

多治見は手拭越しに絶叫した。潰れた指先からは大粒の血と共に爪が剝がれ落ちた。叫び続ける多治見を跨《また》ぎ、私はその腹を思い切り蹴った。多治見は身体をつの字にして、途切れ途切れに嘔吐《えず》いていた。

再度後ろに廻り、両脇から腕を通して多治見の身体を持ち上げた。多治見は抗《あらが》うように身体をくねらせたが、その力は弱々しいものだった。私はそのまま多治見を引き摺って、逆さにした壺の上に座らせた。項垂れる多治見の首に先ほどのピアノ線の輪を通し、その幅を狭めた。簡易のピアノ線絞首台は、これで完成だった。

「おい、起きろ」

把手に結び付けた方のピアノ線を摑み、引っ張ってみる。滑車を通じて多治見の首が締まっていく。ピアノ線は肉に喰い込み、早速血が滲み始めていた。

多治見は猛然と顔を上げた。鬱血《うっけつ》したその顔は、既に李《すもも》のような色だった。

ピアノ線から手を離す。少しだけ余裕が出来て、多治見の身体が前に傾《かし》いだ。私はフードを取り、荒い呼吸を繰り返す多治見に顔を近付けた。滂沱《ぼうだ》と涙が溢れ出る相手の双眸《そうぼう》が、更に大きく見開かれた。

「私の顔は分かるな？　この間はちゃんと挨拶も出来なかった。貴様が撃ち殺したあの髪の長い男、壺井だったか、奴に東京駅のホームから突き落とされた憲兵司令部の浪越だよ」

多治見は手拭を嚙み締めたまま、盛《さか》った猫のような声を上げた。

「あれは貴様の指示だったのか？　いいや違うな。私は貴様なぞ知らない。誰から命令されたんだ」

多治見は私を睨みつけたまま、激しく口を動かした。尤も、未だ正直に話すとは思えない。私は腕を伸ばし、右の耳垂《みみたぶ》をペンチで挟んだ。多治見の目が激しく動いた。

「正直に話したら何もしない。大声を上げたら次はここを潰す。いいな？」

多治見は小刻みに顎を引いた。左手を首筋に伸ばし、手拭の結び目を少しだけ緩めてみた。

「助けてくれ、人殺しだ、おい誰か、誰かいないのか！」

忽ち多治見の怒声が座敷中に響き渡った。約束通り私はペンチを握った。指よりも柔い肉の感触。圧し潰された箇所から血が溢れ出て、怒声は長く尾を引く悲鳴となった。

血塗れの耳は一部が抉《えぐ》れ、鋏痕《きょうこん》の入った切符のようだった。迸《ほとばし》る血が、ペンチだけでなくゴム手袋まで濡らす。私はそれを床に置いて、窓辺に寄った。ガラス戸を閉めると、篠突く雨の音も幾許《いくばく》かましになった。

多治見は首を伸ばした姿勢のまま、荒い呼吸を繰り返していた。右肩から胸にかけて、浴衣はすっかり蘇芳色《すおういろ》に染まっていた。

早速血の臭いが籠り始めていた。レイン・コートの袖を捲り、腕時計に目を落とす。既に三十分近くが経過していた。未だ時間はあるが、安閑《あんかん》ともしていられない。私はペンチを取り上げ、再び多治見の前に立った。

「嘘を吐《つ》く奴は嫌いだよ」

「悪かった。もう騒がない。だから乱暴は止してくれ」

「それは貴様次第だ。早く質問に答えろ」

多治見はゆるゆると首を振った。涙か鼻汁か、血の混じった大粒の雫が顎の先から幾つも滴り落ちた。

「知らない。俺は本当に何も知らないんだ」

「東京駅で私を殺そうとしたこともか？」

「あれは碓氷先生から指示されたんだ。だから壺井に行かせた。俺は云われたことを下に繋いだだけだ」

「理由は。碓氷東華はどうして私を殺すよう指示したんだ」

「知らない。先生の命令にいちいち疑問なんて持つ訳ないだろう」

「だったら、私は理由も分からず殺されそうになったって訳か？　私は碓氷を知らないし、碓氷だって私のことなど知らなかった筈だ」

「だったら、あんたを邪魔に思う誰かが先生に殺してくれって頼んだんだよ。兎《と》に角《かく》俺は何も知らないんだ」

必死に云い募るその顔は、嘘を吐いているようには思えなかった。矢張《やは》り、六角が碓氷に命じたと考えて間違いはなさそうだった。

「まあいい、それなら次の質問だ。貴様は教育総監の渡辺錠太郎大将に死亡通知を送ったな？　あれはいったい何の真似だ」

「あれも碓氷先生からの指示だ。先生は、あんたらの云う皇道派に同情的でいらした。渡辺は皇道派にとって敵なんだろう？　だから一寸した厭がらせのつもりだったんだ」

「次にあんな物を送ったら命がないと思えよ。なら次だ。貴様は碓氷にも近しい関係だから、目下帝都を騒がせている爆弾テロルについても詳しい筈だな？　碓氷の目的と爆弾入手の方法を云え」

「そっちは俺の担当じゃない。だから、話したくても話せない」

多治見は怯えた目付きのまま首を横に振った。私は黙って多治見の横に移動した。次は唇にするつもりだったが、血で噎《む》せたり喉に詰まらせたりしては面倒だ。

「おい待ってくれ。本当に知らないんだ。おい、本当に俺は——」

縛られた左手の薬指をペンチで挟み、ゆっくりと力を込めていく。激しい息遣いに区切られて、多治見の喉の奥から断続的な叫び声が迸った。

「戸山だ、戸山学校だ、戸山学校の教官に用意させていたんだ！」

私はペンチを外した。薬指は赤紫に変色していたが、未だ形は保っていた。多治見は大粒の涙を零しながら嘔吐《えず》いていた。

「戸山の教官というのは、青山正治大尉のことか」

「そうだ。そうだよ。なあ、正直に話しただろう。だからもう勘弁してくれ、頼む、許してくれ」

「青山大尉はどうして貴様らに協力したんだ。碓氷の信奉者だからか」

「そうじゃない。あの将校は初めから厭がっていた。だから最後には憲兵隊に全て話すと云って、先生の逆鱗《げきりん》に触れたんだ」

「青山大尉を殺したのも貴様らなんだな」

「俺じゃない。殺したのは菊之助だ」

「碓氷の護衛か」

「そうだ。あいつが殺して、西荻だったかの線路に置いた。嫁と子どもを殺して家に火を点けたのもあいつだ。書き残しでもあったら困るから、全部燃やしてしまえと先生が云ったんだ。俺は何も関わっていない。全部後から聞いたんだ。頼む信じてくれ。本当なんだ」

「それはもういいよ。そんなことより、碓氷に心酔している訳でもない青山大尉が、どうして貴様らに協力したんだ。何か弱みでも握られていたのか」

多治見が目を伏せたまま、首を横に振った。最早《もはや》抗う気力は残っていないようだった。

「陸軍の大佐だ。三宅坂の幕僚で、随分と偉そうな男だった。そいつが青山を連れて来た。青山はその大佐の命令には逆らえない様子で、だから俺たちに協力していた。理由は知らない。本当だ」

古鍛治だ。そして未だ真偽のほどは確かでないが、青山は古鍛治に命を救われている。だから古鍛治の命令には絶対に従った。筋は通っている。

私が古鍛治の名前を口にすると、多治見はそうだと激しく頷いた。

「その古鍛治って大佐は、先生とは長い付き合いみたいだった。今回の計画も、古鍛治の方から持ち掛けて来たんだ」

「古鍛治の他に、中堅の幕僚で貴様等と手を組んでいた将校はいないのか。例えばそうだな、憲兵将校とか」

「俺が知っているのは古鍛治だけだ。ただ、憲兵の上の方にも同志がいるって話は耳にしたことがある。名前は……そうだ六角だ。入手した火器弾薬で以《もっ》て、私利を貪《むさぼ》る財閥や政党政治家共に天誅《てんちゅう》を下す。社会が混乱した機に乗じて、保護を名目に帝国議会を占拠、岡田内閣に退陣を迫って自分たちと志を同じくする将軍を首班指名させる。私が耳にしたのはそんな概要だ。あの男は、国家革新のために膿《うみ》を出し切ることが重要だと云っていた。碓氷先生も同じ考えを奉じておられた。だから」

「義挙だとでも云うつもりか？　戸山の手榴弾は強請《ゆす》りの道具にしか使っていなかったじゃないか。笑わせるな」

多治見は力なく項垂れた。私はペンチの先でその顎を押し上げ、碓氷はどこにいると問うた。多治見は目を逸らした。強く唇を結び、喉を動かして幾度も唾を呑み込む。私は聞こえよがしに溜息を吐いて、再び多治見の横に移動した。

「待ってくれ！　頼む、それだけは勘弁してくれ。あんたに喋ったことが知られたら、俺は先生に殺される」

「話さないのならここで死ぬだけだ。好きにしろ」

「おい待て、待ってくれ」

多治見が拳を固めたので、仕方なく右親指の付け根をペンチで挟んだ。ゆっくりと力を込めながら、私は待てと叫び続ける多治見の潰れた耳元に口を近付けた。粘つくような血の臭いが濃くなった。

「話すだけ話したら警察を呼んでやる。檻のなかなら碓氷の手だって及ばない筈だ。特高の刑事には悪くしないよう口だって利いてやるよ。だから、どっちが貴様に得なのかよく考えろ」

多治見の目が激しく動いた。犬のように荒かった息が不意に止み、やがて長く息を吐いた。そしてひと言、名古屋だと呻いた。

ペンチを外し、畳に放る。流石に草臥《くたび》れた。右のゴム手袋を外し、レイン・コートの首元から手を入れて、カメリヤの紙箱と燐寸を取り出した。

「碓氷は名古屋にいるのか」

「警察の目が厳しくなったから、暫くは東京から離れて身を隠すことにされた。それで俺がいる時、偶々《たまたま》切符を持って来た奴がいた。それが名古屋までの一等切符だった」

「いつのことだ、それは」

「十二月の初めだった。持って来たのは、その六角って憲兵の遣いだった」

「軍人か」

「軍服じゃなかったが、恐らくそうだと思う。未だ若い、あんたと同じぐらいの男だった。身形《みなり》が良くて、そうだ、先生はヨシト君と呼んでいた」

煙草を噛む歯に力が籠った。ヨシト。その三文字は、私の頭のなかで忽ち漢字に変換された。

「ヨシトと云ったのか」

「そうだ。知っているのか」

畳に膝を突き、鞄のなかから憲兵手帖を取り出した。その末尾には一枚の写真が挟んである。私はそれを摘まみ出し、多治見の鼻先に示した。

「——その男は、若しかしてここに写った奴か」

「そうだ。もう一人は、あんただろう？　なんだ、知り合いだったのか」

気が付いた時には壺を蹴り飛ばしていた。

多治見の体勢が崩れ、首に掛かったピアノ線が強く張った。多治見の体重に横転する勢いが加算され、ピアノ線は容易に喉の肉を裂いた。

大量の血が迸る。嗽《うがい》でもするような音を立てて、多治見の口からは泡の多い鮮血が溢れ出た。

「ま――どう――」

末期の声は、血の泡に掻き消された。強く嚙み過ぎたせいで、口中に細かい葉が広がった。私は口元から煙草を離し、畳に広がる多治見の血潮に唾を吐いた。

電気を流しているような多治見の痙攣《けいれん》は、徐々に収まりつつあった。白い目を剝き鬱血したその顔は、喉元から粗方《あらかた》の血が流れてしまったのか、ゆっくりと元の色に戻り始めていた。

私は写真を、士官学校の卒業時に麦島と撮った写真を手にしたまま、命の灯が消える過程を見詰めていた。

妙な気分だった。これはいったい何と表現すべきなのだろう。

かつて志賀直哉《しがなおや》は、明治大帝に殉じた乃木将軍に対し下女が粗相《そそう》をした時のような感情を抱いたそうだが、例えるならばそれに近い感覚だった。

しかし、こうして多治見の死にゆく様を眺めていると、そんな怒りや失望も霧散して、どこか昂然《こうぜん》とした、感心するような気持ちが肚《はら》の底から迫《せ》り上がってきた。これが何に起因する物なのかは、自分でも分からなかった。

腕時計に目を落とし、きっかり五分待った。あと少しで二十二時になろうという時分だった。

膝を曲げて斜めに浮かぶ多治見は、最早毫《ごう》も動かなかった。

使い終えた道具を鞄に戻し、掃除代として追加で二十円を床の間に置いた。

血の臭いが染み付いてはヤスたちに悪いので、窓は少しだけ開けておくことにした。雨の勢いは、先ほどよりかは少し弱まっているようだった。私はその隙間から、短くなった吸殻を棄てた。

忘れ物がないかを再度確認し、鞄を提げて階段に向かう。軋《きし》む床板に、ふと思いつくことがあった。

先ほどの感情の正体だ。

私は、麦島に裏切られたようで悔しかったのである。そして同時に、こんな自分の心にも未だ傷付く場所が残っていたことが意外だった。

19

劉ホテルに戻ったのは、日付も変わろうかという頃だった。

肌が爛《ただ》れるような熱いシャワーを浴びて、用意したグラスにオールド・クロウを注ぐ。部屋の照明は落とし、灯《あか》りは卓上のライトだけにした。抽斗《ひきだし》から旅行案内社が発行した最新の時刻表を取り出して、東海圏の路線図と共に広げた。

碓氷は名古屋にいるのか。それとも、乗り換えて別の場所に向かったのか。名古屋で乗り換えるとしたら行き先は岐阜《ぎふ》か三重《みえ》ぐらいだろう。若《も》しくは美濃太田《みのおおた》経由で北陸に向かったか。いずれにしても、切符を分けるほどの距離には思えない。矢張《やは》り、額面通り名古屋と見るべきだろう。

碓氷の居場所が絞られたのは大きな前進だった。しかし、だからと云って直ぐ名古屋へ向かう訳にもいかなかった。このまま僑軍孤進《きょうぐんこしん》で当たっても良い結果が得られないのは、火を見るよりも明らかだ。

名古屋は、東京大阪に次ぐ第三の都市である。一昨年には人口も百万人を突破したとかで、そこに紛《まぎ》れた独りの男を見つけるなど、砂浜に落ちた胡麻粒を捜すのに等しい。

所轄の名古屋憲兵隊に協力を仰《あお》ぐ手もあるが、どこまで事情を明かして良いものかは悩ましいところだった。数を恃《たの》むのならば、根来川に告げて警察を動かすのが一番だろうが、論外だ。そうなると残された手は一つ。碓氷に切符を渡した麦島に当たる他にない。

グラスを摑み、琥珀色《こはくいろ》の液体を廻してからひと息に呷《あお》る。濃い匂いが喉の奥から鼻に抜けた。一気に肚《はら》の底が熱くなる。まるで旨くない。

今の頭で妙案が浮かぶとも思えなかった。時刻表と路線図を仕舞い、席を立つ。

浴室から持って来た真新しいタオルを広げて、その上に手持ちの拳銃を全て並べる。そして、窓の外が白み始めるまで只管《ひたすら》清掃と整備に勤《いそ》しんだ。


昨夜の嵐が嘘であるかのように、朝焼けの空は蒼く澄み渡っていた。冴《さ》え光《ひか》る冬の旭光《きょっこう》に、濡れた草葉が煌《きら》めいて見えた。

午前中は二課の自席に着き、目を離す度に増えていく各分隊からの報告書に目を通した。

再来週に控えた相沢の公判に向けて、皇道派の連中は集会を密にしているようだった。ここにきて歩一や歩三のみならず、近衛師団でも若手将校間の動きが活発になっていると報告書にはあった。昨夜も数寄屋橋《すきやばし》の某大衆居酒屋では、近衛歩兵第三連隊の隊附中尉《ちゅうい》が音頭《おんど》を取って、国家革新運動や相沢の減刑運動に向けての蹶起《けっき》集会を開いていたらしい。同じような会合は、規模の大小こそあれ、昨夜だけで麻布《あざぶ》、五反田《ごたんだ》、渋谷道玄坂《しぶやどうげんざか》、南千住《みなみせんじゅ》の料亭や居酒屋を会場に計五件も催されていた。愈々以《いよいよもっ》て、その刻《とき》が近付いているようだった。

食堂で昼食を済ませ、再び報告書に没頭する。気が付くと十五時を廻っていた。

ふと狩埜の依頼を思い出した。

件《くだん》の死亡通知に関しては、一応解決している。何より、戸山学校の手榴弾の件は渡辺の耳に入れておいた方がいいだろう。

流石《さすが》にこの場で話すことは躊躇《ためら》われた。余所《よそ》の電話を使うため、部屋を出て階段を下る。

一階に下りたところで、前方に幼子の手を引いた女の姿を認めた。妙子だった。

「あら浪越さま。遅くなりましたけれど、明けましておめでとうございます。本年も宜しくお願いいたします」

先日——と云っても一ヶ月以上前のことだが——と比べて、随分と痩せたようだった。頭《こうべ》を垂れる母の姿を見て、ユキもちょこんと頭を下げた。

「ええ、おめでとうございます。ユキちゃんもおめでとう。隊長殿のお仕事ですか」

「はい、父の忘れ物を届けに。急に連絡がございまして、大事な書類を忘れたから直ぐに持って来いと。仕方ございませんので、この娘《こ》も連れて松濤から参りました」

「そうですか、それは御苦労様です」

「ありがとうございます。主人が、また浪越さまとお食事をご一緒したいと申しておりました。お近くを通られた際には、是非お寄り下さい」

「畏れ入ります。麦島にも宜しくお伝え下さい」

「はい。それではご免下さい」

妙子は微笑んでから背を向けた。手を引かれたユキが、ふとこちらを向いた。麦島に似た黒く大きな瞳と目が合った。

私は反射的に妙子の名を呼んでいた。思っていたよりも大きな声が出た。妙子は驚いた顔で振り返った。

「失礼。一寸奥さんにお尋ねしたいことがありまして」

「はい、何でございましょう?」

「最近、麦島から鉄道の切符を買うよう頼まれたことはありませんか」

妙子は目を瞬《しばた》かせた。私は慌てて手を振った。

「いえ、ないのでしたら結構です。どうやら私の思い違いだったようだ」

「あら違いますわ。どうしてご存知なのかしらって驚いてしまいまして」

「それでは切符を」

「はい。あれは昨年の、確か師走《しわす》の初め頃だったと思いますけれど、士官学校時代にお世話になった方がこの度予備役《よびえき》を仰せつかったそうで、その方にお贈りするのだと申しまして」

「それは、どこまでの切符でしたか」

「名古屋でした。初めは『名古屋までの一等切符を買って来い』とだけ申しますものですから、初めて家族水入らずで旅行が出来るって喜んでいたんです。でも、よく聞いたら違いまして。このご時世ですから仕方もありません」

「そうですか。ちなみに、その方の名前は」

「田中様と聞いております。お宿の予約に必要でしたから」

「宿も奥さんが取ったのですか」

「はい。奥様と行かれるそうなのですけれど、お食事は必ずお部屋で摂《と》れるようにですとか条件が決まっていて大変でした。九段の旅館協会にも何度か通いまして」

「何という宿ですか」

「広小路《ひろこうじ》ホテルという旅館です。名古屋駅に近くて、最近開業したばかりの立派なお宿です。少しお高いですけれど、浪越さまもあちらに行かれることがありましたら是非。……あら、私ったら長々とお話ししてしまいまして。お仕事中なのに失礼いたしました」

「いえお気になさらず。大変結構なお話でした」

妙子は意味を摑みかねる顔で微笑んだ。私にとっては、非常に収獲の多い話だった。

「また折を見てお訪ねします。麦島にも宜しく伝えて下さい。それでは失礼します」

軽く顎を引く妙子に敬礼を示し、階段へ向かう。今夜にでも名古屋へ発《た》つ肚《はら》を、私はその時点で決めていた。

二課の自席で受話器を取り上げて、神田《かんだ》の番号を廻す。応答に出たのは若い女の声だった。

「はい、こちら椿日報《つばきにっぽう》編集部」

「浪越だ。四辻《よつつじ》さんに代わってくれ」

「少々お待ち下さい」

椿日報社は、美土代町《みとしろちょう》に社屋《しゃおく》を構える中堅新聞社だった。

日露戦争の時分には反戦を謳《うた》って話題を呼んだ椿日報だが、時が経つに連れて論調は反戦から反軍に移《うつ》ろい、今や帝都で最も過激な反軍論説を打《ぶ》つ新聞社となっていた。掲載される記事も将校や将官の醜聞《しゅうぶん》が大半で、誇り高き草創期とは異なり今や通俗なゴシップ紙に堕《お》ちていた。

憲兵としては当然取り締まって然るべき対象なのだが、憲兵であるが故に手が出し辛い情報を得るには極めて有用だった。そのため、編集長の四辻とは長らく特殊な協定関係にあった。今回も、記録が残されていない例の第三師団の火災について調査を依頼していた。

「やあ、浪越さん。あけましておめでとうございます。分かっていますよ、例の件でしょう？　時間が掛かって申し訳ありませんね」

「今夜の夜行で名古屋に行くことになった。名古屋憲兵隊の本部でも資料を捜してみようとは思うんだが、その前に現状だけでも聞いておこうかと思ってね」

「名古屋の同業にも幾つか訊いてみましたけど、どうにもいけません。直ぐに報道統制が敷かれて、翌日の新聞にも小さい記事しか載らなかったみたいですよ。今はそれを捜して貰っているんですが」

「じゃあ、火事自体はあったんだな？」

「それは間違いありません。昭和二年の十一月二十六日。結構な規模だったみたいです。死者も出たらしい」

「それが揉み消された」

「名古屋のまん真ん中で兵営から火が出たんです。とんでもない不祥事でしょう。当時を覚えている者も少なからずいたんですが、一切の取材が禁じられたせいで、結局原因や被害の程度も分からず終《じま》いだと云っていました。唯一確かなのは火元です。何人もの目撃者がいましてね。野砲《やほう》三《さん》。野砲兵第三連隊の敷地にある将校集会所が出火元であることは間違いないそうです」

それも瑠璃の云う通りだった。砲兵将校だった青山はそこで火事に巻き込まれ、偶々《たまたま》現場に居合わせた古鍛治に命を救われた。そこから悲劇が始まったのだ。

「成る程。よく分かったよ、有難う」

「中途半端なお答えしか出来ず申し訳ありませんね。ただ、ウチとしても特集が組めそうな案件ではありますから引き続き調べておきますよ。何か分かったらまたお報せします」

私は礼を述べて受話器を戻した。続けて劉ホテルの番号を廻し、二、三日ばかり遠出をするので食事は不要である旨を沈に告げた。

出張の手続きに少々手間取ったが、それでも十九時を廻る頃には全て完了した。豊橋《とよはし》の陸軍教導学校で頒布された不穏なビラについて、名古屋憲兵隊を訪れるという名目にした。数日前に報告を受けた内容であり、嘘ではない。わざわざそのためだけに行くのかと平野は否定的だったが、渋々ながらも承認印は押して貰えた。

更衣室へ赴《おもむ》いて、トランクに洗面具と替えの衣類等を詰め込む。背広も持って行くべきかと思ったが、荷物になるので止めておいた。何があるか分からないので、拳銃の弾《たま》は多めに用意した。

食堂で早めの夕餉《ゆうげ》を済ませ、司令部を出る。

風はないが、空気は冷たかった。外套《がいとう》の襟を立て、車通りの多い往来を、私は東京駅へ向かった。

20

東京駅に着いたのは二十時の手前だった。丸の内北口の窓口では、丁度商人風の男が切符を受け取ったところだった。

「名古屋まで至急行きたいんだが、今から出て一番早く着く切符を頼む」

草臥《くたび》れた顔をした初老の駅員は私の出で立ちに目を瞬《しばたた》かせていたが、口のなかで御苦労様ですと呟き、壁掛けの時計に目をやった。

「二十時三十分発で神戸行の急行があります。名古屋には明日の三時十一分到着予定です」

既に寝台車は二等・三等共に満席らしく、私は二等座席の切符を買った。

改札を潜り、東海道線の乗り場へ向かう。未だ発車までは時間もある筈だが、プラットフォームには多くの人影が蠢《うごめ》いていた。

急行列車は既に停車場に入っていた。網棚にトランクを載せて、青色の座席に身を沈める。ゆったりとして柔らかく、これならばひと晩を過ごしても支障を来《きた》すことはなさそうだった。

摘まみ出したカメリヤを咥えて、燐寸を擦る。窓の外では、母と娘らしき二人組が顔を近付けるようにして別れのシーンを演じていた。

段々と座席も埋まり始め、二十時三十分、定刻通りに列車は動き始めた。

品川を出た辺りで、外套の隠しからオールド・クロウを詰めたスキットルと薄い冊子を取り出した。

美濃判《みのばん》の洋紙にガリ版刷りであるその冊子は、表に『相沢中佐の片影《へんえい》』とあった。公判を控えた相沢を応援するため、皇道派の将校が頒布した物らしい。東京憲兵隊が苦労して回収した内の一部が、司令部にも上がってきたのだ。

私はスキットルのウイスキーを含みながら、たっぷりと時間をかけてその一冊を読み通した。

当たり前だが、極めて相沢に同情的な内容だった。匿名《とくめい》の将校や下士官たちの寄稿という形で、相沢三郎という男が如何に素晴らしい人間であるかを延々と書き綴っていた。結局、終始永田が悪であり相沢はそれを糺《ただ》すために正義の剣を振るったのだという論調だった。

末尾には、相沢が家族に送った手紙の写しも幾つか載せられていた。その数は、妻に宛てた物よりも幼い息子や娘に宛てた書信の方が多かった。こうすることで読み手の情に訴えるのが編者の意図なのかも知れない。相沢が子どものことを深く愛していることは間違いないようだ。だからこそ私には分からなかった。それだけ可愛がっている息子や娘が、斯様《かよう》な凶行を引き起こした軍人の子として何と謗《そし》られるか、相沢は考えなかったのだろうか。

列車は小田原を出発して、熱海《あたみ》に向かっている途中だった。薄く曇った窓の向こうには、真っ暗な相模《さがみ》湾が広がっていた。

初めは何かと騒々しかった車中も、すっかり静まり返っていた。四分の一ほど減ったスキットルを仕舞《しま》い、五本目となるカメリヤに火を点《つ》ける。

リズミカルな車輪の振動を足下に感じながら、窓の外を過ぎる闇の奔流《ほんりゅう》を眺めていた。

いつの間にか眠っていたようだ。

日付も変わって二時三十分。床の吸殻には踏み潰した跡があるので、無意識の内に消していたのだろう。二度ばかり目を覚ましたような気もするが、いずれも窓の外は漆黒で、どこだったのかは分からない。

熱田《あつた》を通り過ぎ、名古屋には定刻通り到着した。

支度《したく》を始める客は多かった。誰も皆、半分寝ているような顔で網棚から荷物を下ろし、防寒着に袖を通していた。そんな旅客の列に従って、私もプラットフォームに下り立った。

忽《たちま》ち凍《い》てつく夜気《やき》が全身を襲った。外套の襟を立てて顔を埋める。十名ほどの客が、ふらふらとした足取りで改札へ向かっていた。

その後に続いて改札を抜ける。ついでに広小路《ひろこうじ》ホテルの場所を尋ねてみると、目の前に伸びる大通りが広小路であり、そこを真っ直ぐ進んだ先だと駅員は答えた。目印は納屋橋《なやばし》という大きな橋で、その袂《たもと》にある木造二階建ての洋館が広小路ホテルだそうだ。私は礼を述べて駅舎を出た。

名古屋の夜は、帝都のそれよりも色が濃いように感じられた。単に街灯の数が少ないからだろうか。風はなく、黒水晶のように夜自体が凍ってしまったようだった。

足早に広小路の大通りを進む。両脇には、和洋の入り混じった店舗が交互に近い形で並んでいた。柳橋《やなぎばし》という駅舎を過ぎ、一町《ちょう》ほど進むと運河に架かる石造りの大きな橋が前方に現われた。これが納屋橋だろう。

石の床に、かつかつと靴の音が響き渡った。河面から立ち昇る霧のせいで、辺りにはうっすらと霞《かすみ》が掛かっていた。先に望む街灯も強い光の帯を顕《あらわ》していた。

ふと人の気配を感じた。行く手から、男同士の話し声が聞こえて来た。

構わずに足を進める。霧のなかから幾つかの車両と、大きな洋館が姿を現わした。車の脇では帽子を被った二人の男が何やら話し込んでおり、駆け足でその洋館に入って行った。

帽子の縁からその偉容を仰ぎ見る。仰々《ぎょうぎょう》しい唐破風造《からはふづく》りの屋根を頂いた木造二階建ての洋館で、門柱には広小路ホテルと書かれた陶製の看板が掛かっていた。

門を潜ろうとして、私は足を止めた。奥の玄関には、体格の良い制服警官が立っていた。警官と目が合った。厭な予感がした。

私は取り敢えず玄関まで進んだ。警官は何か御用ですかと云って、行く手を阻《はば》むように扉の前に立った。酷く警戒した声だった。

「お泊りでしたら、今晩は無理ですよ」

未《ま》だ若い目の前の警官は、トランクから私に目を戻した。

眩暈《めまい》がするようだった。何があったのかは知らないが、ここには警察が踏み込んでいる。碓氷が目的ならば未だいい。若《も》しそうでなかった場合、奴が大人しくしているとは到底思えない。折角捕らえ掛けた尻尾《しっぽ》を、ここで離すことだけは何としても避けたかった。

「憲兵司令部の浪越大尉だ。何があったんだ」

警官はあからさまに眉を顰《ひそ》めた。外套のボタンを外し黒い襟章と憲兵手帖を示して、初めて彼は顎を引いた。

「客の一人が殺されました。目下捜査中のため、立ち入りは御遠慮願います」

「それなら、逗留中の客は全員足止めを喰らっているのか」

「無論です」

安堵の息が漏れた。それならば何も問題はない。むしろ好都合だ。

「それで、憲兵さんはいったい何の御用です」

「ここに逗留している筈の客に用がある。公用だから入らせて貰うぞ」

警官の脇を抜けて、分厚いガラス戸を押し開ける。後ろから何か声は聞こえたが、腕を摑まれることはなかった。

むっとするような熱気に全身が包まれた。広小路ホテルは、外観に違わず屋内の設《しつら》えもすっかり欧風のそれだった。人気《ひとけ》のないエントランス・ホールを抜けてフロントへ向かう。

受付には、分厚い眼鏡を掛けた四十路《よそじ》の係員が控えていた。胸には朝岡《あさおか》という名札が留めてある。

ぴかぴかに磨かれた台上に脱いだ外套とトランクを置く。突然の軍人の出現に、朝岡はすっかり面喰《めんくら》っている様子だった。

「あのう、検事さんたちならお二階の現場ですが」

「いや、それとは別件です。私は憲兵司令部の浪越大尉。少し前から、貴館にはこの男が逗留している筈です。それが何号室か教えて下さい」

私は、憲兵手帖に挟んでいた碓氷の写真を取り出した。朝岡は身を乗り出すようにして写真を凝視《ぎょうし》して、それから顔を上げた。

「ええと、ですから検事さんたちは既にお客様がお泊りでした二階の二〇六号室にいらっしゃいます。お荷物はこちらでお預かりしますので、どうぞ向かって頂けましたら」

どうにも話が嚙み合わなかった。そちらの事件ではないと断ったのに、この男は何を云っているのか。

もう一度説明すべく口を開き掛けて、私は或る可能性に思い至った。胸の下辺りを、冷たい水が流れていくようだった。そんな筈はない。私は、朝岡の鼻先に碓氷の写真を突き付けた。

「一寸《ちよつと》待ってくれ。先ほど玄関の警官から、このホテルで客殺しがあったと聞いた。真逆《まさか》、その殺された客って云うのは」

朝岡は眼鏡を押し上げ、困惑顔のまま大きく頷いた。

「ええ。そちらに写っていらっしゃるお方で間違いございません」

21

現場となった二〇六号室は酸鼻を極めていた。

木目調の壁が特徴的な十五畳ばかりの豪奢《ごうしや》な洋間だった。天井から吊るされた箱型の照明が、室内を皓々と照らしていた。

屍体は、手前に設《しつら》えられたキング・サイズのベッドの傍《かたわ》らに転がっていた。

藍地の浴衣に細帯を締めた肥満体の男だった。両手脚を投げ出すようなその姿態は横たわったと云うよりも、転がったと形容する方が相応《ふさわ》しかった。

「宿帳を見る限り、殺されたのは東京在住の陸軍予備役中将で名前は田中一郎《いちろう》。住所は四谷区番《ばん》衆町《しゆうちよう》となっとりました。田中は幸子《さちこ》ちゅう若い女を連れて、昨年の十二月十日からここに泊まっとったようです」

笹島《ささしま》署の大淀《おおよど》刑事課長はそこで言葉を切り、手帖から顔を上げた。

「大尉さんが仰るには、この田中ちゅうのは偽名であり、本名は碓氷東華、目下帝都で頻発しとる爆発事件を引き起こした国家主義者ちゅう訳ですな?」

「断言は出来ませんが、私の聴き知った情報から考えると恐らくそうではないのかと思われます」

私としてはそう答えるより他になかった。半ば乾きつつある血溜まりを避けて、再び屍体の傍に寄る。

碓氷と思しき男の屍体には、首から上が存在しなかった。

碓氷東華が殺された――その事実に私は二の句が継げなかった。

衝撃の後で凄まじい徒労感に襲われたが、何はともあれ、実情を詳《つまび》らかにしなければならない。私は重い足取りでロビーの階段を上がった。

事実を探るためには、先ず捜査の現場に潜り込まなければならなかった。軽々に実情を告げる訳にもいかず、頭を捻りながら階段を上っていた私だが、案に相違してその問題は直《す》ぐに解決した。

捜査を指揮していた名古屋地方裁判所検事局の月森《つきもり》という検事が、私に極めて好意的だったのである。説明を受けるまですっかり忘れていたが、以前に京城《けいじょう》で手掛けた事件の担当が、当時京城地方法院で検事の職にあった月森だったのだ。

「あの一件が出世の糸口になりまして。お陰で無事に内地へ戻ることも叶いました」

彫りの深い顔に柔和《にゅうわ》な笑みを浮かべる月森は、極秘任務だという私の苦しい説明も深くは追及せず、快く捜査への参加を了承してくれた。

現場を確認した私は、二つの点で驚かされた。一つは、屍体の首が切断されて現場から持ち去られていたこと。もう一つは、現場の至る所に碓氷東華の名が残されていたことだった。

「下の階に血が落ちたんですわ」

屍体が発見された状況について尋ねると、大淀はその太い指で床を指した。

「一〇六号室です。大阪から来たラジオ商が泊まっとったんですが、夜に便所で起きたら床が濡れとった。何事かと思って灯りを点けたら、天井から赤い汁が漏れてきとる。しかもそれが妙に生臭いもんだでもう大慌てで宿の者を起こした。係の者は直ぐに真上のこの部屋を訪れたんですが、幾ら扉を叩いても返事がなく、鍵も掛かっとらせんかったもんだから開けてみたら、この有様だったちゅう訳です」

ベッドの上には、凶器と思しき血塗《ちまみ》れの斧《おの》が無造作に投げ出されていた。首の切断口から噴き出たのであろう血潮によって、シーツは足元の方が蘇芳《すおう》色に染まっていた。その汚れのみならず、床の血溜まりも殆どが乾き始めていた。

再び屍体に目を落とす。首だけでなく、両腕も大きく破損していた。振り被った斧の刃《やいば》を幾度も叩きつけられたのだろう。板張りの床には無数の跡が残り、その肘から先は砕けた骨が混じる肉塊のような有様だった。

「屍体発見の時点で、幸子とかいう連れの女はいなかった。浪越大尉、貴方《あなた》はそれが、菊之助という碓氷の護衛だったと仰るのですね？」

「そうです。菊之助というのは随分整った顔立ちをしていたらしい。歳の離れた男二人で逗留となれば、否が応にも奇異の目を向けられたことでしょう。それを避けるため、菊之助が女装をしていたとも考えられなくはない」

「大淀警部、その幸子とやらについてはホテル・マンたちの証言は得られているのかい」

「フロントの話では、黒眼鏡を掛けた洋装の娘だったそうです。頭は断髪でね。朝昼晩と飯は全て部屋に運ばせとったそうですが、口を利くのは専《もっぱ》ら男の方だったようです」

「成る程。碓かに大尉の仰る内容で間違いはなさそうですね。問題は、どうして護衛が主を殺したのかだ。それも首を斬るまでして」

ベッドの奥には、壁沿いに革張りの大きなソファと丈《たけ》の低いコーヒー・テーブルが設えられていた。その向こうはバルコニーのようだが、今は暗くてよく分からない。

月森と共に屍体の横を廻って、テーブルに寄った。

卓上には吸殻の積み上がった灰皿と敷島の紙箱、そして例の紋様が刻まれた特注の銀ライターの他、書きかけの原稿用紙が二十枚近く残されていた。月森は手袋を嵌めた手でその端を摘まむ。冒頭に頂いた「国家革新論」という題の傍らには、確かに碓氷東華と署名されていた。

「トランクのなかには名刺入れもありました。入っていたのは碓氷の名刺です」

分からないのはそこだった。碓氷は飽くまで身を隠すためにこの広小路ホテルを訪れた筈だ。麦島が妙子に予約をさせた際、偽名を教えたのもそのためだろう。しかしその一方で、碓氷は自身の痕跡を多く残している。これは、単に気を抜いていたからで済ませてもよいのか。それとも違うのか。

「大尉はどうお考えになりますか」

「恐らく貴方と同じですよ、月森検事」

「と仰ると？」

「果たしてこの屍体は本当に碓氷なのか。背恰好が似た別の男を殺して、恰《あたか》も自分であるかのように細工したのではないか」

一番確実に逃亡を続ける術《すべ》は、自身が死んだと周囲に思わせることだ。首のみならずその指紋までが滅茶苦茶にされているのは、屍体の身元を分からなくさせるためなのだろう。しかし、これでは余りにも露骨過ぎる。

矢張《やは》りそうですかと月森は嘆息した。

「碓氷に何か身体的特徴のような物でもあればいいのですが。大尉は御存知ではありませんか？」

「生憎とそこまで詳しくは。ただ、警視庁特高課の根来川警部ならば若しかしたら知っているかも知れません。彼は特に碓氷を追っていましたから」

「警視庁の根来川警部ですね。宜しい。私の方から一度連絡を入れてみましょう」

「申し訳ないのですが、その際に私の名前は出さないで貰えると助かります。少々込み入った事情がありましてね」

「そうですか？　分かりました」

月森はあっさりと首肯《しゅこう》し、腰に手を遣って屍体を見下ろした。

「しかし、そうなると問題はこれが誰かということだな。警部はどう思うかね？」

「堀川端《ほりかわばた》には、他所《よそ》から流れて来た香具師《やし》どもがごろごろおります。あいつらが一人二人減ったところで分からんでしょう」

「調べることは出来るかね」

「そりゃ勿論出来ますが、あまり当てにはせんで下さい。何せあの連中は虫のように湧いて、知らん間に消えとるんですから」

不意に喉の渇きを覚えた。考えてみれば、昨夜司令部を発った時分から車中のウイスキー以外何も口にしていない。空腹は耐えられたが、喉の渇きは如何《いかん》ともし難かった。

月森に断って廊下へ出た。窓の外は、徐々に白み始めていた。

一階に下りると、フロントでは朝岡が茫《ぼう》とした顔で佇《たたず》んでいた。

「二〇六号室の客は閉じ籠ってばかりだったのですか」

水を所望するのに併せて尋ねてみた。朝岡は首を横に振った。

「そんなことはありません。よく連れ立って出掛けていらっしゃいました。この辺りの観光名所は何かと訊かれましたので、別院《べついん》さんや大須《おおす》の商店街、それに栄《さかえ》の松坂屋《まつざかや》をお薦《すす》めしました。あ、そう云えば」

用意したグラスになみなみと水を注いだ朝岡は、思い出したように後ろの戸棚を開けた。取り出したのは、黒光りする二眼レフのカメラと蓬色《よもぎいろ》の封筒だった。

「今日お返ししようと思っていたのですが、田中様からはこれをお預かりしておりまして」

「それは？」

「田中様のカメラです。お出掛けの際には必ず持参されていました。ファインダーの調整とこれまでに撮った写真の現像、それに新しいフィルムを御所望でして、昨日の夜に依頼を掛けていた写真館から戻って参りました物です、はい」

「一寸《ちょっと》中身を確認します。構いませんね？」

「ええ、それはもう勿論です」

飲み干したグラスを脇に避け、蓬色の封筒を開く。

写真は全部で十二枚入っていた。広小路の街並みや運河を渡る船など殆どは風景写真だったが、そのなかに一枚だけ人物の写った物があった。

橋の欄干に手を置いた洋装の女が、こちらを振り返っている写真だった。

比較的近い距離から撮っているため、その目鼻立ちまではっきりと見ることが出来る。未だ若く、歳のほどは十代の後半ぐらいだろうか。ほっそりとした面立《おもだ》ちで、緩やかなカーヴを描く断髪には椿の髪留めが輝いていた。

場所は、先ほど通った納屋橋の景色に似ていた。ピントは娘の方に合っていたが、記念写真というよりかは、隠し撮りをしようとしたところで偶々相手が振り返ったという雰囲気だった。

「ここに写っているのは、二〇六に泊まっていた若い女で間違いありませんか」

「はあ、仰る通りです」

つまり、これが女装した菊之助となる訳だ。コートのせいで身体の起伏は感じられず、また毛皮によって喉元は隠されているものの、指摘されない限り夢にも男だとは思わないだろう。

朝岡の注いだお代わりを干してから、改めて写真に目を凝らした。

菊之助は背筋を伸ばし、ゴム・マスクのような無表情でこちらを向いている。研《と》いだような鼻筋、切れ長の双眸、鋭角にすら見える顎の線、そして小さな唇。確かに整った顔だ。

大淀に渡しておくと云って、私は全ての写真を封筒に仕舞い直した。朝岡もお願いしますと頭を下げた。

カメラと封筒を手に再び階段を上る。フロントからも死角となる階段の踊り場で再び封筒を開き、菊之助が写っている先ほどの一枚だけをポケットに忍ばせた。

二階の廊下では月森と大淀が何かを話し込んでいた。月森が私に顔を向けた。

「現場検証も終わりましたので、ホトケさんを運び出そうと思います。最後にもう一度なかを御覧になりますか?」

「いえ、もう大丈夫です。有難うございます。ところで警部、下のフロントでこれを預かりました。碓氷が現像を頼んでいたカメラだそうです」

「ははあ、こりゃあ済みませんな」

大淀はその大きな掌でカメラと封筒を受け取った。

「一応碓氷の解剖結果も聞いておきたいのですが、結果は何時頃に出ますか?」

「そうですなあ。混んどらせんかったら、昼の三時には書類も纏《まと》まっとると思います。お急ぎですか?」

「早く戴けるのならばそれに越したことはありません」

「そりゃそうですよね。それなら、三時前後で鶴舞《つるま》公園の名古屋医科大まで直接お越し下さい。執刀は医科大の小見山《こみやま》教授にお願いをしますもので」

「小見山先生には、私からも出来るだけ急いで欲しい旨を云っておきましょう。ところで大尉、御一緒に朝食など如何です？　この近くに、早くからやっていて美味い海老料理を出すレストランがあるのですよ」

月森が笑顔を私に向けた。魅力的な提案ではあったが、私は丁重《ていちょう》に辞退した。

これから名古屋憲兵隊本部に籠って、昭和二年十一月の野砲三《やほうさん》火災事件について資料を漁《あさ》らなければならないのだ。

22

薄明《はくめい》の広小路では、少なからざる人影が往来を行き来していた。深く立ち込めていた霧も、蒼い夜と共に払われつつあった。

月森や大淀と別れ、掴まえた円タクで名古屋憲兵隊の本部へ向かう。夜明け前にも拘《かか》わらず、名古屋の街は既に活気づいていた。

名古屋憲兵隊本部は、第三師団の目と鼻の先にあった。目の前の濠を渡った先が、四辻《よつつじ》との話にでた野砲兵第三連隊だ。

始業までは未だだいぶ時間がある筈だが、コンクリート造りの近代的な兵舎では既に隊員たちが働いていた。具合よく、名古屋憲兵隊長の梶《かじ》中佐も在席していた。司令部員の突然の来訪に初めは面喰っていた梶だったが、私が用件を切り出すと酷く困惑した顔になった。

「資料庫ぐらい幾らでも見て貰って構わんがね。ただ、野砲三で火事があったなんて聞いたこともないぞ。おい、何か知ってるか？」

他の隊員たちも皆一様に首を傾《かし》げていた。何せ八年も前のことなのだ。当時を知る者は、下士官を含めて一人も残ってはいなかった。

「しかし、今更そんな前のことをどうしようと云うんだ」

「この件を臭わせた怪文書が帝都で流通しておりまして、そのための調査になります」

「へえ。それでおたくの記録は？」

「それが、司令部にはそれらしい資料が残っていなかったのです」

「本丸になかったらウチにもないよ。出鱈目《でたらめ》じゃないのか？」

「誤って破棄された可能性もありますが、それも含めての調査になります」

寝不足の腫れぼったい瞼《まぶた》をこすりながら、梶はふむと唸った。

「東京は随分とキナ臭いことになっているようだな」

「第三師団は現在満洲駐劄《ちゅうさつ》中ですから、そんなこともありませんか」

「いや、そう安閑《あんかん》ともしてはいられん。歩兵第六連隊の留守部隊では、東京の連中に影響されて過激な思想に奔《はし》った者が少なからず観測されている。ビラや怪文書の類いも多少流布《るふ》し始めていて、これもその内の一つだ」

梶が差し出した藁半紙《わらばんし》には、君側《くんそく》の奸《かん》として岡田啓介《けいすけ》首相を筆頭に高橋是清《これきよ》蔵相や斎藤実《まこと》内相、鈴木貫太郎侍従長《じじゅうちょう》に一木《いち》喜徳郎《きとくろう》枢府《すうふ》議長などの名前が挙げられて、大蔵省や陸軍省それに参謀本部も伏魔殿《ふくまでん》ナリと槍玉《やりだま》に挙げられていた。

梶と別れたのち、下士官の案内で二階の資料庫に入る。

司令部のそれより狭く、十畳もない部屋だった。勝手に見るから構わないと下士官を帰し、ざっと一巡《いちじゅん》してみる。

司令部と同じく編年体形式で書類は蔵されているようだった。暖房器具もないため、吐く息は白い。

昭和初頭に当たりを付け、凍《い》てつく部屋で一冊毎《ごと》に内容を確認していく。途中に何度か小休憩を挟みながら正午まで六時間近く掛けて、殆ど全ての資料に目を通した。

しかし、捜し求める資料は遂に見つからなかった。四辻の話から、実際に火災事件が発生したことは間違いない。それにも拘わらず資料が残されていないということは、捜査に当たった筈の憲兵隊までもが目晦《めくら》ましを喰らったと考える他にない。果たしてそんなことが可能なのか。

凝り固まった筋肉を伸ばしながら、窓辺に寄る。そこからは、野砲兵第三連隊の兵営を見渡すことが出来た。

大きな濠に囲まれて、野砲三の奥には広大な歩兵第六連隊の兵営が広がり、更には名古屋城が雄姿を誇っている。

お濠の周囲には諸官衙《しょかんが》のビルディングが建ち並んでいた。確かにこんな場所で砲兵連隊の兵営から火災が発生したら大事《おおごと》だろう。幸い火は早期に消し止められ損害も少なかったようだが、若し火器弾薬に引火していたら名古屋の中枢が丸ごと吹き飛んでいたかも知れない。第三師団の上層部が強引に揉み消しを図ったとしても可怪《おか》しくはないが、陸軍大臣直轄で独立不羈《どくりつふき》を謳う憲兵隊にまでそれが及ぶとは考え難い。当時の名古屋憲兵隊長が籠絡《ろうらく》されたのだろうか。

しかし、今更そこの事情を探っても仕方がなかった。確かなことは、青山や古鍜治に関する資料が絶望的ということだけだ。近辺の民家を一軒一軒訪ね廻ることも吝《やぶさ》かではないが、営門内の出来事ともなれば、情報も限られてくるだろう。最早《もはや》ここまでのようだった。

時刻は十三時を廻ろうとしていた。私は諦め、梶に礼を述べるため隊長室を訪れた。

「どうだ。お目当ての物は見つかったか」

「いえ。どうやら隊長殿の仰る通り出鱈目だったようです」

そりゃそうだと梶は笑った。

「野砲三みたいな火薬だらけの場所で火事なんて起きたら、師団長の首どころじゃ済まされない。あり得ないよ」

兵舎を辞した私は、近くの蕎麦屋で遅めの昼餉《ひるげ》を済ませ、円タクで名古屋医科大に向かった。

想像以上の広さだった。堅牢な石塀に囲まれた敷地には、目に届く範囲だけでも大小様々な病棟が十以上建っていた。

門衛所の窓を叩いて、大淀が口にした小見山という執刀医の名を告げる。髭の剃り跡も青々とした初老の門衛は、わざわざ案内を買って出てくれた。

病理学棟の玄関ロビーには、大淀と若い刑事の姿があった。

「やあ大尉さん、折角お越し頂いたところ申し訳ないのですが未だ解剖は終わっとらせんのです。若しかしたら、書類の形で纏《まと》まるのは明日以降になるかも知れません。こちらにはいつ頃まで御滞在ですか」

「今日明日には帰京しなければならないのですが、構いません、所感だけでも伺うことが出来れば充分です」

「そうですか。ほんなら、終わった後で小見山先生にお願いしましょう。月森検事は別件が飛び込んできましてね。呉々《くれぐれ》も宜しくとのことでした。まあ、どうぞお掛けになって」

大淀と並んで壁際のベンチに腰を下ろす。

「大尉さんが仰った警視庁の根来川警部には、私から連絡を入れました。酷く驚いていらっしゃいましたね。替え玉の可能性もお伝えしたんですが、自分の目で確かめると仰って。今夜には名古屋へおいでになるそうです」

「その方が良いですよ。あの人なら、碓氷の身体的特徴だって把握しているかも知れません。屍体が碓氷ではないという確証が得られたら、捜査の方針だってまた変わる筈だ。ところで、大淀警部に一寸《ちよつと》お尋ねしたいことがあるのですが」

煙草を咥《くわ》える大淀に向き直る。

「警部は、昭和二年の十一月に第三師団の敷地で起きた火災について何か御存知ですか」

「こりゃまた随分と懐かしい話を。砲兵連隊の火事でしょう?」

「御存知なんですか」

「ああ吃驚《びつくり》した。どうしたんです、そんな大きな声を出して? そりゃあ、あんな場所で火事があったんですから忘れませんよ。十一月の二十六日です。あの日は丁度新栄署《しんさかえしよ》の刑事課に配属された初日でしてね。刑事になって最初の事件があれでした。丸の内は管轄だったもんで先輩刑事と一緒に駆け付けたんです。雪は降っとらなんだけど風が強くてね。随分と寒い日でした。でも、何でそんな昔の話を」

「その件に言及した怪文書が東京で出回っているのです。ですが、憲兵司令部や名古屋憲兵隊本部にも詳細を記した資料は残されていませんでした」

「それはそうでしょう。いや、こんなことを憲兵である大尉さんに云うのは失礼ですけれど、あの当時も報道は殆どされえせんかったんです。まあ確かに不祥事にゃあ違いありませんわ。我らが金鯱城《きんこじょう》のお膝元で、こともあろうに陸軍さんが火事を起こしたんですから」

「死者は少なかったという認識ですが、違うのですか」

「いやいや、そういう意味ではありません。亡くなったのは、砲兵連隊の大隊長さん一人でした」

「将校が死んだのですね」

「そうです。確かその人が出火の原因だった筈ですよ。酒盛りをしとる最中、酔い潰れてきちんと消さなかった煙草の火がカーテンに燃え移ったんです。……ははあ、どうしてお前がそんなことを知っとるんだって顔をされていますな？　いや御尤《ごもっと》も。陸軍さんの事件ですから、当時の捜査は憲兵さんがされました。我々は完全に蚊帳《かや》の外です。それで蓋《ふた》を開けたら、殆ど報道もされない。要は揉み消されたんですね。大尉さんにこんなことを云うのは甚《はなは》だ失礼ですが、私も未だ若《わこ》うございましたもんでナニクソと思いましてな。私なりに色々な伝手《つて》を使って調べてみたちゅう訳で」

「お気持ちは分かりますよ。それで、死んだのは野砲三の大隊長なんですね？」

「そうです。名前は何と云ったかな……ああそうだ、六角秀彦《ろっかくひでひこ》少佐です」

「六角ですって」

「ええ。変わった苗字だから憶《おぼ》え易いでしょう？　火元は兵営の北にある将校集会所の二階で、三人の将校がその部屋で個人的な酒宴を催しとったんです。一人が、いま云った六角少佐、もう一人が第三師団高級副官の古鍛治中佐《こかじ》、残りの一人が六角少佐の部下で隊附将校の青山少尉と云いました。この古鍛治という将校がまあ厭な奴でしてね。一寸事情を訊こうとしただけなのに思い切り面罵《めんば》してきて――ああ、大尉さん、終わったようですよ」

廊下の奥の扉が開き、恰幅《かっぷく》の良い四十がらみの男が姿を現わした。

大淀が立ち上がり、小見山先生と親しく呼び掛ける。私はそれどころではなかったが、半ば呆然としたまま従った。

「随分と時間が掛かりましたね。そんなに厄介でしたか」

「いや、そんなことはない。夜勤明けで疲れているだけですよ、警部」

小見山はのんびりした口吻《くちぶり》でそう云って、私を一瞥した。

「どうも小見山です。月森検事から事情は伺っていますよ。憲兵司令部の方ですな?」

「浪越大尉です。どうぞ宜しく」

「ほんで先生、正式な検案書はまた後でお出し頂くとして、どうでした。何か気になる点はありましたか?」

「酷いもんだね。首は兎《と》も角《かく》としても手の方は確かめようがない。まあ共に斬られたのは死んだ後だと思われるから、致命傷は頭にでも一撃喰らったんじゃないかな。毒物の反応もなかった」

「古疵《ふるきず》でも何でも構わんのですが、屍体の身元が割り出せるような物はどうです?」

「盲腸の手術痕《こん》と、左肩に肌の爛れた部位があったね。古い火傷《やけど》の痕だと思うよ。それで警部、書類はいつまで?　今夜中には纏められると思うけれど」

「それぐらいで構いません。大尉さんには複製した物をお送りしましょう。宛先は東京の憲兵司令部で宜しいですな？」

「お手数ですが、宜しくお願いします」

「そう云えば、あの火事の時もホトケさんの検案を担当したのは先生でしたなあ」

煙草を咥える小見山を、大淀が振り返った。

「うん？　どの火事だい」

「あれですよ、ほら、昭和二年の冬に砲兵連隊の敷地で起きた」

小見山は煙を吹き上げ、ああと呟いた。

「随分と懐かしい話じゃないか。もう八、九年は経つのかな。あれがどうかしたの？」

「いやね、こちらの大尉さんがあの件についても色々と調べておられるそうでして。ありゃあ結局焼死だったんですか。それとも窒息死ですか？」

「六角秀彦砲兵少佐だね。確か、死因は煙に巻かれての一酸化炭素中毒にしたと思うよ。焼け落ちた梁《はり》が完全に頭蓋《ずがい》を砕いていたけれど、気道やら肺には一切の煤《すす》が見当たらなかったからね。でも、資料なら憲兵隊で持ってるでしょう」

「それがごっそり廃棄されているみたいでしてね。先生の所には残っていませんか」

「どうだろうね。結構間も空いているから。あの時に捜査を指揮した憲兵将校に訊いた方が早いと思うな。ほら、東京から派遣されたのが六角少佐のお兄さんだったから」

「お兄さんですって？」

聞くに任せていた私は、慌てて二人の間に割って入った。

「待って下さい、六角少佐の兄が憲兵将校？」

「そうだった筈だよ。何せ肉親だからね、随分と熱心に調べていたと記憶している。名前は、そうだ六角紀彦《のりひこ》と云ったっけ」

23

その晩の夜行で東京へ戻った私は、未だ誰も登庁していない早朝の司令部で紀彦の軍歴を調べた。

六角紀彦　憲兵大佐　東京憲兵隊長
明治十九年十二月二日、東京府生。
東京府立一中、陸軍中央幼年学校を経て、同三十八年七月、士官候補生。
同年十二月陸軍士官学校入学。
同四十年五月、十九期で陸士卒。同年十二月、任歩兵少尉、歩兵第四十連隊附。
同四十三年十一月、任中尉。
大正元年八月、任憲兵中尉（転科）。
同七年七月、任憲兵大尉、東京憲兵隊分隊長。
同十三年三月、任憲兵少佐、弘前《ひろさき》憲兵隊長。
昭和二年八月、任憲兵中佐、憲兵司令部高級副官。

同五年八月、横浜《よこはま》憲兵隊長。

同七年八月、任憲兵大佐、東京憲兵隊長（現職）。


意外だったのは、紀彦が歩兵科の出身だったことだ。父親の忠義が砲術の大家だったのだから、当然長男たる紀彦はその跡を継いで砲兵科に進んだものとばかり思っていた。だが、その路に進んだのは弟の秀彦だった。

昭和二年の八月、紀彦は司令部高級副官の職にあった。地方の重大事件にあって、憲兵司令官の名代として高級副官が派遣される可能性は充分に考えられる。そして、名古屋憲兵隊に対して指揮権を発動した――。

紀彦の履歴から顔を上げ、短くなった煙草を灰皿の底で押し潰す。机の上には、各分隊から上がって来た新しい報告が山のように積まれていた。

東華洞名義のテロルは未だ続いているようだった。

私が名古屋に発った今週木曜日には麹町三番町の鈴木侍従長官邸と四谷《よつや》仲町《なかまち》の斎藤内府《ないふ》私邸が、翌十七日の深夜には夜闇に紛れて大蔵省の玄関と陸軍省の車庫、更には首相官邸にも数発の手榴弾が投げ込まれたらしい。

碓氷の目的は何なのか。大蔵省や陸軍省が強請《ゆす》りの対象になるとは到底思えない。部下が暴走しているのだろうか。

後で詳しく目を通すとして、私は一先《ひとま》ずそれらを退《ど》かし、抽斗《ひきだし》から紙束を取り出した。ペンを取り、四つの名前を書く――古鍛治兼行、米徳平四郎、青山正治、碓氷東華。それぞれの名前をペンの先で示しながら、私はここまでに判明した一連の流れを改めて確認してみることにした。

先ず、武力革命のため民間団体の手を借りることにした古鍛治が、旧知の国家主義者である碓氷東華に話を持ち掛けた。碓氷一派を使って数多の暗殺や爆弾テロルを引き起こし、社会が混乱した機に乗じて政権の奪取と自分たちにとって都合の良い軍事政権の樹立を目論《もくろ》んだのだ。

そのためには大量の爆弾が必要だった。しかし、参謀本部庶務課長という重職ゆえに軽々しく動くことの出来ない古鍛治は、戸山学校教官の青山に声を掛けた。野砲兵第三連隊時代に命を救われた恩義から古鍛治に絶対服従だった青山は、良心の呵責《かしゃく》を感じながらも学校用の爆弾を碓氷の手許に届けた。

しかし、当の碓氷は古鍛治との約束を反故《ほご》にして、それを強請りの道具としか使わなかった。古鍛治も慌てたことだろうが、強く責任を感じた青山は、全てを告発することで事態の収束を図ろうとした。だがその意図は直ぐさま碓氷に見破られ、青山のみならず家族までもが殺された。

尤も、青山は事前に告発状を出していた。送付先は、同郷の先輩であり最も信頼をしていた米徳平四郎。直情径行な米徳は青山からの手紙を読んで全てを理解すると、可愛い後輩の仇《かたき》を討つため、自らの手で家族を葬って後顧《こうこ》の憂《うれ》いを断ったのち、単身参謀本部へ乗り込んで古鍛治に天《てん》誅《ちゅう》を下した。そして自決した――いや、そうではない。

古鍛治の計画はいいだろう。そこに青山が巻き込まれて家族諸共殺された経緯も構わない。問題はその後、事情を報《しら》された米徳が動き出してからだ。

参本庶務課長室の現場には、以上の経緯だとすると可怪《おか》しい点が幾つも存在した。

私は室内から響く銃声を耳にして、閂《かんぬき》の掛かった扉を蹴り破った。その時点で、米徳の屍体は既に冷え、銃創の血も止まっていた。

古鍛治の茶に混入された塩酸モルヒネ。現場に残された抜き身のままの軍刀。米徳のポケットには収まりきらない巨大な改造リヴォルヴァー。その銃口に施された簡易の消音器。そして何より、米徳の後頭部に残された打撲痕《だぼくこん》。

米徳が庶務課長室を訪れた際、古鍛治は既に死亡していた。部屋の隅に隠れていた真犯人Xは立ち尽くす米徳の隙を衝《つ》いて背後から殴打し、昏倒した米徳に拳銃を握らせて銃口を口に突っ込み引金を引いた――これが、現場の状況から導き出した私の推理だった。

この推理を補強する事実が更に二つ存在する。米徳の軍刀と妻の屍体だ。

古鍛治を斬った――とされる軍刀は、米徳の屍体の傍《そば》に抜き身のまま転がっていた。鞘に収めていないのは可怪しいという点は一先ず措いておくとしても、看過出来ないことはもうひとつある。

鷺宮の自宅の床の間には、軍刀拵《ごしら》えの立派な太刀《たち》が残されていた。青山の仇を討つべく古鍛治の許へ向かったのなら、どうしてあれを使わなかったのか。若し現場のひと振りも米徳の物だったとしたら、それは自宅のどこに収めていたのか。

庶務課長室で古鍛治が使用している剣帽掛《けんぼうかけ》には、貧相な指揮刀が収めてあった。あれこそが、米徳の私物だったのではないか。

米徳が古鍛治を訪れたのは、飽くまで青山の告発について糺《ただ》すためだった。当然殺意などはある訳もなく、吊るしていたのは殺傷能力のない薄刃《うすば》の指揮刀だった。

しかし、訪れた庶務課長室では既にXが持参した刃物で古鍛治を殺害していた。軍紀に煩《うるさ》い米徳のことだ。それは大きな声で入室を乞うたことだろう。驚いたXは咄嗟《とっさ》に考えを巡らせ、己の犯行を米徳に負わせることにした。

古鍛治を装って入室を許可し、立ち入った米徳が惨状に驚く隙を衝いて後ろから思い切り殴りかかる。そして消音の仕掛けを施《ほどこ》した改造リヴォルヴァーで米徳を殺害後、Xは古鍛治の剣帽掛にあった軍刀と米徳のそれを交換した。貧相な指揮刀では、あのように古鍛治を殺せる筈もないからである。刃の血は、古鍛治の屍体を再び適当に斬り刻めばことは足りる。裏の油庫に火を放ったのもXに違いない。それで参謀本部の建屋から人払いをし、犯行を容易にさせたのだ。

このように考えると、米徳家での殺人事件もまるで様子が変わってくる。

単に古鍛治を詰問するだけの米徳が、出発に先立って老母と妻を殺す訳がない。Xだ。米徳による古鍛治暗殺というストーリーを補強するため、現場を整えたXがその足で三宅坂から鷺宮まで赴き、二人を殺したのだ。

扼殺《やくさつ》された文子の屍体には、激しく抵抗した痕が残っていた。首を絞められた際、必死に犯人の手を引っ掻いたのだろう。両手の爪には血が滲《にじ》み、皮膚片も残っていた。だが、米徳の屍体にはそんな痕は見当たらなかった。

赤線が引かれた『支那革命外史』も偽装工作の一つだった。米徳の私物から見つけ出した一冊の内、恰《あたか》もこれから暗殺に臨む者の心境を思わせる箇所を強調し、敢えて目に付く形で放置したのである。

ストーリーの補強はそれらだけではない。私が耳にした扉越しの銃声、そして扉に閂が掛かっていたこともそうだ。

残りの弾数や既に銃身が冷えていたことから考えて、米徳の手にあった改造リヴォルヴァーが鳴ったのでないことは明らかだ。そもそも、あの拳銃は古鍛治の私物だったのではないだろうか。一番下の抽斗《ひきだし》には、確かに実包と手入れ用のウエスが仕舞われていた。Xがそれを使ったのだとすれば、米徳のポケットに収まらなかった点も頷ける。

室内からは他の拳銃が見つからなかった。つまりXは持参した拳銃で以《もっ》て、自動で引金が引かれ同時に室内から消えるトリックを仕掛けたのである。

扉を除くと唯一の出入口は奥の窓しかない。そこから拳銃を落とし、同時に引金を引くにはどうすればよいか。

考えを巡らせていた私は、抽斗に入っていた封留め用の凧糸《たこいと》を思い出した。

あれを手頃な長さに切り、片端をXが持参した自動拳銃の引金に、もう片方を文鎮《ぶんちん》に結ぶ。文鎮を窓の外に出し、凧糸を挟むようにして窓を閉じる。両開きの窓ゆえに凧糸は左右から押さえられて、文鎮も直ぐには落下しない。それでも重量からゆっくりと下降を始める。

あの窓は外開きだった。紐《ひも》との摩擦が窓を外に向けて開かせようとする推進力になり、やがて大きく開かれる。抵抗がなくなった文鎮は忽《たちま》ち落下し、その勢いで繋がれた拳銃は引金を引かれて、同時に窓の外へ落下する。

こちらは改造リヴォルヴァーとは異なり、外に向けて銃声を聞かせることが、その場で米徳が拳銃自決したと思わせることが目的だった。だから消音器は仕掛けなかった。ただ、Xの想定よりも早く文鎮が落下したため、未だ職員たちが火事現場から戻る前に作動してしまったのだ。

窓の下には躑躅《つつじ》の茂みが広がっていた。あのなかに落下すれば直ぐに見つかる恐れもないため、拳銃と文鎮は後日何喰わぬ顔で回収すればいい。若し落下の際に銃口が室内に向いていたのなら、今も庶務課長室の天井付近には銃弾が埋まっているかも知れない。

内側から閂を掛けたのは、それによって犯人の逃走を不可能とし、屍体発見者たちに米徳の死を自決と思わせるため。こちらも方法は幾らでもある。例えば閂に例の凧糸を引っ掛け、その両端を握ったまま廊下に出て扉を閉める。後はその凧糸を扉に沿って慎重に引くだけだ。

Xはこのようなトリックを使ったのではないか。少なくとも、今のところそれを否定する事実はない。

では、Xとは何者か。

古鍛治殺害の罪を米徳に被せたということは、青山を挟んだ二人の関係を知っていたということになる——即ち、碓氷一派。

碓氷の名を指したペン先から、紙の上に青いインクが広がっていった。私はそれを細切れに破り、屑箱に棄てた。

妙に顔が火照《ほて》って感じられた。これが知恵熱という奴かも知れない。

他の課員たちが出勤してくるまで、未だ一時間近くある。仮眠が必要なほど眠たくはないし、腹も空いてはいなかった。

三本目になるカメリヤを燐寸《マッチ》の火で炙《あぶ》り、私は退かしていた報告書の一冊に手を伸ばした。

24

十四時過ぎ、私は陸王《りくおう》に跨《また》がって外出した。

行く先は中野の麦島宅である。碓氷を追う手立てがなくなった以上、残された手は麦島本人に当たるしかない。今日は土曜日なので、隊務も半日の筈だ。もう帰宅している頃合いだろう。

お濠には身を切るような風が吹き渡っていた。今朝《けさ》の冷え込みは一段と厳しく、昼のラジオ・ニュース曰く、千葉から船橋に至る二十キロの海岸線が幅三十メートルに亘《わた》って凍り付いたらしい。世情が可怪しくなると天候まで狂うのか。それとも、天候が不順だから時流が乱れるのか。どちらが正しいのだろう。

人の多い中野駅前を抜けて住宅街に滑り込む。路地口の脇にオートバイを駐《と》めていると、不意に視線を感じた。

軍帽の縁から、向かいのアパートを仰ぎ見る。薄く曇った二階の窓辺では、黒い人影がこちらを見下ろしていた。私は構わずに路地へ入った。

身嗜《みだしな》みを整えてから玄関のブザーを押す。暫《しばら》くして、割烹着《かっぽうぎ》姿の妙子が姿を現わした。

「突然押し掛けてすみません。今日は半ドンかと思いまして。麦島はいますか」

ああと、妙子は至極《しごく》申し訳なさそうな顔で頭を下げた。

「折角《せっかく》お越し頂きましたのに申し訳ございません。生憎《あいにく》と麦島は今日明日と遠出をしておりまして。能登《のと》なんです」

「随分と遠いですね。公務出張ですか」

「部下の方でお亡くなりになった方がいらっしゃいまして、お線香を上げるためにご実家を訪ねるのだそうです。在所は羽咋《はくい》ですので、隊務が終わり次第、上野から発つと申しておりました」

「羽咋なら北陸本線で津幡《つばた》乗り換えかな。訓練中の事故ですか」

「いえ、何でもお風邪を拗《こじ》らせたとか。未《ま》だお若い方だったそうです」

「成る程、麦島らしい。帰りはいつ頃でしょう」

「月曜の朝に上野に着く寝台夜行で戻る予定をしていた筈です。歩三にはそのまま向かうと。途中で金沢の偕行社《かいこうしゃ》には立ち寄ると申しておりましたので、お急ぎでしたらそちらにご連絡を入れて頂きましたら」

「そうですか。ならば帰って来るのを待ちましょう。またお訪ねしますが、麦島には浪越が会いたがっていた由をお伝え下さい」

「畏《かしこ》まりました。折角ご足労頂きましたのに申し訳ございません」

私は軍帽の庇《ひさし》を押さえ、軽く目礼して踵《きびす》を返す。ふと六角兄弟の件を思い出した。

「奥さん」

「はい？」

「不躾《ぶしつけ》な質問をお許し下さい。実は、奥さんに少々お尋ねしたいことがあるのです」

私ですかと妙子は目を丸くした。

「何でしょう。私でお答え出来ることならいいのですが」

「単刀直入にお尋ねします。六角秀彦砲兵少佐について教えて頂きたい」

妙子の顔が如実に強張《こわば》った。握り締めた割烹着の裾には、大きく皺が寄っていた。

「浪越さま、どうして急に叔父の名前を」

「実は昨日まで、第三師団に関わる事件の捜査で名古屋におりました。その過程で、六角少佐のお名前が出てきたのです」

「あり得ません。叔父は昭和二年の十一月に亡くなっています」

「野砲兵第三連隊で起きた火災事故ですね？　私が捜査しているのは、それから派生した事件なのです」

「もう八年も前のことですよ」

「しかし実際に事件は起きている」

「私は当時十三歳で、女学校に通っていました。勿論事故のことは存じ上げておりましたけれど、詳しいことは分かりません」

「その時分は、未だ隊長殿の秘書をお務めではなかったのですか」

「母が任されておりました。私が手伝うようになりましたのは、翌昭和三年の五月にその母が交通事故で亡くなってからです」

「昭和二年十一月当時、隊長殿は憲兵司令部の高級副官をお務めで、事態収拾のため中央から名古屋に派遣されたと聞き及んでおります。矢張《やは》り、一番お詳しいのは隊長殿でしょうか」

「恐らくはそうでしょう。ですが、父があの件に関して口を開くとは思えません。既にご存知でしょうが、あの火事は叔父の煙草の不始末が原因だったのです。それから六角の家名を護《まも》るため、父は非常な苦労をしたようでした」

「肉親としての情ではなくですか」

妙子は息が詰まったような顔になり、少々お待ち下さいと奥に引っ込んだ。一分も経たずに戻って来た妙子は、その傍《かたわ》らに赤いアルバム帖を携えていた。

「こちらが叔父になります」

指を挟んでいた箇所を開く。大判の写真には、二人の軍人が軍刀を突いた姿勢で並んで写っていた。写真館などではなく、大きな石垣の前で撮られた物だった。

向かって右に立つのが紀彦だ。今よりは若い筈だが、随分と老《ふ》けて見えた。それは偏《ひとえ》に、隣に立つ六角秀彦のせいだろう。確かに兄弟だと云われたら頷ける。雰囲気は同じで、顎の形や研《と》いだような鼻梁《びりょう》などはそっくりだった。

しかし、それ以外はまるで違った。

薄い口髭《くちひげ》を生《は》やした紀彦がよく云えば老成、悪く云えば老けて見えるのに対し、濃い眉に切れ長の双眸が特徴的な秀彦は、まさに眉目秀麗《びもくしゅうれい》といった面《おも》立《だ》ちだった。共に肌は浅黒く日焼けし真剣な面持ちは変わらないのだが、並んで立つとどうしても紀彦が粗野《そや》な、秀彦は鋭敏な印象を見る者に抱かせた。相違点と云えば髭の有無ぐらいなのだが、果たしてそれが原因なのかは分からない。

隣のページには家族写真が貼られていた。

こちらは写真館のスタジオで撮られた物のようだ。父と母と息子。写っているのは秀彦一家だった。手前の椅子に母親が腰掛け、その左隣に男児が、二人の後ろに正装の秀彦が立っていた。

「こちらが秀彦氏の御家族ですね」

「はい。叔母の綾《あや》に従弟《いとこ》の菊秀《きくひで》です」

美男の妻は美女だった。見目麗《みめうるわ》しいという表現は、このような女にこそ相応しいと思わせる容貌だった。

六角綾は色白な細面で、目を薄くして微《かす》かに口角を上げている。隣の菊秀はそんな母を護るかのように、緊張した面持ちで胸を張っていた。容姿端麗な父母に似て、菊秀もまた晴れ晴れとして麗しい目鼻立ちをしていた。

ふと、妙な感覚が胸の裡《うち》で膨れ上がった。既視感である。

私は、以前にこの顔を見たことがある。そしてそれは、先の写真を目にした時分からうっすらと感じ始めていた物だった。

紀彦の顔は知っている。似通った秀彦と菊秀の顔立ちから、紀彦の面影を感じ取ったのだろうか。どうも腑に落ちない。私は手元の二枚を見比べながら、胸の裡でその正体を探った。

「どうかされましたか？」

「いえ、秀彦氏の事件について、遺族の方ならば御存知のことも多いのではないかと思いまして」

「それはどうでしょう。少々難しいかも、いえ、無理だと思います。叔母は随分前に亡くなりましたし、菊秀は、その、行方知れずなのです」

「奥様は秀彦氏に殉じられたのですか」

違いますと妙子は即答した。そして自分でその速さに驚いたように目を瞬《しばた》かせながら、不幸な事故でしたと付け足した。

「叔父の件は、この二人にとっても大きな不幸でした。野砲三《やほうさん》の火事は結局叔父の不始末ということで処理をされましたので、遺族である叔母たちを糾弾する声は非常に多かったのです。それは、見かねた父がふたりを名古屋から呼び寄せて匿《かくま》わねばならないほどでした」

「それはあの松濤《しょうとう》の?」

「左様でございます。ですが、不幸とは続くものですね。明けて昭和三年の五月、先ほど申しました通り先《ま》ず私の母がバスの事故で亡くなりました。それから一週間も経たない内に、今度は浪越さまもお越しになりましたあの二階の部屋を掃除していた叔母が、誤って窓から落ちたのです。打ち所が悪くてこちらも助かりませんでした。従弟の菊秀も、同じ時期に出奔《しゅっぽん》した切り行方知れずなのです。大正七年生まれで私の四つ下ですから、今年で十八でしょうか。本当に、どこで何をしているのやら」

遠くを見遣《みや》るような妙子から、再び手元の家族写真に目を落とす——刹那、私は漸《ようや》く既視感の正体に辿り着いた。

懐《ふところ》から手帖を摑み出し、途中に挟んだ一枚、広小路《ひろこうじ》ホテルで回収した菊之助の写真をアルバム帖の上に置く。

怪訝そうに首を動かした妙子があっと叫んだ。

矢張り間違いではなかった。研いだような鼻筋、切れ長の双眸、鋭角にすら見える顎の線、そして小さな唇。欄干に手を置いてこちらを振り返る菊之助には、幼い菊秀と、何より秀彦の面影がはっきりと顕《あらわ》れていた。

妙子が顫《ふる》える声で私の名を呼んだ。

「これは、これは確かに菊秀です。この写真は一体どこで」

「目下取り組んでいる事件の最重要関係者の写真です。然《さ》る国家主義者の護衛を務めている愚連《ぐれん》隊《たい》の頭目で、名は菊之助。変装のためにこんな出で立ちですが、六角菊秀で間違いありませんね」

妙子は喰い入るように写真を見詰め、やがて小さく顎を引いた。

「菊秀はどうして出奔したのですか」

「詳しいことは私も存じ上げません。父は菊秀を養子に迎えて六角の名を継ぐ立派な軍人に育て上げようとしていました。ですが反《そ》りが合わず、結局出て行ってしまったと記憶しています」

「ではその後で新宿界隈の愚連隊に入り、頭目まで登り詰めた訳か。奥さんは彼の行方を知らなかったのですね」

「勿論です。それ以来もう何年も会っていません。本当に驚いています。真逆《まさか》、今はそんなことをしているだなんて。何かひと様にご迷惑をお掛けしているのでしょうか。きっとそうなんですよね？」

「それも調査中です。では、何かあった際に菊秀が頼るような伝手《つて》を御存知ではありませんか。それこそ、母方の親戚筋など」

「綾叔母さまのご親族は皆さん小倉《こくら》にお住まいでしたが、先のスペイン風邪で大勢が亡くなられました。ですからそれ以外ですと、どうでしょう、槌井《つちい》先生ぐらいでしょうか」

「槌井と云うのは」

「長らく当家の主治医をお務め下さった先生です。今はもう息子さんに病院も任せてすっかり引退を為さっておいでですけれど」

「東京にお住まいですか」

「はい。渋谷の猿楽町《さるがくちょう》に」

続けて述べた詳しい住所を、私はしっかりと記憶した。訪ねてみる価値は十一分にある。私は写真を手帖に挟み直した。

「長々と失礼をしました。大変参考になりました。話は戻りますが、麦島への伝言もまたお願いします」

「ああ、そうでしたね。畏まりました。あの、菊秀のことで何か分かったら、私にも教えて頂けないでしょうか」

「分かりました。軍機に触れない程度でお報せいたします」

妙子に敬礼を示し、外に出た。吹き曝《さら》しに立ち続けたせいで、露出した頰は冷え切っていた。

路地を抜けてオートバイの許に向かう。

先の角から、栗色のソフト帽を被った三十路《みそじ》の男が飛び出してきた。男は軽く目礼をして、板橋《いたばし》憲兵分隊の立石《たていし》曹長と名乗った
「司令部の浪越大尉殿でありますな？　どうも麦島中隊長殿のお宅をよくお訪ねですが、何か御用でもおありですか」

「用がなければ訪ねる筈もないだろう」

立石は眉を顰《ひそ》めた。

「今晩、中隊長殿は御不在の筈ですが」

「そのようだな。奥さんから聞いて知った。病没した部下の弔問で能登を訪ねているらしい」

「それなのに御用でありますか。随分と長いことお話をされていた御様子ですが」

「立石曹長、云いたいことがあるならはっきり云え」

立石は私の肩越しに路地裏を瞥見《べっけん》した。

「……大尉殿と中隊長殿は士官学校で同期だったと聞き及んでおります。真逆、大尉殿に限って滅多《めった》なことはないと思いますが、それでもここには足繁く通っておられますゆえ、大変不躾《ぶしつけ》ではございますが、念の為にお尋ね申し上げる次第です。大尉殿は、中隊長殿と志を同じくしておられるのでありますか」

「そうだったら良いんだがな」

「何ですと？」

「私は憲兵だ。右も左もない」

立石はその意味を量《はか》るように眉を顰めていたが、結局は黙って顎を引いた。

「麦島は未だ中立に近いという認識だったが、貴様がそう云うからにはもうあちらさんなのか」

「詳細は赤坂分隊にお尋ね下さい。ただ、ここにも歩一や歩三、また近衛師団の隊附将校が頻繁《ひんぱん》に訪ねて来ております。自分はその監視の任を負っている者です」

「そうか、御苦労」

「はい。では立石曹長、失礼します」

立石は敬礼を示し、私に背を向けてアパートへ戻った。

白い吐息は少しだけ漂い、直ぐに消えた。新事実の発見に滾《たぎ》っていた気持ちは忽ち消え失せ、今はただ肚《はら》の底が重たかった。
風は益々《ますます》強くなっていく。
私はオートバイに跨《また》がり、機械的にエンジンを吹かした。

25

医学博士、槌井源一郎《げんいちろう》の邸宅は、渋谷区猿楽町で尋常小学校の前を通り過ぎ一本目の辻を右に折れた先にあった。

背の高い松に囲まれた数寄屋風《すきやふう》の屋敷だが、古色蒼然《こしょくそうぜん》としたその佇まいとは裏腹に、裏手に建つ医院の方はモルタルの白い外壁が目立つ近代的な造りだった。

今年喜寿を迎える槌井博士は五年ほど前に院長の座を息子へ譲り、今では専《もっぱ》ら春の花、秋の月を友として発句三昧《ほっくざんまい》の日々を送っている。繁忙期には息子の要請に従って再び白衣を纏《まと》うこともあったそうだが、最近ではその頻度も減っていた。代替わりをしたことで槌井医院には最新設備の導入が進み患者の幅も広がった一方で、昔馴染《なじ》みの患者のなかには診療が雑になったと博士のカム・バックを願う者も決して少なくない――渋谷分隊から事前に得ていた情報はこの程度の物だった。

応対に出た老女中曰く、博士は外出中とのことだった。行き先を問うと、町内の散歩であり決まった道順はない、三十分で戻る日もあれば、三時間以上の日もあると返って来た。尤《もっと》も、府立商業の向かいにあるお稲荷《いなり》さんだけは必ず参詣していると云う。何の用か執拗《しっこ》く問う女中を適当に往《い》なし、私は屋敷を後にした。

端《はな》から期待していた訳ではなかったので、緩やかな坂道を上った稲荷明神の前に大柄な老人の姿を認めた時には、喜びよりも驚きが勝った。

角袖《かくそで》コートを着込んだその老人は、所属を述べた私に対し分厚い眼鏡の奥で猜疑心に瞳を薄めながら、槌井源一郎と名乗った。

「何の用かは知らんが待て。お詣《まい》りが先だ」

槌井は私に背を向け、帽子を取って鳥居に深々と一礼した。

古びた鳥居と形ばかりの社《やしろ》が残された、狭く小さな稲荷だった。風雨に晒《さら》され続けた囲いの柵は、元々の丹色《にいろ》が辛《かろ》うじてその端に窺える程度だった。

槌井は杖を突きながら斜めに伸びた参道を通り、帽子を小脇に挟んで袖口から財布を取り出した。無造作に掴み出したのは金貨も混じった六枚ばかりの貨幣で、次の瞬間には惜しげもなくその全てを賽銭箱《さいせんばこ》に放り込んでいた。溝《どぶ》に棄てるとまでは云わないが、この貧相な稲荷には似つかわしくない額だった。

参拝を終えた槌井は、こちらを振り向いた途端に眉を顰《ひそ》めた。未《ま》だいたのかと云わんばかりの顔である。決して参道の真ん中は通らずに来た路を戻り、鳥居を潜《くぐ》った槌井は再び深々と社に頭《こうべ》を垂《た》れた。

「余程暇なようだな」

帽子を被り直し、槌井はうんざりとした顔で私を一瞥した。

「これも仕事なものでして。随分とお賽銭を弾《はず》んでいらっしゃいましたね」

「あんたには関係ないだろう」

「御子息に代替わりされた病院の繁盛ですか」

槌井は険のある視線で私を睨み上げた。適当な憶測だったが、どうやら中《あた》ったようだ。

「改めまして、憲兵司令部の浪越大尉です。少々お尋ねしたいことがございます」

「憲兵の世話になるような覚えはない」

「博士にはなくとも小官にはあるのです。昔の話になります。博士は長らく六角家の主治医をお務めでしたね」

「それがどうした」

「現在、小官は昭和二年の十一月に名古屋の野砲兵《やほうへい》第三連隊で起きた火災事件について調べています。その流れで六角秀彦氏の存在が浮かび上がり、延《ひ》いては六角家についても調査をする運びとなりました」

槌井の顔に稲妻のような衝撃が走った。

老医師は二秒ほど固まったのち、その時間を取り戻そうとするかのような足取りで、あたふたと歩き始めた。逃げ出そうとしたのかも知れない。私は当然その横に従った。

「軍機に及ぶため多くは明かせませんが、これは昨今巷《ちまた》を騒がせております一部将校の運動にも関わっております。ちなみに六角隊長は御存知ありません。親情《しんじょう》から判断を誤らないとも限りませんので、敢《あ》えてお伝えしていないのです。これは小官ではなく、憲兵司令部としての判断です。博士が主治医を務めておられましたことは、麦島妙子さんから伺いました」

「妙子君が」

槌井の歩調が緩まった。その顔は油でも浴びせたように、すっかり汗で濡れていた。

「それで、あんたは六角の何を知りたいんだ」

「幾つかあります。昭和二年十一月の火災の詳細や秀彦氏個人について、そして何より、秀彦氏の遺児に当たる六角菊秀の行方など」

「何だって」

槌井は弾かれたようにこちらを向いた。

「おい、菊秀君がどうしたって云うんだ」

「諸事情からその行方を追っております。御存知ではありませんか」

「莫迦を云うな、儂《わし》が訊きたいくらいだ。しかし——そうか、菊秀君を」

「事件後は松濤《しょうとう》の家に引き取られたそうですが、六角隊長と反りが合わずに出奔したそうですね」

槌井の返答はなかった。代わりに懐からハンカチを取り出し、眼鏡を外して強く顔を拭った。

角を曲がると次第に人家の数も疎《まば》らになり、広漠とした空き地が目立ち始めた。槌井は長く息を吐き、ハンカチを仕舞いながらこれが御利益《りやく》かと呟いた。

「何と仰いました」

「こんなことになるとは夢にも思っていなかった。ただ、これも御利益なんだろう。確かに儂が望んだことだ」

槌井は口の端に自嘲《じちょう》を滲ませ、望んだことなんだと繰り返した。それは自分自身に云い聞かせているようでもあった。

「六角に纏《まつ》わる諸事は、いつか片を付けねばならないと思って来た。それは分かっていたが、結局この歳になるまで目を背《そむ》け続けてきてしまった。ただ、凄いもんだ。いつもより一寸《ちよつと》多めにお賽銭を入れたら、忽《たちま》ちあんたが来た。あのお稲荷さんは思っている以上に偉い神様なのかも知れん」

「若しそうだとしたら、些《いささ》か打算的な気もいたします」

「莫迦を云っちゃあいかん。人の手で変えられる物などほんの僅かだ。運命や時流など所詮《しよせん》は天任せよ。だからせめて大枚を叩《はた》いて、いいことがあるようにと祈るしかない。供物《くもつ》は上等な方が御利益だって有難いんだ。さて、先に云っておくぞ憲兵。あんたの心配は杞憂《きゆう》という奴だ。秀彦に関する事柄で、紀彦が何か隠し立てをするようなことはない。あり得ない」

「その口吻《くちぶり》では、恰《あたか》も六角隊長が秀彦氏を嫌っておいでだったようですが」

「そうだと云っているんだ」

槌井はにこりともせずに帽子を深く被り直した。

「儂は先代の忠義《ただよし》閣下から、特に紀彦のことを頼まれていた。だが、結局それを全《まつと》う出来なかった。峯子《みねこ》さん、綾さん、菊秀君。謝らねばならん相手は沢山《たくさん》いる。いいか憲兵、あんたの質問に答えるのならば答えはイエスだ。紀彦は秀彦を、自分よりも遥かに優秀な弟を忌《い》み嫌《きら》っていた。憎みながらも恐れてすらいた」

「では、六角隊長が歩兵科へ進み、弟の秀彦氏が忠義閣下の跡を継いで砲兵科へ進んだのは」

「紀彦では到底務まらないと閣下が判断されたのだ。幾度も相談を受けたから間違いはない。だが、それは何も閣下が紀彦を疎《うと》んじた訳ではないのだ。何事も人には向き不向きという物がある。あいつは弾丸雨飛《だんがんうひ》のなかで兵を指揮出来るようなタマじゃない。それよりかは幕僚として机に向かい、作戦計画の立案でもしている方が余程性《しよう》に合っていた。だから出世し易い歩兵科を選ばせたのだ。尤《もつと》も、そんな閣下の親心を理解出来るような人間でもなかった」

「隊長殿は大正元年に憲兵に転科されています」

「関節炎を拗《こじ》らせて行軍に付いていけなくなったのだ。本来ならばそこで退役だ。だが、歩兵科に留まれると考えていた紀彦は、それすらも閣下の厭がらせと捉えた。憲兵将校のあんたに面と向かってこんなことを云うのは失礼かも知れんが、あの当時は憲兵など下の下としか思われていなかった」

　それは今も変わらない。私は続きを促した。

「一方の秀彦は、砲兵将校として着実に軍歴を重ねていた。陸大にも進んで、その後は近衛《このえ》野砲兵連隊の中隊長だ。紀彦は弟を避け続けていたが、秀彦の方はそんなこともなかった。幼い時分から変わらずに紀彦を慕って、本来は兄が進むべきだった路を歩んでいる事実に胸を痛めていた。閣下は最早紀彦との関係修復は諦めておられたけれど、秀彦は最後まで兄と良好な関係を築こうと努めていた。傍目《はため》にもそれが無駄な努力であることは明らかだったがな。閣下は大正の末に亡くなり、秀彦の努力も結局実を結ばなかった。秀彦は定期異動で野砲兵第三連隊の大隊長に任ぜられ、家族を連れて名古屋へ移った。そうしてあの事件が起こった」

「昭和二年十一月の火災ですね。あの当時、六角隊長は憲兵司令部の高級副官をお務めでした。事件に際しては憲兵司令官の名代《みようだい》として名古屋に赴き、捜査の指揮を執られました。火災の原因は酔《よ》った秀彦氏の煙草の不始末だと結論付けられています。お二人の関係がそうであった以上、若《も》しやそれも疑わしいのでしょうか」

「いや、流石《さすが》にそれはないだろう。儂も報道された以上のことは知らんし、紀彦に訊いてみたこともない。ただ、そこまでの勇気が紀彦にあるとは思えん」

「どういう意味ですか」

「曲がりなりにも憲兵として真相の究明を命じられたのだ。秀彦を貶《おとし》めるために事実を枉《ま》げたとして、若しそれが露顕《ろけん》すれば紀彦とて只《ただ》では済むまい。自分で自分の首を絞めるようなそんな真似をあいつがするとは思えない。そんな勇気もないだろう」

ただと槌井は昏《くら》い顔で付け足した。

「本来ならば云わずともよいことまで敢えて明かした可能性は否《いな》めん。秀彦が酷く酩酊していた事実などをな」

茫漠とした空き地を通り過ぎると、溝《どぶ》の臭いが鼻を突いた。行く手に、灰緑色をした目黒川《めぐろがわ》が現われた。私たちは河縁《かわべり》の路を選んだ。

「一歩間違えれば名古屋の中心街が吹き飛びかねない不祥事で、秀彦氏そして遺族に対する非難は激しかったと聞いています」

「綾さんと菊秀君だな。ああ、そりゃあ酷いもんだった。秀彦の財産管理など、六角家の目付役でもある儂は雑多な後始末のために顧問弁護士を連れて幾度か名古屋に出向いた。全く、獲物《えもの》を見つけた時の民衆ほど残酷な物はない。しかも当時は、大正末期にあった宇垣《うがき》軍縮の余燼《よじん》で軍人に対する反感情も強かった。どこから噂が漏れたのか名古屋の家には連日連夜右翼が押し掛け、投石だって止まなかった。頼りの憲兵や警察もまるで取り合ってくれない。儂は早々に名古屋の家を引き払い、暫《しばら》くの間は身を隠すよう綾さんに忠告した。その際に勧めたのが、松濤の家だった」

最後の方は、絞り出すような声になっていた。俯《うつむ》き勝ちなその顔では頰の肉も弛《たる》み、先ほどまでとはまるで異なる消沈ぶりを見せていた。

「儂とて何も考えなしに云った訳じゃない。むしろ、これが最善の策だと思った。菊秀君を紀彦の養子にする。これは紀彦にとっても益のある話だった。それというのも、紀彦の嫁である峯子さんは、妙子君を産んだ際の子宮裂傷が原因で二度と子どもを産めない身体になっていたからだ」

「それは初耳です」

「だろうな。儂も六角以外の人間には初めて話す。何よりも世間体を重んじる紀彦は、絶対にその事実が外部には漏れないようにしていた。その件では峯子さんも大いに自分を責めていた。彼女とて軍人の家の出だ。軍人の家で、しかも六角のような由緒ある家で跡取りの男児がいないということは、これは全く致命的だ。儂は松濤の家を訪れて紀彦を掻《か》き口説《くど》いた。紀彦たちの母親に当たる五百枝刀自《いおえとじ》も未だあの頃は存命で、半ば耄碌《もうろく》されていたものの私の提案には賛同をして下さった。それもあってなのか、紀彦は直ぐに諾《うべな》った。嬉しかったよ。兄弟仲良くやっていくことが秀彦と閣下の望みだった。それが、二人の死後とは雖《いえど》も叶ったのだ。少なくとも、儂はそう思っていた――」

槌井はそこで言葉を切り、長い吐息と共にだが違ったと呟いた。

「ここから先は事実だけを述べる。それをどう判断するかはあんたの勝手だ」

「分かりました。お願いします」

「事件からひと月ばかり経った昭和二年の年の瀬、綾さんと菊秀君は松濤の家に移った。それから半年近く経った五月頃だったと思う、先《ま》ず峯子さんが事故で亡くなった。買い出しの途中で路線バスに轢《ひ》かれたのだ」

「妙子さんから教えて貰いました。不幸な交通事故だったと」

「そういうことになっている。表向きはな」

「どういう意味でしょうか」

「峯子さんは重度のノイローゼを抱えていた。無理もない。妙子君という娘しか生《な》せず石女《うまずめ》となった彼女に、あの家では居場所なぞなかった。忠義閣下は最早仕方のないことと諦めてむしろ峯子さんを慰めておられたが、閣下が亡くなってからはその庇護もない。紀彦は声を掛けるどころか目を合わせることもせず、五百枝刀自は冷罵《れいば》で苛《さいな》んだ。峯子さんの生家でさえも、不出来な娘として彼女を白い目で見た。傍にいたのは妙子君だけだ」

「では自殺だと？」

「分からん。真相なぞ誰にも分からんよ。後から妙子君が教えてくれたのだが、峯子さんは酷い不眠が続いていたらしい。その睡眠不足が祟《たた》ってついふらふらと車道に出てしまったのだとしたらそれは事故だ。ただ、その根はもっと深い所にある」

「そこまで状況を理解されていたのにも拘わらず、槌井博士、貴方は傍にいてあげようとは為さらなかったのですね」

槌井は憤怒に歪《ゆが》んだ眼差《まなざ》しを私に向けた。だが、その怒りは決して長続きはしなかった。

「……儂とて何とかせねばならないとは思っていた。何とかしようと試みたことだってある。だが無理だった。所詮余所者《よそもの》なのだ。六角のような由緒ある軍人の家に在って、峯子さんが責められるのは無理もないことだった」

「事情は理解しています。失礼、話が横に逸れました。しかし、二人目が無理であると分かった時点で離縁とはならなかったのですか」

「それが出来ればどれだけよかったか。峯子さんの出自の良いことが災いした。あんたも名前ぐらいは聞いたことがあるかも知れんが、彼女の父親は忠義閣下と並んで砲術将軍の名をほしいままにした多留《たる》鉦吉《しょうきち》中将なのだ。二人は友情の証《あかし》として互いの子をくっつけた。そんな仲だからこそ、迂闊《うかつ》に離縁なぞ出来なかった。世間の目を気にする紀彦に、そんな選択肢は選べる筈もない」

「それで峯子夫人は心を病まれたのですね」

「儂とて黙って見過ごしていた訳じゃない。先ず何よりもあの家から離れる、その上で療養すれば必ず快方に向かう筈だと紀彦には再三伝えた。峯子さんにだって口酸っぱく勧めてきた。別居の事実が世間に漏れることを厭った紀彦は中々肯《がえ》んじなかったが、それでも漸《ようや》く首を縦に振った。蓼科《たてしな》の別荘を借りて、話し相手も必要だろうということで綾さんにも同行して貰う予定だった。峯子さんが亡くなったのは、そんな矢先のことだった」

槌井は汚穢《おわい》な河面《かわも》に目を遣った。

「不幸はそこから更に続いた。それから一週間と経たない内に、儂は紀彦から松濤の家に呼び出された。午前中の、未だ早い時間帯だった。菊秀君が目を怪我したんだ」

「怪我ですか」

「紀彦の説明では、室内で転倒した際に机の角で左目を打ったということだった。確かに水晶体を著《いちじる》しく損傷していて、勿論応急処置はしたが、専門家に診《み》て貰った方が良いと私は云った。だが紀彦は聞き入れなかった。理由は直ぐに分かった。菊秀君の顔には、大きな痣が出来ていた」

「それはつまり」

「暴力だよ。何があったのかは知らんが、紀彦が菊秀君を殴ったんだ。儂は紀彦を遮《さえぎ》って連れ出そうとした。だが、菊秀君や綾さんまでもそれを望まなかった。菊秀君は元々秀彦に似て朗らかな、いつも笑顔を見せてくれるような人好きのする子だった。それがどうしたことか、あの日は治療中もその後も、何も語ろうとはしなかった。その顔に表情はなく、儂が幾度話しかけても何の反応もなかった。綾さんもただ泣いているだけだ。妙子君は峯子さんの初七日の相談でお寺に出向いており、五百枝刀自は耄碌して何も分からない。儂は引き下がるしかなかった」

「他には誰もいなかったのですか。例えば女中とか」

「紀彦があの屋敷の主となって以降、女中の類いには全て暇を出していた。今もその筈だ。丁度あの時分、翌年の編制計画をすっぱ抜こうと意気込んだ若いブンヤが、それを担当する陸軍省の幹部宅に勤める女中を籠絡《ろうらく》して金庫から計画表を持ち出させた事件があった。紀彦は同じ轍《てつ》を踏むことを懼《おそ》れて、家に女中の類いは一切置かなかった。だから家事全般は峯子さんや綾さん、それに妙子君が担っていた。それがまた次の不幸に繋がるのだ。同じの日の夕方、儂は再度紀彦に呼び出された。二階の掃除をしていた綾さんが窓から落ちたのだ」

槌井は、首を絞められたような呻き声を漏らした。

「あいつの慌てた声を儂は久しぶりに聞いた。儂も急ぎ向かったが、駆け付けた時にはもう手の施しようがなかった。脳挫傷で即死だ」

「峯子夫人の時と同様に、今回も警察は事故だと認めたのですか」

「警察には連絡をしなかった」

「何ですって。それならば誰かに突き落とされた可能性だって」

「それはない。目撃者がいた。妙子君だ。彼女は丁度寺から戻ったところで、二階で窓を拭いていた叔母の姿を見掛けて声を掛けたらしい。綾さんはそれに応えようとして体勢を崩した。だから自分のせいだと、妙子君は酷く取り乱していた。紀彦も、そんな事情だから穏便《おんびん》に済ませたいと云って来た。儂は一応遺体を検《あら》めて、死亡診断書を作成した」

「待って下さい。息子は、菊秀は母親の死がそう片付けられることを黙って認めたのですか」

「いなかったんだ」

「いない？　どういう意味です」

「そのままの意味だよ。私が松濤の家に着いた時、既に彼の姿はなかった。蒲団はもぬけの殻《から》で、財布など身の周りの物は殆ど残されていたが、靴だけが一足消えていた」

「自分で眼科へ向かった可能性は」

「勿論考えた。渋谷だけでなく、東京一帯の眼科や専門病院を捜した。だが見つからなかった。六角菊秀とはそれ切りだ」

槌井は何度目かも分からない溜息を吐いた。帽子の陰になるその顔は、この数分の内で一気に老け込んだようだった。

「話を聞いている限り、母親の死に直面して錯乱したという訳ではなさそうですね。矢張り、午前中の一件が関わっているのでしょうか」

「分からない。紀彦や妙子君も、菊秀君が居なくなったことには気が付いていなかった。そして――」

不意に槌井の言葉が途切れた。口を半分ほど開けたまま、その呼吸は見る見る内に荒くなっていった。

「どうされました」

槌井は大きく喉を動かして唾を呑み込んだ。両手で杖頭《じょうとう》を握り締め、ゆっくりと全体重をそこにかけるようにして前屈みになった。

「槌井博士？　どうされたのです」

「……儂は死亡診断書を書いた。綾さんの遺体を検めて、そして、それで儂は、彼女が妊娠していることを知った。解剖までした訳ではないから確証がある訳ではないが、それでも三ヶ月から四ヶ月といったところだった」

「四ヶ月ですって？」

思わず大声が出た。そんな筈がない。秀彦が名古屋で死んだのは、昭和二年の十一月二十六日だった。その半年後に死んだ妻の綾が妊娠四ヶ月の身体では、計算が合わない。

「あんたの云わんとすることは分かる。だから儂も驚いたんだ」

「相手は誰なんです。真逆六角隊長が」

「それが分からんのだ。儂はその事実を紀彦に告げた。そうしたら奴は酷く驚き、憤っていた。夫の一周忌も済んでいないのに何事だとな」

「では、飽《あ》くまで自分には関係ないという態度だったのですね」

槌井は目を伏せたまま微かに顎を引いた。

「儂も、初めは紀彦が綾さんに迫ったのだと思った。六角綾は、秀彦の一周忌も迎えていないのに、いやそんなことは関係なくとも余所に新しい男を作るような人では断じてなかった。しかし、そう考えると分からないことがある。どうして綾さんは、四ヶ月目を迎えるまで何の手も打たなかったのだ。妊娠してから時が経つほど堕胎《だたい》の手術に危険が伴うことは周知の事実だ。どうして綾さんは放っておいた」

「では、その妊娠は綾夫人が望んでいたというのですか」

「そう考えるより他にないだろう。そうなると、相手が紀彦とは考えられん」

「分かりました。相手が誰だったのかは一先《ひとま》ず措《お》いておくとして、菊秀はその事実を知っていたのでしょうか」

「分からない。だが、儂も普段の姿を見ているだけでは気付かなかった。四ヶ月ならば、傍目《はため》に分かるほど腹も膨らんではいないものだ」

では出奔には関係がないのだろうか――分からない。

これで終《しま》いだというように槌井は咳払いをして、肉の張った喉を強く擦った。憔悴し切ったその顔は、しかし一方でどこか安堵しているようでもあった。急に饒舌《じようぜつ》になったこともそうだ。胸の裡に蟠《わだかま》り続けた事実を、漸く吐き出すことが出来たからだろう。

無性にこの老人を殴りたくなった。拳を固め、頬の骨が砕けるまで殴り続けてやりたくなった。

しかし、そんなことが許される筈もない。私は丁寧に礼を述べ、足早にその場を立ち去った。

26

その晩、仕事を終えた私が劉ホテルに帰ったのは、二十三時を廻った時分だった。

軋《きし》む扉を押し開けると、正面のバー・カウンターで沈《シム》と話していた軍服姿の男がこちらに顔を向けた。麦島だった。

「お疲れさま。週明け月曜だっていうのに、随分と遅くまで働いているんだな」

腕時計を確認してから、麦島はカウンター・チェアごとこちらを向いた。

「今日で二十一連勤、最長記録は三十五連勤だから未《ま》だ余裕だよ。真逆《まさか》来てくれるとは思わなかった。待たせただろう」

「構わん、沈君とお喋《しゃべ》りを楽しんでいた所だ。妙子が金沢まで電話を入れてくれたんだ。おれに話があるんだろ？　ほら、折角《せっかく》だから飲みながら話そう」

麦島は載せていたトランクを床に下ろし、隣のチェアを軽く叩いた。臙脂《えんじ》の革は、古びた鼓《つづみ》のような湿っぽい音を立てた。

そうだなと答えながら、私は沈に目配せをした。若い朝鮮人のボーイは直ぐに意図を察して、アイス・ペールに新しい氷を充たし、私の分のグラスも用意してから恭《うやうや》しく奥に引き下がった。

「偉いもんだ」

遠ざかる小さな背を見送りながら、麦島が囁《ささや》いた。

「知ってるか？　毎月国元の親御さんに仕送りをしているらしい。あの歳頃で、しかも異郷の地でだぞ。大したもんだよ」

私は微笑むだけに留めておいた。沈は生まれも育ちも三河島《みかわしま》で、今も両親と共に暮らしていると知ったらどんな顔をするだろう。幾ら麦島から巻き上げたのかは知らないが、後で釘《くぎ》を刺しておく必要はありそうだった。

麦島は腕を伸ばし、カウンター上にあったブキャナンズのスコッチ・ウイスキーを取り上げた。グラスに大きめの氷をふた欠片《かけら》入れてそちらに寄せる。麦島は緑の罎《びん》から、きっかり三分の一まで注いだ。

「おれと貴様だったら、何に乾杯すればいいかな」

「ユキちゃんの成長でいいんじゃないか」

麦島は目を細め、そうだなと呟いた。

「ユキの健康に」

「乾杯」

琥珀色《こはくいろ》の液体を含む。胡椒《こしょう》のような辛《から》みが舌を刺した。随分とスパイシーだが、それでもオールド・クロウに比べれば甘味が強かった。

麦島はグラスを戻し、ほうと息を吐いた。

「北陸に行ってたんだろう」

「石川だ。能登半島の西側にある羽咋《はくい》って所でな。津幡から七尾線《ななおせん》に乗り換えて行くんだが、まあ寒かったよ。あれだけの雪景色は、ここら辺じゃなかなかお目に掛かれないぜ」

「部下の葬式だったか」

「なんだ、妙子の奴そんなことまで漏らしたのか。一寸《ちょっと》お喋りが過ぎるな」

麦島は新しい煙草を咥《くわ》えて燐寸《マッチ》を擦《す》った。私もポケットに手を入れたが、生憎《あいにく》と空箱を棄てたばかりだったことを思い出した。

ほらと麦島がチェリーの紙箱を向けた。有難く一本頂戴して口に咥えた。

「津守《つもり》って上等兵だ。当番兵を任せたこともある、真面目な奴だったんだ。風邪ひきなのに訓練に参加して、肺炎を拗《こじ》らせた。莫迦な奴だよ」

灰皿の縁に煙草を載せ、残ったウイスキーをひと息に呷《あお》った。

「医務室に担ぎ込まれてからも、四十度も熱がある癖に訓練に参加させてくれって煩《うるさ》いんだ。莫迦を云うなって叱ったら、あいつ泣きながら皺《しわ》くちゃの手紙を取り出してな。国元の親父《おやじ》さんから送られた物だった。金沢の師団は大陸で勇敢に戦っているのにお前は何をしているんだ、隣町の某《ぼう》君は立派に討ち死にして国からもお金が出ていたぞ、お前がそんな風だから妹たちは皆《み》んな女郎屋に売られることになるんだ、上官どのに頼み込んで朝鮮でも満洲でもどこでも構わないからお前だけでも先に出征させて貰え――そんな内容だった」

「親父と云っても、継父《けいふ》が好き勝手云っているだけだろう」

「それが、実の父親なんだそうだ。おれはそこで漸《ようや》く津守の意図が読めた。訓練中に死んだら、遺族には国から弔慰金《ちょういきん》が支給される。ただし、病没の場合は必ずしもそうじゃない」

「だから訓練に参加したがったのか？　本人はそれでいいかも知れないが、死んだらお前の責任じゃないか。傍迷惑《はためいわく》な話だとは思わなかったのか」

麦島は鋭くこちらを睨んだが、云い返して来ることはなかった。

「一月九日の夜だった。津守はベッドの上で妹たちの名前を呼びながら死んだ。遺族が骨を取りに来るって云うから、どんな酷い奴か見てやろうと思ったんだ。そうしたら、来たのは二人いる内の上の方の妹さんだった。おっ母さんは亡くなっていて、親父さんはリウマチで長旅が無理だったらしい」

「葬式には、向こうから来てくれと頼まれたのか」

「いいや、おれの方から行くと云った。行かずにはいられなかった。津守は最後まで妹たちのことを気に掛けていた。おれの香典《こうでん》で少しでもその足しになるのなら、最後まで面倒を見てやるのが中隊長の務めだ」

「麦島。その志は立派だが、褒められたものではないぞ」

「分かってるよ」

「歩三の第五中隊二百余名、お前は全員の家族に金を配って廻れるのか」

「分かってるって云ってるだろ」

麦島は卓上にグラスを叩きつけた。跳ね出た氷が、音もなくカウンターを滑っていった。

長い沈黙だった。私は腕を伸ばし、灰皿にチェリーの灰を落とした。

「冷害の影響で東北は大凶作だと聞いていた。北陸も酷かった」

麦島はぽつりと呟いた。

「隣近所の住民が香典を持って来るんだが、五銭《せん》とか十銭とか書いた紙切れなんだ。そういう風習なのかと思って尋ねてみたら、向こうさんは恥ずかしそうに、今は不況で誰も現金を持っていないから後で収入があった時に支払うのだと答えた。そのための質札《しちふだ》みたいな物だったんだ」

「香典は間に合ったのか」

「下の方の妹はな。遺骨を取りに来た上の妹さんは、骨を届けた後で金沢の女郎屋に向かったらしい。確かに偽善だよ。貴様の云う通り、おれの自己満足なんだろう」

麦島は手酌《てじゃく》でウイスキーを注《つ》ぎ直し、草臥《くたび》れた手付きで氷を入れた。

「おれはその足で金沢を訪れた。晩の寝台夜行に乗れば月曜の朝には上野に着けるから、金沢城下の歩兵第七連隊を訪ねてみることにした。歩七《ほしち》は満洲駐剳《ちゆうさつ》中だから留守部隊だけれど、色々と話が聴けるだろうと思ったんだ。次はおれたちの番だからな——ただ」

立ち昇る紫煙を目で追いながら、麦島は止《や》めておけばよかったよと云った。

「何があった」

「厭《いや》な物を見たんだ。おれが歩七を訪ねた時、営庭《えいてい》では丁度《ちようど》慰霊祭が終わるところだった。戦死者の遺骨が、満洲の部隊から送られて来ていたんだろう。死んで護国の神となった兵隊たちだ。おれも隅に寄って遺族の列が営門を出るのを見送ろうと思った。そうしたらどうだ、一歩敷地の外に出た途端、先頭で遺骨を抱えていた父親らしき男に、後ろの女が殴りかかったんだ。父親の方も思い切り殴り返して、そこにまた別の遺族も乱入した」

短くなった煙草をもうひと喫いして、麦島は灰皿の底で押し潰した。

「殴り合いの大喧嘩は見る見る内に大きくなっていった。奥から飛び出して来た留守部隊の将校たちが慌てて割って入ったけれど、同じような争いは、他の遺族間でも湧き起こっていた。なあ浪越、これが何か貴様には分かるか？」

「遺骨の争奪戦、かな」

「そうだ。しかも、護国の神を祀《まつ》る名誉のためなんかじゃない。遺骨に下される弔慰金が目的なんだ。騒ぎが治まった後で隊附の少佐からそれを教えられて、おれはもう分からなくなった。なんで、どうしてこんなことになっちまったんだ」

「麦島」

「東北は凶作だが、北陸は豊作ゆえの飢饉《ききん》なんだ。米一升《しょう》が二十銭にもならない。アメリカ向けの輸出生糸は価格が下落して、繭価《けんか》も暴落。養蚕農家の娘は尽《ことごと》く身売りに出された。腹が減って授業中に気絶する子どもたちが能登だけで一日に百人もいるんだぞ。この現状を、農村の真の窮状を、今の政府や議会の議員どもは本当に理解しているのか」

「麦島もう止せ」

「陛下はきっとこのことを御存知ないんだ。陛下のお傍《そば》で都合の良いことだけを上奏して甘い汁を吸う連中を、そんな君側《くんそく》の奸《かん》を排除しなければ現状は変わらない。それが出来るのは、農村出身の兵たちと苦楽を共にしているおれたちだけなんだ」

「麦島いい加減にしろ」

気が付いた時には怒声を発していた。喉《のど》の奥がひりひりとする。ここまで声を荒《あら》らげたのは久しぶりだった。

「冗談でも軽々しくそんなことを口にするな。少し頭を冷やせ」

「おれは冗談なぞ云わん」

「なら本気なのか？　だったら私は、職権で以《もっ》てお前を検束するまでだ」

麦島は静かにグラスを戻し、チェアごと私の方を向いた。

「浪越、憲兵の貴様は、おれたちなんかよりよっぽど色んな物を見て来た筈だ。だからこそ、現状を憂《うれ》う気持ちはもっと強いんじゃないのか。おれが知る浪越破六は、こんな惨状を見て見ぬ振り出来るような男じゃなかった。そうだろう？」

「誰も彼も、お前みたいに子どものままでいられると思うな」

いけないと思った時にはそう口走っていた。それ以前で矛《ほこ》は収めておくべきだった。だが、もう遅かった。

目の前の顔から感情が消えた。それは、私が知らない麦島義人《よしと》の顔だった。

「麦島、私は」

「確かに貴様の云う通りだ」

麦島は未だ長さのある煙草を優しく揉み消して、灰皿に置いた。

「付き合わせて悪かった。それじゃ、元気でやれよ」

チェアから下りて、トランクを取り上げる。

私も床に立つ。腰の軍刀が激しく揺れた。

「私は碓氷東華《うすいとうか》について調べている」

遠ざかるその背に声を投げ掛けた。麦島は扉の手前で足を止めた。

「先週末は名古屋に行っていた。碓氷が身を隠していたのは、広小路ホテルという宿だった。お前も知っているんだろう」

麦島は何も答えなかった。こちらを振り向くこともなく、ゆっくりとした足取りで出て行った。

軋みながら閉まる青色の扉が、ゆっくりと、しかし確実に、私たちの繋がりを断ち切ってしまったようだった。

27

名古屋の月森検事から私の許《もと》へ連絡があったのは、二月に入った初めの月曜日だった。

「広小路ホテルの事件で新たに分かったことがありましてね。大尉さんにもお伝えした方がいいだろうと思って御連絡を差し上げた次第です」

電話越しの月森は、人が好さそうな例の声で屍体の身元が分かったのだと続けた。

「大淀警部の話では、近隣の香具師《やし》じゃないかということでしたね」

「ええそうでした。ただ、大尉さんから御紹介頂いた警視庁の根来川警部、あの人も一緒になってホトケさんを調べたんです。結論から申し上げましょう、あの屍体は碓氷東華本人でした」

「えっ、本人？」

受話器を持つ手に力が籠った。そんな筈はない。あれは碓氷が姿を晦《くら》ますためのカモフラージュではなかったのか。

そんな私を宥めるように、月森は御尤《ごもっと》もですと繰り返した。

「私も驚きましたよ。しかし根来川警部の云い分も尤もでした。警視庁では碓氷に関する身体的特徴を幾つか把握していました。今回の犯人もそこまでは知らなかったのでしょう。指紋や歯型は無理でしたが、それ以外の条件が尽《ことごと》く一致しました。例えば、碓氷は足の指が第二趾《だいにし》よりも第三趾の方が長いのです。根来川さんはそれを見てピンと来たようでしたがね。それと、これはまあ犯人が知らなかったのも無理はないのですが、碓氷は肛門の脇に大きな黒子《ほくろ》があるそうなんです。結局はこの二つが決め手となりました」

「しかし、それならば犯人は」

「矢張《やは》り同行していた護衛の男、菊之助ではないかと考えております。動機までは未だ分かりませんが」

「警視庁も同じ考えですか」

「そもそも根来川さんの意見ですよ。あの人は随分と御執心の様子でしたから。草の根を掻き分けても見つけ出してやると息巻いていました。菊之助の単独犯なのか、それとも裏に誰かがいるのか。一先《ひとま》ず、警視庁とは合同で犯人の追跡を続けていますので、大尉さんも何か分かったら是非御連絡をお願いします」

「勿論です。ちなみに根来川警部に私のことは」

「安心して下さい、ちゃんと伏せておきましたよ。ではまた。切ります」

受話器を戻し、私は小さく息を吐いた。碓氷は殺されていた。そしてその犯人は菊之助――六角菊秀である。

私は気持ちを落ち着けるため、卓上に広げた今朝の新聞を掴み上げた。

一面ではストックホルムで行われている世界女子スピードスケート選手権の記事と並んで、赤坂《あかさか》区表町《おもてまち》の高橋蔵相《ぞうしょう》私邸に爆弾が投げ込まれた一件を大々的に報じていた。

前議会の予算委員会に於いて、高橋蔵相は軍事予算ばかりでなく逓信省《ていしんしょう》の予算も削っているのだからヤイヤイ文句を云うなと川島陸相を叱り飛ばした。それに対し、たかが交通運輸行政と国防とを同列視するとは怪《け》しからぬと軍人のみならず巷《ちまた》の右翼連中も激しく憤ったことは記憶に新しい。新聞には書かれていないが、爆弾と一緒に投じられた東華洞名義の犯行声明もその点を強調していたようだった。

碓氷が死んでもなお東華洞名義の爆弾テロが継続しているということは、それを命令する者がいるということだ。碓氷は既に尻尾《しっぽ》を掴まれかけていた。それゆえお役御免となり、黒幕に命じられた菊秀の手で葬られたのだろうか——分からない。しかし、そうとしか考えられなかった。

私は再び受話器を取り上げ、警視庁のダイヤルを廻した。

応対にでた若い刑事に素性《すじょう》を名乗り、根来川を呼び出す。五分《ぶ》五分《ぶ》の確率だったが、一分も待たぬ間に例の粘っこい声が聞こえて来た。

「お久しぶりですな、何かありましたか？」

「碓氷が死んだと小耳に挟みましたものでね」

直ぐに返事はなかった。私は構わずに続けた。

「名古屋の憲兵隊から情報が上がってきました。ホテルの一室で首なし屍体が見つかり、警視庁と共に調べた結果、それが碓氷であると判明した。犯人は恐らく同行していた護衛の菊之助である。合っていますか？」

「お耳が早いことで。ええ、碓氷は死にました。間違いありません」

「東華洞のテロは続いているじゃありませんか。昨晩だって、庭木を焦がしただけとはいえ蔵相の屋敷に爆弾が投げ込まれている。碓氷は蜥蜴《とかげ》の尻尾切りに遭ったのですか？」

「さあ、そこまでは分かりませんな」

木で鼻を括《くく》ったような態度だった。私はその口吻《くちぶり》から、根来川が新たに何かを掴んでいると確信した。

私は根来川の名を呼んだ。

「どうやら、新しく判明したことがありそうですね。ここは取引といきませんか」

「勿論構いませんよ。情報提供はいつでも大歓迎です」

「私は菊之助の素性を知っています」

直ぐに反応はなかった。こちらの意図を量っているのか、唇を舌で舐《な》めるような水っぽい音が微かに聞こえた。

「大尉さん、それは本当ですか」

「この期《ご》に及んで嘘は吐きません。碓氷が死んでもこちらの懸念《けねん》が解消する訳ではないことは、警部だって御存知でしょう。いいですか。菊之助は大正七年の生まれで歳は今年十八、本名を六角菊秀と云います」

「六角？　それじゃまるで」

「ええ、以前にお話しした六角紀彦東京憲兵隊長の甥に当たります。尤も、昭和三年の五月に出奔して以降は六角家との繋がりはなかったようですが」

「それは、しかし一体――」

「さあ警部、今度はそちらの番です」

暫《しば》しの沈黙ののち、根来川は長い溜息を吐いた。

「結構です。先ほど大尉さんの仰った高橋蔵相私邸の件、実は既に実行犯を捕まえておるのです」

「ほう、それは凄《すご》い」

「河上《かわかみ》と云って、前に露木伯爵議員邸を襲った奴と同じでした。まあそんなことはどうでもいいのですが、そいつが一寸《ちょっと》気になることを云っておるのです。河上曰く、今回の命令も碓氷から直々《じきじき》に下されたものだそうです」

「でも、屍体は碓氷だったのでしょう」

「そうです。ええ御不審は御尤も。碓氷の死は未だ明かしておりませんから出鱈目《でたらめ》だろうと思ったのですが、どうやらそんな様子でもない。詳細を質《ただ》してやっと意味が分かりました。これまでも河上に対する碓氷の命令は、全て菊之助、いいや菊秀でしたか、奴を通じて届いていました」

「では、菊秀が身内に対しても騙《かた》っていると?」

「そういう訳です。悪意を持った伝書鳩だったのですよ、奴は」

私はそこで、漸《ようや》く広小路ホテルの事件の意味を理解した。菊秀が碓氷の首を斬ったのは、碓氷がその方法で以て姿を隠している――つまり未だ生きていると東華洞の同志たちに思わせるためだったのだ。

「問題は、どうして菊秀がそんなことを仕出《しで》かしたのかということです。その点に関して大尉さんのお考えは如何《いかが》です」

「申し訳ありませんが、生憎と未だそこまでは」

「そうですか。まあ菊秀の目的が何であるにせよ、要は奴の身柄さえ押さえてしまえばいい。碓氷が菊秀に殺された事実を広めれば、少なくとも東華洞の連中によるテロルは一旦《いったん》止まる筈です。私はこれから淀橋署の不良少年係と連携して、菊秀と関わりの強そうな愚連隊連中を片っ端から捕まえていこうと思います。そうすれば奴の足取りだって摑めるかも知れません。奴にも情を交わした女ぐらいいるでしょう。そこから辿《たど》る術《すべ》もある」

「女の装いをしていますが、私の手元には菊秀を撮った写真が一枚あります。複製した物をお渡ししますから、その代わり菊秀に近しい者の訊問をする際には同席をお願いしたい」

「承知しました。至急私宛に送って下さい。では」

受話器を戻し、私は同じ階にある技術部の作業場を訪れた。写真・筆跡担当の軍曹《ぐんそう》に例の写真を渡し、複製と警視庁への送付を命じる。軍曹は一時間以内に手続きを済ませると答えた。

事務室に戻ろうとしたところで、階段を上がってきた麴町《こうじまち》分隊の伍長に声を掛けられた。

「教育総監部の狩埜《かのう》中佐という方が玄関にお見えです。大尉どのがいらっしゃったら呼んできて欲しいとのことですが如何いたしましょう？」

そういえば、名古屋出張中に何度か電話が入っていたようだった。私は礼を述べて、急ぎ階段を下った。

車寄せの柱脇に立つ狩埜は、私を見て鼻を鳴らした。

「ほう、どうせ今日もいないんだろうと思っていたんだがな」

「お電話を頂戴していましたのに失礼しました」

「構わんさ。行くぞ」

外套の裾を翻《ひるがえ》して、狩埜はさっさと正面の石段を下りた。総監部へ戻るためか、狩埜は素早く道路を横切ってお濠《ほり》に架かる橋を渡った。

「あんまり電話ばかり入れるのも目立つからな。何気ない振りをして時折来ていたんだが、貴様ときたら全くいやがらない」

「大変失礼をしました。あちこちに出張っておりましたもので」

「聞いたよ。この間は名古屋に出張していたそうじゃないか。それもこちらの関係なのか？」

「はい。過去に野砲兵第三連隊で起きた事件について調べるため、名古屋憲兵隊を訪ねておりました」

足早に清水門《しみずもん》を潜りながら、ほうと狩埜は目を細めた。

「野砲三か、なつかしいな」

「中佐殿は野砲三に何か御縁がおありなのですか」

「御縁も何も、俺は総監部に来る前、歩六《ほろく》の大隊長を仰せつかっていたんだ。我らが金鯱城《きんこじょう》のお膝元、歩兵第六連隊のお隣さんが野砲兵第三連隊だろうが。そんなことよりも、前回の報告から大分《だいぶ》と間が空いた。閣下が現状を気に掛けておいでだ」

「はい。随分と色々な事実が明らかになりましたが、結局のところ一番肝心な部分には至れておりません」

緩やかな石段を上がり、狩埜はそのまま脇の木立《こだち》に寄った。辺りに人影はない。

「閣下は直接貴様と話すことを希望されているが、例の件もあるからそれは難しいだろう。俺が要点を伝えるから、この場で報告しろ」

「何かあったのですか」

「何だ、貴様憲兵の癖に知らんのか。某《なにがし》団とかいう新宿を根城にした愚連隊が、渡辺閣下の暗殺を企てた廉《かど》で提曳《しょっぴ》かれたんだ」

「何ですって」

「暗殺とは云っても、そこまで大層な話じゃない。千駄ヶ谷《せんだがや》の路上で因縁《いんねん》を付けている連中がいて、警察が捕まえたら偉そうに自分たちは国を憂《うれ》う義士であると宣《のたま》った。その流れで、世直しと称した渡辺錠太郎《じょうたろう》の暗殺計画を自分からべらべらと喋ったんだ」

「どうして、そんな愚連隊が渡辺閣下を」

「それはこっちが訊きたいぐらいだ。警察も初めは半信半疑だったらしいが、締め上げて命令の出所を探っていくと、最終的に辿りついたのが例の碓氷東華だった。それでややこしいことになった」

「それは最近のことですか」

「ああ、つい先日だ」

それならば、偽りの命令は菊秀から発されたことになる。脳裏を過ったのは、多治見《たじみ》の弁明だった。あの死亡通知は、結局碓氷の命で皇道派の敵たる渡辺に送られた物だった。今回もそれと同じ構造なのだろうか。

「そんなことがあったものだから、身辺警護の名目で東京憲兵隊から下士官が二名派遣されて来た。有難いことは有難いが、懸念もあった。何せ、貴様も知っての通り隊長の六角大佐は皇道派寄りだ。案の定《じょう》と云うべきか、蓋を開けたら矢張《やは》りこちらの情報は全て筒抜けのようだ。総監部だけでなく上荻《かみおぎ》の御自宅にまで付いて廻るものだから、迂闊《うかつ》に話すことも出来ない」

「お恥ずかしい限りですが、初耳です。委細は承知いたしました。それでは申し上げます。計画の全容は凡《おおよ》そ把握出来ました。先ず、三宅坂に在って碓氷に手を貸したのは、先の事件で亡くなった古鍛治兼行庶務課長です」

私はそこから、現在把握しているひと通りの事情を包み隠さず狩埜に説明した。

古鍛治が企《くわだ》てた武力革命の計画や青山殺害の経緯では動じなかった狩埜も、その爆弾の出所が戸山学校であると知った時には流石《さすが》に顔色を失っていた。

「戸山学校ではその事実に気付いているのか」

「鈴木幹事と面談した際の印象では、恐らく未納品の発注分を青山が校外に持ち出したことまでは把握しているものと思われます。ですが、真逆《まさか》それが爆弾テロルに使われているとまでは思いもしないでしょう」

「未回収分は何個あるんだ」

「総発注数は二百でした。そこから東華洞がテロルに使った分を引けば凡その残数は算出来ます。ですが、生憎と正確な数までは小官でも把握出来ておりません」

「警察の方が詳しいか」

「警視庁の特高課ならば、若《も》しかしたら計算も可能かも知れません」

狩埜は溜息を吐いて目頭《めがしら》を揉んだ。

「この件に関しては一旦こちらで預かる。迂闊に公《おおやけ》には出来ないが、決して棄《す》て置く訳にもいかない。碓氷の身柄さえ押さえられたら、残りの分も回収出来ると思うか？」

「生憎と、碓氷は組織内の内紛で殺されました」

「何だと」

「尤も、これで事態が収束に向かうとは思えません。昨夜にも蔵相私邸に爆弾が投げ込まれたように、東華洞の活動は継続されています」

「だったら渡辺閣下の暗殺未遂も」

「碓氷本人ではなく何者かの発案なのでしょう。これが碓氷とは違ってイデオロギーに則った行為なのか、それとも矢張り強請《ゆす》り集《たか》りに繋がるのかは現時点では不明です。そもそも、古鍜治がどれだけ碓氷一派をセーヴ出来ていたのかも分かりません。ただ、その死によって愈々《いよいよ》歯止めが利かなくなり、碓氷が憚《はばか》ることなく手元の手榴弾を私利私欲のために使い始めたことだけは事実です。若しかしたら、端《はな》からそのつもりだったのかも知れません。古鍜治は連中を手駒程度にしか思っていなかったのでしょうが、碓氷の方でも武器を手に入れるための手段としか思っていなかったのです」

狩埜は大きく舌打ちし、溜息と共に同じ穴の貉《むじな》かと吐き棄てた。

「六角隊長はどうなんだ。あの人は古鍜治さんと一緒に皇道派の若手将校を煽《あお》っていた筈だ。それと貴様の云う計画とは別なのか」

「根元は同じでしょう。煽りに煽った結果、一部将校が行動を起こす。それに合わせて碓氷一派にも帝都で騒擾《そうじょう》行為を起こさせる。要は、如何《いか》にして自分の手を汚さずに実を採るかという話なのです。尤も古鍛治の死後、六角隊長は表立って行動は起こしていません。火傷《やけど》を負う前にさっさと手を引いたのではないかと拝察します」

「それなら、憲兵隊総出で東華洞を引っ捕らえるとしても邪魔はしない筈だな。よく分かった。渡辺閣下には俺から委細をお伝えしておく」

「有難うございます。では狩埜中佐、小官からもひとつお尋ねして宜しいでしょうか」

「俺にか？　なんだ」

「歩六の大隊長をお務めとのことでしたら、昭和二年の十一月に起きた火災事故のことも御存知でしょうか」

「当たり前だろう。あれは丁度俺が大隊長を務めていた時分だ。……おい待て。そう云えばあの時に六角さんと一緒にいたのは、古鍛治さんと青山じゃないか！」

「六角秀彦砲兵少佐のことも御存知なのですね。では、古鍛治が火災現場から青山を救い出したことは御記憶ではありませんか？　青山が古鍛治の命に抗《あらが》わなかったのは、その際の恩義からです」

「ああ、そんなこともあったな。結局、六角さんの煙草の不始末ってことで片付けられたんだったか。俺は未《いま》だに信じていないけれど」

「そうなのですか」

狩埜は顔を逸《そ》らし、古鍛治さんだよと呟いた。

「死んだ人を悪く云うのは気が引けるが、貴様だってもう古鍛治兼行の人となりは分かっているだろう。あれは人間の屑《くず》だ。あの時分だって、高級副官の立場を悪用して御用商から金を貰っているんじゃないかって疑惑が持ち上がったばかりだった。結局火事のせいで有耶無耶《うやむや》に終わったけれど、出火の原因だって俺は古鍛治が六角さんに罪を被せたんじゃないかって今でも思っているよ」

28

騒然と職員たちが行き来する淀橋署の廊下には、線香の匂いが漂っていた。

屍体でも運び込まれたのかと先を行く淀橋署捜査課不良少年係の二村《ふたむら》警部補に問うてみたが、明確な返答は得られなかった。言葉を濁すということはつまりそういうことだ。真逆《まさか》真冬に蚊取り線香もないだろうから、鼻腔に突っ込むのかそれとも頬に押し当てるのか、ここでは尋問《じんもん》で線香を使うことが流行《はや》っているのだろう。

「元々は大塚《おおつか》署や戸塚《とつか》署の管内の方が騒がしかったのですが、先の震災以降、山の手の盛り場は四谷と新宿が取って代わりました。それで若い連中がどんどん流れ込んで、今じゃこんな有様です」

早く話題を変えたかったのか、二村は開かれたままの扉を目で示し、大声を張った。その先では、二人の刑事が毬栗頭《いがぐりあたま》の若者を監房に押し込んでいるところだった。

「あちらさんの頃はタカリとパクリが多かったんですが、こちらはポン引きが主流ですからね。被害の届け出がなくっちゃ手の出しようがない。提曳《しょっぴ》くのも大変なんです」

「根来川警部の提案は渡りに船という訳ですか」

「まあ、云ってしまえばそうですな」

根来川の仕事は迅速《じんそく》だった。果たしてどこまで事情を明かしたのかは知らないが、その日の内に管轄の淀橋署に話を付け、自ら現場に出向いて新宿界隈を根城とする愚連隊、ギャング団、チンピラ連中を一斉に検挙した。淀橋署の留置場には次々と不良少年少女たちが詰め込まれ、一夜にして満員となった。

二週間以上に亘《わた》る苛烈《かれつ》な尋問の甲斐あって、菊秀と関係があると思《おぼ》しき数名を洗い出すことが出来た。二月二十日の夜半、連絡を受けた私が淀橋署に直行したのはそういう次第だった。

寝不足気味の腫れぼったい瞼《まぶた》を瞬《しばたた》かせ、二村はところでと呟いた。

「根来川警部からはそのまま取調室にお連れするよう云われておるのですが、大尉さんは一体どういう御関係で？」

「警部から事情の説明はなかったのですか」

「はあ。何でも本庁の特高課で追っているアカ連中が党の活動資金集めにここいらの愚連隊を使っているそうでして、それの捜査だとは聞いておりますが」

「私も同じようなものです。将校の思想傾向を担当していますもので。では尋問も根来川警部が担当をされているのですね」

「それと本庁の大渕《おおぶち》巡査部長、記録係はウチの古森《こもり》特高主任です。未だ子どもなんだからやり過ぎんで下さいよとは云っておるのですが、まあどうでしょうな」

二村は眉根を寄せて廊下の先を見遣《みや》った。突き当たりにある扉の向こうからは、野太い叫び声が微かに漏れていた。

二村はノックもせずに、「第二取調室」と書かれた扉を開けた。

汗臭い六畳ほどの室内では、若い男が逆さに吊るされていた。

両足首に結ばれた荒縄は、天井《てんじょう》の滑車《かっしゃ》を通って奥の壁に留められている。殺せ殺せと叫び続ける男の顔は、熟《う》れた李《すもも》のような色をしていた。

室内には、彼を除いて三人の男がいた。吊るされた男の傍らには竹刀《しない》を携えた大渕が立ち、少し離れた場所で、根来川はポケットに手を突っ込んだまま煙草を吹かしていた。壁際の机に腰掛けた初老の刑事が古森だろう。

「やあ大尉さん、今晩は」

根来川は大渕に目配せをしてから、こちらに笑顔を向けた。

大渕は黙って壁際に寄り、縄の結びを解いた。大きな音を立てて男が床に落ちる。大渕は近くに膝を突き、足首の縄も解き始めた。メリヤスのシャツは背中の部分がずたずたに破れすっかり血が滲んでいた。竹刀で殴ってもこうはならない筈なので、細引きか何かを鞭《むち》のようにして殴ったのだろう。

棒立ちになる二村を避けて、私は根来川に寄った。

「どんな塩梅《あんばい》ですか」

「順調と云っても差支えはありません。手元に果実は集まった訳ですから、後はこれを搾《しぼ》るだけです」

「美味《おい》しいジュースが出来そうですか」

「時間は掛かるかも知れませんけれど。何せ人手が足りない。まあ、目星がついていないという訳でもないのですが。おい二村警部補、こいつはもういい。フロレアールの団長さんをもう一回連れて来てくれ」

根来川は倒れた青年の尻を蹴った。二村は苦虫を嚙み潰したような顔のまま大渕と共に青年を担ぎ上げ、取調室を出て行った。

「菊秀は、愚連隊の連中にも例の爆弾を使わせていたようですなあ」

私に椅子を勧めて、根来川も腰を下ろした。

「口先だけの政治ゴロより、餓鬼《がき》共の方が余程度胸もあったんでしょう。爆弾を投げ込ませて、その後で東華洞名義の犯行声明を送り付けた。さっきここに転がっていた奴もそうです。去年の十一月にあった台湾銀行東京支店長宅爆破事件、あれをやったのは自分だと白状しました」

「その時分は未だ碓氷も生きていましたから、菊秀の伝手《つて》で実行犯を広げていたという訳ですね。そう云えば、新宿の愚連隊が渡辺教育総監の暗殺を企てたと聞きました」

「それも菊秀の命令のようですな。いったい何を目論《もくろ》んでいやがるのか。ちなみに爆弾については、自分が陸軍から盗んで来た物だと説明していたそうです。流石に本当のことは明かさなんだようですわ」

「菊秀の隠れ家に関する情報はどうです」

「どうもいけません。こうなることは予見していたのか、自身に関わる事柄は尽《ことごと》く秘していたようです」

「警部が仰っていた女の線は」

「望み薄ですな。菊秀を知っている奴らの誰に訊いても、トンと色っぽい話が出て来やがらない。唯一そうかも知れんというのが、これから連れて来られる弓削小夜子《ゆげさよこ》です。こいつは〝ピストルお小夜〟って呼ばれてましてね。『フロレアール・クラブ』とかいう巫山戯《ふざけ》た名前の愚連隊でカシラ張ってるんですが、名前の通り何かあったら直ぐブローニングぶっ放すイカレた小娘なんです」

「そのお小夜が、菊秀と恋仲かも知れない」

「そう吐いた奴がいました。ただし、当人に質《ただ》しても知らぬ存ぜぬの一点張りです。まあ、大尉さんもちょっと見ていて下さいな」

二村と大渕が戻って来たのは、それから五分近く経ってからだった。

何に手間取っているのかと思ったが、引き摺るようにして小夜子を連れて来た一人の服装が大いに乱れているのを見て納得がいった。監房から連れ出す際に余程暴れたのだろう。

今年で二十四だという噂のピストルお小夜は、白いシャツに鼠色《ねずみいろ》のチョッキと男のような装いだった。その腰には太い縄が結ばれて、大渕の手に握られている。

元は端正《たんせい》な顔立ちだったのだろうが、左目の上は大きく腫れ、鼻血の跡も黒く固まって四谷怪談のような有様だった。先ほどの乱闘のせいか、女にしては短い髪も酷く乱れていた。

大渕は中央に椅子を置き、縄を引っ張って蹌踉《よろ》めく小夜子を無理矢理座らせた。二村は根来川に何かを耳打ちして、取調室を出て行った。

小夜子は手錠《てじょう》を嵌められたまま素早く髪を直し、すっと背筋を伸ばした。そんな毅然《きぜん》とした態度が気に入らなかったのか、根来川は大きく舌打ちした。

そして尋問が始まった。私は煙草を咥え、壁際の席からじっくりと根来川劇場を観覧することにした。

二村が釘を刺したのか、痕《あと》の残り易い殴打の類《たぐ》いは控え目だった。代わりに大渕が小夜子の首を絞めて失神させ、直ぐに息を吹き返させる作業が続いた。その白い喉に腕が廻される度、小夜子は身を捩《よじ》って激しく抵抗していたが、巨漢の大渕には敵《かな》う訳もなく、五回も繰り返されるうちにすっかり全身が弛緩《しかん》し始めていた。

根来川はゆっくりと立ち上がり、その髪を摑んで無理矢理頭を上げさせた。

「しんどいか。しんどいだろ。なあお小夜、詰まらねえ意地を張ってないでさっさと吐いちまえよ」

「失《う》せろ豚野郎」

小夜子は腫れた瞼で根来川を睨みつけ、唇を窄《すぼ》めて息を吹き付けた。本当は唾でも吐き掛けたかったのだろうが、最早《もはや》その力すら残っていないようだった。

「なんだ、今度は黒襟《クロエリ》に泣きついたのかよ」

髪を摑まれ額が剝き出しになった顔で、小夜子は私に向けて眼球を動かした。黒襟とはその名の通り、黒い襟章を持つ我ら憲兵の蔑称《べっしょう》だ。

「無能なアンタらじゃ甚振《いたぶ》るだけで何も引き出せねえもんな。はッ本庁の刑事が聞いて呆れらア！」

根来川は最後まで云わせずに、その横面《よこつら》を思い切り張った。壁際まで殴り飛ばされた小夜子は直ぐに腰縄を引かれ、南京袋《ナンキンぶくろ》のように床を引き摺り廻された。

根来川は煙草の灰を床に落とし、私に向けて肩を竦《すく》めて見せた。

「ずっとこの有様でして。場所を変えてみるのも一つかなとは思っておりますが」

記録係の古森も大渕に協力して、再び小夜子を椅子に座らせる。私は立ちあがり、ぼたぼたと鼻血を零《こぼ》しているその顔に近付いた。

「なんだよ黒襟、アタシに惚れたか」

短くなった煙草を摘まみ、素早く小夜子の顔に近付けた。あッと叫んで、相手は咄嗟《とっさ》に目を薄くした。視界の端で、根来川と大渕が動くのが見えた。

煙草を咥え直す。勿論押し付けたりはしない。見たかったのはこの表情だ。

小夜子は血相を変えて、なにすんだよッと私の膝を強く蹴った。身動《みじろ》ぎする根来川を手で制し、私はその場で腰を屈めた。

「警部から聞いているかも知れないが、菊之助は本名を六角菊秀という。由緒ある軍人一家の出だ」

「何を云ってやがンだ」

「今の表情で確信したよ。お小夜。君は菊之助のお気に入りだったんだね」

小夜子は何も答えずに、今度は私の顎を蹴り上げようとした。避けるまでもなく、私は難なくその足首を摑んだ。

「理由は簡単だ。君の顔は、菊秀の母親に似ている」

離せよと暴れていた小夜子の表情が初めて崩れた。啐啄《そったく》によって、白い卵殻に罅《ひび》が入ったような印象だった。

「奴からそう云われたことはなかったか。目を細めたところなんかはそっくりだ」

「テメエ何を云ってやがる」

「その様子じゃ初耳だったのかな。まあいいさ。菊秀は幼い時分に母親を亡くしている。奴は君のなかに、そんな母親の面影を見ていたんだ。髪を伸ばしてくれと云われたことはなかったか？あちらさんは髪が長かったからな」

血で汚れ、醜《みにく》く腫れ上がりながらも端然《たんぜん》としていたその顔が、今度こそ大きく歪んだ。悔しいような哀《かな》しいような、兎《と》に角《かく》それは酷く傷付いた表情だった。

「心当たりはあるようだね――ああそうか、だから君は髪を短くしたんだな？　君は、菊秀が自分のなかに他の誰かを見ていることに薄々気が付いていた。だからこそ君は君自身を見て貰うために、髪型や化粧、服装だって全てその逆を敢えて選んだ。なんだ、随分と可愛らしいところもあるじゃないか」

「黙れッ」

小夜子はもう片方の足で私に蹴り掛かって来た。摑んでいた方の足で咄嗟に防ぐ。今度は私に摑み掛かろうとした。大渕が慌てて縄を引き、小夜子は椅子ごと横倒しになった。

「黙れ黙れ黙れッ、テメエの云うことは全部出鱈目《でたらめ》だ。菊がそんなこと云う筈がないんだッ」

「信じたくなくてもこれが真実だ。君は飽《あ》くまで母親の代わりだった。だから、幾ら引き留めても菊秀は計画を止めなかった」

これは賭けだった。私の読みが外れていたら、直ぐに小夜子の罵声《ばせい》が返って来る筈だった。

小夜子は何も云わなかった。床に突っ伏したせいでその表情は窺えない。ただ、その肩を小刻みに震わせているだけだった。

喫い切った煙草を弾《はじ》き、その場で立ち上がる。壁際で控えていた根来川が、険険な眼差しを私に向けた。

「すみません。警部の働きぶりを見ていたらつい私も血が騒ぎまして」

「どうぞお構いなく。餅は餅屋とも申しますのでね。ならば、後は我々にお任せ頂けますかな」

私は微笑んで場所を譲った。根来川は鼻を鳴らして、小夜子の肩口を蹴り上げた。

古森の開けた扉から廊下へ出る。

忘れていた線香の匂いが、再び私の鼻を突いた。

29

翌二十一日、私は或る大胆な仮説の裏付けを取るため、劉ホテルから直接参謀本部へ赴いた。

三宅坂の停留所で下りて、裏門から参謀本部の玄関へ向かう。

擦れ違う将校たちの雰囲気は、以前と比べて大分《だいぶ》変わっていた。以前ならば、憲兵の私が視界に入るだけで顔を顰《しか》める者が大半だったが今はそんなこともない。皆どことなく浮足立って、心ここに在らずといった様子だった。

赤坂や渋谷の憲兵分隊の報告では、歩一と歩三、そして近衛師団の一部将校の蠢動《しゅんどう》は愈々《いよいよ》活発になっているとのことだった。各自の家での会合は連日に及び、報告のなかには具体案の作成にまで言及している物もあった。

相変わらず玄関番は無愛想《ぶあいそう》なままだった。来客簿に所属と名前を記入して階段を上がろうとしたところで、柱の陰から給仕が姿を現わした。何か仕事を云い付けられているのか、胸元に大きな茶封筒を抱えて足早に進む彼を、私は急ぎ呼び止めた。

　怪訝そうに振り返った給仕に、私は写真を示した。女装した菊秀の一枚だ。

「ここに写っている女の弟を捜しているんだが、見覚えはないか」

　給仕は失礼しますと断って、写真に顔を近付けた。

「ああ、菊田《きくた》ですね」

「知っているのか」

「はい。名前は、確か菊田秀夫《ひでお》だったと記憶しています。陸軍省の方で給仕をしている男です」

「待て、所属は参謀本部でなく陸軍省なのか？」

「そうです。最近は見掛けませんが、こちらが忙しい時には何度か応援の形で来ていたこともあったと記憶しています」

「最後に見掛けたのはいつ頃だったか覚えているか」

「今年に入ってからは全く見ておりません。昨年も夏から秋頃には何度か応援で来ていた筈で、ああそうでした、確かあの日です。古鍛治庶務課長どのが執務中に亡くなられた、十二月の初め頃の」

「それは確かだな」

「はい、間違いありません。庶務課長どのがお部屋で卒倒されたと騒ぎになった後、給仕のなかであの日庶務課長室を訪れた者はいるのかと上役の方より確認がありました。それで私たちも互いに話し合いまして、菊田が庶務課長どのにお茶をお出ししたと報告をしたことを記憶しております」

「その仕事は偶々《たまたま》菊田に廻ったのか？　それとも菊田が希望したのか、どっちなんだ」

「いえ、それはその」

「何だ。構わないから正直に答えろ」

「はい、それでは申し上げます。菊田は古鍛治庶務課長どのと元々面識があったようでした。庶務課長どのの御注文はなかなか難しいのですが、それもあってか菊田はそれを上手《うま》く熟《こな》しており、あの日の喫茶も菊田に任せたという次第であります」

「要は、菊田は古鍛治大佐殿のお気に入りだったという訳だな」

「はい。その通りです」

「そうか、そういうことならばよく分かった」

給仕ははいと答えながらも再び怪訝そうな表情を覗かせていた。充分だった。私が頭のなかで拵《こしら》えた途方もない仮説は、急速に現実味を帯びつつあった。

唯一予想外だったのは、菊秀が陸軍省の所属だったことだ。そしてその事実は、私に新しい、もう一つの滅茶苦茶な可能性を示していた。

給仕に礼を述べ、私は隣の陸軍省へ向かうため足早に玄関から出た。

先ず訪ねたのは陸軍省別館の二階、半年前に永田鉄山が惨殺された軍務局長室の隣にある軍事課長室だった。

急な憲兵の来訪に、軍事課長の橋本《はしもと》大佐は酷く厭《いや》な顔をした。

何かと理由をつけて私を追い返そうとしたが、永田局長横死の件だと云うと渋々ながらも時間を割いてくれた。相沢の公判が始まってもう直ぐひと月が経つ。皇道派による苛烈な法廷闘争は連日報道されており、流石《さすが》に省部の人間としても断ることは出来ない様子だった。

「あの時のことは全て憲兵に話した筈だろう。今更何だと云うんだ」

「相沢への尋問の結果、新たに判明した事実もございますもので。大佐殿にお尋ねしますのは一点だけです。事件が起きた際、大佐殿はここに在室しておられましたか」

橋本はああと頷き、軍務局長室に繫がる扉を一瞥した。そこに鍵の類いは備わっていなかった。

「扉越しに音は聞こえましたか。ばたばたと暴れる音や、相沢の怒鳴り声など」

「莫迦を云うな。半年近くも前のことを覚えている筈がないだろう」

「お願いします。相沢の公判に臨んで非常に重要な事柄なのです」

橋本はうんざりとした顔で天井に煙を吹き上げた。

「特に気が付くことはなかった筈だ。あの日は随分と暑かったから、近くで扇風機をつけていた。多分その風音が邪魔をしたんだろう。そうでなければ、隣室なんだから何かあったら気が付いている」

「永田閣下は襲撃の際、あの扉からこちらに逃げようとされました。しかし、幾らノブを廻しても開かなかったため相沢の追撃を許した。これについては如何でしょう」

「それも憲兵から執拗《しつこ》く訊かれた。ただ、見てみろ。こちら側には鍵など付いていない。閂《かんぬき》があるのは軍務局長室の方だ。だから結局、ノブを摑んだ永田閣下の手が血で滑ったのだろうということになった筈だ」

「しかし、がちゃがちゃとノブが動けば流石に大佐殿もお気付きになるのでは」

「それも訊かれた。だが記憶にはない。だから、恐らくその時にはもうこの部屋を出ていたんだと思う」

「お待ち下さい。先ほど部屋にはおられたと」

給仕が駆け込んで来たんだと、橋本はこともなげに云った。

「『火事だ』と叫びながら駆け込んで来たものだから、慌ててそこの消火器を持って飛び出したんだ。だが火の手も煙も見当たらない。だから隣の課員室に入って『火事はどこだ』と訊いたんだが、連中も何のことか分かっていなかった。そうこうしている内に廊下の方が騒がしくなって、軍務局長室の惨状が明らかになった。後からその給仕を質《ただ》したら相沢の凶行を目《ま》の当たりにして大事《だいじ》だと叫んだつもりだったらしい。火事と大事。そりゃ分からんよな」

私は顎を引き、静かな昂奮《こうふん》を抑えながら例の写真を橋本に示した。

「只今大佐殿が仰《おつしや》いました給仕と申しますのは、この者と似た顔でありましょうか」

「ん？　ああ、そうだ。菊田とか云ったか。そう云えば最近は見掛けんな。奴がどうかしたのか」

「……いえ。証人として、相沢の公判に召喚する予定ですもので。有難うございました。大変参考になりました」

軍事課長室を辞した私は、事前に受付で確認していた別棟にある給仕控室に向かった。

階段を駆け下り、渡り廊下を抜けてもう片方の別館に入る。本館と違って、こちらは未だ微かに新しい木材の香りがした。

給仕控室と札の下がった扉は直ぐに見つかった。ノックもせずに扉を開ける。白い給仕服の少年が独り、茫《ぼう》とした顔で窓際に立っていた。給仕は怪訝そうにこちらを振り返り、私が憲兵だと気付いて慌てて頭を垂れた。

「憲兵司令部の浪越大尉だ。名前は」

「沢渡《さわたり》と申します。何か御用でしょうか」

「よし沢渡、貴様に幾つか尋ねる。先ず、貴様はここに勤めて長いのか」

「はい。来月で丸一年になります」

頬の辺りに未だ幼さを残した少年は、動揺しながらも即座に返答した。

「それならば、貴様の同僚だった菊田という給仕のことは覚えているな？」

「はい。よく覚えております」

「最近は見掛けないとの噂だが、もう辞めたのか」

「詳しいことは存じ上げませんが、確かに夏頃から、具体的に申しますとあの事件以来菊田は出勤をしておりません」

「どの事件だ」

「はい。永田閣下がお亡くなりになった事件であります。菊田は丁度現場を通り掛かって事件の一部始終を見てしまったようでして、それですっかり怖気《おじけ》づいてしまったのではないかと話し合っておりました」

私は再三となる件《くだん》の写真を取り出した。

「ここに写っている娘は、菊田の姉で相違ないと思うか」

「失礼します……はい、非常に菊田によく似ております」

「結構。ちなみに、貴様から見て菊田はどんな奴だった」

「それが全く愛想のない奴でして、こちらから色々と話し掛けるのですがまるで返事も寄越《よこ》しません。他の者に対しても同じだったと思います」

「そうか。では最後にもう一つ。給仕として雇用されるには、現役の佐官以上の推薦状が必須だと聞き及んでいる。菊田は誰の推薦で入ったんだ」

「申し訳ありませんが、そこまで詳しいことは存じ上げません。茨木《いばらき》班長どのにお尋ね頂いた方がよいかと思われます」

「誰だって」

「人事局班長の茨木中佐どのであります。給仕の採用等に関しては、班長どのが全て掌《つかさど》っておられますので」

「茨木班長は御在室か」

「はい。先ほどお茶をお出しした時にはお部屋にいらっしゃいました。御案内いたしましょうか」

「いや、貴様も忙しいだろう。場所だけ教えてくれたら充分だ」

給仕控室を出て、元来た路を戻る。気ばかりが急《せ》いた。擦れ違う将校への敬礼ももどかしかった。

茨木も橋本同様、初めは迷惑そうな顔をしていた。だが菊田の名前を出すと、何かを思い出したような顔で抽斗《ひきだし》を漁《あさ》り始めた。

「すっかり忘れていたよ。これを引き取りに来たんだろう？」

差し出された紐《ひも》付き封筒には、「履歴書　菊田秀夫」と書かれた紙が貼ってあった。

私は少なからず混乱した。確かに入手したかったのはこれだが、どうして茨木の方から突き出されたのか。

確認しますと紐を解き中身を検《あらた》めた私は、思い切り頭を殴られたような感覚に陥った。そして同時に、茨木の意図を理解した。

「あんな事件に出会《でくわ》したら仕方ないとも思うが、あんまり意気地のない奴を寄越すなって六角さんにも伝えておいてくれ」

私は上の空で敬礼を示し、廊下に出た。

柱の陰に寄り、逸《はや》る動悸を抑えながら再度封筒を開く。履歴書に添えられた推薦状の署名は、六角紀彦の物だった。茨木は、私が上官の命で不要になった履歴書と推薦状の回収に来たと思ったのだ。

六角は、推薦状という形で菊秀が陸軍省へ侵入する手扶《てだす》けを行っている。つまり、碓氷東華の護衛である菊之助が自分の甥であることを理解していたことになる。

これは一体どういうことなのか。私は大いに混乱した。ここまで来ては、最早真実に至る路は一つしかない。どんな手段を使ってでも、直接六角を糺すのだ。

しかし、そんな私の望みは再び阻《はば》まれることとなる。

同日同刻、司令部へ出勤する途中で六角紀彦東京憲兵隊長が狙撃されたのである。

30

現場となったのは、松濤《しょうとう》の六角邸だった。

六角は出勤しようとしたところで右脛《みぎすね》を撃たれ、その場に居合わせた憲兵二名も銃撃された。一名は即死だった。

犯人は逃亡し、家人の手で直ぐに赤坂の憲兵分隊と渋谷警察署に通報が為された。東京憲兵隊本部には赤坂から情報が共有され、副隊長の須藤《すどう》中佐と司令部からは鎌田《かまた》少佐が現場に急行した。

三宅坂から戻った直後で凶報に触れた私は、丁度出立《しゅったつ》するところだった鎌田を説き伏せて同行の許可を得た。

私は鎌田をサイドカーに乗せ、松濤へ急いだ。現場に居合わせた憲兵が東京憲兵隊の伊与《いよ》特務曹長《そうちょう》と柿沢《かきざわ》伍長《ごちょう》であり、顔面を撃たれた柿沢が即死したと知ったのは、その道中のことだった。

六角邸の玄関では、既に赤坂分隊による現場検証が始まっていた。

犯人が軍人でもない限り捜査は司法警察が行い、憲兵は要請を受けた場合のみ介入するのが通常の流れだった。しかし、自分たちの同僚をみすみす殺されていながら黙って引き下がる訳にもいかない。

所轄の渋谷署も厄介ごとには巻き込まれたくなかったのか、早々に捜査権限の譲渡を申し出た。そのため捜査は主として赤坂分隊が担い、その指揮は一先ず副隊長の須藤が執ることとなった。

　柿沢は、車寄せの脇にある茂みに突っ込む形で死んでいた。

　赤坂の隊員はカメラを構え、様々な方向からその屍体を記録していた。細やかな躑躅《つつじ》の葉は、勤勉だった憲兵伍長の血で紅く染まっていた。

「頭に一発だそうだ」

　手を合わせ終えた鎌田と私の許へ、須藤がやって来た。

「得物《えもの》は小型のブローニングだったらしい。伊与は腹、隊長は右の脛を撃たれた」

「衛戍《えいじゅ》病院に運ばれたんでしたね。もう着いた頃合いでしょうか」

　鎌田は腕時計に目を落とし、そう呟いた。須藤は重々しく顎を引いた。

　屋敷の角から若い隊員が駆けて来て、須藤に敬礼を示した。途中の築地塀に、乗り越えたような痕跡が見つかったらしい。

「写真を撮り終えたらもう出してやれ」

　須藤はカメラの隊員にそう云い残して、鎌田と共に裏手へ向かった。

　同行しようかと思ったが、止めておいた。その都度見に行っては切りがない。後で纏《まと》めて報告書を確認した方が効率的だ。

　尤《もっと》も、事件の概要はここに来るまでの道中で凡《おおよ》そ鎌田から教えられていた。

　連日の激務からか著しく胃腸を害していた六角は、午前中に主治医の槌井《つちい》――息子の方だ――の診察を受け、遅れて出勤するところだった。

普段ならば佐官階級といえども市電を使って通勤するのが当たり前だが、六角は体調を崩していたことに加えて一部将校の動静に関する極秘の打ち合わせのため公用車での出勤が続いていた。

十一時三十分、陸軍省の公用車が六角邸の玄関に到着する。同車には、道中での打ち合わせのため軍務局高級課員の日下部《くさかべ》大佐が乗り合わせており、その後ろには東京憲兵隊の伊与特務曹長と柿沢伍長が、サイドカーに乗って待機していた。

同三十五分、看病のため前日から泊まり込んでいた妙子と槌井に見送られて、六角が玄関から出る。足下が覚束《おぼつか》ない上官を補助すべく伊与と柿沢が駆け寄ろうとした矢先、茂みの陰から一人の男が飛び出して来た。

男は鳶職《とびしょく》のような黒装束で、鳥打帽《とりうちぼう》を目深《まぶか》に被っていた。顔の下半分も大型の防疫マスクで覆われていたため、その人相は殆《ほとん》ど確かめることが出来なかった。

男の出現に気が付いた伊与は直ぐに六角を庇《かば》い、柿沢は相手に摑み掛かろうとした。男の手に握られたブローニングが火を噴いたのはその瞬間だった。

柿沢は顔面に銃弾を撃ち込まれて即死、間髪を容れずに放たれた二発目は伊与の下腹部に吸い込まれた。伊与が撃たれた衝撃で傍《そば》の六角も横転し、男はそこを狙って三度《みたび》引金を引いた。

銃弾は六角の右脛に命中したが、銃声を聞きつけた日下部が車のドアを楯として自身の拳銃で応戦を始めた。男は公用車に向けて一発放つと、日下部が怯んだ隙を見て逃亡を図った。既に距離があったため日下部は追跡を諦め、負傷者の救助を優先した。

同四十二分、道玄坂方面に猛スピードで走り去るオートバイを、近隣の住民が目撃している。

鳥打帽に黒装束という運転者の外見から、逃走中の襲撃犯と見て間違いないと思われた。

同五十分、妙子によって赤坂分隊と渋谷警察署に通報が入る。情報は赤坂から東京憲兵隊本部に共有され、須藤と鎌田、そして私の三名が現場に急行した。それと時を同じくして、槌井によって応急処置を施《ほどこ》された六角と伊与が、駆け付けた渋谷署の警察車両で戸山《とやま》の第一衛戍病院へ運び込まれた――。

茂みを廻り、血で汚れた柿沢の死に顔を逆《さか》さに見た。眉間《みけん》の少し上には、黒々とした孔《あな》が開いていた。

襲撃時の手際《てぎわ》の良さから、犯人は素人《しろうと》ではないだろうというのが鎌田の見立てだった。この弾《だん》痕《こん》を見るに、強《あなが》ち間違ってもなさそうだ。腟に逸《そ》れたとはいえ、放った三発全てが中《あた》っているのは偶然では済まされないだろう。

犯人の狙いは端《はな》から六角だった。私の脳裏を、自ずと菊秀の白い、女と見紛《みまが》うばかりの顔貌が過《よぎ》った。

玄関から上がり、奥の座敷を目指す。

妙子に詳しい事情を訊くつもりだったが、階段脇の座敷にいたのは槌井医師だけだった。

「妙子さんなら衛戍病院に向かわれましたよ。丁度あなた方と入れ違いぐらいでした」

父親と同じ縁の太い眼鏡を掛けた槌井の若先生は、酷く草臥《くたび》れた顔でそう云った。

「勿論、了解は得ていますとも。ただお風邪を召されているようでしてね。随分と具合が悪そうでしたから無理は為さらん方がいいと云ったのですが、居ても立ってもいられない御様子でした」

そう云えば、ここに到着する直前で一台の円タクと擦れ違った。狭い路なのでぶつかりそうになったのだ。その後部座席には、確か大きなガーゼ・マスクを付けた女が座っていた。あれが妙子だったのだろう。

「医師の貴方《あなた》から診て、隊長や伊与特務曹長の容態はどうでしたか」

「危険な状態であることは間違いありません。手前味噌ですが、この場に居合わせたのが私で良かった。特務曹長さんの方は余程重態ですし、紀彦さんだって腟だから大事《だいじ》ないとは思わないで頂きたい。あの場で出来得る限りの処置はしました。後は本人たちの気力次第です。病院まで保《も》てば、ひとつの峠は越えたと思っても良いでしょう」

「分かりました。当時の詳しい事情は改めて赤坂分隊の隊員がお尋ねしますが、先に一つだけ。襲撃犯は六角隊長に何か言葉を発しましたか」

「いいえ、そんなことはなかったと思います。大きな防疫マスクで口元を隠していたからかも知れませんが、少なくとも同じ程度に離れていた私の耳には何も届きはしませんでした」

「隊長が襲撃者の正体に気が付いたような素振りは」

「分かりません。兎《と》に角《かく》一瞬の出来事だったんです。そんなことまで考えている余裕は到底ありませんでした」

槌井の云い分も尤もだった。私は礼を述べ、座敷を後にした。

現場検証は粗方《あらかた》終わったのか、玄関前では隊員たちの数も減っていた。

柿沢の屍体は茂みから出され、直ぐ横で白布を掛けて莫蓙《ござ》の上に寝かされている。

傍らに佇む赤坂分隊長の諏訪《すわ》少佐に尋ねると、他の隊員は近隣への訊き込みに向かったとのことだった。

「おい浪越、とんでもないことになったな」

白布の膨らみに目を落としたまま、諏訪は憤懣遣《ふんまんや》る方《かた》ない口吻《くちぶり》でそう漏らした。

「現役の東京憲兵隊長が撃たれて、それで護衛の憲兵が殺されるなんざ前代未聞じゃないか」

「襲撃犯が何を目的に六角隊長を狙ったのかです。今は兎に角、隊長と伊与特務曹長の快復を祈る他にありません」

「確かにその通りだが、正直そちらの捜査ばかりに人員が割かれるのは非常に困る。柿沢の仇討ちは無論大事《だいじ》だけれど、喫緊《きっきん》の課題は間違いなく一部将校の方だ」

「それだけ事態は切迫しているのですか」

「ウチは先週から、歩兵第一、第三の両連隊の営門が見える下宿をそれぞれ捜して、監視を続けさせている。連中が妙な動きを見せたら直ぐに抑えるためだ。歩三《ほさん》の第七中隊が警視庁に喧嘩を売った話は貴様も聞いているだろう？　正直それで手一杯だよ」

二月十六日の深夜、隊附の少尉に率いられた歩兵第三連隊第七中隊の下士官及び兵百五十名が突如営門を出発し、溜池《ためいけ》と虎ノ門《とらのもん》を経て警視庁方面へ向かった。

監視に当たっていた赤坂分隊は、それを夜間の行軍演習だと判断した。そのため尾行も一名しか付けなかったのだが、桜田門に至った第七中隊は突如警視庁の東側の壁に整列し、こともあろうに怒声を上げながら直突《ちょくとつ》を三回繰り返した。

直突とは、銃剣を肘《ひじ》の高さに構え相手の心臓を狙って思い切り突く白兵戦での刺突術である。即ち警視庁に対する明確な威嚇《いかく》行為に他ならない。

尾行していた赤坂の憲兵下士官は肝《きも》を潰し、急ぎ東京憲兵隊本部に連絡を入れた。直ぐさま所轄の麴町分隊と赤坂分隊が現場に急行したが、その時には既に第七中隊は帰営の途に就《つ》いていた。後日警視庁はカンカンになって抗議をしてきたそうだが、飽くまで演習の一環と陸軍省が突っ撥ね、結局は有耶無耶《うやむや》の裡《うち》に処理されたと聞いていた。

「憲兵の俺が云うのも変な話だが、物騒な時代になったもんだ……」

そんな諏訪の呟きは、旋風《つむじかぜ》に掻き消されて最後まで聞こえなかった。

風はどこまでも冷たく、頬を削ぐようだった。

柿沢を覆っていた白布が捲《めく》れ、膝まで両脚が覗いた。手を伸ばし、白布を元に戻す。指先が触れた屍体の脛は、布越しにも大理石のような冷たさと硬さだった。

31

衛戍病院に搬入された二人の容態が明らかになったのは、その夜半のことだった。腹に銃弾を撃ち込まれた伊与は手術の甲斐なく命を落とし、六角は一命こそ取り留めたものの、右膝下の切断を免れなかった。

凶報は憲兵司令部のみならず、三宅坂の諸官衙《しょかんが》までをも大いに揺るがした。

現役の東京憲兵隊長とその護衛が白昼堂々銃撃され、護衛二名が死亡し隊長自身も重傷を負うなどというのは前代未聞だった。

世相を乱さぬため、また何よりも軍の威信を護るためこの一件には徹底した報道統制が敷かれることとなった。幸い翌朝の新聞は前日の午前十時八分に近畿地方全域を襲ったマグニチュード六・四の大地震に関する記事で埋め尽くされており、目晦《めくら》ましには最適だった。

司令部が先ず手を付けたのは六角の後任の選定だった。この非常時に在《あ》って総指揮官たる憲兵隊長の不在は、一日たりとてあってはならないという訳である。

六角は一先《ひとま》ず司令部附となり、その後釜《あとがま》には敏腕で名の知れた仙台憲兵隊長の坂本《さかもと》大佐が据《す》えられた。余程上層部から急《せ》かされたのだろう、坂本は事件当日の夜行で上京し、翌二十二日には着任していた。

昨日までとは打って変わり、司令部には静謐《せいひつ》な雰囲気が漂っていた。無論平穏を取り戻した訳ではなく、余りにも非日常な出来事に将校のみならず下士官たちまで神経が麻痺してしまっているようだった。

襲撃犯の逮捕を厳命された坂本新隊長の指揮の下、東京憲兵隊の隊員たちは既に大半が出払っていた。諏訪の懸念通り、一部将校の監視が疎《おろそ》かとなるのは火を見るよりも明らかだった。

私は手付かずで残っていた各分隊の報告書を手に取った。

牛込《うしごめ》分隊の報告では十八日に歩一《ほいち》の某将校宅で蹶起《けっき》の最終決定が為されたとあり、期日に関しては中心となる人物が週番司令《しゅうばんしれい》を務める来週二十四日の週が危ないとのことだった。

週番司令とは連隊の当直勤務を指す。連隊長は通常営外で起居し、その勤務は休日を除いた朝から夕方までに限られていた。従って連隊長の帰営後は主として中隊長職にある古参大尉が週番司令となり、一週間交代で夜間や休日の部隊を統轄していた。

緊急の事態が発生し連隊長に指示を請う暇がない場合、週番司令には自らの権限で問題に対処することが認められていた。週番司令が〝夜の連隊長〟と呼ばれる所以《ゆえん》はまさにそこなのだ。週番司令は独断で火薬庫を開放し、独断で弾薬を部下に持ち出させ、独断で出動を命じることが出来る。即ち、理論上は上官の目を盗んで隷下《れいか》の部隊を動員し、首相官邸に攻め込むことも可能なのである。

司令部内でもその可能性は早い段階から検討されていた。以前陸相へ具申された、岡田内閣の倒閣運動に関する意見もそうだった。しかし結局は、「流石にあいつらもそこまで莫迦じゃない」、「青二才どもにそこまでの蛮勇《ばんゆう》がある訳がない」という意見が大半で殆ど顧《かえり》みられることもなかった。

中心人物として挙げられたなかには、麦島の名も含まれていた。

予想はしていたことなので、動揺はなかった。失望もしなかった。ただ、厄介な仕事を前にした億劫《おっくう》な気持ちだけが、重苦しく肚《はら》の底に溜まった。

詳細を尋ねるため、二階の東京憲兵隊本部に向かった。副隊長の須藤と警務課長の神谷《かみや》が卓上に地図を広げて何やら話し込んでいた。

入室を請おうとした矢先に電話が鳴った。村内《むらうち》という隊員が受話器を取り上げ、二言《ふたこと》三言《みこと》言葉を交わしたのち、須藤の方を振り返った。

「副隊長、六角隊長のお嬢さんからお電話です」

須藤は怪訝そうに地図から顔を上げて、用件は何だと云った。

「はい。面会謝絶だと伺ってはいますが替えの下着なぞは持参してもよいのかとのことであります」

「お嬢さん本人が持って来るんだろう？　なら何も問題はないだろうが。それぐらい自分の頭で考えろ」

「はい、失礼いたしました。その旨伝えます」

村内は顎を引き、構わない旨を向こうに告げてから受話器を戻した。再び地図に目を落としていた須藤は、思い出したように村内の名を呼んだ。

「おい、病院の警備は牛込分隊が担当だったな？　お嬢さんが行くことは一応伝えておけよ」

村内は畏まりましたと顎を引き、再度受話器を取り上げた。

横から名前を呼ばれた。いつの間にか、諏訪が近くに立っていた。私は慌てて敬礼を示した。

「どうした茫《ぼう》っとして。入らないのか？」

いえと答えたきり後が続かない。

何かが脳裏を過ったのだ。それが何だったのか、また何が切っ掛けとなったのかも分からない。目の前に垂らされた暗幕が微かに翻《ひるがえ》った――そんな感覚だった。隠されていた光景が、確かに一瞬だけ見えたような気がした。

懸命にその正体を探る私の姿を何かと勘違いしたのか、諏訪は腰に手を当てて廊下の奥を振り返った。

「司令部のお偉いさん方にもう一回陳情して来たんだ。近々歩一と歩三の若手将校を中心に一大蹶起が発生する可能性があるってな」

「如何《いかが》でしたか」

「矢《や》っ張《ば》り駄目だった。演習教育以外で兵力の無断使用なぞあり得ないと笑われた」

「今朝一番に、憲兵の威信に懸けて必ず犯人を逮捕せよとの訓示が司令部でもありました」

「云わんとすることは分かる。ただ、困ったもんだ。こればかりは、後からほれ見たことかじゃ済まされんだろう。兎に角、早く襲撃犯を捕まえて本筋に戻す他にない。斬奸状《ざんかんじょう》やら犯行声明の類いは司令部にも届いていないのか？」

「はい。報道は抑えていますが、それでも人伝《ひとづて》に噂は広がりつつあるようです。ですが、悪戯《いたずら》を含めて未《ま》だ一通も届いてはおりません」

諏訪は腕を組み、ふむと天井を仰いだ。

「どうして犯人は六角隊長を撃ったのか。……なあ浪越、一部将校がこうなることを狙ったとは考えられないか」

「どういう意味でしょう」

「六角隊長は相沢の凶行に居合わせた際も重傷を負われた。ただその際は隊長交代とはならず、暫《しば》しの間須藤副隊長が代理を務めた。それで、こう云っては悪いが指揮命令系統は少なからず混乱した。それを知っている歩一や歩三の若手将校連中は、二匹目の泥鰌《どじょう》を狙った。俺たち憲兵が混乱している隙を衝《つ》いて、恙《つつが》なく行動を起こすために」

「しかし、やるのなら自分たちだけで正々堂々やるべしと再三強調しているような連中です。そんな狡《こす》い手段を採るでしょうか」

「背に腹は替えられなかったんだろう。理想だけじゃ飯は喰えん。現に、伊与と柿沢は的確に撃ち殺していながら、隊長だけは脛を狙っているじゃないか。敢えて急所は外したんだよ。殺したら必ず交代だから、重傷程度で留まるようにな」

胸の裡で何かが弾けた。あっと思った時には同じ声が漏れていた。

そういうことだったのか。

点と点が繋がり線となる。それを繰り返すことで、昭和二年十一月の野砲兵第三連隊の火災に始まる長く複雑なこの事件の全容は、徐々に明らかになりつつあった。

実に多くの人間が命を落とした。そしてその内の少なからざる者が、他人によって命を奪われている。峯子《みねこ》の死に始まる六角家で立て続いた不幸。時は飛んで、永田軍務局長斬殺事件。古鍜《こか》治兼行《じかねゆき》と米徳《よねとく》平四郎、米徳の老母と妻の凶殺。青山正治の轢殺《れきさつ》とその家族の惨殺。暗躍を続けた碓氷東華《うすいとうか》の横死。そして今回の六角紀彦襲撃事件。

一見関わりがないようにも思われる事実の数々は、裏で密かに繋がっていた。例えるならばパズルのような物である。これらを上手《うま》く当て嵌めていけば、六角菊秀の復讐という一枚の絵に仕上がる筈だった。

しかし、昨日目《さくじつ》を通した菊秀の履歴書がこの仮説を打ち砕いた。給仕に扮して陸軍省へ潜入するという菊秀の行動に、本来復讐対象である筈の六角紀彦が手を貸していたからだ。

これは一体どういうことなのか——その謎が、たったいま漸《よう》く解けた。

何のことはない、もうひと回り大きなパズルが存在したのである。これまでに知り得た事実から導き出される、菊秀が描いた犯罪計画だけでは意味を為さない。それはまた別の、更に大きな犯罪計画を構成する一要素に過ぎなかったのだから。

肌が粟立《あわだ》ち、冷たい汗が脇の下を流れた。続けて脳裏を過ったのは、これから起こるであろう最後の事件の展開だった。

「おい、どうした。急にそんな怖い顔をして」

諏訪に形だけの敬礼を示し、私は駆け出した。外套を取りに戻っている暇はない。幸い軍刀と拳銃は吊っていた。私は車庫に駆け込み、陸王《りくおう》に跨《また》がってエンジンを吹かした。

向かう先は、六角が運び込まれた戸山の東京第一衛戍病院である。

若松町《わかまつちょう》の交差点を黄色信号で突っ切って、スピードを落とさずに衛戍病院の止門を潜る。石敷きの車寄せを上って、オートバイを急停止させた。

警備の牛込分隊だろう、正面玄関に立つ憲兵軍曹と伍長が何事ですかと駆け寄って来た。

「憲兵司令部の浪越大尉だ。緊急の用件で入院中の六角隊長を訪ねる。病室はどこだ」

「お待ち下さい。何の連絡も来ておりませんが」

行く手を阻むように、下士官たちは前に立ち塞がった。私は軍曹の襟首《えりくび》を摑み、緊急だと怒った。見舞客と思しき老婦人とその連れが、驚いた顔でこちらを振り返った。

「し、しかし先ほどの連絡では、来訪者は隊長殿のお嬢さんとしか」

「お嬢さんはもう来ているのか」

唖然とした顔で顎を引く軍曹を投げ棄て、私は玄関から駆け込んだ。

手前の受付窓口を開け、目を瞬《しばたた》かせる看護職員に憲兵手帖を示して強い口調で六角の病室を問う。若い職員は引き攣《ひっ》った顔で、南病棟一階の一一三号室だと答えた。

衛戍病院は、「生」の字を逆さにしたような三つの病棟から成っていた。手前が管理棟であり、その次が南病棟、そして北病棟と広い廊下で繋がる構造だった。

南病棟に駆け込み、左右を見廻す。左手の奥に憲兵の姿があった。上がった息を鎮《しず》めながら、私は大股でそちらに向かった。

「浪越大尉、どうされました」

扉の前に控えていたのは、夜久野《やくの》という顔見知りの憲兵曹長だった。

「お嬢さんはなかか」

「はい？　ええ、先ほど着替えを持って来られまして」

ホルスターから軽便拳銃を引き抜く。夜久野は目を瞠《みは》り、両手で私を制しようとした。

「ちょ、ちょっと浪越大尉！　あなた一体何を――」

有無を云わさずに左拳で夜久野を殴り飛ばし、ひと息に扉を開け放つ。

縦に長い、十畳ばかりの二人部屋だった。

正面に二つの寝台が並び、その傍らに黒い和装の女が立っていた。

大きなガーゼ・マスクで口元を隠したその女は、弾かれたように顔を上げた。長く艶やかな黒髪が、ヴェールのように翻った。

私はその肩を狙って引金を引いた。相手は、銃声と共に背後の窓まで弾け飛んだ。

拳銃を構えたまま大股で寝台に歩み寄る。忽ち、濃い血の臭いが私の鼻腔を冒した。

六角紀彦は右の寝台に寝かされていた。床に落ちた掛蒲団も、前が開《はだ》けた患者衣も、全てが真《しん》紅《く》に染まっていた。

六角は剝《む》き出《だ》しの下腹部を十文字に切り裂かれ、その疵口《きずぐち》からは血に塗《まみ》れた薄桃色の腸《はらわた》が、のたうつ蛇のように溢《あふ》れ出《で》ていた。口にはハンカチが詰め込まれており、恐怖と苦痛に歪んだその顔は、最早毫《ごう》も動かなかった。

窓際の人影が身動《みじろ》ぎした。

先ほどの衝撃で床には長髪の鬘《かつら》が落ちていた。

腕を動かし、己《おのれ》の顔からマスクを剝《は》ぎ取る。憎悪の籠った眼差《まなざ》しでこちらを睨むその顔は、写真では何度もお目に掛かっていた六角菊秀に間違いなかった。

黒い生地のせいで分かりにくいが、弾は左腕に中《あた》ったようだった。出来ることならば殺したくはなかったので、好都合だった。

「六角菊秀だな？　私は憲兵司令部の浪越大尉。古鍛治と米徳の事件以来、ずっとお前を追って来た者だ。漸く会えたな」

菊秀は歯を食い縛ったまま何も答えない。答えを期待していた訳でもなかった。

「訊きたいことは山ほどある。だから先ず、六角紀彦憲兵大佐殺害の現行犯で貴様を逮捕する」

視線は私に向けたまま、淡く粧《よそお》った菊秀の目が不意に薄くなった。

次の瞬間には素早く右手を動かし、手元に隠していた褐色の小壜《こびん》を口元に運ぼうとした。

咄嗟にその右腕を蹴り上げる。大きく弧を描いた小壜は、床に当たって幾つかの破片に割れた。

中身は空だった。囮《おとり》だと気が付いた時にはもう遅かった。再び視線を戻した菊秀は、何かを嚙み締めるように口を動かしていた。

毒は口腔内に隠されていたのだ。私が拳銃を投げ棄てて摑み掛かるのと、痙攣《けいれん》の始まった菊秀が横倒しになるのはほぼ同時だった。

口を抉《こ》じ開《あ》け、毒を吐かせるため喉の奥に指を突っ込む。しかし、望んだような嘔吐《おうと》は起こらず、痙攣も止まなかった。

不意に背後が騒がしくなった。いつの間に入って来ていたのか、夜久野が寝台の近くで何かを叫んでいた。医者を呼べと怒鳴りかけて、私は腕のなかの菊秀に目を落とした。

いま、何かを喋ろうとした。顫《ふる》える唇からは小刻みに息が漏れている。

私は必死に耳を澄まし末期のひと言を拾った――おかあさん。

薄く開かれた瞳からは、陽が沈むように光が失われた。私の腕のなかで、その身体は急に重たくなったように感じられた。

「浪越大尉、これは、これは一体」

夜久野の言葉は続かなかった。私は菊秀の屍体を床に横たえ、素早く立ちあがった。

「見ての通り六角大佐は殺された。犯人はこいつだ。直ぐに司令部と東京憲兵隊本部に連絡しろ」

「しかし、自分は確かにお嬢さんをお通しした筈です」

「見れば分かるだろう。こいつはお嬢さんを騙《かた》ったんだ。無理もない。似た顔だからな」

血塗れの掛蒲団から拳銃を拾い、ホルスターに仕舞う。

「私は未だやるべきことがある。後は任せたぞ」

「そんな、ちょっと待って下さい!」

堰《せき》を切ったように多くの憲兵と医師、それに看護婦が雪崩《なだ》れ込んで来た。私はその流れに逆らって廊下に出る。背後では、幾つもの怒声や叫び声が上がっていた。

先ずは何から手を付けるか。菊秀が死んだことを根来川《ねごろがわ》に伝えるべきだろう。

電話機を借りるため、私は管理棟への廊下を足早に戻った。

32

往来に人影はなかった。

エンジンを切り、オートバイを下りる。既に陽は傾き、打越《うちこし》の界隈は暮色に染まりつつあった。

ホルスターから拳銃を取り出して、その残弾数を確かめる。五発。私はそこで、菊秀に一発使っていたことを思い出した。午前中の出来事にも拘《かか》わらず、それは遥か昔のことのように感じられた。

拳銃を仕舞い、軍帽を目深《まぶか》に被り直す。吹き荒ぶ風のなかにあって、額には汗が滲みつつあった。

大きく息を吐き、密やかな路地の入口を眺める。

出来ることならば、ここに来たくはなかった。しかし事件の幕は下ろされなければならない。

真相を知るのが私独りだとするのならば、その責務は当然私にある。

向かいのアパートの灯は落ちていた。板橋分隊の立石曹長だったか。こちらも、六角紀彦襲撃事件の捜査に引き抜かれて不在なのだろう。私にとっては好都合だった。

左腕を掲《かか》げてみる。腕章が少しだけ傾《かし》いだ。白布に赤字で書かれた憲兵のふた文字を見詰め、私は路地に足を踏み入れた――そして歩調を緩めず、麦島家の門を潜《くぐ》った。

ガラス戸に手を掛けてから、玄関の立ち話で済ませる話題でもないと思った。壁伝いに庭へ廻る。小さな花壇と家庭菜園が左の奥に設《しつら》えられ、その隣には、麦島の手製と思《おぼ》しき不恰好なブランコ台が風に揺れていた。地面はよく均《なら》され、危ない小石なども取り除かれた、細《ささ》やかで幸せな空間だった。

縁側のガラス戸を開けると、直ぐに出汁《だし》の匂いが漂って来た。

八畳の座敷では、積み木を手にユキが独りで遊んでいた。突然現われた私に驚いたのか、両手で緑色の円柱を握り締めたまま、ぽかんと口を開けた顔で固まっている。今晩はと声を掛けても同じだった。

私は背筋を伸ばし、奥に向かって御免下さいと声を張った。ユキはびくりと肩を震わせ、積み木を放り出して奥に駆けて行った。

妙子は直ぐに現われた。その足元には、恐々《こわごわ》といった顔でユキが隠れている。

「浪越さまじゃありませんか。ごめんなさい、玄関からお声掛け頂きましたか?」

私は曖昧《あいまい》に頷いて見せた。

「申し訳ありませんけれど、麦島でしたら今週は」

「歩三の週番司令でしょう。知っております。私は奥さん、貴女《あなた》に用があって来たのです」

「私にですか?」

畳縁《たたみべり》に膝を突《つ》き、妙子は後ろのユキに向こうへ行っていなさいと促した。ユキは不安そうな面持《おもも》ちで母親を見上げ、また私を一瞥してから小走りに消えた。

「先にお尋ねします。衛戍病院、若しくは東京憲兵隊本部より連絡はありましたか」

「いえ、何もございません。替えの下着などを持参したいと申し上げたのですけれど、警護の関係で今はそれも難しいと。ですから病院の方でそれはご準備頂けることになっていたかと思います。何かあったのですか？」

ここにいると云うことは、確かに連絡は来ていないのだろう。既に事件からは六時間近くが経過している。唯一の身内にすら報せていないのならば、陸軍上層部は未だ如何《いか》にしてこの件を処理すべきか考え倦《あぐ》ねているに違いない。

「父の身に何かあったのですか」

「どうしてそう思われます」

「どうしてって、容態が急変したのならお電話を下さる筈でしょう？　そうじゃなくて直接来られるなんて変ですわ」

「そんなことより、もう風邪の方は宜《よろ》しいのですか」

「何ですって？」

「風邪です。昨日、貴女が衛戍病院に向かわれた後で槌井の若先生と話しました。その際、風邪を召しておられると聞き及びましたもので」

「……ええ、お陰さまでもうだいぶ良くなりました。ねえ、浪越さま。いったい何を仰りたいのか、私には今ひとつ分からないのですけれど」

「今日の午前、東京第一衛戍病院の病室で六角大佐が殺されました」

私はひと息にそれを告げた。

「死因は、生きながら腹を掻《か》き捌《さば》かれての失血死です。犯人は六角菊秀。逮捕まであと一歩のところで、奥歯に隠していた青酸化合物のカプセルを噛み砕いて自決しました。菊秀は奥さん、貴女を騙って病室に侵入をしています。女物の和服を纏い、貴女の髪型と似た鬘《かつら》を被って化粧を施し、昨日のような大きなガーゼ・マスクで顔を隠してね。警備の憲兵が侵入を許したのは、事前に替えの下着を持参してよいかという貴女からの問い合わせがあったからです。暫くして、麦島妙子を名乗る昨日と同じマスク姿の女が衛戍病院を訪れた。よもやそれが襲撃犯であるとは誰も思わないでしょう。まあ、手落ちには相違ありませんから擁護《ようご》はしませんが」

　妙子は何の反応も示さなかった。菊秀に無理矢理協力させられていたという可能性は、これで除かれた。

「昭和二年十一月の野砲兵《やほうへい》第三連隊の火災に端を発するこの長く複雑な事件には、二人の犯人が存在した。一人は六角菊秀。もう一人は奥さん、貴女です」

　そうですかと呟き、妙子は背筋を伸ばした。

「否定されないということは、罪をお認めになるということで宜しいか」

「廻りくどいことは好かない質《たち》でして。それに、ここに来られたということは、浪越さまも私に何かお願いがあるのではありませんか？」

　咄嗟の回答を逸《いっ》した。そんな私の姿を見て、妙子は薄く微笑んだ。

「先ずはお聞かせ下さいませんか。浪越さまが仰った、その長く複雑な事件という物を。どこまでお調べになったのか、私としても興味の尽きないところなのです」

「いいでしょう」

私は顎を引き、舌先で唇を湿らせた。

「初めに断っておきますが、私は全ての証拠が集められた訳ではありません。確証のない箇所は全て想像で補っています。それも、随分と突拍子もない想像で。ですから万が一間違っている箇所があったら指摘をして頂きたい。今更それをどうしようかとも思いませんが、間違ったままで事実を抱えているのも面白くありませんので。……さて、前置きはそれぐらいにして、最初の殺人は昭和二年十一月二十六日の名古屋、野砲兵第三連隊の将校集会所で起こりました。貴女の叔父である六角秀彦砲兵少佐が火事で亡くなったのです。犯人は当時第三師団高級副官だった古鍛治兼行中佐。そして、教唆《きょうさ》という意味では貴女のお父上、憲兵司令部高級副官だった六角紀彦憲兵中佐です」

「教唆ですか？」

「偉大なる砲兵将軍の父から跡を継ぐことを許されなかった紀彦は、弟の秀彦に大いなるコムプレックスを抱いていた。いつかそれを晴らしてやろうと憎悪を募らせていた紀彦の許に、陸士同期の古鍛治が或る相談を持ち掛けた。当時古鍛治は、副官の地位を利用して違法な献金を御用商から受けていました。それは同じく第三師団にいた秀彦の知るところとなり、遂には露顕《ろけん》寸前となった。清廉な秀彦を口説《くど》き落とすことに失敗した古鍛治は、陸士同期である紀彦に弟を説き伏せてくれと頼み込んだ。しかし、秀彦の性格を良く知っていた紀彦はそれが不可能であることを述べ、逆にその口を塞いでしまうことを古鍛治に提案した」

「古鍛治さまはそれに乗ったのですか」

「紀彦は憲兵の総元締《そうもとじ》めたる憲兵司令部高級副官の地位にありました。捜査結果など如何様《いかよう》にも弄《いじ》ることが出来ると豪語したのでしょう。そして、それこそが紀彦の目的でもあった。古鍛治は秀彦の部下だった青山正治砲兵少尉を使って将校集会所の二階で個人的な酒宴を張った。酒に睡眠薬でも盛ることで秀彦と青山を昏倒させ、煙草の火をカーテンに移す。秀彦は焼け落ちた梁で頭蓋が砕かれていたそうですが、万全を期すために背後からの一撃くらいは加えていたかも知れません。兎に角、古鍛治は青山だけを助け、秀彦は燃え盛る業火のなかに残した。これがあの火災の真相です」

「古鍛治さまはどうして青山少尉を助けたのですか。秀彦叔父が酒宴に参加したのでしたら、それはきっと古鍛治さまの悪事に関する話し合いの場だった筈です。そうでなかったら、叔父は申し出を断るでしょう。青山少尉も古鍛治さまが私腹を肥やしていたと知ってしまった訳ですから、一緒に口を封じてしまった方が具合も良かったのではありませんか」

「そうはいきません。事件の真相を都合よく描き替えるためには、秀彦が酷く酩酊していたという証言が古鍛治以外にも必要だったのです。成る程、確かに青山は知ってしまったかも知れない。ただ古鍛治はそれほど心配しなかったでしょう。何せ青山は古鍛治を命の恩人だと信じ込んでいたのです。それが古鍛治の醜聞《しゅうぶん》であった場合、決して口外はしない。青山正治とはそういう男なのです。そして事件の真相は、捜査を指揮する紀彦の手で、酩酊した秀彦の煙草の不始末という筋書き通りに導き出された。一歩間違えれば名古屋の中心街が吹き飛んでいたかも知れない一大不祥事に、秀彦への糾弾は増していく一方でした。そこで六角家主治医の槌井博士は、秀彦の遺族を松濤へ匿《かくま》うよう紀彦へ提案した。非難の声から庇うだけでなく、先代の忠義《ただよし》閣下や秀彦の願いであった兄弟の融和《ゆうわ》を図ることもまた目的だった。そして紀彦もそれを受け容れた。しかし、それが第二の悲劇の幕開けだった。紀彦が、義妹《いもうと》の綾に手を出したのです」

妙子の表情が初めて崩れた。その眉根に刻まれたのは、明らかに嫌悪《けんお》の皺《しわ》だった。

「話は少し飛びますが、綾が六角邸の二階から転落死した昭和三年の五月時点で、彼女は妊娠三ヶ月から四ヶ月の身体でした。一方、夫の秀彦が死んだのは前年の十一月二十六日。計算が合いません。私がその相手を紀彦だと推測したのは、綾の転落に先立った二つの事件からでした。一つは貴女の従弟《いとこ》である六角菊秀が左目を負傷したこと。もう一つはお母様、六角峯子《みねこ》がバスに轢《ひ》かれて亡くなったことです。貴女はそれを事故だと仰った。しかし、槌井博士の見解は異なりました。事故なのかも知れないが、それは限りなく自殺に近い物であったというのが最終的な認識です。お母様は貴女を産んだ際の傷で、子を生《な》すことが出来ない身体になったと聞きました。由緒ある軍人一族の当主の嫁としてそれは致命的です。嫡子《ちゃくし》は貴女しかおらず、事実それを理由にお母様は松濤の家でも非常に肩身の狭い思いをされていた。そんな澱《よど》んだ家に義妹と甥《おい》が転がり込み、夫が義妹に手を出した。紀彦は隠していたかも知れませんが、所詮《しょせん》は同じ屋根の下、やがてその事実はお母様も知ることとなった。そして、妊娠三、四ヶ月ともなればそろそろ隠し通すことも難しくなる。夫と義妹が子を生したと知ったお母様は――」

「それ以上は結構です」

妙子は叩きつけるように云った。

「決して愉快な話ではありません。どうぞ先にお進み下さい」

「分かりました。六角峯子の死後、綾の妊娠とその相手が誰であったかは菊秀の知るところとなった。母を穢《けが》した相手に菊秀は喰って掛かり、反撃にあった。左目の怪我はその時の物です。駆けつけた槌井博士の応急処置が済んだ後、綾は菊秀にこの家に留まってはならないと諭したのでしょう。すんなりとはいかなかったかも知れないが、菊秀も最後には母の命に従った。そしてその直後、綾は二階の窓から落ちて命を落としました」

「叔母は父が手に掛けたのですか。それとも自殺？」

「紀彦が突き落としたのではないかと考えています。私が引っ掛かったのは、どうして綾は妊娠を自覚した時点で堕《お》ろさなかったのかということです。居候《いそうろう》という弱い立場に在って、綾は自分と菊秀を護るため、自身の腹にいる紀彦との子を切り札に使おうとしたのではありませんか。世評を気にする紀彦からすればそれは脅威です。だから、二階の私室から突き落とした。そうなってくると、問題は綾の転落を貴女が目撃していたという点なのですが」

妙子は目を伏せたまま何も答えなかった。

風が吹き、庭の薄《すすき》が激しく揺れた。

妙子の肩が微かに顫《ふる》え始めた。泣いているのだと思った──が違った。

笑っているのだ。押し殺すような忍び笑いは、やがて甲高《かんだか》い、金属質な哄笑《こうしょう》に変わった。

「──ああ可笑《おか》しい。お可哀想《かわいそう》な綾叔母さま。亡くなった後ですら、そんな悪女みたいに思われるだなんて。浪越さま。全然、全然違いますわ──でも、いいえ、全然ではないかしら。流石です。大筋はその通りで合っておりますとも。でも──でもいっとう肝心な所がまるで抜けていますわ」

「どこが違いましたか」

「初めからです。確かに古鍛治さまはご自身に対する違法な献金の証拠を秀彦叔父に摑まれておりました。野砲兵第三連隊に砲弾を納品している御用商の方が、大隊長だった叔父に対してついうっかりと口を滑らせてしまったのです。叔父は古鍛治さまを糺《ただ》し、古鍛治さまはそんな叔父を懐柔しようとして却《かえ》って怒らせてしまいました。憲兵隊に突き出される直前となって、古鍛治さまは父に泣き付きました。それで浪越さまが仰る通り父は叔父の謀殺を持ち掛けた訳ですが、何も叔父を憎んでいたからではありません」

「しかしそれでは」

「父は、綾叔母さまに惚れていたのです」

絶句した私に、妙子は頬だけで笑って見せた。

「驚《かげ》きましたか？　その程度のことなのです。叔母は確かに美しい人でした。それだけでなく、陰《かげ》に日向《ひなた》に夫に尽くす、まさに軍人の伴侶としては鑑《かがみ》のような女性でした。栄《は》えある軍人の娘として育った気位《きぐらい》の高い母、峯子とは比ぶべくもない。だけど父は、綾叔母さまには手を出せなかった。秀彦叔父を怒らせることが怖かったのです。だから古鍛治さまからの相談は、まさに渡りに船でした」

「だから、捜査でも秀彦を悪者に」

「非難から庇うという大義名分で以《もっ》て、自分の手元に綾叔母さまを招き入れることが出来ますものね。それに、窮地を救って貰った綾叔母さまは、たとえそれがどれだけ邪《よこしま》な願いだったとしても、父の申し出を断れるような人ではありませんでした。父はそれも分かっていたのです」

妙子の表情が不意に翳《かげ》った。その目線は、遠くを見るような霞《かす》んだものになった。

「それから先はおおよそ浪越さまが仰った通りです。ただ、母と綾叔母さまの死に関してはもう少し説明が必要なようですね。遺書こそありませんでしたが、母は確かに自分の意思で路線バスに飛び込んだのだと思います。それは偏《ひとえ》に、父と叔母さまへの復讐のために」

「復讐？」

「どうして綾叔母さまは父との子を堕ろさなかったのかと仰いましたね？　浪越さまはそれを切り札にしたのだと推理されましたけれど、六角綾は決してそんな打算的なことが出来る人ではありません。堕ろさなかったのではなく、堕ろせなかった。綾叔母さまは、必ず子を産むように父から厳命されていたのです」

　それは何故かと問い掛けて、或る事実を思い出した。蓼科《たてしな》での峯子の療養に、話し相手として綾が付き添うという槌井の提案だ。

　真逆《まさか》と呟いていた。思い切り横面《よこつら》を張られたような感覚だった。妙子は昏《くら》い眼差しで顎を引いた。

「槌井先生から蓼科のことは聞いていらっしゃるのですね。ええ、そうです。母の療養に綾叔母さまが同行するんじゃありません。逆なのです。父はこれからお腹が膨らんでくる綾叔母さまを、蓼科の別荘に隠そうとしました。そしてそこには母も同行させ、若し産まれた子が男児だった場合は母が産んだ子だと、六角紀彦と峯子の間に産まれた六角家の正式な嫡男だということにしようとしたのです」

「それはお母様も了承されたのですか」

「だからこそ死んだのですよ」

　妙子は乾いた声で云った。

「散々な扱いを受けて、それでも子を生せなかった自分が悪いからと耐え忍んできた母も、流石に我慢が出来なかった。だから、加速する路線バスの前に身を投げたのです。母が亡くなってから五日後、綾叔母さま宛に一通の分厚い封筒が届きました。郵便の仕分けと確認は私の仕事だったのですけれど、私はその宛名書きを見てはっとしました。母の字だったのです。母が何を送ったのだろうと、私は好奇心から封を剝がして中身を確認しました。……それは、秀彦叔父を亡き者とするために父と古鍛治さまで遣り取りをした軍事郵便の複製、そして計画を書き記した父の手帖でした」

「何ですって。どうしてお母様はそれを、いや、そもそもどうしてその事実を御存知なのです」

「以前にお話ししたかも知れませんが、母は父の秘書を務めておりました。そのため父の私室には自由に出入りが出来、そのなかで知り得たのでしょう。私がこれらの事実を知ったのも、母の跡を継いで父の秘書と成ったからです。お分かりですか？　母は死に際して、父と綾叔母さまに一本の毒の矢を放ったのです。それが六角峯子の妻として、女としての復讐だったのでしょう」

「それで、貴女はそれをどうしたのです」

「勿論、叔母さまに渡しました。きっちりと糊付けをし直して」

妙子はこともなげに云った。

「それが母の遺志だったのですから、娘の私が従うのは当然のことです。初七日の相談で菩提寺《ぼだいじ》さまへ行った帰り、私は酷く憔悴《しょうすい》なさった叔母さまに封筒を渡しました。いま思えば浪越さまが仰る通り、その前に菊秀を逃がしていたのでしょうね。私は自室に戻り、果たして何が起きるのか耳を澄ませていました。暫くすると、階段を駆け上がる大きな音が聞こえました。足音を忍ばせて二階に上がり、襖の陰から様子を窺うと、綾叔母さまがこれまでに見たこともないような凄《すさ》まじい形相《ぎょうそう》で父に摑み掛かっていました。その足下には、私がお渡しした例の複製と手帖が……。父は血相を変えて叔母さまを抑えていましたが、揉み合っていた際の弾みなのか、それとも口を塞ごうという明確な殺意があったのか、叔母さまの身体を窓の外へ突き落としました。私はそれを見届けてから一階へ下り、たったいま帰って来たように装って外に出ました」

妙子は小さく息を吐いた。

「綾叔母さまは、庭の真ん中辺りで仰向けに倒れていました。ぴくりとも動かず、ひと目見ただけでもう手の施しようがないことは明らかでした。二階の窓辺に父の姿を捜しましたけれど、そこには誰もいませんでした。きっと、恐ろしくなって逃げたのでしょうね。私は仕方なく、そこで大きな声を上げました。これが、あの日本当に起こったことです」

妙子はそう締め括り、首を傾げてみせた。

「お話を伺うつもりだったのに、長々と喋ってしまいましたね。失礼をいたしました。それで？浪越さまのお話は未だ続くのですか」

「それから後のことはもう良いでしょう。貴女もそこまで興味はない筈だ。愚連隊の頭目から碓氷の護衛に抜擢された菊秀は、古鍛治を通じて紀彦と再会した。そんな顚末は知らずとも、菊秀には母親の死に紀彦が関わっているという確信があった。そうして奴の復讐が始まった。しかし、その傍らには共犯者がいた。いや、それとも黒幕と呼んだ方が相応《ふさわ》しいのかな。それが奥さん、貴女です」

「人聞きの悪いことを仰るのね」

「唆《そそのか》した事実に間違いはありません。菊秀の方から貴女に会いに来たのですか」

「ええ。あのような形で父と再会することになるとは、菊秀自身も思っていなかったそうです。それで昔のことを思い出し、どこで知ったのかあの子は私の許を訪れました。去年の七月の中ごろです。驚きましたが、いつかこうなるという予感はありました。案の定、菊秀は私に、母親が死んだ経緯を教えて欲しいと頼み込んで来ました」

「どこまで明かしたのです」

「綾叔母さまは自ら命を絶たれたのだと、幾ら恩義があったとしても拒み切れなかった自分を恥じて二階の窓から身を投げたのだと教えました。併せて、秀彦叔父に悪感情を抱いていた父と古鍛治さまが故意に捜査結果を誇張したということも」

「嘘を吐いたのですね」

「だって、本当のことを知ったらあの子は直ぐに父と古鍛治さまを殺しに行っていた筈でしょう？　それはよろしくありません。幾許《いくばく》か穏やかな説明にはしましたが、それでも菊秀は血相を変えて、これから父を殺しに行くと云いました。父と母の仇を討つのだと。だから私は、計画を変更するように云いました」

「思い留まるように説得はしなかったのですか」

「はい。あの子の気持ちは分かりますから」

「それだけではないでしょう。貴女には貴女の計画があったからだ」

　へえと妙子は強気の笑みを口元に浮かべた。

「驚きました。浪越さまは私の胸の裡までお分かりになったのですか」

「それは後に廻しましょう。しかし、よく菊秀が云うことを聞きましたね。情報の取捨選択が上手《うま》かったのかな」

「それだけではありません。確かに父は秀彦叔父の名誉を護らなかったし、綾叔母さまを凌辱《りょうじょく》したけれど、私の母が死んだのは間違いなく綾叔母さまのせいでした。私がそれを指摘すると、あの子は目に見えて動揺しました。その隙を衝いて、私は計画の変更を迫ったのです。父を殺すのは勝手にすればいい。でも、それだけでは決して古鍛治兼行まで刃が届くことはない、と」

「そして貴女の監修の下、菊秀の復讐は始まった。永田鉄山、古鍛治兼行、米徳平四郎とその家族、青山正治とその家族、碓氷東華、そして六角紀彦と護衛の憲兵二名。本当に多くの人が死にました」

割烹着の裾を直しながら、妙子はそうですねと答えた。

「ここを訪ねる前、警視庁の刑事と共に菊秀の住み処《すみか》に行ってきました。かつて奴と同じ愚連隊にいたお小夜という不良女が、漸く白状をしまして。強情《ごうじょう》な娘でしたが、菊秀が死んだことを告げたら遂に折れたようです」

「そうですか。あの子にも、そんな仲を築ける人がいたんですね」

「場所は不動前《ふどうまえ》駅に近い桐ケ谷《きりがや》の氷川《ひかわ》神社、その斜向《はすむ》かいに建つ五反田《ごたんだ》ハイツというアパートです。そして、その押し入れには箱に詰まった未使用の状態で八十四発の手榴弾《てりゅうだん》が残されていました。ひと箱百個入りで、持ち出されたのは二箱です。片方は殆どがテロルに使われ、今回発見されたのは残りの一つでした。警視庁特高課によれば、これまで東華洞《とうかどう》名義で引き起こされた爆弾テロは三十二件で、使用されたまたは回収の叶った爆弾の総数は百十四個。つまり、あと二つ足りない」

「数え違いではないのですか」

「そうであって欲しいと心から願っています。杞憂《きゆう》で済むのならばそれに越した話はない。ですが、私はそれで済ませる訳にはいかないのです。さあ答えて下さい。残り二つの爆弾はどこにあるのです」

「可笑《おか》しなことを仰るのですね。全ては菊秀がやったことじゃありませんか。どうして私がそんなことを知っているとお思いになるのです？」

「だから云っているではありませんか。菊秀を導いていたのは貴女です。貴女こそ、一連の事件の作者だった」

「何を根拠にそんなことを」

「では、このまま坐して蹶起を待ちますか」

妙子からの答えはなかった。その沈黙が、私の確信をより強いものにした。

「可怪《おか》しいと思ったのは、碓氷の死後も東華洞名義のテロルが続いたことです。菊秀は碓氷からだと偽《いつわ》って東華洞に高橋蔵相の私邸を襲わせた訳ですが、果たしてそれは何のためだったのか。碓氷が名古屋に移った後の標的も妙でした。鈴木侍従《じじゅうちょう》長や斎藤内府《ないふ》の屋敷は良いとしても、残りは首相官邸に大蔵省、そして陸軍省。金を強請《ゆす》るのが目的ならば、いずれも不向きな場所ばかりです。どうして菊秀はそんな所を狙わせたのか。一方で私は、それらが全く別の場所で列挙されていたことを思い出しました。一部将校が発行したビラです。連中はそれらこそ今の世相を乱す伏魔殿《ふくまでん》、君側《くんそく》の奸《かん》だと槍玉に挙げていました。つまり東華洞が爆弾を放擲《ほうてき》したのは、一部将校連中も襲撃対象としていた場所なのです」

　私は再び唇を湿らせた。口のなかはすっかり乾いていた。

「貴女は東京憲兵隊長の私設秘書として、第一師団を中心とした一部将校の計画を、奴らがそう遠くない内に一大蹶起行動を起こす計画を全て把握していた。そして、そこには貴女の夫、歩兵第三連隊第五中隊長の麦島義人も名を連《つら》ねていた。それが動機です。いつだったか、憲兵司令部の前で貴女は私にこう云いましたね。『家族で幸せに暮らしたいだけなんです』と。だから貴女は行動を起こした」

「行動、ですか」

「私は麦島義人という男をよく知っています。慎重居士《こじ》で義理堅いあの男が一度そうだと決めたのならば、その決断を翻《ひるがえ》させることは至難の業《わざ》、否、ほぼ不可能でしょう。憲兵隊に全てを通報する？　そうすれば麦島は、自分のせいで計画が露顕した責任を取って自決する筈だ。大怪我を負わせて物理的に参加出来ないようにする？　その場合でも、麦島は自ら命を絶つことでしょう。そもそも、既に計画は動き出しているのです。麦島が先に死んだとしても、計画に名を連ねた事実は最早動かしようがない。ではどうすればよいのか――ひとつだけ解決策があります。先に叛乱を起こしてしまうのです」

　妙子の目が薄くなった。

「子どもの謎々と同じですよ。絶対に燃えない物は何か？　もう燃えてしまった物です。絶対に死なない人間とは誰か？　もう死んでしまった人間です。一部将校が君側の奸と決めつけ誅殺を誓った重臣や政府高官を、連中に先んじて殺してしまう。それが、それこそが奴らに蹶起を中止させ、なかったことに出来る唯一の方法だった。だから貴女は、菊秀を通して東華洞を動かし帝都各地でテロルを起こさせた。しかし、そんな目論見《もくろみ》は失敗しました。菊秀は死に、貴女独りではもう何も出来ない。罪に問おうとは思いません。ただし、残りの爆弾を出してくれるのならばですが」

「断ると云ったら？」

ホルスターから拳銃を摑み出した。引き戸を大きく開け、拳銃を構える。

風が強く吹き始めた。向けられた銃口の先を、妙子は醒《さ》めた眼差しで見詰めていた。

「貴女にその選択肢は存在しません」

「私を殺すのですか」

「真逆、逮捕するだけです。それから後のことは知りませんが」

妙子は小さく笑った。その口元には、冷たい嘲《あざけ》りの色が滲んでいた。

「浪越さま。結局貴方も男なのですね」

「無駄な時間稼ぎはお止めなさい」

「間違いを指摘してあげているのですよ？　最後の最後でまた貴方は大きく間違えている。私は、麦島がどうなろうと興味はありません」

強がりだということは分かっていた。しかし、拳銃を握る手には自ずと力が籠った。

「当たり前でしょう。あんな男のために、どうして私がそこまでしてあげなくちゃならないのです」

「嘘を吐くな」

「嘘だとお思いになるのは自由です。ですがこれだけは云っておきます。浪越さま、貴方は間違っている。麦島のためだけならば、私はこんなことをしない。してあげる義理もない。そもそも、男児を生せなかったというだけで母を虫けらの如く扱った父や祖母の所業を、一方でそれを仕方のないこととして自ら受け容れていた母の姿を見続けてきた私が、軍人なる存在をどう思っているのかお分かりになりませんの？　あの男だって、結局は父に宛《あて》がわれた軍人に違いないじゃありませんか」

「だが、それなら貴女は」

そこで私は、漸《ようや》く眼前の存在に気が付いた。

廊下の端《はし》から、ユキが不安そうにこちらを覗いていた。ああという呻《うめ》き声が喉の奥から漏れた。そういうことだったのだ。

「娘か」

「漸くお分かりになりましたか」

私の視線に気が付いた妙子は、畳に片手を突きそっと廊下を振り返った。手招きをしながら、ユキの名を呼ぶ。ユキは弾かれたように駆け込んで、母親に思い切り抱き付いた。

「麦島をこの路に駆り立てたのは父と古鍛治さまです。あの人を通じて去年の春ごろから歩三の隊附将校とも接触し、己が計画のため若い方々を煽《あお》りに煽りました。それが全ての始まりなのです。私が菊秀を止めなかったのは、そんな理由もあるのです」

「麦島は、あんな連中の口車に乗せられるほど莫迦じゃない」

「よくお分かりですのね。ええそうです。初めから全く乗り気ではないようでした。しかし、麦島は父の言葉に逆らえなかった。私との間で男児が生せていないことに引け目を感じているのでしょう。ご存知か分かりませんが、私たちの婚姻に際して父は麦島に条件を出しました。男児が生まれた場合は、必ず六角家の跡継ぎとして養子に入れるようにというものです。でもそれは、今のところ叶えられていません」

「だから麦島は紀彦に従ったと？　莫迦な」

「そう、まったく莫迦莫迦しいお話です。でも、私の母はそれで死んだのです。自分で自分を殺したのです。尤も麦島の場合はそれだけではありません。自分が引き合わせた古銀治さまと父の影響で、歩三の若手将校は皆過激な思想に走るようになりました。どうやら麦島は、そのことに強く責任を感じている様子でした。何とかしなければならないと思ったのでしょう。距離を取ればよいものを、自ら渦中に飛び込んでいきました。ですから、浪越さまが仰るこの長く複雑な事件では、麦島が演じた役割も幾つかありました。それは全て父が命じた物です。例えば、そうですね、碓氷さまに名古屋行の切符を渡したのは麦島だった筈です。それは浪越さまもご存知ですよね？　東京から離れるように勧めたのは父ですが、一方で菊秀には、既に制御が出来なくなっていた碓氷さまを殺すようにも命じておりました。それもあって、切符を持っていくのは怖かったようです」

「ならば、麦島は紀彦の悪事を知っていたのか」

「さあ、父もそこまで深入りはさせていなかったようですけれど。でも、薄々は勘付いていたんじゃないかしら。あの人、妙なところで勘はいいんですもの」

艶《つや》やかなユキの頭を撫でながら、妙子は遠くを見るような目になった。

「あれは、確か去年の秋口でした。逸《はや》る同志を説得するため、麦島は敢えて計画に名を連ねました。私はそれを知った時、あの人の蒙昧《もうまい》を心の底から憎みました。本当に、出来ることならばこの手で殺してやりたかった。あの人たちは勝手に自分たちの大義とやらを掲げて、それに酔ったまま死んでいくのでしょう。無駄死にだとは思いますが、どう死ぬのかは勝手です。好きにすればいい。でも、それで私たちはどうなるのです」

「それは」

「陛下の兵を私《わたくし》した大逆の罪人の身内。何もしていないのに、気が付いたらそんな拭いようもない汚名を着せられているのです。不祥事を起こした軍人の家族がどんな扱いを受けるのかは、秀彦叔父の件で厭《いや》というほど知っています。私はこの娘《こ》を、ユキをそんな罪人の子には絶対にしたくはなかった」

「だからって、これだけ多くの人間を殺したのか」

「浪越さまには分かりませんよ。親というのは、自分の子どもが助かるためならば他にどれだけ人が死のうと構わないものなのです。貴方が仰った通り、初秋の時点で麦島は計画に名を連ねていました。だからもう遅い。憲兵隊に通報して計画を白日の下に晒しても、殺してしまっても、蹶起が起これば叛乱軍の一員に数えられてしまう。だから私は、たった独りでも起つ必要があったのです——さあ、これでお分かりになったでしょう。私がどうしてこうも大人しく貴方に付き合ってきたか」

妙子は背筋を伸ばし、ユキの身体を大きく抱き寄せた。

「蹶起は二十六日早朝。主たる標的は岡田総理、斎藤内府、高橋蔵相、渡辺教育総監、鈴木侍従長、それに牧野伯爵。歩一と歩三の隊附将校がそれぞれ部隊を率いて以上の人物を襲撃します。その後で三宅坂一帯を占拠し、自分たちの崇敬する真崎閣下や荒木閣下など皇道派将官に大命を降下させる……。計画はもう止まりません。ですが、麦島独りを止めることならば未だ間に合います」

「……何を云っている」

「残りの爆弾がどこにあるのか知りたいのでしょう？　でしたら、貴方の手で麦島を止めて下さい」

「くだらないことを云っていないで、早く爆弾の在り処を吐け」

「貴方の選択肢は一つしかありませんよ、浪越さま」

「娘を殺すぞ」

　考えるより先に、怒鳴っていた。

　ユキはびくりと全身を震わし、火が点いたように泣き出した。妙子は愈々《いよいよ》冷静に、血の気の失《う》せた顔でユキを強く抱き締めた。

「それが貴方の選択だと云うのならば構いません。ただし、ユキが死ねば私も死にます。貴方では絶対に最後の手榴弾を見つけられない。そして私が死ねば、爆弾は然るべき者の手に渡ることでしょう。第二の難波大助《なんばだいすけ》に、若しくは第二の李奉昌《りほうしょう》に」

　私は唇を強く噛み締めた。

　それが、私の最も恐れている事態だった。虎ノ門外《とらのもんがい》を通過中の陛下の馬車に銃弾を撃ち込んだ難波大助。桜田門外《さくらだもんがい》で還幸中《かんこうちゅう》の陛下の馬車に爆弾を投げつけようとした李奉昌。陸軍から流出した爆弾が過激な共産主義者や無政府主義者の手に渡り、菊の御紋に傷をつける。それだけは断じてあってはならない。そんなことがあれば、陸軍は最早再起不能に陥ってしまう。

「そんなに上手くいくと思っているのか」

「それを一番ご存知なのは貴方でしょう」

妙子の膝元に銃口を向け、引金を引いた。長く尾を引く銃声と共に、濃い硝煙が立ち込める。

ユキの泣き声が更に激しくなった。妙子は私を睨みつけたまま、身動ぎもしない。

唇が破れ、忽ち口中が血の味になった。

取るべき路《みち》が最早一つしか残されていないことは、如何なる手段を使ってでも麦島を蹶起から離反させるしかないということは、疾《と》うの昔に分かっていた。

それを認めた途端、急に拳銃を握る手が痺《しび》れ始めた。その重さに堪え切れず、まるで自分の物ではないように、のろのろと腕が落ちていった。

耳を劈《つんざ》くようなユキの泣き声のなかで、妙子は黙して何も語らない。

あれほど強かった風は、いつの間にか止んでいた。

33

荻窪駅前から西へ歩いて約五分、白山《はくさん》神社の石鳥居は鬱蒼《うつそう》とした木立のなかで隠れるように建っていた。

硬く凍った参道を慎重に進み、正面に臨む拝殿の陰に寄る。昨夜の帝都は久しぶりの暴風雪に襲われ、多い所では三十六センチの雪が積もったようだった。幸い今日は快晴で少しずつ融け始めてはいるものの、夜になってそれがまた凍結し、多くの道路が根雪のような状態になっていた。この境内でも、除雪作業が追いつかなかったのか、至る所に雪の小山が出来上がっている。蒼白《あおじろ》い氷雪の塊《かたまり》は、灯籠《とうろう》の常夜灯《じょうやとう》に煌《きら》めいて見えた。

拝殿の壁に凭《もた》れ掛かり、時間を確かめる。

夜光塗料の塗られた針は、二十時五十分を指していた。約束の時間は二十一時頃だったが、どれほど待つことになるかは分からない。背広の上には厚手の外套を着込んでいるので、凍《こご》える心配はないだろう。

この場所を訪れたのは、渡辺と会うためだった。

一昨日の二十二日、麦島宅から劉ホテルに戻った私は狩埜《かのう》に連絡を入れ、一連の事件について最終的な報告を渡辺に行いたい旨を申し入れた。狩埜は難色を示していたが、最後には渋々といった態で容認した。それで指定されたのが、この白山神社だった。渡辺は退庁後、必ず帰路でここを参拝しているのだそうだ。

煙草は火が目立つので、代わりに用意した薄荷《はっか》の飴《あめ》を口に入れた。口のなかはすうすうとして、冷たい息が鼻から漏れた。夜空では、糸屑《いとくず》のような繊月《せんげつ》が西の空に浮かんでいた。どれほど待っただろうか。鳥居の方で自動車の駐《と》まる音がした。何者かの話し声に続けて、ばたんと車扉の閉まる音が微かに響いた。

直ぐに、外套姿の軍人が参道の先から現われた。渡辺だ。

背後に目を凝らすが、追尾している者はいないようだった。灯籠の脇で辺りを見廻していた渡辺と目が合う。私が動かないのを見て、渡辺はこちらにやって来た。私は最敬礼を示した。

「申し訳ありません。狩埜中佐より絶対に誰にも見られるなと釘を刺されましたもので」

「構わんよ。それに、お詣りが済んだら歩いて帰ると云って、護衛の憲兵たちは先に家に向かわせた。だからもう大丈夫だろう」

渡辺はふと口を噤《つぐ》み、私の顔をまじまじと見た。

「随分と草臥《くたび》れているな。隈《くま》が酷いぞ。ちゃんと寝ているのかね？」

「有難うございます」

「まあ無理もないか。六角大佐の件は聞いているよ。本当に信じられないことだ。それに、戸山学校の件も狩埜中佐から報告があった。あれも何とかしたいが、まあ先ずは君の話を聞こうか」

「新宿の愚連隊の件は伺っております。御自宅までの道中は、小官が同行いたします」

「はは、それは心強い。だがそう心配しなくてもいいだろう。私なぞどうかしたところで大勢に影響はない。そんな暇人もおらんと思うよ。さて、一寸《ちょっと》失礼してお詣りだけ済まさせて貰う」

拝殿の正面に戻り、渡辺は取り出した銅貨を賽銭箱に放った。薄暗がりのなかに、乾いた小銭の音と柏手《かしわで》が響く。随分と長いこと頭《こうべ》を垂《た》れていた。私は少し離れた場所に立ち、辺りの気配を探りながらその背を見詰めていた。

「待たせたね。さあ行こうか」

私は敬礼を示し、渡辺の後に従った。

鳥居を潜《くぐ》り、雪の積もった暗い路を住宅街のなかへ進む。

「六角大佐を襲った犯人は、逃げられないと観念してその場で自害したそうだね」

「奥歯に隠していた青酸化合物のカプセルを噛み砕いたようです。一手速ければ生け捕りが出来ましたものを。ですが素性は既に割れています。名前は六角菊秀、六角大佐の甥御です」

「身内だったのか」

「間違いありません。動機は復讐です。彼の父親、六角秀彦砲兵少佐は昭和二年十一月二十六日に、野砲兵《やほうへい》第三連隊の敷地で起きた火災に巻き込まれて亡くなっています。詳細は省きますが、菊秀は父の死に二人の男が関わっていることを知りました。一人は、伯父である六角紀彦。そしてもう一人は、当時第三師団高級副官の地位にあった古鍛治兼行。火災は秀彦の不始末が原因であるということにされ、遺族である菊秀と彼の母は世間から虐《しいた》げられました。それ故に、菊秀はこの二人への復讐のみならず、父を切り捨てた帝国陸軍そのものを貶《おとし》めることに決めたのです」

「軍を――貶める」

「左様《さよう》であります。出奔した菊秀は、新宿界隈を根城とした愚連隊に合流し、そこで頭角を現わしていきました。やがて奴は碓氷東華という国家主義者の護衛に抜擢《ばってき》されます。その碓氷と密かに親交を結んでいたのが、参謀として出世街道を進んでいた古鍛治でした。古鍛治は武力革命で以て現在の内閣を倒し、自分たち中堅幕僚が意のままに操ることの出来る強力な軍事政権を樹立させようと目論《もくろ》んでおりました。しかし、そのためにわざわざ自分の手は汚したくない。そこで、閣下のお耳にも入りましたように皇道派の若手将校を直接行動へ煽り立てる一方、当時勢力を伸ばしつつあった碓氷とも、飽《あ》くまで使い勝手の良い手駒として手を結んだのです」

「それは、なかなか酷い話だな」

「まさに古鍛治の人間性がよく表われております。そして、そんな古鍛治の思想に共鳴し、有利となるよう情報を操っていたのが、陸士の同期でもある東京憲兵隊長の六角紀彦でした。古鍛治を介して碓氷と繋がった紀彦は、その傍に控えた菊之助という若い護衛が自分の甥であることを知って驚きました。古鍛治と紀彦は碓氷の手綱《たづな》を握るため、菊秀に自分たちの間諜《かんちょう》となるように命じ、菊秀はそれを受け容れました」

「菊秀は二人を憎んでいたのだろう？　どうしてそう易々《やすやす》と受け容れたんだね」

「そちらを選んだ方が得だと踏んだのでしょう。東京憲兵隊の隊長たる紀彦の近くにいれば、様々な情報に触れることも出来た筈ですから。繰り返しになりますが、菊秀は単に二人を殺してお終《しま》いという訳ではありませんでした。陸軍という機構そのものに復讐を誓っていたのです」

大きな雪の塊を踏み越え、私は舌先で唇を湿らせた。

「己が復讐を完遂《かんすい》するため、菊秀は飽くまで素直な態度に徹した筈です。その結果紀彦の方でも、真逆《まさか》菊秀が自分に左様な憎悪を抱いているとは思いもしませんでした。それどころか、紀彦は自分に従順な菊秀を碓氷以外に対しても間諜として使うようになりました。例えば陸軍省。紀彦は自ら紹介状を書くことで、菊秀を給仕として陸軍省に送り込んでいます。そこで聞き知った情報を、菊秀は紀彦に流していたのでしょう。紀彦は菊秀を使い熟《こな》していたつもりだったのでしょうが、菊秀もその地位を十二分に活用していました。その最初の例が、昨年の八月十二日に起きた永田軍務局長斬殺事件です」

何だってと渡辺はその場で棒立ちになった。

「菊秀はあの事件にも関わっているのか」

「相沢を軍務局長室まで導いたのは菊秀です。菊秀は、紀彦を通じての憲兵情報で相沢が要注意人物であることを知っていたのでしょう。あの日、相沢は真剣を吊っていました。それで若しやと思ったに違いありません。そして何とも運の良いことに、あの日の軍務局長室には最終的な標的の片方である紀彦がおりました。永田閣下のみならず、紀彦も併せて斬殺させようという魂胆だったのでしょう。腹を空かせた蛇を鳥の巣籠《すかご》に放つように、菊秀は相沢を軍務局長室へ向かわせた。奴はその後で直ぐに隣の軍事課長室へ赴《おもむ》き、口実を使って軍事課長を室外に追い遣《や》っていますﾞ」

「あの部屋は、確か軍務局長室と扉で繋がっていた。待ち給え、確か報告書では、永田中将はその扉から逃げようとしたけれど開かなかったとあった筈だ。真逆それは」

「お察しの通りです。閂《かんぬき》は軍務局長室からしか掛からない筈なのに、どうして扉が開かなかったのか。菊秀が扉を押さえていたからです。相沢が入った廊下側の扉を除けば、あそこは唯一の脱出経路でした。だから誰も逃げ出すことが出来ないよう、菊秀は軍事課長室側から扉を押さえていたのです。尤も、菊秀の目的は永田閣下ではなく紀彦でした。しかし、相沢の凶刃《きょうじん》は紀彦の命を奪うまでには至らなかった。これがあの事件の真相です」

渡辺は天を仰ぎ、白く長い息を吐いた。言葉も出ない様子だった。

「次は十二月二日に参謀本部で起きた古鍛治兼行と米徳平四郎の怪死事件になります。話は前後しますが、古鍛治は碓氷率いる東華洞メンバーに爆弾テロルを起こさせるため、伝手《つて》を使って二百にも及ぶ手榴弾《てりゅうだん》を用意しました」

「伝手というのは、以前に云っていた戸山学校の青山正治大尉か」

「左様であります。青山は砲兵科の出身であり、先の火災の際には野砲三《やほうさん》の所属でした。煙に巻かれたところを古鍜治に救われた恩義から、青山は古鍜治に対し絶対の服従を誓っていました。古鍜治はそんな青山の忠誠心を利用し、戸山学校に納品される筈だった二百の手榴弾をその掌中に収めたのです。青山が古鍜治の思想にまで共鳴していたのかは分かりませんが、実際は心の底で疑念を抱きつつも自分を騙していたのではないかと拝察します。しかし革新のため、国家改造のためと云って集められた爆弾を、碓氷はこともあろうに小遣い稼ぎの道具として使用し始めました。それを知った青山は激昂《げっこう》し、碓氷の許に単身乗り込んだのです」

「そこで返り討ちに遭ったという訳だね」

「碓氷は証拠隠滅のため、青山のみならずその家族まで菊秀に殺させ、家をも焼かせました。しかし、万が一の場合を想定していた青山は、碓氷の許へ乗り込む前に一切を書き記し信頼の措ける人物に送付していました。それが、同郷の先輩である米徳少佐でした」

「米徳と云うと、古鍜治大佐を襲撃した男だろう。では彼は青山大尉の仇討《あだう》ちで……？」

「お待ち下さい、順を追って説明します。告発状は米徳の手元に届いたものの、彼は直ぐ憲兵隊へ届け出ることをしませんでした。これは推測ですが、四角四面な米徳の性格が災いして、先ずは古鍜治本人に確認すべきと判断したのだと思われます。事態は既にいち将校の手には留まらない、容易ならざる段階に至っておりました。勿論《もちろん》青山の名誉にも関わることです。尤も、古鍜治は十二月に入るまで満洲出張中でしたので、可愛がっていた後輩の訃報《ふほう》に触れてなお、米徳はその帰京を待つ他にありませんでした」

「碓氷たちは告発状のことを知らなかったのだろうか」

「菊秀だけは知っていたことでしょう。恐らく瀕死《ひんし》の青山が漏らしたのかと。ただし、菊秀もそれを碓氷に告げることはしませんでした。若し報《しら》されていたのならば、碓氷は米徳も家族諸共菊秀に殺させていた筈です」

「菊秀はどうして──ああ、そうか。彼にとってはどうでも良かったのか」

「はい。爆弾流出の事実が露顕すれば、古鍛治は今の地位を追われます。汚名を着せられた父のことを思えば、望みこそすれわざわざ回避すべき義理はありませんでした。従って菊秀は、敢えて米徳をどうかしようとはしませんでした。尤も、一度だけ米徳家へ忍び込んで青山の手紙を捜したようですが、目当ての物は見つからなかったようです。そして十二月二日、帰京した古鍛治が参謀本部に登庁します。陸軍省の給仕である菊秀は、応援要員を謳《うた》って参謀本部へ潜入しました。先ずは裏手の油庫に火を放って職員の注目を集め、その隙を衝いて古鍛治を殺害したのです。現場で確認しましたが、古鍛治が飲んだと思しき茶には多量の塩酸モルヒネが含まれておりました。直ぐに命を奪うことはせず、それによって意識が混濁した古鍛治をじわじわと嬲《なぶ》り殺《ごろ》していったのでしょう。しかし、左様にして菊秀が積年の恨みを晴らしていた最中、庶務課長室を訪れた者がいました。米徳です」

「菊秀は驚いたことだろう」

「間違いありません。ですが直ぐにこの状況を上手《うま》く使う手立てを思いつきました。古鍛治殺害の罪を、米徳に負わせるというものです。廊下から入室を請う米徳に対し、菊秀は扉の陰に身を隠して入室を許可します。何も知らずに足を踏み入れた米徳は、正面にある古鍛治の屍体を見て驚愕したことでしょう。その隙に、菊秀は米徳の背後から思い切り殴り掛かりました。そして昏倒した米徳に消音の仕掛けを施した拳銃を握らせ、銃口を口に突っ込み引金を引いた。菊秀も拳銃を持参していましたが、米徳に使わせたのは、元々庶務課長室にあった古鍛治の私物と思われます。入れ替えた物は他にもあります。例えば軍刀。米徳の訪問理由は事情を糺すためですから、吊るしていたのは当然殺傷能力のない指揮刀でした。これで古鍛治を斬り刻むことは不可能です。そこで菊秀は、同室の剣帽掛《けんぼうかけ》にあった古鍛治の軍刀の鞘を米徳の腰に吊るし直したのです」

「米徳少佐が来なかった場合、菊秀はどうするつもりだったのだろうか」

「その場合は変に細工などせず、単に現場を脱したことでしょう。奴の望みは古鍛治兼行を残虐に殺すということだけで、それ以外は捕まりさえしなければよかったのです。さて、殺害現場を整え終えた菊秀は、更に二つのトリックを施《ほどこ》しました。詳細は省きますが、時間の経過と共に自動で引金が引かれて銃声を発し、それと同時に拳銃が窓から落下する仕掛けと、廊下から糸を使って室内の閂を掛ける仕掛けです。いずれも米徳が古鍛治を襲い、その後に自決を図ったと周囲に思わせるためのトリックでした」

「成る程。確かにそんな状況なら、先ず思い浮かべるのは永田中将の事件だ」

「古鍛治は、何かと黒い噂の絶えない将校でした。対する米徳は精神的に潔癖《けつぺき》とも云うべき人物です。それらしい動機を用意せずとも、事件を知った人間は『きっと何かあったのだろう』と判断した筈。参謀本部を後にした菊秀は、軍隊手帖で住所を確認した米徳の自宅へ向かいました」

渡辺はああと痛々しげな声を漏らした。

「移動時間から考えて、使用したのはオートバイの類いだと思われます。鷺宮《さぎのみや》の同宅には米徳の老母と妻がおり、菊秀はその二名を殺害しました。古鍛治に天誅《てんちゆう》を下すため米徳は後顧の憂いを断ったのだと、庶務課長室で創り上げたあの状況を補強するためです」

「……米徳少佐の訪問があと少しでも早かったら、または遅かったら菊秀と出会《でくわ》すこともなく、家族まで殺されることもなかった訳か。本当に、何と云えばよいのか」

「青山と古鍛治が死に、碓氷の手綱《たづな》は遂に外されました。奴の手元には未だ多くの手榴弾がありました。残された紀彦は事態収拾のため、慌てて間諜――と思い込んでいる菊秀にその回収と碓氷の殺害を命じます。既にシステムは構築されており、菊秀にとっても碓氷は不要な存在でした。そのため、菊秀は粛々《しゅくしゅく》と紀彦の命を受け容れました」

「システムというのは何だね」

「碓氷の命令は、全て菊秀を通じて東華洞の門人に通達されるという仕組みです。実行犯たちは菊秀を伝書鳩程度にしか思っていなかったのでしょうが、届けられた命令が碓氷本人の物なのか、それとも悪い鳩が拵《こしら》えた物なのかなど考えもしなかったのです。紀彦は捜査の手が迫っていることを理由に東京から離れるよう碓氷を促し、隠遁《いんとん》先の名古屋のホテルで菊秀に殺害させました。碓氷の屍体は切断された首が持ち去られ、指紋を判別不能とするために両腕共に肘から先が滅茶苦茶《めちゃくちゃ》に切り刻まれていました。警察は初めその屍体から『何者かの屍体を碓氷東華と見せかけることで、碓氷本人は安全に逃避行を続けている』と推理しましたが、警察のみならず東華洞の連中にそう思わせることこそ菊秀の目的だったのです」

「碓氷の死後、菊秀は愈々《いよいよ》多くの爆弾テロルを起こさせている。これは、君が云う軍の威信を貶めることが目的なのか」

「御指摘の通りです。碓氷の命と偽って菊秀が襲わせたのは首相官邸に内府と蔵相、それに侍従長の邸宅、更には陸軍省と大蔵省。現役の陸軍将校が私意で以て流出させた陸軍の爆弾で国家機関を揺るがせる。万が一この事実が露顕すれば、これまで築き上げて来た帝国陸軍の威信は地に堕《お》ちます。それこそが菊秀の最終的な目標でした」

「六角大佐は、それを止めなかったのだろうか」

「恐らくその時点で既に菊秀とは連絡が取れなくなっていたのでしょう。一方菊秀にとって紀彦は、最早《もはや》碓氷と同じく不要な存在だった。ですから生きながらにして腹を掻《か》き捌《さば》くという、古鍛治同様非常な苦痛を伴う方法で以《もっ》て殺した。これが、事件の全容です」

渡辺はそうかと呟き、腰の後ろに手を廻した。

街灯の光を浴びて、揺れる軍刀の影が灰色の根雪に伸び縮みした。

「それで、肝心の手榴弾は」

「菊秀と関わりのあった者から奴の住《す》み処《か》が明らかになりました。未使用の手榴弾は警視庁特高課と共に全て回収済みです。既に使用された個数と併せましたら、確かに発注総数の二百個となりました。最悪の事態は免《まぬか》れましたものと思われます」

渡辺は、心底安堵した顔をこちらに向けた。

「それを聞いて安心したよ」

以前にも通った坂の下に着いた。

雲が動き、朧《おぼろ》げな月影が辺りを照らす。幾重《いくえ》にも轍《わだち》が刻まれた雪の坂は、茫《ぼう》と白く光って見えた。

ここを上った先が渡辺の邸宅である。護衛の憲兵に見つかってはならないので、この辺りで別れようと思った矢先、渡辺が口を開いた。

「昔は、この辺りでも品川の汽笛が聞こえたんだよ」

「品川でありますか」

いきなり何だと思ったが、それより先に問い返してしまった。

「これは近所に住む鳶職の親方から聞いた話なんだがね。昔と云っても大震災の前だからもう十年以上前のことになるけれど、この荻窪界隈でも品川の埠頭から出る船の汽笛が聞こえたそうなんだ。それが、あの大地震を機にぷつりと聞こえなくなった」

「品川の汽笛が荻窪で……」

「はは、その顔は信じていないな」

「いえ、決してそういう訳ではないのですが」

「いいんだよ。私も初めは法螺《ほら》を吹いているのだろうと思った。ここから品川まで、直線距離で十四キロ強だ。車を使っても一時間以上かかる。途中に遮《さえぎ》る物だってあるだろう。だがね浪越大尉、驚いたことに荻窪の古老は皆同じことを云うんだ。昔のこの辺りは武蔵野の雑木林ばかりだったから、汽笛のような甲高い音はその上を越えて来るんだそうだ」

「しかし、それでしたら関東大震災を機に聞こえなくなったといいますのは」

「そこなんだよ。地殻が変動した。震災後に新しい家やビルディングが建った。そういった気付き難い、細やかな変化が原因なんだと思う。そこに思い至った時、私は思わず膝を打った。目にはさやかに見えねども、時代は着実に変わっているんだ。今日の報告を聞いて、私は愈々その思いを強くした」

軍帽の下で、渡辺の顔は優しかった。

「若い将校たちが直接行動に移ろうとしている由《よし》の噂を、最近よく耳にする。現状を憂い、何とかせねばと焦る気持ちは私にも分かる。ただし、それを解決する方法を誤ってはいけない。それを気付かせることこそ、私のような老人の仕事だと思っている。そのために、君にはもう少し骨を折って貰いたい」

私は帽子を取り、渡辺に対して最敬礼を示した。

「浪越破六、身命を賭して御奉公いたします」

「有難う。夜分遅くに済まなかったね。これからも宜しく頼むよ」

渡辺は背筋を伸ばして私に答礼すると、緩やかな坂を上がっていった。

私はその途中で、三度《みたび》渡辺の名を呼ぼうとした。妙子が口にした襲撃対象には、渡辺の名も入っていた。この人は死ぬべきではない。私はそう確信していた。襲撃の事実を告げて、最大限の防衛策を取らせるのだ。

しかし出来なかった。渡辺を救いたいというのは私心である。私情である。それを任務に差し挟むことが、私にはどうしても出来なかった。

必死の思いは喉の奥で潰《つい》え、遂に声とは成らなかった。

渡辺の姿が坂の上に見えなくなるその時まで、私は黙って遠ざかる背を見送っていた。

二月二十五日、六角紀彦の殉職が事件から三日経って漸く公表された。松濤の自宅と衛戍病院での凶事は飽くまで伏せられ、執務中の怪我から敗血症《はいけつしょう》を併発したということになっていた。世情を鑑《かんが》みれば已《や》むを得ない判断だろう。

襲撃犯の捜索から解放された東京憲兵隊本部は、坂本新隊長の指揮の下、愈々《いよいよ》第一師団の監視を強化していった。隊員不足を補うための応援憲兵も近隣各県から到着し、赤坂近辺の警戒網はこれ以上ないほど緊密な物となった。

元より憲兵を毛嫌いする第一師団の上層部は猛烈な抗議を寄越《よこ》して来たが、意に介している暇はなかった。尤《もっと》も、諏訪など現場の将校が「一刻も事態を放置すべきでない」と強く訴える一方、未だ司令部では「青二才に何が出来る」と侮《あなど》る風潮が強く、決して一枚岩とも云えなかった。

私はそんな混乱のなかにあって、粛々と自分に課せられた責務を熟《こな》していた。

十四時。上官の命令で陸相《りくしょう》の警護案を陸軍省へ届けた私は、三宅坂の途中で後ろから声を掛けられた。狩埜だった。

「浮かない顔をしているな。矢《や》っ張《ぱ》り忙しいのか」

「ええ、どうやらそのようです」

狩埜も陸軍省での用件を済ませた帰りのようだった。車は使わないのかと問うと、顰《しか》め面《つら》のまま運動不足解消のために極力徒歩《かち》で済ませているのだと答えた。

桜田濠《さくらだぼり》を右手に、私たちは歩き始めた。地面はシャーベットのようで、足取りも自ずと慎重になる。

「今しがた陸軍省の兵器局《へいききょく》に出仕している同期と会った。今週中にでも若い将校連中が行動を起こすと云っていたが、そうなのか」

「左様な噂は半年以上前から出廻っておりました。憲兵隊でも常に監視は続けております」

「分からんな。俺は門外漢だから、貴様からすれば頓珍漢《とんちんかん》なことを云っているのかも知れんが、そんなに危《あや》うい状態ならばさっさと捕まえてしまえばいいんじゃないのか」

「そう簡単にはまいりません。明確な罪状を示さなければ、歩一や歩三は営門すら潜らせはしないでしょう。強《し》いて押し通ろうとすれば、第一師団と東京憲兵隊の諍《いさか》いに発展します。相撃《あいうち》の不祥事は避けねばなりません」

「そういうものかね」

狩埜は外套のポケットに手を突っ込んだまま、小さくくしゃみをした。

「渡辺閣下は大丈夫だろうな」

「大丈夫とは」

「五・一五事件の時の犬養《いぬかい》首相みたいにはならないなと訊いているんだ。閣下が皇道派や右翼の奴らから目の仇《かたき》にされているのは貴様も知っているだろう」

「……連中が槍玉に挙げているのは政党や財閥、支配階級の腐敗堕落です。それら天下の不義を糺すことが目的だという点は一貫しています。渡辺閣下に累が及ぶことは想定しておりません」

「そうか。貴様が云うのならそうなんだろうな。いや、それならいいと云ったら怒られるかも知れんが、俺が心配なのは兎にも角にもそこだったから」

狩埜は口の端に含羞《がんしゅう》を浮かべた。初めて見る狩埜の笑顔だった。私は黙って顎を引き、目線を逸らした。

眼下の桜田濠を無数の鳥が舞っていた。

見慣れた鴨《かも》だけでなく、鷗《かもめ》もいるようだ。風が強いので、荒れた海上から陸地の方へ避難して来たのだろう。三割はお濠《ほり》の水に揺蕩《たゆた》い、残りは青く澄み渡った空中を乱舞していた。

昨日に続いて、今日も快晴だった。二十三日の大雪も漸く融け始めたようだが、天気予報では明日からまた大雪である旨を報じていた。

そんな鳥の舞う青空を、奇妙な光が走っていた。

「へえ、ありゃ珍しい」

狩埜もそれに気が付いたのか、隣で声を上げた。

はっきりとした白い光が、大きな弧を描きながら傾き始めた太陽に掛かっていた。それはまるで、白い虹のようだった。

「白虹《はっこう》か。こんな場所に現われるなんて縁起でもない」

「何か意味があるのですか」

「知らないのか？　白虹、日《ひ》を貫《つらぬ》く。『史記《しき》』の『鄒陽伝《すうようでん》』に出て来る文句だ。兵を表わす白い虹が君主たる太陽を貫いている。兵乱によって君主に危害が及ぶ予兆だ」

「それは」

「こんな御時世にそれが宮城《きゅうじょう》の上に現われるなんて、なかなかどうして穏やかじゃないだろう」

茫《ぼう》とした光の帯を、無数の鳥影が飛び交っていく。

日付が変わるまで、あと十時間を切っていた。

35

二十二時を過ぎたところで、私は司令部を出た。

下手《へた》をすれば殺されるかもしれない。いや、その可能性の方が高いだろう。どうせ死ぬのならば憲兵の装束で殺されたいと一瞬だけ思ったが、そんな感傷に浸っている暇があったら任務を遂行すべきだと考え直した。

将校服から背広に着替え、外套を羽織ってから辛子色《からしいろ》の首巻を合わせる。目深に中折れ帽を被れば、少なくともひと目で衛兵に憲兵だと見破られることはないだろう。

九段下で円タクを摑まえ、赤坂に向かわせる。

泥に塗《まみ》れた道路の積雪も、半分ばかりになっていた。雲は巌《いわお》のように低く垂《た》れ込め、今にも降り出しそうな空模様だった。

青山一丁目の手前で南に折れ、速度を落として乃木《のぎ》神社や瀟洒《しょうしゃ》なキューバ公使館の前を通り過ぎる。行く手にモダンな歩三《ほさん》の兵舎が見え始めた辺りで車を駐めさせた。

時刻は既に二十三時近かった。帽子を目深に被り直し、営門へ続く広い路《みち》を進む。鉄筋コンクリート造の巨大な兵舎は、どの窓も皓々《こうこう》とした明かりが漏れていた。

前方から止まれという声が聞こえた。

門柱の前で、二人の衛兵がこちらに歩兵銃を向けていた。私は首巻を口元まで引き上げた。

「おい、こんな時間に何の用だ。何者か述べろ」

右側が怒声を上げた。私は帽子のつばを摘《つ》まみ、小さく顎を引いた。

「聞こえないのか。ここを通ることは罷《まか》り成《な》らん。いま直ぐに立ち去れ」

もう片方が高く銃を構えた。その指は引金に掛かっている。強張《こわば》ったその表情から察するに、不用意に動けば撃たれるだろう。

私は辺りを見廻し、あのうと声を張った。

「大内山《おおうちやま》に光差して暗雲なし、でいいんでしょうか」

衛兵は揃って眉間に皺を寄せた。私は二人の顔を交互に見て、同じ標語を繰り返した。

「大内山に光差して暗雲なし。歩三の門衛さんにはこうお伝えすればいいと聞いているのですが」

右の衛兵が突然ソンノウと怒鳴った。私は声を震わしてトウカンと返した。相手は互いに目配せをして、漸《よう》や《や》く銃口を下ろした。

大内山に光差して暗雲なし、そして尊皇《そんのう》・討奸《とうかん》。これが東京憲兵隊で摑んでいた蹶起軍内部の合言葉だった。何とか上手《うま》くいったようだ。私はへこへこと頭を下げながら、俯き勝ちに二人へ寄った。

「どうもすみません。勝手が分かりませんもので」

「そんなことはいい。それで、貴様は何者だ」

「はい。真崎甚三郎《まさきじんざぶろう》大将より、歩兵第三連隊第五中隊長の麦島大尉殿へ伝言を預かって来た者でございます」

「なにっ真崎閣下の」

衛兵たちは如実に動揺した。私は顔を伏せたまま、そうなんですと追い被せた。

「どうにもお急ぎとのことでしたので、急ぎ駆け付けた次第でございます」

「そうか。分かった、中隊長どのにお伝えする。それで真崎閣下は何と？」

「申し訳ありませんが、直接お伝えするようにとのことでした。通して頂けますでしょうか」

「それはならん。いま中隊長どのは御多忙だ。わざわざ貴様に時間を割《さ》いてやるような暇はない」

「それは困りましたね。真崎大将からは、必ず今日中にお伝えするよう強く申し付かっておりますもので。分かりました、それならば乃木神社の境内でお待ちしております。大尉殿にその旨をお伝え願えますか？　それでは御免下さい」

「あっ、おい待たんか」

衛兵は何か云っていたが、私は構わず足早に来た路を戻った。

北へ進み、乃木神社の鳥居を潜《くぐ》る。

ここを訪れるのは随分と久しぶりだった。若しかしたら、士官学校以来かも知れない。

瞼《まぶた》を閉じて、記憶を探ってみた。花吹雪《はなふぶき》のなか、笑顔で肩を組んできた麦島の姿がぼんやりと浮かび上がった。

目を開く。暗闇と静けさ。私は小さく息を吐いた。

これ以降は全てが賭けだった。果たして麦島が来るのか、来ないのか。

距離のある門越しでも、歩三の異様な雰囲気は肌で感じ取ることが出来た。あの騒然とした雰囲気は、とても単なる夜間行軍の訓練だとは思えない。矢張《やは》り、決行は今夜ということで間違いはないようだった。

　今から司令部に連絡を入れ、帝都中の憲兵を掻き集めて歩三に乗り込んだらどうなるだろう。蹶起は沙汰《さた》止《や》みになるかも知れないが、その場合でも部隊の相撃《あいうち》という汚名は免《まぬ》れない。最早賽《もはやさい》は投げられたのだ。

　常夜灯の傍《そば》に寄り、取り出したカメリヤを咥《くわ》える。全身が怠《だる》かった。まるで、指先の血管にまで砂でも詰まっているようだった。一方で、鼓動だけは徐々に速まっていくのが分かった。どうやら、柄にもなく緊張をしているようだ。どれほどそうしていただろうか。五本目のカメリヤを根元まで喫い切ったところで、不意に鳥居の方から足音が聞こえた。

　間を措《お》かず、闇のなかから二つの人影が姿を現わした。

　私は黙って身体を起こし、そちらに向き直った。麦島と三納《みのう》だった。

　麦島は、直ぐに私だと分かったようだった。帽子を取ってみせた私に、三納は顔色を変えて拳銃を引き抜いた。麦島はそんな三納の腕を押さえ、止《よ》さないかと低い声で云った。

「ここでそんな物を出すな。神聖な境内を血で汚すつもりか」

「でも麦島さんっ、こいつは憲兵ですよ」

　麦島は私を一瞥して、知ってるよと呟いた。私も笑顔を向けた。

「久しぶりだな、三納中尉。鶴来《つるぎ》への弁償は済ませたか？」

　三納は拳銃を握り締めたまま、憎悪の籠った眼差《まなざ》しを私に向けた。

「いいか三納。おれとこいつは陸士で同じ釜の飯を喰った仲だ。だから心配はいらん。それで浪越、おれに何の用だ。聞いているか分からんが、おれたちは今夜特に忙しい。真崎閣下からの遣いだそうじゃないか。早く用件を云え」

「ならば三納を下がらせろ。伝えるのはお前だけと云われている」

「貴様、よくもいけしゃあしゃあと！」

三納は猛然と腕を突き出し、私の下腹に銃口を押し付けた。麦島が鋭い声で三納の名を呼んだ。

「いい加減にしろ。貴様、おれの命令が聞けないのか」

「しかしっ」

「しかしも案山子《かかし》もない。いいから寄越せ」

麦島は三納の手から拳銃を捥《も》ぎ取った。

「こいつの話はおれだけで聞く。貴様はさっさと戻れ。未だやることは山ほどあるだろうが」

「ですが――分かりました」

三納は麦島に敬礼を示し、私を睨みつけてから夜闇のなかに消えて行った。その背を見送った麦島が、手元の拳銃を弄《もてあそ》びながら振り返った。

「命知らずな奴だな。何しに来やがった」

「お前に話がある」

「真崎閣下の伝言は」

「そんな物がある訳ないだろう」

「この悪徳憲兵め」

麦島は小さく笑い、三納が去った鳥居の方を振り返った。

「ウチで一番真崎閣下と近しいのは三納なんだ。だから付いて来ると云って聞かなくてな」

「あそこで撃たれて終わりだと思った」

「おれだって冷や汗を掻いた。ここで貴様に死なれたらおれも困る」

「どういう意味だ」

「後で説明するよ」

拳銃を外套のポケットに仕舞い、麦島はゆっくりと足を進めた。

「ここには、前に貴様とも来たっけか」

「士官学校の時分だ。最後は、確か卒業式の後だった」

麦島は歩調を緩め、首だけで私を振り返った。

「何だその顔は」

「いいや、貴様がそんなことを覚えているなんて意外だったから」

薄く雪の積もった参道を進み、蒼然とした拝殿に臨む。麦島はさてと呟いて、ポケットから手を出した。

「折角《せっかく》だから、武運長久でも祈って行くか」

「陛下の兵を私《わたくし》するような国賊に、乃木大将の加護があると本気で思っているのか」

麦島は応えない。私は強い口調で麦島の名を呼んだ。

「一度しか云わない。莫迦な真似は止せ」

「今更遅い」

「そんなことはない。いいから黙って従え。後は私の方で上手く片付ける」

「ここで引き下がったら元も子もない。国家改造はおれたちがやらなくちゃいけない。おれたちにしか成し遂げられないんだ。軍人勅諭のお陰で、おれたちは今まで政治に触れて来なかった。未だ穢《けが》れていない。だからこそ、おれたちには真の意味で農村の窮状を救うことが出来るんだ」

「アリストテレスを真に理解出来るのは日本人であるようにか」

「冗談を云ってるんじゃないんだぞ」

「それはこちらのセリフだ。こんな無謀な計画、上手くいく筈がない。仮令《たとえ》軍の上層部を籠絡《ろうらく》したところで、最後には私たち憲兵が必ず全員捕まえる。武力革命など絶対に叩き潰す。首謀者は皆法の下に裁かれるだろう。そんな罪人共にお前が義理立てする必要はない」

「だったら猶更《なおさら》だよ。それに、おれを慕って名を連ねた部下たちはどうなる。無理な話だ」

麦島は帽子を取り、奥の本殿に向かって最敬礼を示した。

最後の決断が近付いていた。胸は早鐘《はやがね》のようだった。

射撃の訓練では、いつも麦島には勝てなかった。隙を衝くのならば今しかない。頭ではそうだと分かっているのに、どうしても外套の下に吊るしたホルスターへは手が動かなかった。

「なあ浪越。貴様は、静子《しずこ》夫人が日露戦争の最中に伊勢神宮へ向かわれた時の話を覚えているか」

「……静子というのは、乃木夫人のことか」

「そうだ。どの教官だったか、士官学校の授業中に雑談として教わった話だ。旅順《りよじゆん》攻囲戦に於《お》いて、乃木将軍は多くの兵士を死なせた。世間からの非難だって、それはそれは激しい物だった。東京に独り残っていた静子夫人の許にも連日罵詈雑言《ばりぞうごん》と投石が浴びせられた。夫人は或る日、食を断ち粗末な着物を着て、三等の切符で新橋《しんばし》から伊勢に向かうんだ。未明に到着した夫人は内宮《ないくう》に直行して、手水鉢《ちょうずばち》の水を頭から被った。それで、どうか夫に旅順を陥落させてくださいと祈り続けた。そうしたら、どこか遠くの方から声が聞こえた。『お前の願いは叶えてやるが、代わりに最愛の息子二人を取り上げるぞ』ってな。夫人はそれに対して――」

「『息子だけでなく私たち夫婦の命も差し上げます。だから必ず旅順を取らせてください』と返した。将軍の御子息は二人とも戦死し、更に一万六千近い戦死者を出して漸く旅順は落ちた、だったか」

「昔のおれは上手いもんだと思った。むしろ、家族を犠牲にして戦《いくさ》に勝てるのなら安いものだとさえ思った。だけど、今はもう無理だ」

麦島はこちらに背を向けたまま、小さく肩を竦《すく》めてみせた。

「揺らいじまったな。おれが戦場で指揮を執ったとしても、ユキを差し出す代わりに勝たせてくれなんて到底云えない。軍人失格だよ」

「だったらお前はどうして」

「仕方ないだろう。それでもやらなくちゃいけないことがある。さあ、そろそろ準備に戻らにゃいかん。遅れる訳にはいかないからな。だから浪越、今日はもう帰れ。三納にはおれから上手いこと云っておく」

「もう一度だけ云う。麦島、莫迦な真似は止せ」

麦島は振り返り、小さく笑って首を横に振った。その手には、三納の拳銃が握られていた。私は一歩踏み出した。

「どうして分からない。お前たちの蹶起は必ず失敗に終わる。その先にあるのは何だ？　都合の良いように操られているだけなんだぞ」

「仮令そうだとしても、そこまで国を憂いていた者がいたということは人々の記憶に刻まれる。それで充分だ」

「犬死《いぬじに》だ」

「中隊長なんて端《はな》からそんなもんさ。いいから浪越、貴様は戻れ。それで、これが最後の頼みだ。何かあったら、おれの代わりに妙子とユキを扶《たす》けてやってくれ」

いつの間にか雪が降り始めていた。私は外套のボタンを外し、ゆっくりと麦島に歩み寄った。

「十二月に古鍛治大佐が殺され、先週の土曜日には六角隊長が殺されたな」

「それがどうした」

「犯人は妙子さんだよ」

そのひと言が時間を止めた。

私は麦島に摑み掛かろうとした。

しかし麦島の方が速かった。

閃光《せんこう》と共に右手の拳銃が火を噴く。甲高い銃声に併せて、大きな拳《こぶし》で思い切り殴られたような衝撃が下腹部を襲った。どこかは分からないが、銃弾が中《あた》ったことだけは確かだった。

全身の力が抜けた。堪え切れず、私はその場に両膝を突いた。

麦島が何かを叫んだ。拳銃を投げ棄て、こちらに向かって駆けて来る。血相を変えたその顔が、ゆっくりと斜めになった。自分で撃っておきながらこんな顔をする様が実に麦島らしいと、私は他人事のように思った。

「浪越、しっかりしろ」

私を支えようと、麦島が両肩を押さえた。

考えるよりも先に身体が動いた。

外套の内側に手を滑り込ませる。ホルスターの軽便拳銃を摑み上げ、麦島の左胸に銃口を押し当てた。

深々《しんしん》と雪は降り積もる。絆《きずな》を結んだ遠い春の想い出が、私の胸を過ぎ去った。

麦島は目を瞠《みは》り――やがて困ったような顔で笑った。

私はその顔を見詰めたまま、最後にもう一度だけ名前を呼んだ。

「お前に会えて嬉しかった」

私は引金を引いた。


雪は直ぐ本降りとなった。

大粒の牡丹雪《ぼたんゆき》は直ぐには融けず、私の外套を瞬《また》く間に白く染め上げた。

撃たれた箇所を確かめようとした矢先、身体が思い切り右方に飛んだ。一拍遅れて左肩に激痛が走った。

三納だった。地面に伏した麦島を抱え起こし、必死にその名を呼び続けている。銃声を聞いて駆け付けたのだろう。思い切り蹴飛ばされたようだった。

今の一撃で、手元の軽便拳銃はどこかへ飛んでしまった。咄嗟《とっさ》に目を走らせる。二メートルばかり左方に黒い自動拳銃が落ちていた。麦島が棄てた物だ。

三納より先に回収したかったが、まるで力が入らなかった。左腹が焼けるように熱い。押さえた手は、忽《たちま》ちぬるぬるとした液体で濡れた。どうやらここを撃たれたようだ。何とか立ち上がることは出来たものの、それで精一杯だった。

「貴様ぁ！」

後ろから肩を摑まれ、振り向き様《ざま》に顔を殴られた。顎には入らなかったが、それでも強烈な一撃だった。目の前で火花が散り、口中が血の味になった。

蹈鞴《たたら》を踏み、受け身を取る間もなく背中から倒れた。噴き出した鼻血が、鼻腔を伝って喉に流れ込む。思わず咳き込んだ私の襟首を三納が摑み上げ、無理矢理立たせてからもう一度右の拳を入れた。

今度こそ顎に入った。脳が揺れ、いけないと思った時にはもう自分の脚では立っていられなかった。

頽《くずお》れた私の顔を、胸を、腹を、三納は殺してやると繰り返しながら容赦なく蹴り続けた。身体を丸め、顔の前で腕を組んで何とか防ごうとした。しかし、激しい足蹴は私の体力と感覚を確実に奪っていった。

硬い爪先《つまさき》が腕の隙間から右胸に減《め》り込んだ。鈍い衝撃が身体の奥に響き渡る。喉の奥から、自分の物とは思えないような呻き声が漏れた。

地面を転がって三納から逃れようとした。右も左も、上も下も分からない。息は絶え絶えで、身体中が熱かった。眼前に舞う白い雪片を見て、私は初めて自分が仰向けに倒れていることを知った。

その視界が黒く覆われた矢先、大きな掌が首に迫った。三納だ。凄まじい力で喉を絞められ、霞んだ視界は忽ち暗くなった。何も見えない。抗《あらが》おうと腕に手を伸ばしたが、それを引き剝がすだけの力は最早私に残っていなかった。

これで死ぬのだと思った。

苦しみは感じなかった。ただ、目に見えない巨大な掌で押さえ付けられたように全身が重たかった。

三納の腕に伸ばしていた右手が、自分の物ではないように力尽きた。

積もり始めた冷たい雪のなかで、地面に落ちた指先が何かに触れた。

気が付いた時にはそれを摑み上げていた。指先の感覚だけで構造を探り、人差し指に力を込める。

目の前で轟音《ごうおん》が響いた。右腕は凄まじい勢いで地面に叩きつけられた。

その途端、息が吸えるようになった。横に転がり、何度も咳き込みながら必死に深呼吸を繰り返す。火照《ほて》った気道を冷えた酸素が通り抜け、肺中に広がっていくのが分かった。

頭が割れるように痛い。脈打つ度に、頭蓋骨の内側から金槌《かなづち》で叩かれているような感覚だった。

塩辛い血反吐《ちへど》を幾度も雪上に吐き棄て、息を収めながら地面に腕を突く。三納はその先で仰向けに倒れていた。

立ち上がろうとして右胸に激痛が走った。先ほど三納に蹴られた箇所だ。肋《あばら》でも折れたのか、太い錐《きり》が刺し込まれているような痛みだった。息をする度に、その痛みは増していった。

堪え切れず身体を左に倒すと、今度は下腹部が痛んだ。外套を捲《めく》りその箇所を検《あらた》める。上着やその下のシャツには大きく血が滲んでいた。撃ち抜かれた訳ではなく、銃弾が脇腹を抉《えぐ》っていったようだ。

小刻みな呼吸を繰り返しながら何とか立ち上がり、緩慢な動きで三納の傍に寄った。

薄く目を開けたその顔は、口から大量の血が溢れ出ていた。咄嗟に摑んだ自動拳銃で、私は三納の口から後頭部を撃ち抜いたのだ。

私はその場で頷いた。これならば未だ手の打ちようがある。

先ず右方に飛ばされていた私の軽便拳銃を回収し、続けて三納の自動拳銃も拾い上げた。身を屈める度に、左下腹部の銃創は焼《や》き鏝《ごて》でも押し当てられたように痛んだ。

自動拳銃は三納の手に握らせ、軍衣の乱れも出来る限り直しておく。

ひと息に立ち上がり、身体の重さだけで前に進んだ。気を抜けば遠くなりかける意識を必死に引き戻し、近くの灯籠に凭《もた》れ掛かった。

茫《ぼう》とした常夜灯に照らされるのは、横向けになった麦島の屍体と、その近くで拳銃を握り仰向けに倒れる三納の屍体だった。足下の雪は大いに乱れていたが、その上には既に新雪が降り積もりつつあった。夜が明けるまでには、全てが覆い隠されていることだろう。

これでいい。その筈だった。私は帽子を目深に被り直し、振り返ることはせずその場から立ち去った。

覚束《おぼつか》ない足取りで、六本木七丁目の降車場を目指す。目的は、その近くにある公衆電話だ。四百メートルもないその道のりを、二十分近くかけて何とか辿り着いた。血を流し過ぎたせいか、全身の震えが止まらなかった。

白い屋根の下に入り、顫《ふる》える指先で銅銭を押し入れる。口元にハンカチを当てて、東京憲兵隊本部のダイヤルを廻した。受話器の向こうからは、直ぐに係員の声が聞こえた。

「——歩兵第三連隊第五中隊附の三納中尉だ。只今《ただいま》歩三の兵営から出て掛けている。つい今しがた、乃木神社の境内で麦島中隊長を射殺した」

声は掠《かす》れ、忽ち息が切れた。相手は何かを口にしたが、喉に絡《から》まる反吐を吐き出して私は続けた。

「俺たちの計画はそちらでも当然把握しているだろう。中隊長殿は最後の最後で蹶起に反対をされた。説得を試みたが、連隊長殿に報告をしてでも止めると云って聞かなかった。だから已《や》むを得ず、維新に魁《さきがけ》て散って頂いた」

「おい——貴様は——を——して」

「無論これは許されることじゃない。陸軍刑法を引っ張って来るまでもなく、俺はしてはならないことをしてしまった。よってここに自決する。これは念の為の報告だ。以上」

ひと息にそう述べて直ぐ受話器を戻す。

未だ終《しま》いではない。渡辺だ。今なら未だ間に合う。狩埜に連絡を入れて、渡辺の危機を報せるのだ。憲兵としての信条など関係ない。あの人はこれからの陸軍に必要なのだ。渡辺錠太郎は、こんな所で絶対に死んではならない。

銅銭をもう一枚押し入れ、疾《と》うの昔に感覚の失われた手で再び受話器を取り上げる。記憶に刻まれた九段の番号を廻した矢先、私は息を呑んだ。

或る考えが、天啓《てんけい》のように下りて来た。

思わずダイヤルに掛けた指が止まる。それがいけなかった。ふっと意識が遠のき、全身から力が抜けた。壁に背を預けたまま、私はその場に頽れた。

気が付くと目の前で受話器が揺れていた。何とかそれを摑もうとしたが、立ち上がることは疎《おろ》か、指の一本も動かせなかった。

雪は愈々《いよいよ》その勢いを増していた。

辺りには白い緞帳《どんちょう》が下ろされたようだった。冷気は外套を越えて私を刺し、骨の髄《ずい》まで沁み込んでいく。

酷く寒い。私は木製の壁に背を預け、両脚を投げ出した姿勢で荒い呼吸を繰り返していた。

向こうに見える六本木七丁目の降車場の先は、歩三の営門に続いている。

時間まで凍て付いたような白い情景のなかで、不意に何かが動いた。

兵隊だ。

降り頻《しき》る白雪の奥から、整然と隊列を組んだ数多《あまた》の兵隊が姿を現わした。

黒い影のような彼らは雪上に軍靴《ぐんか》を響かせながら、やがて、動くことが出来ない私の目の前を一糸乱れぬ足取りで行軍していった。

そして、叛乱が始まった。

36

陸軍大臣告示　（二月二十六日　午後三時三十分）

一、蹶起ノ趣旨ニ就《つい》テハ天聴《てんちょう》ニ達《たつ》セラレアリ
二、諸子ノ真意ハ国体顕現《けんげん》ノ至情《しじょう》ニ基《もとづ》クモノト認《みと》ム
三、国体ノ真姿《しんし》顕現ノ現況（弊風《へいふう》ヲモ含ム）ニ就テハ恐懼《きょうく》ニ堪《た》ヘス
四、各軍事参議官モ一致シテ右ノ趣旨ニヨリ邁進スルコトヲ申合《もうしあわ》セタリ
五、之《これ》以外ハ一《ひと》ツニ大御心《おおみこころ》ニ俟ツ

＊

陸軍省発表　（同二十六日　午後八時十五分）

本日午前五時ごろ一部青年将校等は左記箇所を襲撃せり
首相官邸　岡田首相即死
斎藤内大臣私邸　内大臣即死
渡辺教育総監私邸　教育総監即死
牧野前内大臣宿舎（湯河原伊藤屋旅館）　牧野伯爵不明
鈴木侍従長官邸　侍従長重傷

高橋大蔵大臣私邸　大蔵大臣負傷

東京朝日新聞社

これ等青年将校等の蹶起せる目的はその趣意書によれば、内外重大危急の際、元老、重臣、財閥、軍閥、官僚、政党等の国体破壊の元兇を芟除《さんじょ》し以て大義を正し国体を擁護、開顕せんとするにあり

右に関し在京部隊に非常警備の処置を講ぜしめられたり

＊

緊急勅令　**（同二十七日　午前三時五十分）**

朕茲《ちんここ》ニ緊急ノ必要アリト認メ枢密顧問《すうみつこもん》ノ諮詢《しじゅん》ヲ経テ帝国憲法第八条第一項ニ依リ一定ノ地域ニ戒厳令《かいげんれい》中必要ノ規定ヲ適用スルノ件ヲ裁可シ之《これ》ヲ公布セシム

御名御璽

昭和十一年二月二十七日

＊

臨変参命第三号　**（同二十八日　午前五時八分）**

戒厳司令官ハ三宅坂付近ヲ占拠シアル将校以下ヲ以テ速《すみやか》ニ現姿勢ヲ撤シ各所属部隊ノ隷下ニ復

帰セシムヘシ
　奉勅
参謀総長　載仁親王

*

下士官兵ニ告グ　（同二十九日　午前八時四十八分）

一、今カラデモ遅クナイカラ原隊ヘ帰レ
二、抵抗スル者ハ全部逆賊デアルカラ射殺スル
三、オ前達ノ父母兄弟ハ国賊トナルノデ皆泣イテオルゾ

二月二十九日　　戒厳司令部

37

妙子の出で立ちは、影のように黒かった。

靖国神社の大鳥居を望む九段下の交差点だった。妙子に手を引かれたユキもまた、黒を基調としたワンピース風の児童服である。頭《こうべ》を垂《た》れる妙子を見て、ユキも私に向けてぺこりと頭を下げた。あの日のことは、もう覚えていないような顔色だった。

「お待たせをしましたか」

「いえ、私も丁度来たところです。バスや電車も未だ大分《だいぶ》乱れているようですね」

「それもありますが、この娘《こ》を連れて乃木神社に寄ってまいりましたもので」

妙子は、この七日で随分と痩せたようだった。

痩《こ》けた頬は磁器のように青白い。後ろで留めた黒髪も脂気がなく、白日の下では赤茶けてすら見えた。

「葬儀の方は無事に済みましたか」

「はい。お義父《とう》さまとお義母《かあ》さまの他は、連隊長の渋谷《しぶや》大佐と中央にお勤めの同期の方が数名弔問《ちょうもん》に。寂しいお葬式だと、お義母さまは泣いていらっしゃいました」

「将校の通夜は通常原隊《げんたい》で執り行うものですが、歩三ではやらなかったのですね」

「渋谷さまから止した方がよいとご助言を賜りまして。遺体は陸軍省の方が用意された車でそのまま家に運んで頂きました」

無理もありませんと、妙子は顔色を変えずに云った。

「歩兵第三連隊にとって、麦島は憎むべき裏切り者ですから」

私は黙って顎を引いた。

国家革新を唱える青年将校のなかにあって軽挙妄動を戒めていた歩兵第三連隊第五中隊長、麦島義人大尉だったが、力及ばず、遂に二十六日早暁の蹶起が決定した。

麦島は部下の内でも特に過激な思想を奉じていた三納欣吾《きんご》中尉を乃木神社に呼び出し、対面で最後の説得を試みた。しかし、直接行動絶対反対の麦島と昭和維新断行の三納ではその溝が埋まる筈もなく、麦島は已むを得ず自身の権限で以て第五中隊の出動は絶対に阻止する旨、またいま直ぐにでも連隊長に蹶起の事実を告げて是が非でも中止させる旨を宣言した。

敬愛する上官の翻意に激昂した三納は、衝動的に拳銃を抜き麦島を射殺した。麦島の屍体を前に我に返った三納は、自身の行為に愕然とし、その一切を東京憲兵隊本部に報告したのち麦島の傍らで自決した。乃木神社の境内で雪に埋もれながら発見された二人の屍体には、このような事情がある――ということになっていた。

陸軍省の中堅幕僚は私の予想通りこの報告に飛び付き、声高に宣伝を始めた。叛乱軍も一枚岩ではなかったという事実は、彼らにとっても都合の良いものだった。

私たちはどちらともなく歩き始めた。

「お怪我でもされたのですか」

軍刀を引《ひ》き摺《ず》るようにして歩く私のぎこちない所作を見て、妙子が問うた。私は外套の上から左の脇腹を撫でて見せた。

「色々ありました。右胸の肋骨《ろっこつ》が二本折れて、左脇腹を銃弾で抉られています。顔の痣《あざ》は今朝になって引きましたが、未だに全身は打ち身だらけです」

瀕死の状態だった私は、皮肉にも歩三の隊附将校によって命を救われた。同輩の暴挙を止めるべく密かに営外から渋谷連隊長に一報を入れようとした穏健派の中尉が、最寄りの公衆電話の床で凍死寸前の私を見つけたのだ。

私は意識を失う直前、自分が憲兵である旨を相手に告げていたらしい。蹶起軍のリンチに遭ったのだと勘違いをした彼は、取る物も取り敢えず私を近くの町医者に担《かつ》ぎ込んだ。叩き起こされたその町医者の介抱で、私は何とか一命を取り留めた訳である。

九段坂は人通りも多かった。蹶起の収束から三日が経過した、三月三日の昼下がりである。

普段と変わらぬ光景は、未だ戒厳令下であることを私に忘れさせた。唯一それを気付かせるのは、擦れ違う人々から私――恥ずべき叛乱を引き起こした大日本帝国陸軍のいち将校に向けられる畏怖と嫌悪の一瞥だった。

「明日にでも特設の軍法会議が開かれるでしょう。朔日《ついたち》の枢密院《すうみついん》会議でそう決まったと聞いています」

ユキの手を引いて、妙子はそうですかと答えた。

「皆さん、思っていたよりも生き残られたのですね。てっきり、計画が破れた時点で潔く自決を為さるものとばかり思っていましたけれど」

「どうやら法廷闘争に持ち込むつもりのようです。尤《もつと》も、連中を裁くのは特設の軍法会議です。第一師団に常設されている軍法会議とは異なり、こちらは非公開で弁護人もなし、上告すら認められていない。果たしてその声がどこまで届くのかは全く分かりません」

「死刑でしょうか、あの方たちは」

「恐らくは」

「五・一五事件の時、犬養《いぬかい》首相を射殺した海軍の将校さんは禁固十五年でしたよ」

「あの時とは何から何まで違います。私個人としては、あちらの判決も可怪《おか》しな話だと思いますが」

靖国の石段の下に至る。妙子は足を休め、大鳥居を見上げた。

甲高く雲雀《ひばり》が啼《な》いていた。本当に、透き通るような青空だった。

「この国は、これからどうなっていくんでしょうね」

「皇道派は一掃され、陸軍は統制派の思想で意思の統一が図られるでしょう。かつて永田閣下が望まれたように国は重工業財閥を抱え込み、全国民を巻き込んだ総動員の戦争体制構築へ向かう」

「戦争になりますか」

「そう遠からず。既に大陸では始まっています」

「陸軍は、本当に良いカードを手に入れましたわ」

「カード?」

妙子はこちらを振り向き、カードですと繰り返した。

「云うことを聞かないと、またあの二月二十六日と同じことが起きるぞって。政党政治家や財閥に対してならば、この上ない脅迫になるんじゃありませんか」

私は何とも答えなかった。答えられなかった。

妙子はユキの手を繋いだまま、九段の坂下を見遣《みや》った。

「あと十年もしない内に、この娘みたいな子どもが増えるのでしょうね」

「どういう意味ですか」

「父親を撃ち殺された子どもですよ」

ユキは不思議そうな顔で、母親を見上げている。私は返すべき言葉を持ち合わせていなかった。

静かに振り返った妙子の手には、いつの間にか小振りな巾着《きんちゃく》が握られていた。藍地《あいじ》のそれは、林檎《りんご》でも入っているかのように微かに膨らんでいる。

妙子が差し出した巾着を、私は黙って受け取った。もうひとつは、既に劉ホテル気付で送られてきていた。これで、漸《ようや》く全ての回収が叶った。

妙子は小さく息を吐いた。

「この度はありがとうございました」

「私は、自分で良かれと思ったことをしたまでです。貴女から礼を云われる筋合いはありません」

「そうでしょうね」

妙子が初めて微笑んだ。針で突《つつ》けば忽ち崩れ落ちてしまいそうな、危うく脆《もろ》い笑顔だった。

妙子は顔を伏せ、小さな声で私の名を呼んだ。

「あれは去年の夏ごろだったと思います。この娘にご飯を食べさせていた麦島が、急に満洲へ行かないかと云い出したのです」

「麦島が？」

「自分は軍人を辞める。だから家族三人で満洲に渡って、奉天《ほうてん》かどこかで小間物屋でも開かないか、と。あの人はこの娘の口元を拭ってやりながら、独り言《ひとごと》みたいにそう云っていました。勿論《もちろん》、その時は冗談だろうと思いました。父やお義父さまだってそんなことを許す筈がありませんし、何より歩兵第三連隊の中隊長を仰せつかったあの人に、そんな勝手が許される筈もありません。だけど――」

妙子は天を仰いだ。

「若《も》しかしたら、あの人は本当にそうしたかったのかも知れません。最近、ふとそう思うんです。私があの場ではいと答えていたら、麦島は、若しかしたら」

「奥さん」

「――さようなら、浪越さま。もうお目に掛かることもありません。どうぞお元気で」

妙子は深く頭《こうべ》を垂《た》れ、ユキの手を引いて歩み去った。

遠ざかるその背は人混みに紛《まぎ》れ、やがて見えなくなった。

38

陸軍次官室の扉は固く閉ざされていた。

陽射しの関係か扉全体が濃い陰翳《いんえい》に侵されていた。昏《くら》くひっそりとした佇まいは、ノックすらも拒むような雰囲気を醸し出している。

部屋の主《あるじ》が変わるだけでこうも印象が変わるのか。前任の古荘《ふるしょう》中将は人好きのする性格だったそうだが、今度の次官は〝能面〟と忌《い》み嫌われながらも多くから畏《おそ》れられる男だ。

そんな軍政の実質トップにある男がいったい何の用だろうか。私は、自分が名指しで呼び出された理由を知らなかった。

強過ぎず弱過ぎもしないよう心掛けて、扉をノックする。

「憲兵司令部より浪越大尉参りました」

直ぐに、入れと返ってきた。失礼しますと断ってノブを捻り、扉を開ける。

なかは二十畳ほどの広さだった。紗のカーテンのせいか、室内は扉の雰囲気そのままに薄暗い。

正面の執務卓では、一人の男が分厚い紙綴じに目を通していた。

私は素早く軍帽を取り、ゴム・マスクのような相手――陸軍次官、梅津美治郎《うめづよしじろう》中将に最敬礼を示した。

「憲兵司令部の浪越大尉、只今参りました」

「随分と痩せたじゃないか」

梅津は私を一瞥して、再び書類に目を落とした。

「目付きも悪くなったな。すっかり一人前の憲兵だ」

「第二師団長から陸軍次官への御栄転、誠におめでとうございます」

「結局また後始末だ、めでたいもクソもあるか」

「以前支那駐屯軍《しなちゆうとんぐん》司令官御就任の際、現地の混乱を見事に収束なされた閣下の手腕は内地におりましても聞き及んでおります」

「俺のことなどどうでもいい。そんなことより、貴様を呼んだのは確かめたいことがあったからだ」

梅津は資料を閉じ、真正面から私の顔を見た。

「分かるだろう、渡辺大将に就《つ》いてだよ」

「渡辺閣下がどうかされたのでしょうか」

「惚《とぼ》けるな。渡辺さんは軍閥相剋《ぐんばつそうこく》の現状を憂いて独り奮闘されていた。それが原因で今回蹶起した連中から目の敵《かたき》にされていたことは、仙台にいた俺の耳にも入っていた。だから、俺は貴様を渡辺さんに紹介したんだ。少しは役に立つかと思ってな。俺は貴様を信じて送り出した。それがこの様《ザマ》はなんだ」

梅津は資料に右手を載せた。

「蹶起に関する報告はひと通り目を通した。憲兵司令部では、事前に凡《おおよ》そまで襲撃対象を絞り切れていたそうじゃないか。答えろ、浪越破六憲兵大尉。どうして渡辺錠太郎を見殺しにした」

司令部でも情報を掴んでいたことは初耳だった。しかし云い逃れは出来ない。私は渡辺が襲撃対象であることを事前に聞かされていた。その上で見殺しにしたことは逃れようのない事実だった。

「渡辺閣下は、陸軍大将渡辺錠太郎は極めて聡明な、これからの帝国陸軍になくてはならないお方でした。謦咳《けいがい》に接し、小官におきましてもその思いはより強くなりました。そんな渡辺閣下に敵前逃亡の汚名を着せる訳には参りません」

「だから死ねと？　貴様如きが身のほどを知れ」

「それだけではございません。昨今の国内情勢が良いと思っている者はおりません。小官もその一人です。革新は、国家改造は絶対に必要であります」

梅津の目が更に薄くなった。私が蹶起軍と通じていたと思ったのだろうか。

違う。そうではないのだ。

渡辺に危機を報せなかったのは、憲兵の業務に私情を差し挟まないためだった。少なくとも、私は自分の心をそう理解していた。だからこそそれを乗り越えて、二十六日の蹶起直前、私は狩埜に連絡を入れようとしたのである――しかし、全く別の発意《はつい》がそんな私の決断を打ち砕いた。思い出したのは槌井老博士の言葉だった――人の手で変えられる物などほんの僅かである。運命や時流など所詮は天任せ。だからせめて大枚を叩《はた》いて、いいことがあるようにと祈るしかない。供物は上等な方が御利益だって有難いのだ、と……。

　私は更に声を張った。

「世情は人の手で決まる物ではありません。また決め得る物でもありません。時流とは即ち世の流れ。真の昭和維新は天に任せる他にないのであります。祈るのならば供物が必要です。そして、供物は上等であればあるだけよい。渡辺閣下ほど御立派な方が犠牲となられたのなら、昭和維新の人柱となられたのなら、きっとこの祈念も天に通じましょう」

　これが、これこそがあの晩、凍えた公衆電話のなかで私が想到した結論だった。

「貴様、正気か」

　梅津の表情は、困惑と嫌悪が入り混じった物だった。私は背筋を伸ばし、はいと答えた。

「嘘偽《うそいつわ》りのない本心であります」

「……よく考えて答えろ。今一度問う。貴様がいま述べたことは事実なのか」

「事実であります。しかしながら、それが憲兵としてあるまじき行為であったという自覚もございます。如何なる処分も謹んで拝受する所存であります」

「なら満洲で死んでこい」

　私は自分の耳を疑った。梅津は先ほどと同じゴム・マスクの顔に戻り、椅子の背に凭《もた》れ掛かった。

「関東憲兵隊司令官になった東條英機《とうじょうひでき》が、満洲で辣腕《らつわん》を振るっている。二十六日以降、皇道派に与《くみ》する関東軍の将校と下士官を片っ端から捕らえて、牢屋にぶち込んでいるらしい。あいつは随分と永田を慕っていたから、仇討ちのつもりなんだろう。まあそれはいい。東條はその勢いで、関東軍が掌握している阿片《アヘン》利権にもメスを入れるつもりだ。だから、それに従事させる使い潰しても構わない憲兵将校を寄越《よこ》せと云ってきた」

「それでは」

「浪越大尉、貴様を哈爾浜《ハルビン》憲兵隊に異動させる。手続きはこれから済ませるが、そう時間も掛からないだろう。帰って荷物を纏《まと》めておけ」

梅津は顎を引いて、さっさと別の書類に目を通し始めた。

私は機械的に敬礼を示し、次官室を後にした。

一階から外に出る。

麗《うら》らかな春の陽射しが苔生《こけむ》した地面を白く照らし上げていた。

緩やかな風が、花の香りを運ぶ。私は庭先に足を進めながら、たったいま梅津から云い渡された異動について思いを巡らせてみた。

五族協和の王道楽土、満洲。

五年前の満洲事変を機に移民政策は活発化し、目下関東軍では桁《けた》の異なる大量移民計画を立案中だとも聞く。

これまでそれに待てを掛けていたのが、自身も若い時分にアメリカで働き、白人から奴隷同然に扱《こ》き使われた経験を持つ高橋蔵相だった。日本人が他国で働く大変さを、高橋は骨身に染みて理解していた。だからこそ、決して慎重な姿勢を崩さなかった。

そんな高橋も二月二十六日に殺された。移民政策は関東軍の思惑通りに進むことだろう。

土地を持たない農村の次男坊、三男坊は、今も喜び勇んで満洲へ渡っていると聞く。しかし、実際はそれほど良い物でもない筈だ。

満洲は一年の半分は厳寒で、乾燥した馬糞《ばふん》と砂が舞う黄土色《おうどいろ》の春を経た後は延々と酷暑の日々が続く。四季に恵まれ温暖で湿潤な日本に生まれ育った者にとって、到底耐え得るような環境ではない。更には街の不衛生なことといったらなく、疫痢《えきり》コレラや腸チフス、ジフテリヤに猩紅熱《しょうこうねつ》などが常に猛威を振るっている。

極めつけは匪賊《ひぞく》だ。どれだけ大義名分を立てたところで、日本人が征服者として彼の地を踏んだことに変わりはない。虐《しいた》げられ土地を追われた者たちの怨みは、いずれ様々な形で復仇《ふっきゅう》されることだろう。

人が増えれば犯罪も増える。殊《こと》に関東軍は、支配階層としての日本人を増やそうとしているのだ。現地の支那人、朝鮮人、蒙古《もうこ》人たちとの軋轢《あつれき》は必ず強まる。罪を犯し人が死ぬ。その後始末に駆り出されるのが、我等掃き溜め漁《あさ》りの犬、憲兵だ。

ふと、目の前を白い物が過《よぎ》った。

石畳の路からも大きく外れたその先に、桜の巨樹が枝を広げていた。

早咲きの桜は白く綻《ほころ》び、緩やかな風にもはらはらと散っていた。それはまるで大粒の牡丹雪のようで、自ずと私にあの夜のことを思い起こさせた。

強い風が枝を揺らす。数え切れぬほどの花が散り、私の視界を覆った。

深く仕舞い込んだ筈の遠い記憶が、微かに胸を過った。

この景色を忘れまいと、私は固く心に誓った。これきりだ。もう二度と私は、浪越破六は躓《つまず》かない。

桜色の霞に背を向ける。

新たな一歩を踏み出した時、私は既に、退出間際で梅津から告げられた、満洲在住の然《さ》る退役将軍が牛耳る哈爾浜《ハルビン》の阿片利権について考えを巡らせていた。

【参考文献】

講談社編『昭和　二万日の全記録（1）～（4）』、講談社、一九八九年
松本清張『昭和史発掘（1）～（13）』、文藝春秋、一九七八年
高橋正衛『二・二六事件』、中央公論社、一九九四年
末松太平『完本　私の昭和史──二・二六事件異聞』、中央公論新社、二〇二三年
大蔵栄一『二・二六事件への挽歌』、読売新聞社、一九七一年
澤地久枝『妻たちの二・二六事件』、中央公論新社、二〇一七年
岩井秀一郎『渡辺錠太郎伝──二・二六事件で暗殺された「学者将軍」の非戦思想』、小学館、二〇二〇年
岩倉渡辺大将顕彰会編『郷土の偉人　渡邉錠太郎　増補版』、愛北信用金庫、一九九八年
鬼頭春樹『実録　相沢事件　二・二六への導火線』、河出書房新社、二〇一三年
早坂隆『永田鉄山　昭和陸軍「運命の男」』、文藝春秋、二〇一五年
森靖夫『永田鉄山─平和維持は軍人の最大責務なり─』、ミネルヴァ書房、二〇一一年
梅津美治郎刊行会、上法快男編『最後の参謀総長　梅津美治郎』、芙蓉書房、一九七六年
阿部博行『石原莞爾　生涯とその時代〔上〕』、法政大学出版局、二〇〇五年
秦郁彦編『日本陸海軍総合事典〔第2版〕』、東京大学出版会、二〇〇五年
伊藤金次郎『【新装版】陸海軍人国記』、芙蓉書房出版、二〇〇五年
半藤一利　他『歴代陸軍大将全覧　明治篇』、中央公論新社、二〇〇九年
半藤一利　他『歴代陸軍大将全覧　大正篇』、中央公論新社、二〇〇九年
半藤一利　他『歴代陸軍大将全覧　昭和篇／満州事変・支那事変期』、中央公論新社、二〇一〇年
半藤一利　他『歴代陸軍大将全覧　昭和篇／太平洋戦争期』、中央公論新社、二〇一〇年

秦郁彦『昭和史の軍人たち』、文藝春秋、二〇一六年
『靖國神社　遊就館図録』、杜出版、二〇一九年
全国憲友会連合会編纂委員会編『日本憲兵正史』、全国憲友会連合会本部、研文書院、一九七六年
麴町（九段）憲友親睦会『目で見る憲兵隊史　東京第一・東京・麴町・九段分隊編』、一九八八年
小坂慶助『特高』、啓友社、一九五三年
大谷敬二郎『憲兵――自伝的回想』、新人物往来社、一九七三年
森本賢吉『憲兵物語』、光人社、二〇〇三年
久保田知績『上海憲兵隊』、東京ライフ社、一九五六年
出版企画センター編『別冊一億人の昭和史　日本の戦史・別巻1　日本陸軍史』、毎日新聞社、一九七九年
額田坦『陸軍省人事局長の回想』、芙蓉書房、一九七七年
北岡伸一『官僚制としての日本陸軍』、筑摩書房、二〇一二年
戸井昌造『戦争案内　ぼくは二十歳だった』、平凡社、一九九九年
『野砲兵第三聯隊史』、砲三会、一九九三年
生田誠『モダンガール大図鑑　大正・昭和のおしゃれ女子』、河出書房新社、二〇一二年
岩瀬彰『「月給１００円サラリーマン」の時代　戦前日本の〈普通〉の生活』、筑摩書房、二〇一七年
平山亜佐子『明治 大正 昭和 不良少女伝――莫連女と少女ギャング団』、河出書房新社、二〇〇九年
『日本軍の拳銃』、ホビージャパン、二〇一八年
荻野富士夫『特高警察』、岩波書店、二〇一二年
宮下弘　他『特高の回想―ある時代の証言―』、田畑書店、一九七八年
愛知県警察史編集委員会編『愛知県警察史』第2巻、愛知県警察本部、一九七三年
梯久美子『原民喜　死と愛と孤独の肖像』、岩波書店、二〇一八年

宮脇俊三『宮脇俊三鉄道紀行全集　第2巻　国内紀行Ⅱ』、角川書店、一九九九年
井伏鱒二『荻窪風土記』、新潮社、二〇一四年
赤岩州五編著『銀座　歴史散歩地図――明治・大正・昭和』、草思社、二〇一五年
滝田ゆう『下駄の向くまま　新東京百景』、講談社、一九八三年
滝田ゆう『寺島町奇譚（全）』、クリーク・アンド・リバー社、二〇一五年
『写真アルバム　名古屋の昭和』、樹林舎、二〇一五年
溝口常俊編著『愛知の大正・戦前昭和を歩く』、風媒社、二〇二三年
板橋区近代建築調査団編『板橋文化財シリーズ第80集　板橋区の近代建築―住宅編―』、板橋区教育委員会、一九九五年

その他、インターネット上でも種々の資料を参考とさせて頂きました。

装幀　芦澤泰偉
画　影山　徹

＊本書は、書き下ろし作品です。

＊本作は史実を基にしたフィクションです。なお、作品中には歴史的経緯や今日の人権擁護の見地に照らせば不適切と思われる差別的な呼称、表現等を使用した箇所があります。しかし、それらは作中の舞台となる昭和十年代の我が国の社会の有りようや時代性に鑑み、当時の現地を描く上で必要であるとの判断から使用しています。ご了承下さい。

著者

〈著者略歴〉
伊吹亜門（いぶき　あもん）
1991年、愛知県生まれ。同志社大学卒。在学中は同志社ミステリ研究会に所属。2015年、「監獄舎の殺人」で第12回ミステリーズ！新人賞を受賞。18年に同作を含めた『刀と傘　明治京洛推理帖』でデビュー。
19年、同書で第19回本格ミステリ大賞（小説部門）を受賞するとともに、「ミステリが読みたい！ 2020年版」国内篇で第１位を獲得。21年、『幻月と探偵』で第24回大藪春彦賞の候補、24年に『焔と雪　京都探偵物語』で第77回日本推理作家協会賞の候補になる。その他の作品に、『雨と短銃』『京都陰陽寮謎解き滅妖帖』『帝国妖人伝』がある。

路地裏の二・二六

2025年２月12日　第１版第１刷発行

著　者　伊吹亜門
発行者　永田貴之
発行所　株式会社ＰＨＰ研究所
東京本部　〒135-8137　江東区豊洲5-6-52
文化事業部　☎03-3520-9620（編集）
普及部　☎03-3520-9630（販売）
京都本部　〒601-8411　京都市南区西九条北ノ内町11
PHP INTERFACE　https://www.php.co.jp/
組　版　株式会社PHPエディターズ・グループ
印刷所　株式会社精興社
製本所　株式会社大進堂

ISBN978-4-569-85829-6

PHPの本

鏡の国

岡崎琢磨 著

あなたにこの謎は見抜けるか――。『珈琲店タレーランの事件簿』の著者、最高傑作！　大御所作家の遺稿を巡る、予測不能のミステリー。

PHPの本

ガウディの遺言

下村敦史 著

サグラダ・ファミリアの尖塔に遺体が吊り下げられた⁉　前代未聞の殺人事件の裏には「未完の教会」を巡る陰謀が渦巻いていて――。

PHP文芸文庫

第26回柴田錬三郎賞受賞作

夢《む》幻《げん》花《ばな》

東野圭吾　著

殺された老人。手がかりは、黄色いアサガオだった。宿命を背負った者たちが織りなす人間ドラマ、深まる謎、衝撃の結末——。禁断の花を巡るミステリ。